« Un romanzo commovente
con personaggi strepitosi. »
PUBLISHERS WEEKLY

« Un libro sugli sbandamenti della vita
e sulle seconde chance, raccontato con empatia,
con umorismo e con una straordinaria capacità
di comprendere il cuore umano. »
BOOKLIST

Sue Halpern scrive per *New Yorker*, *New York Times Magazine*, *New York Review of Books*, *Rolling Stone* e *Condé Nast Traveler*. Vive nel Vermont con suo marito, lo scrittore e attivista ambientalista Bill McKibben, ed è lettrice al Middlebury College.

Sue Halpern

Una ladra in biblioteca

Romanzo

Traduzione di
Lucia Corradini Caspani

TEA

Per informazioni sulle novità
del Gruppo editoriale Mauri Spagnol visita:
www.illibraio.it

Prima edizione italiana presso Corbaccio, ottobre 2018

TEA – Tascabili degli Editori Associati S.r.l., Milano
Gruppo editoriale Mauri Spagnol

www.tealibri.it

Titolo originale
Summer Hours at the Robbers Library

Prima edizione SuperTEA gennaio 2020

A Billy

La storia del matrimonio

PARTE I

Se la polizia avesse allineato sette studenti universitari in un confronto all'americana per scoprire chi suonava il trombone nella banda, Calvin Sweeney sarebbe sempre stato il prescelto, dieci volte su dieci: ecco cosa dovete sapere di lui a quei tempi. Il bello è che suonava davvero il trombone nella banda, e fu così che ci conoscemmo. Lui era uno studente del primo anno e io del secondo, e il mio ragazzo di allora, di nome John ma chiamato da tutti Jean alla francese, perché era senz'ombra di dubbio l'erede di Cocteau (io avevo dovuto cercarlo per sapere chi fosse), mi aveva chiesto di trovargli «uno sfigato però bello» da scritturare per il film sperimentale che stava girando.

Scoprii Cal nella penultima fila della sezione ottoni durante un pre-partita, la terza settimana di scuola. Non era certo il mio tipo. A me piacevano quelli alti, atletici e sicuri di sé, probabilmente la descrizione del tipo ideale di tutte le ragazze di diciannove anni, escluse quelle che preferivano il tossico punk, sempre attento a evitare di lavarsi i capelli. Cal Sweeney non rientrava in nessuna delle due categorie. Né alto né basso, né appassionato né flemmatico, né bello né brutto. Cal Sweeney era anonimo, con la faccia pulita e una frangia rossiccia calata come una tenda sugli occhiali rotondi dalla montatura metallica, un genere di occhiali che andava di moda tra gli studenti. Ingrandivano i suoi occhi, né castani né verdi, facendolo sembrare perennemente stupito, come se avesse appena visto qualcosa di incredibile, o di tremendo.

Non fu difficile convincerlo a presentarsi per il casting di John. Disse che aveva recitato in *Bulli e Pupe* alla scuola superiore ed era «gasato» all'idea di fare nuovamente teatro. L'uso del termine «gasato», il mischiare cinema e teatro, per non parlare del ruolo di trombone nella banda, tutto faceva di lui lo sfigato perfetto, e quando lo presentai a John lui mi baciò come se gli avessi offerto un biglietto vincente della lotteria, ed era ancora talmente eccitato quando uscimmo insieme, quella sera, che mi convinse a fare sesso senza protezione. Mi disse che i veri artisti aspirano all'autenticità in ogni aspetto della loro vita.

Fu il nostro punto di non ritorno. Era terribile, perché ogni volta che mi penetrava sembrava la roulette russa: sarei rimasta incinta? Mi sarei presa qualche disgustosa, imbarazzante malattia? John era elettrizzato. Sosteneva che il terrore era emozione allo stato puro e io dovevo imparare ad accoglierlo, perché avrebbe strappato via tutto quello che c'era in me di falso rivelando la mia essenza. Era convinto che il paradosso della vita fosse che l'esistenza precedeva l'essenza. Prediceva che un giorno ci saremmo lanciati insieme da una scogliera e allora avremmo *compreso*. Ovviamente poi saremmo morti, ma sembrava futile sottolinearlo.

Il film lo consumava. Rimaneva alzato tutta la notte compilando scalette che, la mattina seguente, coprivano quindici, venti, venticinque pagine. Non dormiva più. In una giornata non c'erano mai abbastanza ore per girare, principalmente perché tutti gli attori andavano a scuola. Anche John sarebbe dovuto andarci, ma quel semestre frequentava soltanto due corsi, ai quali si era iscritto dopo aver recuperato la lista degli esami facili da un giocatore di football disposto a cederla pur di essere presentato, in cambio, a una ragazza timida ma ampiamente dotata della squadra di frisbee, di cui John era stato il capitano finché aveva lasciato perdere anche quella. John era sempre più agitato. Iniziò a seguire Cal in classe istigandolo a rinunciare alla lezione così avrebbero potuto girare il film. Ormai si paragonava a Orson Welles e Stanley Kubrick e accusava me e gli altri attori di ostacolarlo. Sosteneva che eravamo tutti invidiosi, che gli tarpavamo le ali e avevamo ordito una congiura contro di lui. Lui era paranoico, certo, ma c'era anche del vero, in quel che diceva. Cal e io avevamo cominciato a incontrarci di nascosto in una sala prove un giorno sì e uno no per confrontare i nostri appunti e cercare di scoprire se i comportamenti bizzarri di John (come quella volta che mi aveva chiesto di puntargli un coltello alla gola durante il sesso perché aveva letto che un regista francese mai sentito sosteneva che aumentasse il piacere) facessero parte della sua arte, o fossero invece il segnale che lui stava impazzendo e che noi avremmo dovuto avvertire il preside di facoltà.

Fu un'idea di Cal. Era novembre, mancava una settimana al Ringraziamento, ed era la prima volta che ci tenevamo per mano. Ricordo la data perché John aveva iniziato a minacciarci. Diceva che se fossimo andati a casa dalle nostre famiglie per quella festa, non dovevamo prenderci il disturbo di tornare. Non sapevamo cosa significasse, ma aveva un che di sinistro. Cal chiamò il preside dalla sala prove per dirgli che John si comportava in modo strano, folle e imprevedibile. Rendendosi conto che il suo interlocutore rimaneva indifferente, Cal usò una serie di parole come se leggesse alla voce «pazzia» di un vocabolario. Qualche istante prima avevo posato la mia mano sulla sua mentre aspettavamo che il preside rispondesse al telefono, e senza rendercene conto avevamo intrecciato le dita. Adesso, a ogni nuova parola, le nostre mani si stringevano con forza, ritmicamente, come una pulsazione, come se stessimo portando in vita qualcosa.

Il preside scoppiò a ridere e interruppe Cal. *Scoppiò a ridere.* Dichiarò che se avesse dovuto chiamare lo psicologo per tutti gli studenti che si comportavano in modo strano, insensato o imprevedibile, i dormitori sarebbero stati deserti e l'infermeria al completo. Cal, devo ammettere, non si lasciò intimidire. Gli tenne testa. Ero colpita, quasi affascinata. Mi avvicinai e posai il capo contro il suo collo, così il preside parlava anche al mio orecchio.

« Vorrei farle una domanda » continuò il preside, « ma le chiedo di rispondere con molta, moltissima attenzione. »

Cal disse qualcosa come « Sì, certamente ». Era un attore, o quanto meno sapeva recitare abbastanza da raddrizzare le spalle e adottare un'espressione grave che anche il suo interlocutore, benché impossibilitato a vederlo, riuscisse a percepire.

« Vorrei sapere » continuò il preside, « se quel ragazzo è un pericolo per sé o per gli altri ».

Se l'avesse domandato a me, sarei stata evasiva, avrei risposto che non lo sapevo con sicurezza. John non aveva mai fatto accenni espliciti al suicidio, nonostante l'episodio del coltello e quella fantasia riguardante la scogliera. E la sua minaccia nei nostri confronti era alquanto vaga... che cosa intendeva, veramente? Ma Cal non esitò.

« Sì » rispose subito. « Credo di sì. »

Sapeva che stava decretando il destino di John, e che nel giro di mezz'ora John sarebbe salito su un furgone blindato del campus, diretto agli uffici del reparto sicurezza della contea, dove l'avrebbero sedato fintantoché i suoi genitori non fossero stati pronti a trasferirlo in una struttura meno spartana e più vicina a casa loro, nel Connecticut. Un anno dopo, quando John tornò al campus, era docile e malleabile a causa di tutti i farmaci che assumeva, e se aveva collegato Cal o me alla situazione in cui si era venuto a trovare, non lo diede a vedere. Era sempre alto, ma non era più atletico e nemmeno sicuro di sé.

Partito John, Cal e io non avevamo più un buon motivo per trascorrere del tempo insieme, ma avevamo condiviso quell'esperienza e continuavamo a trovare pretesti per frequentarci. Inizialmente fingevamo che fosse per John, perché eravamo preoccupati per lui. Stava bene? Avevamo fatto la cosa giusta? Che cosa gli sarebbe successo? Avremmo dovuto sentirci in colpa, avremmo dovuto scrivergli un biglietto, telefonare ai suoi genitori? Uno di noi aveva l'aria afflitta o sconsolata e l'altro gli offriva parole di conforto che giustificavano il tenersi per mano, che giustificavano... il nulla.

Ho già detto che Cal era vergine? Perché lo era. Quando arrivò al college, non aveva mai baciato una ragazza, nonostante le sue morbide labbra perfette. Diceva che gli piacevano le ragazze, quindi non si trattava di quello. In tutta franchezza, non ero molto più avanti di lui quanto a numeri. Ma dopo le mie avventure con John nel suo soppalco di fortuna, in sala montaggio, sul tetto dell'istituto d'arte, nel bagno per i disabili dello studentato, nel suo pickup, nel furgone aperto della squadra di frisbee, in un meleto, in tutte le stanze dell'appartamento in cui abitava la professoressa che mi aveva ingaggiata come cat-sitter e anche sul suo balcone, mi sentivo evoluta, adulta e perfino esperta.

Ma vivevo anche una sorta di lutto. Non per l'assenza di John, benché fosse un'assenza radicale e profonda, ma perché mi sentivo sconfitta dall'amore. Forse tra John e me c'era stata solo un'infatuazione, ma per un certo tempo avevo creduto che fossimo follemente, spiritualmente, singolarmente innamorati, e che mai nessuno in tutto l'universo avesse avuto un amore autentico come il nostro. «Ci si innamora per la prima volta soltanto una volta, Kit» diceva sempre John, e mi sembrava perfetto. Avevo sentito il bisogno di innamorarmi soltanto una volta. Poi il mio unico vero amore si era disintegrato e le parole di John suonavano come una rivalsa da parte sua, dato che, lo sapevo, niente mi avrebbe mai più restituito quella sensazione di assoluta, illimitata, ignara euforia, e dato che, sapevo anche quello, l'amore faceva promesse che non poteva mantenere. Forse sarebbe ritornato, ma avrebbe avuto meno valore, come un'auto nuova che viene riportata al parcheggio. C'era una frase di Adrienne Rich che a John era piaciuta così tanto da trascriverla su un foglio di quaderno e farmela poi scivolare sotto la porta, agli inizi della nostra relazione, quando lui era Jean, l'artista appassionato che non scendeva a compromessi, e io una studentessa di letteratura inglese al secondo semestre che scandagliava la *Norton Anthology of Poetry* in cerca di verità e saggezza: « Un rapporto umano sincero – vale a dire un rapporto nel quale due persone hanno il diritto di usare la parola 'amore' – è un processo delicato, violento, spesso terrificante per tutt'e due, un processo dove si cerca di migliorare le verità che si possono dire ». Conservai a lungo quel foglietto, dapprima perché ero certa che contenesse saggezza e conoscenza, in seguito per ricordarmi che le belle parole possono essere usate per giustificare delle cattive azioni.

Cal voleva che lo portassi a letto. Non lo disse esplicitamente: era troppo educato, o imbarazzato, o inesperto, o tutte e tre le cose insieme. Invece, mi chiese di sposarlo. Così, di punto in bianco, e senza alcun motivo.

A quell'epoca avevo ventun anni e lui venti. Era il 1991. Gli unici della nostra età che si sposavano erano quelli appena usciti dal liceo che non avevano altra scelta, o quelli che stavano per partire per il Kuwait, o quelli che si annoiavano.

« Chiedere a una ragazza di sposarti non è come invitarla al ballo di fine anno » gli risposi. Non ero contenta. Non era così che volevo ricevere una proposta di matrimonio, se mai lo volevo, e di certo non da Cal Sweeney mentre condividevamo un pacchetto di cracker al formaggio in una stanza priva di finestre nei sotterranei della biblioteca, con i distributori automatici lungo le pareti e un paio di tavoli scrostati al centro. Era la Cantina, dove gli studenti che non uscivano mai dalla biblioteca acquisivano le loro calorie.

Io avevo un impiego part time da studente lavoratore al piano di sopra, al prestito libri, e Cal aveva preso l'abitudine di presentarsi alla Cantina quando ero in pausa. Questo significava che ci vedevamo con una certa regolarità, ma raramente alla luce del giorno.

« Certo che no » ammise Cal. Mi accorsi che imitava il rassicurante tono baritonale usato dal cappellano del college, nel cui ufficio ci eravamo recati un paio di volte insieme quando avevano rinchiuso John. « Nemmeno ci sono andato, al mio ballo di fine anno » aggiunse. E poi: « Tu probabilmente ci sei andata con il quarterback della squadra di football ». Sembrava che dirlo lo facesse sentire meglio con se stesso, come se adesso fosse allo stesso livello di quel tizio, o addirittura meglio.

« Per chi mi prendi? » protestai debolmente, senza nemmeno curarmi di ricordargli che avevo frequentato un liceo femminile. Perché non lasciargli credere che ero quel tipo di ragazza?

« Ma allora con chi sei andata al ballo di fine anno? » mi chiese.

Questo dimostrava quante cose non sapevamo l'uno dell'altra. Dovevo raccontargli che Kyle Mook e io avevamo organizzato un'uscita a quattro con Kylie, la sorella gemella di Kyle, e con il suo accompagnatore, un tipo bellissimo che aveva fatto voto di astinenza e veniva dalla Calvary Christian Academy, e che eravamo finiti tutti e quattro ubriachi in un immenso letto a due piazze allo Sheraton Four Points, dove i ragazzi avevano sfidato Kylie e me a pomiciarci, e noi l'avevamo fatto infervorandoci a tal punto da non accorgerci che l'accompagnatore di Kylie si masturbava guardandoci, e poi si era messo a gridare, ma non di gioia per esclamare « è magnifico, che goduria », bensì per dire cupamente « andrò all'inferno », e aveva smesso solo quando Kyle, allungandosi oltre me e sua sorella, l'aveva schiaffeggiato un paio di volte, e ci eravamo addormentati nel letto tutti insieme, svegliandoci solo quando la donna delle pulizie aveva bussato alla porta il giorno dopo, e poi eravamo andati sulla spiaggia?

«Con Kyle Mook» risposi. «Adesso è membro di una confraternita a Bucknell. Volevo dire, alla Lehigh. Ingegneria.»

«C'è così tanto da sapere su di te, Kit» commentò Cal, come se questo mi rendesse affascinante e nel contempo meritevole di uno studio approfondito.

«Mmm» risposi, perché non sapevo cosa dire. Cal mi piaceva. Mi ero abituata a lui. Era come il maglione preferito. Ti sposeresti con il tuo maglione preferito? Ti verrebbe mai in mente di sposarti con il tuo maglione preferito?

«Devi tornare al lavoro» disse prima che potessi farlo io. Non sembrava deluso, e nemmeno contento. Sembrava risoluto. Stava seduto con le mani intrecciate e appoggiate sul tavolo, e qualche briciola di cracker sulle dita arancioni e unte.

«Sembri uno che prega» osservai, mentre mi alzavo per andarmene.

«Forse lo sto facendo» ribatté, restando immobile. «Pensaci» aggiunse, mentre me ne andavo.

Come potevo non pensarci? Era una proposta seria, per quanto inattesa e priva di romanticismo. Cal voleva che unissimo saldamente insieme i nostri destini, che solcassimo uniti le acque agitate del nostro incerto futuro. Per quel che ne sapevo, lui era un tipo concreto e responsabile. All'epoca dichiarava di essere iscritto a un corso propedeutico di medicina: sarebbe diventato un medico. Lo attendevano sei o anche otto anni di studi, forse di più. Anche se non sapeva che tipo di medico sarebbe diventato, o dove, una volta iscritto al corso propedeutico il suo futuro era nettamente definito. Nato in una famiglia di medici, sarebbe diventato medico a sua volta, e dato che aveva spuntato la casellina della sua futura carriera, perché non spuntare anche quella della moglie? Mi sembra di ricordare che una volta Cal mi parlò di come fosse scientificamente provato che gli studenti di medicina sposati ottenevano voti più alti agli esami rispetto agli studenti single, che erano meno propensi all'abuso di droghe, e che erano più comprensivi. Sì, ricordo che me lo disse perché aveva usato il termine «comprensivi» e non «empatici», che mi sarebbe suonato eccessivamente professionale e pretenzioso. Io gli feci notare che i ricercatori avrebbero risparmiato un sacco di tempo e di soldi se si fossero limitati a guardare le repliche dei telefilm di *Marcus Welby, M.D.*

Quella sera rintracciai Cal nel laboratorio di neurologia dove il suo lavoro consisteva nell'allevare topi, che venivano utilizzati per lo studio del midollo spinale e delle paralisi. Benché non si possa provare affetto per i topi in generale, lì i protocolli erano così brutali che era impossibile non desiderare di liberarli tutti. Era un laboratorio sterile, quindi dovetti bussare alla finestra per ottenere l'attenzione di Cal. Lui stava dall'altra parte del vetro e indossava una tuta di carta azzurra, occhiali protettivi sopra la sua montatura rotonda di metallo e una mascherina che gli copriva la bocca. Anche così, capii che era felice di vedermi. Mi fece un cenno di saluto con una mano guantata mentre con l'altra reggeva un topo senza vita. Depose il roditore su una macchinetta che assomigliava a una ghigliottina in miniatura: sarebbe stato decapitato perché si potesse sezionare, tingere e studiare il suo cervello. Poi Cal uscì nel corridoio, togliendosi le calzature da laboratorio, i guanti, la tuta e la mascherina e gettando tutto nella spazzatura.

«Cosa succede?» domandò. Era raggiante, come se sapesse cosa stavo per dire, perché era quello che voleva che gli dicessi, e invece non era così.

«Sono veramente arrabbiata con te» gli risposi.

«Cosa?» sembrava confuso, come se le mie parole fossero numeri che non si sommavano.

«Sono veramente arrabbiata con te» ripetei. «Ascolta, mi dispiace se sto rovinando i tuoi progetti esistenziali, ma non funziona in questo modo. Non puoi chiedere a qualcuno di sposarti così, di punto in bianco. È da pazzi.»

Cal si passò una mano tra i capelli, dalla fronte alla nuca, lentamente, fermandosi con il palmo sulla nuca. Il pazzo, lo sapevamo entrambi, era John. Questa era un'altra cosa.

« E va bene, non da pazzi *veri* » ammisi. « Ma non è fattibile. »

« È fattibile se lo rendiamo fattibile » dichiarò Cal. Tipico di Cal: molto concreto. C'era una punta di implorazione nella sua voce, che però era quasi del tutto neutra, come se stesse constatando un fatto.

« Siamo così giovani » replicai.

« Nessuno ha detto che dobbiamo sposarci domani » ribatté. Stentavo a crederlo. Non so come, l'oggetto della conversazione si era spostato e adesso stavamo discutendo di sposarci, non di *non* sposarci.

Provai a rispondergli: « L'hai detto tu stesso che mi conosci appena ».

« Prima di tutto, non ho detto questo, e secondariamente, abbiamo tutto il tempo possibile e immaginabile per conoscerci a vicenda. Il matrimonio è proprio questo. »

Mentre parlavamo, Cal scivolava lentamente con la schiena lungo la parete di cemento del corridoio attiguo al laboratorio, e ora stava accosciato mentre io incombevo sopra di lui.

« Non mi stai ascoltando » gli dissi, pronta ad arrabbiarmi di nuovo, se quella era la sua versione del mettersi in ginocchio.

« Io ti ascolto, ma ti ascoltano anche i miei colleghi di laboratorio. Sanno leggere le labbra » ribatté. « Sto solo tentando di non farmi vedere. Potresti metterti seduta anche tu. » Indicò il pavimento. Non mi spostai. Nessuna resa.

« Ci sono delle cose di me che non capiresti. Non sono un Boy Scout come te. Ho fatto delle cose, io. » Lo schernivo. Volevo schernirlo. Con quella sua aria grave e ingenua, se l'era proprio cercata.

« Ho lasciato i Boy Scout in seconda liceo » ribatté Cal. « Mettimi alla prova. »

Allora gli raccontai che mi vedevo con Kyle quando tornavo a casa per le vacanze, e che ci mettevamo insieme e ci lasciavamo a seconda di come ci andava, e che a volte, dopo essere stata a letto con lui, mi infilavo a letto con sua sorella, che non voleva più saperne dei ragazzi, compresi quelli di chiesa, e adesso si faceva chiamare anche lei Kyle.

« È diverso » obiettò Cal, e non era chiaro se si riferisse al cambio di nome, o a quello che lei e io avremmo potuto fare in quel letto. Ero fermamente intenzionata a non discutere mai della mia vita sessuale con Cal. Mi sembrava una crudeltà, come se gliela sbandierassi davanti. Cal, il vergine, non aveva alcuna vita sessuale di cui discutere, anche se mi aveva parlato più di una volta del ragazzo che suonava l'oboe nell'orchestra del college e si era preso una cotta per lui: ma non era ricambiato, e Cal ci teneva a farmelo sapere.

Una donna molto attraente (da quello che potevo intuire sotto la mascherina chirurgica) stava bussando alla finestra e gesticolava.

« Credo che stia cercando te » dissi a Cal. « È una bellissima ragazza... perché non sposi lei? »

« Perché io voglio sposare te. Non lei. Voglio te, Kit. »

« Perché? »

« Perché siamo fatti l'uno per l'altra » mi rispose. Forse tendo a prendere le cose alla lettera, o quanto meno lo feci in quell'occasione, perché esclamai impulsivamente, e ad alta voce: « Ma se non siamo nemmeno stati a letto insieme! »

Cal si alzò in piedi, con il sorriso di chi la sa lunga. Non era la reazione che mi aspettavo. Mise una mano in tasca, prese il portafogli, frugò nella tasca portamonete e ne estrasse qualcosa. Chiusi gli occhi per un secondo. Mi aveva comprato un anello? Era tutta una trappola? Riaprendo gli occhi, vidi sul suo palmo aperto un pacchettino quadrato di carta stagnola. Impiegai un istante a capire che era un profilattico Trojan «con nervature per il piacere di lei». Per esperienza personale, sapevo che la maggior parte dei maschi teneva un Trojan nel portafoglio. Era una dichiarazione d'intenti. Per quel che ne sapevo, Cal poteva essersi tenuto quella roba nel portafogli da quando andava al liceo. Eppure avevo qualche dubbio: sembrava troppo nuovo. «A questo possiamo rimediare» dichiarò.

Ma chi era quel Cal Sweeney così sicuro di sé, quell'uomo che con tanta facilità – senza Sturm e senza Drang – mi proponeva di andare a letto con lui? All'improvviso ricordai che ero io quella che aveva avuto paura di fare sesso con lui, non il contrario. Lui era una persona normale, e anche il sesso sarebbe stato normale, ma era proprio questo a farmi paura. Pensai a quello che diceva John a proposito del lanciarci insieme da una scogliera, e dell'essenza che dovrebbe precedere l'esistenza.

«Devi tornare al lavoro» gli ricordai. L'argomento era chiuso.

C'è una cosa che le donne fanno, in modo consapevole e quasi sfrontato, quando arrivano a una certa età, ed è guardare gli uomini come potenziali padri. Io dovevo aver raggiunto quell'età, perché quando Cal rientrò nel laboratorio, mi ritrovai a vagare per il campus pensando alla sua pelle chiara e ai suoi denti diritti, dicendomi «Bene» come se fosse «Sarà un bene se avremo dei bambini». Provai a smettere di pensare in quel modo, ma doveva essere una questione evolutiva, programmatica, perché non appena reindirizzavo i miei pensieri, quel genere di calcolo mi tornava subito in mente, e anche i difetti di Cal passavano nell'attivo del bilancio. Portava gli occhiali: male, ma erano da presbite quindi bene, i nostri figli non sarebbero stati miopi. Cal non aveva fratelli (nemmeno io): male, nessun cugino, ma anche bene, perché sua madre e suo padre sarebbero stati dei nonni molto affettuosi. Cal avrebbe fatto il medico. Cal era normale. Cal aveva orecchio per la musica.

Cal era affidabile. Cal era stabile. Poteva esserci migliore raccomandazione di quella? Sarebbe stato un papà che si svegliava senza brontolare nel cuore della notte per cambiare un pannolino. Era quel tipo di genitore che prende meticolosamente nota di iniezioni e vaccini. Avrebbe tolto le rotelle dalla bicicletta al momento esatto e si sarebbe assicurato che i nostri bambini imparassero a fare il nodo mezzo collo e dicessero le preghiere ogni sera. Io non ero il genere di persona che pretende le preghiere della sera, ma era rassicurante sapere che Cal lo era. Sarebbe stato un ottimo padre. Non che io ne conoscessi personalmente di «ottimi». Il mio era un giovane su carta fotografica lucida, con i capelli castani ondulati e occhiali da aviatore, con una tuta sporca, in piedi accanto all'elicottero Huey con il quale era stato abbattuto, all'incirca un anno dopo, nel Laos, durante l'Operazione Lam Son. Io avevo un anno quando rimase ucciso, e mia madre dev'essere stata la persona meno sentimentale al mondo, perché quando fui abbastanza grande da capire che avevo avuto un padre ma che non l'avevo più, quasi tutte le prove fisiche della sua esistenza erano scomparse da casa nostra. Quando fui più grande e le chiesi il motivo, mia madre rispose: «Tu sei l'unica cosa di lui della quale ho bisogno» e il discorso si chiuse lì.

Così mi affidavo al mio istinto e alla TV, e Cal sembrava avere tutti gli attributi dei papà televisivi perfetti.

Mi presentai all'ingresso del dormitorio di Cal quella sera verso le undici. Gli dissi di mettere un calzino sulla maniglia della porta, così il suo compagno di stanza avrebbe capito che non doveva entrare. Gli chiesi di spegnere le luci e di spogliarsi. Dalla finestra entrava abbastanza luce per lasciarmi vedere le sue spalle strette e bianche e la piccola macchia di peli sul petto. Indossava degli slip aderenti. Non se li era tolti.

Mi sfilai la camicetta dalla testa e la gettai sul pavimento. Girandomi, gli spiegai come togliermi il reggiseno, e mentre si piegava in avanti, sentii l'effetto che gli stavo facendo. Sentivo i suoi respiri profondi.

« Mi hai chiesto di sposarti per potermi scopare? » domandai a bassa voce, con il tono provocante di una ventunenne che tentava di essere sexy.

Lui emise un gemito lieve. Io tenevo gli occhi chiusi, e immagino li avesse chiusi anche lui. Per questo non vedemmo il petardo che qualcuno aveva fatto rotolare sotto la porta e il fumo che incominciava a riempire la stanza.

« Cos'è questo odore? » disse Cal, ma in quell'istante vi fu uno sfrigolio seguito da un lampo di luce e da un'esplosione a breve distanza, ed entrambi lanciammo un urlo per poi ricadere sul letto di Cal. Intanto sentivo i suoi compagni di dormitorio che ridevano istericamente nel corridoio.

« Guarda la confezione » gridò uno di loro.

E noi guardammo: c'era scritto petardi MAGNUM.

« Andate a farvi fottere! » gridai.

« No » rispose una voce maschile. « Andateci *voi*! » e giù altre risate.

Cal se ne stava seduto con la testa tra le mani. « Mi spiace tanto » sussurrò.

« Usciamo » gli dissi.

Eravamo in primavera avanzata. Ci rivestimmo, attraversammo le forche caudine dei ragazzi che ci guardavano ammiccando e uscimmo nella notte umida di rugiada. Vicino al campus c'è una collinetta, un poggio erboso affacciato sulla cittadina e sulle campagne circostanti: salimmo e ci mettemmo seduti uno accanto all'altra, ascoltando i richiami di un gufo che cercava la sua compagna. Sembrava di buon auspicio. Cal indicò Orione nel cielo notturno, poi l'Acquario, il Leone e la Lira, la costellazione preferita dei musicisti di tutto il mondo, spiegò. Si tolse la giacca e la usammo per sdraiarci sull'erba, non a baciarci, ma a fissare le stelle, esprimendo un desiderio quando ne vedevamo una che cadeva verso di noi. Non so quali desideri formulò Cal – se li dici a voce alta non si avverano mai – ma so che i miei erano generici e immensi: felicità, fortuna, amore. Ci addormentammo entrambi, con le nostre teste che si toccavano, e ci svegliammo soltanto quando una sottilissima lama di luce fendette l'oscurità. Nessuno dei due parlò. Non ne avevamo bisogno, o non volevamo. La bellezza del sorgere di un nuovo giorno ci pervase. Guardammo salire il sole come se non l'avessimo mai visto prima, contemplando le perle di rugiada che riflettevano la luce come piccoli prismi per poi scomparire, doni restituiti all'universo.

Lo stomaco di Cal brontolò. « Facciamo colazione » proposi.

« Non facciamola » ribatté lui. Si sollevò appoggiandosi ai gomiti, il volto a pochi centimetri dal mio, e mi diede un bacio.

« Non qui » dissi, « non adesso. » Probabilmente era la cosa meno romantica che avessi detto fino a quel momento, e Cal sembrò mortificato, ma io lo condussi al mio appartamento, a un passo da lì, tenendolo per mano come avrebbe fatto una madre, e come una madre gli dissi di spogliarsi e di mettersi a letto. Le lenzuola erano fresche e lisce, e in pochi secondi ci addormentammo, avvinghiati. Cal aveva ragione: eravamo fatti l'uno per l'altra. Era ancora presto quando ci svegliammo al ticchettio rassicurante della pioggia sul tetto. E poi Cal Sweeney fece l'amore per la prima volta della sua vita. E io pure.

1
7/6/2010 – 13/6/2010

Non esiste un vascello veloce come un libro...
Emily Dickinson

La ragazza sembrava un'orfana. Non che Kit, quarantaquattrenne senza figli, o Kit in generale, avesse mai saputo quale fosse l'aspetto di una vera orfana. Questa assomigliava alle orfanelle dei film: capelli biondi fini, spalle esili, l'aria un po' trascurata. La ragazza, Sunny, indossava dei jeans strappati, sneakers alte nere, e una maglietta maschile bianca con un grande punto interrogativo disegnato con il pennarello nero sul davanti. Disse che aveva fatto la maglietta pensando alla gente che entrava in biblioteca e magari aveva qualche domanda. « Ho copiato l'idea da quei cartelli che ci sono in autostrada » spiegò, gli occhi fissi sulle proprie dita intrecciate, mentre faceva girare i pollici uno intorno all'altro come un gatto che dà la caccia a un topo. Sunny non specificò a quali cartelli si riferisse e nessuna delle persone presenti alla riunione mattutina del personale, dove Barbara Goodspeed, la capo bibliotecaria, la presentò, glielo chiese.

« Oscurerai Kit » disse Barbara, e vedendo che la ragazza era perplessa, aggiunse: « Lei è Kit ».

Sunny alzò lo sguardo, annuì brevemente rivolta alla donna dall'aspetto dimesso, con i capelli ricci e un paio di occhiali appoggiati di traverso sul naso, riabbassò lo sguardo e sussurrò « D'accordo », a voce così bassa che solo Evelyn Mosher, l'addetta alla distribuzione, eterna brontolona che teneva l'apparecchio acustico al massimo volume, riuscì a udirla.

«Potrebbe essere divertente» commentò Evelyn, rivolgendo un sorrisetto a Kit, che stava pensando a un modo per cambiare argomento. Spingendosi in avanti sulla sedia, Kit era sul punto di protestare, ma poi vide che Chuck, l'addetto alla manutenzione dell'immobile e del verde pubblico, si era messo la mano sulla gola, segno che stava per parlare, e scivolò di nuovo indietro, sconfitta.

«Quanti anni hai?» chiese Chuck a Sunny, e le sue parole scaturivano ansimanti, con un tono di voce monocorde, dal laringofono meccanico incastrato sotto la mascella, diretta conseguenza dei due pacchetti di sigarette al giorno che ancora si ostinava a fumare. Riuscì a catturare l'attenzione della ragazza, che lo guardò con un'espressione dapprima indolente ma poi improvvisamente tesa, provocata dalla paura, o dalla sorpresa, o da entrambe.

«Quindici» rispose.

«Judy ne ha due di quindicenni» disse Evelyn senza rivolgersi a nessuno in particolare. Judy era una delle sue figlie, quella che lei aveva avuto dal suo terzo matrimonio. «Tiffany – parto podalico, sindrome del bambino blu, non aveva superato quasi nessuno dei test che fanno ai neonati, tutti pensavano che sarebbe stata ritardata, e probabilmente adesso Judy vorrebbe che lo fosse, – e Chester, che loro chiamano 'il messicano'. Maschio e femmina adolescenti nella stessa casa? Un incubo.» Intorno a quel tavolo, però, tutti eccetto Sunny lo sapevano, avendo ascoltato più volte i suoi racconti.

«Quindici anni» ripeté Chuck. «Una minorenne in mezzo ai dinosauri.»

«Una minorenne delinquente» borbottò Evelyn, ma Sunny, se la udì, non lo diede a vedere, e comunque era sostanzialmente vero. Sunny era stata condannata a lavorare tutta l'estate presso la Biblioteca Pubblica di Riverton perché colta in flagrante mentre tentava di rubare un dizionario nella libreria del centro commerciale.

«Terrai tu d'occhio la ragazza» disse Barbara a Kit alla fine della riunione, mentre Sunny era sgusciata fuori dalla stanza e sfogliava distrattamente un libro che qualcuno aveva lasciato sul banco della distribuzione.

«Certo, magari tenta di rubare anche il nostro dizionario» aggiunse Evelyn, lasciandosi sfuggire una risatina assai poco divertente. «Vuoi che chieda ai ragazzi di farla pedinare?» Jeffrey e Jack, i figli di Evelyn, costituivano un terzo della locale forza di polizia.

«Sono certa che Kit saprà come fare» concluse Barbara, raccogliendo le sue cose.

La questione era risolta. Sunny sarebbe stata sotto la responsabilità di Kit. Per le dodici settimane seguenti, la quindicenne Sunny sarebbe stata sua.

Sunny | condannata

Nel nostro stato c'è il cosiddetto tribunale minorile, ecco perché sono finita in biblioteca per le vacanze estive, anche se, non andando a scuola, non ho vacanze estive. Io non frequento una scuola regolare e non seguo un corso di studi. Il concetto è che tutto il mondo è come una grande scuola e puoi imparare la biologia osservando le rane e i vermi, puoi imparare le frazioni facendo le torte, e puoi imparare la storia parlando con gli anziani. Ma non sei obbligata, studi solo quello che ti interessa. Mia madre ama ripetere: «La non-scuola consiste nel risvegliare le tue passioni seguendole ovunque esse ti conducano». Coincide con la filosofia di vita dei miei genitori. Si sono conosciuti a un Rainbow Gathering, e quando finì viaggiarono per un paio d'anni facendo l'autostop, attraversando a zig-zag il Nord e il Sud America, fermandosi per un baratto o per un lavoro occasionale quando avevano bisogno di cibo o di denaro.

Il tribunale minorile è un vero tribunale, con un vero giudice e uno sceriffo che grida «Tutti in piedi» quando il giudice entra in aula, anche se, da quel che ho potuto vedere, è un invito a svegliarsi più che ad alzarsi in piedi, perché l'attività inizia alle 6,45 della mattina per dare ai genitori la possibilità di andare al lavoro subito dopo, e tutti cascano dal sonno. È il posto dove i bambini bravi, oppure i bambini che non hanno ancora fatto niente di male, vengono mandati quando fanno qualcosa di sbagliato, o di stupido, o entrambe le cose, tipo tentare di infilarsi un libro nei jeans da Barnes and Noble quando sono sicuri che nessuno li guarda. Il libro costava 22 dollari e 95, cioè 12 dollari e 63 in più di quello che avevo con me in quel momento.

«Bene, Solstice» disse il giudice, consultando i fogli sul suo banco prima di rivolgere lo sguardo verso di me. Era un nero con il volto rotondo e occhiali con la montatura rotonda in metallo, con il cranio completamente calvo e lucido e il mento ornato da una barba grigia e riccia che gli spuntava sul volto come i riccioli di una paglietta di ferro.

«Sunny» rettificai, con la gamba destra che tremava nervosamente. Quando sono nervosa tendo a interrompere.

«Prego?» Il giudice corrugò la fronte, facendo chiaramente capire che non era contento di udire la mia voce così presto.

«Solstice è il nome sul mio certificato di nascita» continuai, parlando rapidamente (nervosismo). «È il mio nome ufficiale. Però tutti mi chiamano Sunny.» Sorrisi al giudice. Lui non ricambiò.

«Solstice» ricominciò il giudice, «puoi dirmi perché hai rubato» – guardò le sue carte, aggrottò la fronte, poi piegò la testa come fanno i cani a volte quando sono confusi – «il *Dizionario Universitario Merriam-Webster*?»

Bene, domanda facile.

«Perché non avevo abbastanza soldi per comprarlo.» La gente rise, ma io non stavo tentando di essere divertente. L'avrei comprato, se avessi potuto.

«Ordine!» ringhiò il giudice, sul punto di battere il martelletto. «Ho compreso che questo è il motivo per cui hai rubato. Ma perché hai scelto di rubare proprio un dizionario? Nella mia aula ho avuto molti ladri, ma per questo... per questo genere di furto è davvero la prima volta.»

In realtà avrei potuto permettermi l'edizione tascabile, ma i tascabili non durano. Le pagine si staccano, e a cosa serve un dizionario se gli manca qui e là qualche pagina? Vai a cercare una parola che non c'è e non puoi nemmeno provare che ci fosse. L'edizione rilegata era solida e resistente, ed era bella, con la bordatura dorata che faceva sembrare il libro stesso un gioiello a ventiquattro carati. Ho già detto che mia madre crea gioielli che vende in un chiosco al centro commerciale, lo stesso centro nel quale, contraendo i muscoli dell'addome, ho tentato di infilare un volume di 532 pagine tra la pancia e la cintura dei miei jeans?

«Sto aspettando» disse il giudice, facendomi sussultare.

«D'accordo» replicai con un respiro profondo. «Ero stanca di dover sempre chiedere a qualcuno quando non sapevo il significato di una parola. Come 'sesquipedale'.»

«Cosa significa?» chiese il giudice.

«Questo è il punto» risposi. «Non lo so.» La gente seduta dietro di me ridacchiò. Mi sembrò di sentire un ragazzo che esclamava: «È pazza» e la madre di un altro che sussurrava bruscamente: «Perché non sei anche tu come lei?».

«E Internet?» domandò il giudice. «Ci sono dei dizionari su Internet.»

«Noi non abbiamo un computer» risposi. «Non ci crediamo.»

In realtà, sono i miei genitori che non ci credono. Io ci credo fermamente. Mio padre dice che gli schermi fanno marcire il cervello, ci rendono stupidi e pigri e ci fanno comportare come animali in un gregge. Dice che sta già succedendo. Ogni volta che c'è una sparatoria in una scuola o qualche storia pazzesca di gente che si butta con il paracadute da un grattacielo, lui commenta: «Hai visto cosa succede con gli schermi? Tutta gente che ha passato troppo tempo davanti agli schermi». Una volta io provai a discutere: come poteva sapere che lo facevano perché passavano un sacco di tempo a giocare ai videogame o a navigare sul web? Come poteva sapere che non dipendeva magari dall'aver bevuto latte a cinque anni, o dal portare le scarpe, o dall'aver avuto una volta l'influenza? Ma non c'era modo di fargli cambiare idea o di convincerlo a usare un PC, o un iPad, o un cellulare. «Leggi qui» mi aveva detto l'ultima volta che gliel'avevo chiesto, più di un anno fa, perché ho capito che chiederglielo significa solo dargli l'occasione di tenere una conferenza su come il governo usa tutti questi apparecchi elettronici per controllare la nostra mente e spiarci. Mi diede una copia di *1984,* anche se sapevo già tutto di Winston Smith e del Grande Fratello e del linguaggio ambiguo; *1984* è un po' la nostra bibbia di famiglia. Quindi niente computer, niente telefono, niente discussioni.

«Sono presenti i tuoi genitori o i tuoi custodi legali?» chiese il giudice. «Se ci sono, vorrei che si alzassero in piedi.»

«C'è mia madre» dissi, indicando la donna seduta accanto a me, che indossava un vestito senza maniche a righe blu e verdi così lungo che le sfiorava i sandali. Chissà se il giudice riusciva a vedere l'arcobaleno tatuato sulla sua spalla sinistra, o il simbolo dello yin-yang su quella destra. Probabilmente non si sarebbe accorto del piercing sulla lingua finché lei non avesse parlato o sorriso.

Mentre mia madre si alzava, il giudice abbassò lo sguardo e diede una scorsa alle carte sul banco. «Signora...» S'interruppe, sfogliando le pagine in cerca di un cognome, che non avrebbe trovato.

« Non siamo sposati » chiarì mia madre. Aspettavo che lei spiegasse che il matrimonio era una sovrastruttura dello stato e costituiva una falsa consapevolezza, parole che avevo sentito per tutta la mia vita finché non avevo smesso di chiedere ai miei genitori perché non erano sposati o quando ci sarebbe stato il loro matrimonio.

« Naturalmente » sospirò il giudice, poi si rivolse verso di me. « Solstice. Sunny. Ragazzina. » Si tirò la barba. Corrugò la fronte. Batté la penna sul banco. « Rubare un dizionario è un caso davvero insolito di furto minore. Suppongo che tu sappia cosa significa la parola 'furto', ma per tutti quelli che non lo sanno, lo spiegherò. Significa prendere qualcosa che non ti appartiene. Scarpe da ginnastica, telefonini, soldi, auto: è piuttosto comune. Libri, raramente. Dizionari, per quanto ne so, e faccio questo lavoro da oltre dieci anni, mai. Il desiderio di ampliare il proprio vocabolario è ammirevole, e lo è anche il voler conoscere il significato delle parole. È cosa rara, di questi tempi, lo riconosco. Ma un furto è un furto. Non puoi andare in giro a prendere cose solo perché le desideri. Che razza di mondo sarebbe? Non si tratta di una domanda retorica. Ha una risposta. E la risposta è che sarebbe un mondo non regolamentato. Un mondo senza legge. Uno spaventoso mondo senza legge. Mi capisci? »

Annuii. Anche mia madre annuì, sebbene io sapessi per certo che nessuno dei miei genitori era un fanatico delle leggi, o quanto meno delle leggi che non approvavano. Ma il giudice non l'aveva chiesto a loro, l'aveva chiesto a me.

« Dillo a voce alta » mi esortò il giudice.

« Capisco » risposi.

« È una brutta china » proseguì.

« Sì ».

« Questo è il tribunale minorile » continuò il giudice, guardando dietro di me, verso le file di altri adolescenti 'cattivi' in attesa del loro turno, e rivolgendosi anche a loro mentre mi parlava, «e nel tribunale minorile ci impegniamo a trovare una punizione che sia commisurata al reato. Nessuno che si presenti al mio banco andrà in carcere. A meno che» aggiunse con una pausa eloquente, scrutando l'aula, «si sottragga alla condanna comminata da questa corte. È chiaro questo, Solstice?»

«Sì» ripetei, e per la prima volta, quella mattina, ebbi paura. Ero nervosa quando ero andata a letto e nervosa quando mi ero alzata, ma il nervosismo è diverso dalla paura, e fino a quel momento non avevo avuto paura di quello che stava per succedermi. Il giudice aveva ragione. Non aveva bisogno di dirlo. Io contavo sul fatto che avevo rubato un dizionario, non il portafogli o il telefonino di qualcuno. Quel giorno, il giorno del furto, quando i sorveglianti del negozio mi avevano accompagnato dal reparto opere di consultazione, attraverso quello della narrativa e dei classici, a un ufficio di servizio che puzzava come se avessero versato del caffè stantio in un camerino, e quando era arrivata la polizia vera, un agente maschio e un'agente femmina, che sogghignavano interrogandomi, e quando mi avevano consegnato a mia madre in lacrime e a mio padre incazzato perché mi riportassero a casa in macchina, l'idea di poter finire dietro le sbarre non sembrava uno dei possibili sbocchi della mia «insulsa avventura», come Steve, mio padre, l'aveva definita.

Tornando a casa mio padre mi fece la predica: «Non si fa entrare la polizia nella propria vita senza motivo». Detto da un uomo che non aveva mai partecipato a una manifestazione che non gli piacesse. Mentre gli altri padri raccontano ai figli storie di guerra, Steve racconta storie antibelliche: come finì rinchiuso e riempito di spray al pepe a New York durante la prima manifestazione contro la guerra in Iraq; quando venne colpito da proiettili di gomma a Seattle durante il grande corteo antiglobalizzazione del '99; perché prese parte a un *die-in*, dove la gente si stende a terra fingendosi morta, durante la Convenzione Nazionale Repubblicana del 2003; come si rifugiò per tre mesi in un albero secolare nell'Oregon per impedire che lo abbattessero, non so bene quando; e come partecipò a uno sciopero della fame per protestare contro i cibi geneticamente modificati, interrompendolo solo quando scoprì che Willow era incinta. E sono soltanto i casi che ricordo, ma ce ne sono altri.

« L'ultima cosa che voglio è mandare qualcuno al riformatorio » sentenziò il giudice, « ma a volte è necessario. A volte non c'è altro modo. »

Aveva un tono di voce rattristato. Aveva un'espressione rattristata. Poi mi guardò.

« Solstice Arkinsky, per il reato di furto del *Dizionario Universitario Merriam-Webster*, ti condanno a quaranta ore settimanali di servizio a favore della comunità presso la Biblioteca Pubblica di Riverton, da svolgersi tutti i giorni durante le vacanze estive fino all'inizio del nuovo anno scolastico. »

S'interruppe, abbassò lo sguardo e si mise a leggere alcuni fogli che aveva sul banco. E continuò a leggere. Io non sapevo se avesse finito con me, e se dovessi andarmene o invece restare lì in piedi finché lui non mi dicesse che potevo farlo. Dietro di me un ragazzo bisbigliò: « Cosa deve fare, quella? » forse rivolgendosi a sua madre, o forse alla mia. Non mi voltai. Improvvisamente temevo che il giudice avesse trovato qualcos'altro sul mio conto, qualcosa di brutto, che lo inducesse a riconsiderare la questione. Steve dice sempre che lo stato sa, sul tuo conto, cose che nemmeno tu sai e che le userà contro di te, se non stai attento. Il giudice alzò lo sguardo, finalmente, e si schiarì la voce.

« Ci sono domande? »

Annuii di nuovo.

« Sì? » Sembrava infastidito.

« Io non vado a scuola » risposi.

Vedendolo perplesso, gli ricordai che, stando a quello che aveva detto, avrei dovuto lavorare in biblioteca durante le vacanze scolastiche, ma io non avevo vacanze scolastiche perché non andavo a scuola.

« Non frequentare la scuola è una infrazione grave » osservò il giudice, spostando lo sguardo da me a mia madre e poi ancora su di me.

La stenografa del tribunale smise di battere. Aveva un'espressione del tipo: « Accidenti! »

« Lei studia a casa » disse mia madre, con il piercing sulla lingua che scintillava riflettendo la luce proveniente dalla plafoniera sopra di lei. Attesi che spiegasse l'intero concetto di non-scuola, e forse lei lo avrebbe fatto, ma il giudice batté di nuovo il suo martelletto, non una, ma tre volte, come dei punti esclamativi.

« Per disposizione di questa corte Solstice Arkinsky presterà servizio nei mesi di giugno, luglio e agosto di quest'anno presso la Biblioteca Pubblica di Riverton, per non meno di quaranta ore settimanali. È chiaro? »

« Sì » rispondemmo noi.

« Siete d'accordo? » ci chiese.

« Sì. »

Il giudice batté di nuovo il martelletto, e il cancelliere lesse il nome del ragazzo che doveva presentarsi alla sbarra dopo di me, mentre lo sceriffo ci conduceva verso un lungo corridoio e una rampa di scale, fino a un ufficio al piano superiore dove ci attendevano dei documenti da firmare.

Mentre camminavamo, le mie sneakers scricchiolavano sul linoleum, e i sandali di mia madre facevano clic-clac, ed era tutto finito, ma era soltanto l'inizio.

Bisogna avere una mente d'inverno...
Wallace Stevens

Negli Stati Uniti ci sono 1.687 biblioteche Carnegie. Quella di Riverton fu costruita nel 1912, quando la città era un prospero polo industriale sulle rive del Connecticut. Non è più così. Gli opifici che producevano tessuti, calzature e carta avevano chiuso tutti negli anni Sessanta e Settanta, trascinando con sé la maggior parte del centro cittadino. La tavola calda aveva le serrande abbassate, le vetrine dei grandi magazzini Fine's erano coperte con del compensato, e la farmacia si era trasferita nel centro commerciale a venti chilometri di distanza. La biblioteca era ancora un punto di riferimento nel parco cittadino, anche se alla sera, quando la luce si stemperava e le quattro colonne doriche dell'edificio, collocate tra una rampa di larghi gradini di pietra e una fascia decorativa in gran parte sbiadita, erano avvolte dall'ombra, si rischiava di scambiarla per un mausoleo. Eppure, l'inalterata grandiosità della biblioteca era se non altro un segno, per chiunque vi passasse davanti e per chiunque vivesse lì, che una volta Riverton aveva avuto la sua importanza.

Quando vi si era trasferita, quattro anni prima, Kit era rimasta sorpresa dallo squallore di quel luogo. Quasi tutto quello che sapeva del New England derivava dai calendari delle compagnie di assicurazione, e a Riverton non c'erano ponti coperti né chiese bianche con un campanile alto, ma solo strade fiancheggiate da edifici cadenti di due o tre piani, rivestiti in legno, nei pressi del centro cittadino, e file di costruzioni industriali di mattoni vicino all'acqua. Era marzo, e c'era ancora la neve sul terreno. Neve sporca. Il lavoro alla biblioteca sarebbe iniziato ad aprile. Comprò un paio di stivali di gomma per poter andare in giro a piedi, ma scoprì che la neve sporca era composta più da terra e frammenti di roccia che da neve e ghiaccio, e gli stivali erano inutili. Alloggiava al Travelodge sull'autostrada, nutrendosi di yogurt e dolci trafugati dal buffet della prima colazione e guardando repliche di *Law and Order* quando non consultava gli annunci immobiliari o parlava con gli agenti, che si mostravano elettrizzati sentendo al telefono un essere vivente.

Affitto o acquisto? Quello era il problema. La prudenza diceva affitto. Ma diceva anche acquisto. Kit aveva un po' di denaro. In quel modo era più difficile perderci: alla fin fine, un saldo negativo di conto corrente non voleva sempre dire essere in rosso. Era quello che aveva detto al suo terapeuta nel Michigan, il quale credeva nella psicologia positiva e cercava di indurre anche lei a credervi, invitandola con insistenza a trovare del buono nelle cose quando e come poteva. « Vede, è una situazione in cui si vince e si perde » gli aveva detto, « è un po' come una psicologia semi-positiva. » Lui non era sembrato entusiasta.

« Coraggio, Kit » le diceva il dottor Bondi, il terapeuta, per spronarla, lo sapeva – oh, se lo sapeva! – a recitare almeno qualche frase della sceneggiatura che aveva cercato di inculcarle nella mente, nel tentativo di soppiantare quella che vi risiedeva in quel momento. Terapia cognitivo-comportamentale, la chiamavano, TCC. Bondi era un suo convinto assertore.

« Ho imparato che sono più forte di quel che pensavo! » e « Ho imparato che anche se la situazione è pazzesca, questo non vuol dire che io sono pazza! » e « Ho imparato che il passato è una storia, il futuro è una storia, e l'unica realtà è adesso. »

Poteva pronunciarle, quelle frasi, ma rimanevano pure e semplici parole. Parole che non significavano niente per lei.

« Sa chi è ricco? » disse, poi fece una pausa a effetto. « Io. Come sono fortunata, a quanto pare ho vinto la lotteria della vita. »

« Capisco la sua collera, Kit, davvero » replicò lui, guardandola in un modo che poteva solo definire eloquente. Era un uomo non privo di attrattiva, Kit doveva riconoscerlo. Era snello e in forma e, da quando aveva iniziato a frequentarlo, ossia da circa un anno, era apparso permanentemente abbronzato, con i capelli dorati dal sole. A volte, pensando a lui non in sua presenza, si era chiesta se il suo aspetto esteriore facesse parte della sua pratica professionale: tentava forse di proiettare un aspetto pieno di salute sugli sfigati che si installavano ogni ora per un'ora in una delle lussuose poltrone marroni collocate strategicamente di fronte a lui, seduto con le spalle erette e l'atteggiamento indagatore? Era possibile. Quanto a lei, era quel genere di paziente che, prima di presentarsi all'appuntamento con il terapeuta, si dava una rinfrescata, si lavava i denti, si spazzolava i capelli e indossava abiti freschi di tintoria, perché lui non pensasse che era depressa. Perché lei non era depressa, ma soltanto esausta.

« Perché non dovrei essere arrabbiata? Pensi che le cose stiano in un certo modo e poi scopri che sono tutt'altro. Com'è quella frase? Tutto ciò che è solido si scioglie nell'aria? Ma il paradosso è che non era solido fin dall'inizio. »

Si adagiò nella poltrona troppo imbottita con aria di sfida. Il dottor Bondi spinse verso di lei una scatola di fazzoletti di carta. Con gli occhi asciutti e fremente di collera, lei li respinse.

« Ammiro la sua capacità di recupero, Kit » fece il dottor Bondi. « Davvero. »

« E io ammiro la sua perseveranza » ribatté Kit alzandosi. Ormai era un'esperta. L'ora di cinquanta minuti era finita, e ben presto si sarebbero detti addio sul serio.

Era accaduto tutto così in fretta. Sembrava di procedere al rallentatore, come quando capita un incidente, ma poi, come se qualcuno si fosse chinato a premere il tasto dell'avanti veloce, c'era stata un'accelerazione improvvisa. Ricordava a malapena di aver fatto domanda per quell'impiego a Riverton. Era avvenuto attraverso uno di quei siti online. Ma ecco l'offerta di lavoro, nella sua casella della posta in entrata, e due settimane per rispondere. Due settimane per decidere se fare i bagagli e andarsene. No, non era vero. Lei doveva andarsene. Era solo questione di quando e dove se ne sarebbe andata. Inspiegabilmente, tra tutti i luoghi del mondo, aveva scelto Riverton, una scalcinata cittadina in condizioni di degrado, dove l'inverno iniziava a novembre e non se ne andava per un buon sei mesi. Quando si domandava il perché, la risposta era sempre la stessa: Perché era capitato.

Sunny | *un libro*

Tutti volevano sapere perché avevo rubato il dizionario. La gente del negozio, la polizia, il giudice, i miei genitori, gli altri imputati al tribunale minorile. Ogni volta che me lo chiedevano, rispondevo che non l'avevo rubato e aspettavo che capissero la sottigliezza della battuta. Allora mi chiedevano perché avevo avuto l'intenzione di rubarlo, e io rispondevo che mi ero stufata di infastidire i miei genitori o che mi serviva per prepararmi ai test attitudinali, che era poi quello che avevo detto al giudice. Ma c'era anche qualcos'altro, qualcosa che non avevo detto espressamente a nessuno, perché era personale e non volevo che mi prendessero in giro. Poi Kit, in biblioteca, me lo chiese. Eravamo giù nella sezione ragazzi, solo noi due, che mettevamo i libri sugli scaffali senza parlare, non perché è una biblioteca e devi restare in silenzio, ma perché Kit non parla molto e sta quasi sempre per i fatti suoi. Poi, di punto in bianco, disse: «Dunque, il dizionario», e sembrava una specie di affermazione, non una domanda, il che voleva dire non essere costretta a rispondere se non ne avevo voglia, ma forse l'avrei fatto comunque se proprio in quel momento non mi fossi accorta che qualcuno aveva lasciato una copia del *Coniglietto di velluto* su uno dei tavolini che ci sono là sotto, e io, quasi emozionata, dissi che era uno dei miei libri preferiti di sempre e mi fermai a sfogliare le pagine. Chiesi a Kit se lo conosceva, e lei disse che ne aveva sentito parlare, ma non lo aveva mai letto, probabilmente perché, non avendo figli, si era persa un sacco di libri per bambini. Le dissi che avrebbe dovuto portarlo a casa e leggerlo, lei rispose «Forse», e pensai che temesse Evelyn, che era al banco della distribuzione e si sarebbe affrettata a ricordarle che lei non era la madre di nessun bambino, se mai l'avesse preso in prestito. Così mi misi a scorrere le pagine in cerca del mio brano preferito e glielo lessi.

«L'unica cosa» dissi prima di cominciare a leggere, «che devi sapere è che c'è un coniglio di pezza, e un altro animale di pezza che è un vecchio cavallo tutto consunto, e stanno parlando di come si smette di essere animali giocattolo per diventare animali reali. Bene, ascolta:

«'Fa male?' chiese il Coniglietto.

«'A volte' rispose il Cavallino di Cuoio, 'ma quando sei Vero, non t'importa di provare dolore.'

«'Succede all'improvviso, come quando ti caricano o poco alla volta?' domandò ancora.

«'Non succede di colpo', disse il cavallino di cuoio. 'Ci vuole molto tempo per diventare Veri, per questo non capita spesso a quelli che si rompono facilmente o hanno degli spigoli taglienti o vanno maneggiati con cura. Di solito, prima di diventare Vero, avrai perso quasi tutto il pelo a furia di carezze, ti si saranno staccati gli occhi, le giunture non ti funzioneranno più e sarai bello malconcio. Ma di questo non ti importerà niente, perché quando sei Vero non puoi essere brutto, se non per quelli che non capiscono.»

Chiusi il libro e lo rimisi sul tavolo. Guardai Kit e vidi che, dietro gli occhiali, aveva gli occhi che luccicavano e il suo naso si era arrossato lievemente, mentre lo stringeva all'altezza del setto. Era un po' imbarazzante: lei era un'adulta. Ma in quel momento mi sembrò vera, e io mi sembrai vera, e mi resi conto che un modo per scoprire se puoi fidarti di una persona è leggerle un brano di uno dei tuoi libri preferiti e vedere come reagisce.

« Allora, il dizionario » le ricordai.

Ma poi m'interruppi. Volevo piacerle, ed era strano, perché lei era più grande di me; i suoi capelli castani ondulati si avviavano a diventare grigi, e quando strizzava gli occhi le si formavano delle linee come due parentesi ai lati.

« È davvero stupido » ripresi. « Ma l'ho fatto per una cosa che ho letto da qualche parte, e che mi ha veramente colpito. Diceva che un dizionario contiene tutti i libri che sono stati scritti e tutti quelli che lo saranno, però in un ordine diverso. Mi è sembrato magico. Puoi avere tutti i libri possedendone soltanto uno. Mi è piaciuto. Dovevo averlo, e basta. »

Ciò che avrebbe potuto essere e ciò che è stato...
T.S. Eliot

Una cosa che Kit si premurò di fare prima di lasciare la sua vecchia vita fu cambiare il proprio nome. Katherine era abbastanza comune, quindi decise di tenerlo; più difficile fu trovare un nuovo cognome adatto. Stese una lista e li provò uno per uno, ripetendoseli mentre stava a letto, o mentre guidava, o mentre guardava la TV. Sullivan? Troppo irlandese, avrebbe attirato l'attenzione della comunità irlandese, di cui non faceva parte. Johnson? Era il cognome da nubile di sua madre. Smith, Brown, Williams, Jones? Così generici che quando li pronunciava a voce alta le suonavano falsi, come nomi che potresti scegliere se scegliessi un nuovo nome. Ci volle un po' di tempo: Clemmons, Shea, Cross, Peters, Roberts, e così via, procedeva scartando tutti i cognomi possibili, tranne Jarvis. Quello lo trovò sull'etichetta di una bottiglia di Chardonnay da novantacinque dollari chiusa nel frigorifero speciale di un negozio di liquori. Jarvis: era abbastanza distinto da sembrare autentico, ma non così tanto da attirare l'attenzione. Katherine Jarvis. Suonava anche bene.

«Una volta ho aiutato un assassino a cambiare nome» le raccontò l'affabile impiegato con i denti spaziati all'ufficio amministrativo della contea, mentre lei gli porgeva la propria richiesta di cambio di nome, la patente di guida e il passaporto. «Non sapevo che fosse un assassino. Un serial killer, per la precisione. Prostitute e vagabondi. Non indovinerebbe mai il nome che si era scelto.»

«John Doe» disse Kit insieme all'impiegato, che sembrò sorpreso. «Come fa a saperlo?»

«Era su tutti i giornali. E non sono venuti a intervistare lei?»

«Ci hanno provato» fu la risposta, «ma io non ho detto niente. Avrei potuto anche ricavarne del denaro. Il *National Enquirer*, il *Globe*, offrivano tutti dei soldi. Mia moglie, dio la benedica, diceva che avrei dovuto prenderli, ma non potevo rischiare di perdere il mio impiego. Abbiamo delle regole per questo genere di cose.»

Esaminò la sua richiesta, controllò i documenti prima l'uno accanto all'altro, poi raffrontandoli con la sua persona. In quelle foto lei aveva i capelli più lunghi e senza nessun accenno di grigio e il volto era più pieno e privo di rughe.

«Ecco cosa succede quando lasci passare dieci anni tra una foto e l'altra» scherzò lei quando lui sembrò metterci troppo tempo.

Alla fine lui le disse: «Lei ha un aspetto familiare...»

Le prese un colpo, e probabilmente assunse un'espressione allarmata.

L'impiegato rise fragorosamente. «Lo dico a tutte le signore carine. Poi dico loro che assomigliano ad Angelina Jolie. O a quell'altra che aveva sposato Brad Pitt.»

«Jennifer Aniston.»

«Proprio quella» le rispose, timbrando i documenti di Kit con un sigillo ufficiale e restituendole il tutto. «Lei però non assomiglia a nessuna di loro. Lei assomiglia a...» S'interruppe, poi le strizzò l'occhio. «Katherine Jarvis.»

2

14/6/2010 – 20/6/2010

Finché le voci umane ci svegliano, e anneghiamo...

T. S. Eliot

Di che cosa parli con una ragazzina che chiama i propri genitori Willow e Steve perché chiamandoli mamma e papà «perpetua il patriarcato»? La domanda aveva assillato Kit per tutto il weekend, e la assillava anche adesso, mentre si esaminava il volto allo specchio, aggiungendo un tocco di correttore sotto gli occhi e un colpetto di fard sulle guance prima di dichiararsi a posto e pronta per il lavoro. «Tre punti per il patriarcato» pensò, riponendo l'astuccio del trucco nell'armadietto del bagno e prendendo una spazzola che si passò alcune volte tra i capelli indomabili.

Di che cosa parli con la gente, si domandò, soprattutto quando non hai voglia di parlare di te, ben sapendo che se chiedi di loro, gli altri inevitabilmente rigirano a te la domanda. Se domandi dei loro bambini, ti domanderanno dei tuoi, a meno che sappiano che non ne hai, e poi immancabilmente ti chiedono dei tuoi genitori, o del tuo cane, o di qualche altro parente, come se una conversazione dovesse essere una partita a tennis: tu lanci a me, io lancio a te, tu lanci a me, e così via. Quindi cosa restava? Il clima? (Era estate. Fuori faceva bello. C'era... il sole. Quante volte la ragazza doveva aver sentito quella battuta?) Sport? (Non era nello stile di Sunny, e nemmeno di Kit, tra l'altro, ecco una cosa che avevano in comune. Ma non si può parlare di qualcosa di assente.) Cibo? Quello avrebbe dovuto essere facile, tutti mangiano... e invece no. Il cibo era escluso. Era stato escluso già da alcuni giorni, prima ancora che potesse diventare argomento di conversazione.

« È quello che penso? »aveva chiesto Sunny il giovedì, indicando il sandwich al prosciutto di Kit. « Che schifo. »

Erano nella saletta del personale, loro due sole, e lo sarebbero rimaste per tutta l'estate. Sunny e Kit. Kit e Sunny. Oppure, come aveva preso l'abitudine di dire Evelyn ogni volta che passavano davanti al suo banco, « Kit e il suo raggio di sole ».

Kit aveva esaminato il proprio sandwich, girandoselo in mano. Sembrava a posto. Un po' di senape era colata attraverso uno degli alveoli del pane, ma a parte quello, sembrava invitante, con l'aspetto che deve avere un sandwich al prosciutto.

« Come? » chiese, aspettando una risposta prima di portarlo alla bocca.

« È maiale » rispose Sunny. « Stai per mangiare del maiale. »

« Be', tecnicamente sì » disse Kit. « Il prosciutto viene dal maiale. Anche le cotolette e le costine. » Kit stava imparando che, a volte, era meglio far finta che Sunny fosse una visitatrice proveniente da un altro paese, poco avvezza agli usi locali.

« I maiali hanno una faccia » continuò Sunny.

Kit rimase interdetta. « Sì » rispose, sempre in procinto di dare un morso. « Anche tu. Anch'io. »

« Giusto » ribatté Sunny. « Io non ti mangerei, e tu non mi mangeresti. »

« È questa la ragione per cui non ci mangiamo a vicenda? » le domandò Kit. Era una logica da quindicenne, quella? Non ci divoriamo a vicenda perché abbiamo una faccia? Più probabilmente si trattava di una logica da trenta-quarantenni che Sunny aveva assimilato dai suoi genitori vegani e non-patriarcali. Dite quello che volete dei genitori che si chiamano « Mamma » o « Papà », pensò, ma di sicuro non mi hanno mai fatto sentire in colpa per aver mangiato un sandwich al prosciutto.

«Questa è una ragione» continuò Sunny. «E comunque, chi siamo noi per avere del potere sugli altri animali? Perché gli umani si comportano così?»

Kit si sentì percorsa lungo la schiena da un brivido di consapevolezza. Sapeva che Sunny stava facendo un'affermazione, non stava ponendo una domanda, ma anche così, in realtà, c'era una risposta: «E Dio disse: 'Facciamo l'uomo a nostra immagine e somiglianza, e domini sui pesci del mare e sugli uccelli del cielo, sul bestiame, su tutte le bestie selvatiche e su tutti i rettili che strisciano sulla terra'».

Le parole scivolarono sulla lingua di Kit come gelatina all'arancia durante una cena parrocchiale, anche se lei non le aveva apprese in chiesa, ma al suo corso su «La Bibbia come opera letteraria», primavera del secondo anno, molti anni prima. «È la Bibbia. Il libro della Genesi. Alcuni la considerano parola di Dio» spiegò a Sunny, che fece una smorfia ed emise un breve gemito. «Non sto dicendo che sia giusto. Sto dicendo che il concetto viene da lì.»

«Be', è un concetto sbagliato. Come un sacco di altre cose nella Bibbia.»

Ecco di che cosa potevano parlare se dovevano farlo, decise Kit, prendendo borsa e chiavi e avviandosi alla porta. Di teologia.

La porta si apre, ma la stanza non è più la stessa.
Adrienne Rich

In biblioteca, i lunedì mattina erano sempre così lenti che Evelyn ne approfittava per risolvere il cruciverba del giorno, facendo domande dall'atrio alla sala di lettura quando si bloccava su una definizione.

«Chi ha detto 'Ho pietà per gli sciocchi'?», domandava, e se non otteneva risposta, proseguiva: «Tre lettere». Silenzio. «Forza, gente.» E se Kit, o Chuck, o Barbara, o uno dei pochi frequentatori non gridava «Prova Mr. T», riferendosi al mitico attore, lei telefonava alla stazione di polizia e lo chiedeva a Jeffrey o a Jack. Se non lo sapevano, esclamava: «Be', allora dimmi qualcosa che sai» e chiedeva chi era stato portato dentro per guida in stato di ebbrezza nel corso del weekend, o chi si stava facendo passare la sbornia nella cella degli ubriachi, e avvertiva la loro madre.

«Non ci sono leggi per questo?» domandò Kit a Chuck la prima volta che questo avvenne in sua presenza, e il tuttofare alzò gli occhi al cielo, si coprì la gola ed emise un «Ah!» metallico.

Quando aveva incominciato a lavorare in biblioteca, Kit arrivava il lunedì mattina fresca di doccia e pronta a fare qualcosa, qualunque cosa, solo per essere accolta dall'eco dei propri passi sul consunto linoleum del pavimento. Annoiata e preoccupata perché l'avrebbero licenziata non appena qualcuno si fosse accorto che Riverton, dopo tutto, non aveva bisogno di una bibliotecaria addetta alla consultazione, Kit si dava da fare vagabondando tra gli scaffali alla ricerca di libri fuori posto.

Gli alti scaffali erano fatti con gli alberi che un tempo riempivano i boschi alla periferia della cittadina, boschi che attualmente venivano dati in concessione ai quartieri di villette a schiera nell'immediata periferia della città. Acero e quercia, piallati a mano e sbiancati dal tempo e dal sole, formavano lunghe file, uno dietro l'altro come sentinelle. Kit passava le dita sul legno, che tante altre dita prima delle sue avevano già toccato, oltre un secolo di dita che, tutte insieme, avevano tolto in alcuni punti la vernice protettiva. Pensava alle persone a cui erano appartenute quelle dita – operai e proprietari di mulini, bottegai, insegnanti, studenti, immigrati – senza domandarsi a quale di quelle categorie appartenesse lei, ben sapendo che non faceva parte di nessuna.

Narrativa, saggistica. Biografia, autobiografia. Scienza, psicologia. Storia. Ogni cosa aveva il suo posto. Quella era la bellezza delle biblioteche. Non c'erano sorprese, tranne quando qualcuno sbagliava, o era pigro, o era un ladro. Durante quei primi lunedì mattina, quando, perlustrando gli scaffali alla ricerca di qualcosa fuori posto, non trovava il sesto volume di una serie di sei, o si accorgeva che c'era una seconda copia di un libro ma mancava la prima, Kit compilava un modulo per il volume mancante e lo metteva in un raccoglitore a fisarmonica, fino a quando Barbara Goodspeed un giorno la prese da parte e le disse di smettere. «I nostri finanziamenti dipendono dall'entità della nostra collezione» le disse, sottintendendo che nessuno di quei libri sarebbe stato rimpiazzato, perché non c'erano soldi e ce ne sarebbero stati anche meno se non si continuava con quella finzione.

Kit batté in ritirata, tornando alla sua postazione nella sala di lettura. Si accontentava di consultare i giornali della domenica provenienti da città che non aveva mai visitato e, se si trattava di una mattinata particolarmente fiacca, di esaminare con attenzione la copia della *Norton Anthology of Poetry* che aveva trovato tra i libri a prezzo speciale. Era la stessa edizione che aveva avuto al college, ma la rilegatura e il dorso di questa copia non cadevano a pezzi. Apriva il libro a caso, cercando qualcosa che non avrebbe saputo descrivere: saggezza, conforto, compagnia, e anche una voce, come se si trattasse di una Magica Palla 8, o di una preghiera.

Poi comparve Sunny, e il libro rimase nel cassetto, e si tornò al lavoro inutile, qualcosa che tenesse la ragazza occupata nelle vicinanze. Kit riconosceva in Sunny qualcosa che, da un lato, rispecchiava la sua stessa ritrosia, ma dall'altro la contrastava. Quella ragazza era un tipo strano, come lei, del resto. Per quanto fossero diverse, tra loro c'era una sorta di affinità. Che importanza aveva? Di lì a dodici settimane, poi undici, poi dieci, e così via, Sunny se ne sarebbe andata e Kit avrebbe ritrovato la tranquillità dei lunedì mattina, sempre uguale, come le particelle di polvere illuminate dalle finestre che si aprivano sul muro perimetrale.

Sunny | sonno condiviso

Willow sostiene che una delle grandi delusioni della sua vita è che io non ho continuato a farmi allattare quando ho smesso di usare i pannolini. Quando fai parte del movimento istruzione a casa/no scuola ti imbatti in bambini del genere, ormai cresciuti ma pronti a ficcare la testa sotto la camicetta della loro mamma per uscirne qualche minuto dopo con il latte sul mento, ruttando fragorosamente. A me i denti spuntarono presto e molto affilati, e immagino che li usai abbastanza perché Willow rinunciasse e mi facesse passare all'alimentazione solida prima che compissi un anno. « E allora capii che tu saresti stata diversa » mi ripete sempre, e sono quasi certa che intenda dire diversa da lei.

Tutti quelli che la conoscono, amano Willow. È quel genere di persona che, quando ti incontra per la prima volta, ti abbraccia forte guardandoti negli occhi e ti dice che è felice di conoscerti. Non lo fa per scena, è davvero felice di conoscerti. È fatta così. Io invece assomiglio più a mio padre: prima agisci, poi fai domande, ed ecco perché lui non avrebbe dovuto essere così arrabbiato per il dizionario. Willow lo aveva calmato, come fa sempre, con la sua voce rassicurante. Steve parla di « incantamento di serpenti », tipo « Fai l'incantatrice di serpenti perché ti dia il mio toast alla cannella? » Ebbene sì.

Le magiche arti da incantatrice di serpenti di Willow non riuscirono però a tenermi nel letto di famiglia. Molto diffuso nella comunità istruzione a casa/no scuola, il letto di famiglia è quello dove si dorme tutti insieme. Forse abbiamo più tempo da passare a letto rispetto alle famiglie che devono alzarsi per andare a scuola.

Il sonno condiviso, come lo chiamano, dovrebbe rafforzare il legame tra genitori e figli, ma nella nostra famiglia era esattamente il contrario. Quando i miei genitori facevano frusciare le lenzuola, io mi mettevo seduta e volevo sapere cosa stesse succedendo, e quando li sentivo bisbigliare volevo sapere cosa stessero dicendo, e mi arrabbiavo se rispondevano che erano « cose da grandi ». Poi si arrabbiava anche Steve, e Willow rimaneva bloccata in mezzo a noi due, letteralmente, dato che io stavo da una parte e Steve dall'altra. Lei, con la sua voce da incantatrice di serpenti, ci insegnava la sua respirazione speciale, e io mi riaddormentavo quasi sempre, mentre Steve non ci riusciva e il giorno dopo era di malumore e sbadigliava un sacco per farci sapere quanto fosse stanco. Per il mio quarto compleanno, mi regalarono un letto tutto per me. Ne fecero un gran parlare, continuando a chiamarlo « un letto per bambini grandi », e Willow aveva le lacrime agli occhi quando lo diceva.

« Non sta andando via di casa » le fece notare Steve.

« No » ammise Willow, « ma adesso capisco. Questo è solo l'inizio. La mia paperina sta mettendo le piume ».

Mi strinse in un grande abbraccio. Poi Steve abbracciò lei, che significava abbracciare anche me nel contempo.

« Sandwich di famiglia » disse. « È molto meglio del letto di famiglia perché Sunny è il formaggio! »

Lui e Willow si strinsero più forte, e da qualche parte sopra di me li sentii baciarsi.

il fiume / è un forte dio bruno...
T.S. Eliot

Kit comprò una casa. Impossibile resistere, erano quasi regalate.

« È la recessione economica » le ripeteva Daisy, l'agente immobiliare ansiosa ma sempre senza un capello fuori posto, ogni volta che andavano a una visita. «La loro perdita è il suo guadagno.»

Kit se ne accorgeva dallo stato di abbandono delle altalene, delle vasche idromassaggio, delle casette per bambini sugli alberi, dei giardini, come se chi ci abitava se ne fosse andato di fretta, inseguito, immaginò, dai bancari addetti ai mutui e dagli esattori. Gente che aveva piantato le hosta, le emerocallidi e l'echinacea, tutte piante perenni, presumendo di non andarsene mai più. Se decidi di ancorare una casetta dei giochi Little Tikes con dei tiranti, a quanto pare conti di sistemarti stabilmente.

«La loro perdita è il suo guadagno» ripeté Daisy per la quattrocentesima volta.

«Questo l'ho capito» replicò Kit, esaminando il circondario.

«È un mercato al ribasso» le fece notare Daisy.

«Se lo dice lei» commentò Kit.

La casa in questione era una villetta a schiera con quattro camere da letto all'interno di un complesso un tempo recintato, a una ventina di minuti da Riverton. La cucina aveva piani di lavoro in granito, nei bagni c'erano armadietti color ciliegia e tutti i pavimenti avevano la moquette, tranne quello dell'ingresso, rivestito con piastrelle effetto terracotta. C'erano lucernari e finestre ad alta efficienza energetica, oltre a un garage a due posti. Assomigliava a tutte le altre villette a schiera di quella via e del circondario, molte delle quali esponevano cartelli VENDESI o ALL'ASTA sui prati ancora rasati.

«Sembra un po' isolato, qui» notò Kit.

«Forse» ribadì Daisy, «ma questa casa è praticamente regalata, e non appena l'economia riparte questo posto tornerà a essere ricercatissimo. Sa come si dice, 'compra basso, vendi alto'. Inoltre» aggiunse, «l'unità immobiliare ha anche l'accesso al circolo.» Indicò l'edificio basso e allungato di mattoni bianchi in fondo alla strada.

«Cosa succede al circolo?» chiese Kit.

«Questo è il punto» rispose Daisy. «Tutto quello che vuole.» Kit percepì la disperazione nella voce di Daisy. Era stanca delle sue domande. «Non mi servono quattro camere da letto» ribatté, e prima che Daisy potesse spiegarle come trasformare una camera in palestra e un'altra in una stanza per il cucito, Kit si era già avviata verso la sua auto.

Poi finì per comprare una casa che aveva più di quattro camere da letto. Ne aveva cinque, anche se tre erano minuscole, non più grandi di una cella monacale, costruite per le ragazze della servitù che lavoravano per il proprietario dell'opificio, la cui residenza imponente si trovava a poca distanza fino a quando era andata a fuoco, alcuni decenni prima. Il 1635 di Coolidge Street era una rimessa di carri a due piani, con i telai delle finestre marci e pavimenti di assi di legno che fungevano anche da soffitto. Era disabitato da anni. Un bagno puzzava di muffa, nell'altro il gabinetto era pieno d'acqua scura e rugginosa, c'erano ragnatele su ragnatele e qui e là mucchietti di escrementi di topi, come piccoli tumuli in una foresta in decomposizione. La strada era in analoghe condizioni di sfacelo, crivellata di buche e costeggiata da automobili e case che avevano visto giorni migliori. Ma dove un tempo c'era stato l'edificio padronale adesso c'era un parco, e dalla camera da letto al piano di sopra si vedeva il fiume: Kit s'immaginò nel letto al mattino, a guardare il sorgere del sole che si rifletteva sull'acqua o, meglio ancora, si vide mentre saliva in cima al belvedere sul tetto per contemplare il tramonto.

«Mi piace» dichiarò Kit mentre Daisy tentava di dissuaderla. Ma lei sapeva già che era una follia: l'impianto elettrico e quello idraulico erano uno più vecchio dell'altro, l'unico albero sul davanti, un vecchio olmo, rischiava di abbattersi da un momento all'altro sopra la casa. Eppure le sembrava il luogo ideale per lei. In modo inesplicabile, quel guscio di edificio la faceva sentire a casa.

Sunny | taccuino

Ci sono misteri dappertutto. Willow dice che bisogna essere disposti ad accoglierli, perché è questo che rende la vita preziosa. Spesso me li fa notare, ma ho imparato a vederli anche da sola. Il mistero mattutino: Kit. Non mi riferisco solo a questa mattina in particolare. Mi riferisco a tutte le mattine. Quando arrivo al lavoro, lei è già lì. Questo non è un mistero: lei viene al lavoro a piedi mentre io devo farmi dare un passaggio perché abitiamo a quindici chilometri di distanza. Tutte le mattine, quando oltrepasso la soglia, vedo sempre la stessa scena: Evelyn conta i soldi in cassa per le sanzioni dei prestiti scaduti, Chuck controlla che i bidoni della spazzatura che ha vuotato la sera prima siano ancora vuoti, Barbara è nel suo ufficio con la porta chiusa e parla al telefono con le badanti di suo marito Larry, che ha l'Alzheimer e vive in una casa di riposo, e Kit è al banco della consultazione, intenta a leggere i giornali prendendo appunti su un piccolo taccuino a spirale.

Come oggi, quando ho detto ciao a Kit e lei ha alzato lo sguardo, sorpresa, dicendo: « Oh, accidenti, non sapevo che saresti arrivata così presto ». Io ho replicato: « Il giudice ha detto che devo lavorare dalle nove alle cinque, e sono le nove in punto ». In effetti, erano le 9,13. Tecnicamente, ero in ritardo. C'è qualcosa che non va nel motorino d'avviamento della nostra Subaru, secondo mio padre, che ha tentato di ripararlo da solo perché lui è convinto che si debba conoscere il funzionamento delle cose che si posseggono: in questo caso, però, sapere come funziona la sua auto non sembra essergli di grande aiuto per ripararla.

Le ho chiesto: «Cosa stai facendo, di preciso?» Me lo domandavo da prima ma ero troppo fifona per esprimermi.

Kit ha chiuso il taccuino e l'ha lasciato cadere nella borsa. «Leggevo il giornale. I giornali. È quello che faccio prima di metterli sugli scaffali.»

«E prendi appunti?» le ho chiesto. Questo è il mistero. Chi prende appunti quando legge il giornale?

«In un certo senso» mi ha risposto Kit con il tono di chi intende chiaramente non tornare più sull'argomento. «Ecco» ha aggiunto, spingendo verso di me una copia del *New York Times.* «Leggilo.»

«Perché devo leggerlo?» Volevo saperlo.

«Cosa vuol dire 'perché devo leggerlo'? Lo leggi per sapere cosa succede nel mondo.»

Era arrabbiata? Forse un po', o quanto meno lo sembrava, anche se io speravo che non lo fosse. A casa Steve chiamava già Kit la «signora capo». «Non è una di quel genere» gli avevo detto, ma come potevo saperlo davvero? Era solo una mia impressione. Kit era cool. Nel senso di un po' distante, ma anche cool come quel genere di persona che sembra sapere le cose come se le tirasse semplicemente fuori dal nulla: il motivo per cui c'erano dei gradini che portavano all'ingresso principale della biblioteca, per esempio, o un certo versetto della Bibbia. Anche se aveva i capelli un po' spettinati e portava le Birkenstock, non assomigliava agli amici dei miei genitori. Non riuscivo a immaginare Kit a una delle loro cene dove ciascuno porta una pietanza, o a raccogliere mele cadute per fare il sidro. Non chiamateli hippie, però. «Hippie» è un termine storico degli anni Sessanta, secondo Steve, che è nato subito dopo il limite, nel 1973. «Noi non siamo hippie» dice sempre Steve. «Noi siamo alternativi. Abbiamo uno stile di vita alternativo.» In altre parole, non mangiamo carne. Ci opponiamo all'agricoltura industrializzata. Riutilizziamo, riduciamo, ricicliamo. Willow dice che gli hippie sostanzialmente hanno distrutto il mondo.

Secondo lei, una volta compiuti i trent'anni, gli hippie si sono tagliati i capelli e hanno iniziato le guerre, hanno sviluppato gli OGM e l'agricoltura industriale, e così siamo arrivati al casino in cui ci troviamo adesso, anche se abbiamo un presidente nero.

Eppure, la gente spesso ci chiama hippie, specialmente al centro commerciale. «Andiamo a vedere cosa vende oggi la famiglia hippie» dicono. È imbarazzante. Lo so che non lo fanno apposta. È capitato anche a me. Quando ero piccola, ho dato degli hippie a una famiglia Amish, che vendeva attaccapanni con i pioli di legno ai bordi della strada, perché assomigliavano un po' a noi. (Uomini con la barba. Donne con i vestiti lunghi.) Probabilmente avevo detto: «Andiamo a vedere cosa vende oggi la famiglia hippie», dato che l'avevo sentito dire tante volte io stessa. Ma era pur sempre meglio di quando, a sette anni, avevo visto al campo giochi una donna bassissima che era la mamma di qualcuno, e avevo chiesto a Willow perché i suoi bambini fossero più alti di lei. Non l'avevo neanche chiesto sottovoce. Willow, che è fatta a modo suo, aveva risposto: «Be', Sunny, questo è uno dei misteri della vita».

E adesso Kit era anche lei un mistero della vita. Era arrabbiata? Le stavo simpatica? E quel taccuino?

«Ho solo pensato, dato che prendevi appunti, che ci fosse qualche altro motivo per leggere il giornale. Scusa.»

«No» ha replicato Kit, alzando a malapena lo sguardo dal *Wall Street Journal* aperto sul banco. «Leggi e basta.»

Così mi sono seduta di fronte a lei e ho dato una scorsa alla prima pagina. C'era del petrolio che si riversava nel Golfo del Messico per l'esplosione di un oleodotto, la Germania aveva battuto l'Australia al primo turno della Coppa del Mondo, e l'Afghanistan era ricco di minerali, ma questo poteva rivelarsi un fatto negativo. A pagina C3 c'era un articolo dal titolo «I bambini sono ancora importanti per il matrimonio?» e l'ho letto da cima a fondo. Il concetto era che sempre meno persone credono che i figli siano necessari per avere un matrimonio felice, e che i bambini sono «meno centrali» nelle nostre vite. Ahhh! Non a casa nostra. A casa nostra, io sono quella importante. A casa nostra, come mi ripetono da una vita i miei genitori, io sono il sole intorno al quale girano i loro pianeti. Se non fosse per me, forse non starebbero più insieme. Questo non me l'hanno mai detto, ma quando la tua camera da letto confina con il laboratorio di tua madre si sentono cose, cose di cui vorresti chiedere a qualcuno, ma le sole persone a cui puoi chiedere, dopo si arrabbiano (Steve) o piangono (Willow).

C'era una vecchia, vecchia casa ridipinta di fresco...
Robert Frost

La casa necessitava di molti lavori. Nella sua vita precedente Kit non era mai stata proprietaria di immobili, quindi era tutto nuovo per lei. Daisy le trovò un impresario, un uomo anziano di nome Ray Wagonner che camminava zoppicando – «i rischi del mestiere» – e che era cresciuto in una delle altre case fatiscenti del vicinato prima che, diceva, «gli americani se ne andassero e arrivassero tutti quegli stranieri». Coolidge Street e le strade intorno erano i luoghi dove il governo aveva sistemato i rifugiati negli ultimi decenni. «Qui è come alle Nazioni Unite» aveva detto Daisy. «Quasi nessuno parla inglese.» Ma per Kit era perfetto.

Quando lei aveva confessato a Ray che, con l'acquisto di una proprietà così malconcia, si era messa in qualcosa che era più grande di lei, lui le aveva detto che c'erano solo tre cose che doveva sapere: «Benjamin. Benjamin. Benjamin». Tanti fogli da cento dollari: e denaro, grazie a Dio, ne aveva. Per la prima volta in vita sua aveva un conto in banca strapieno e solo quella casa per prosciugarlo.

Per prima cosa vennero sostituite le vecchie finestre, e con loro se ne andò anche quello spiffero che l'aveva costretta a ficcarsi sotto tre trapunte quasi ogni notte, e subito dopo fu installato un nuovo scaldabagno. Poi si passò all'isolamento termico e ai radiatori. Una settimana sì e una no Ray le presentava un conto e lei staccava un assegno all'istante, senza controllare. Per quel che ne sapeva, lui la stava derubando e, sempre per quel che ne sapeva, lui doveva essere convinto che a lei non importasse. Tre mesi dopo Kit tornò a casa dal lavoro e trovò una stanza da bagno nuova; la vasca da bagno originale con i piedini ad artiglio era stata riverniciata e adesso scintillava su un pavimento di ardesia nero opaco. « È troppo elegante » si lamentò con Ray, che lo prese come un complimento.

In dicembre si gelò una tubatura sotto il lavello, allagando il pavimento nuovo, cosa che non sarebbe dovuta succedere, disse Ray: magra consolazione, visto che invece era successo. « Topi » spiegò. « I topi hanno mangiato lo strato isolante » e dato che i tubi erano collocati lungo una parete esterna, era inevitabile. Venne un disinfestatore, un omone con una bombola montata su ruote, contrassegnata con il segnale di pericolo. Sulla sua maglietta c'era la scritta PARASSITI CREATIVI. Il disinfestatore le disse che, oltre ai topi, c'erano degli scoiattoli volanti in soffitta, e che aveva messo delle trappole. Parlò anche di formiche carpentiere, termiti, ragni e mosche varie, e la incalzò a firmare per un servizio mensile che comprendeva visite di controllo illimitate e una T-shirt della Parassiti Creativi gratis, e lei firmò. Lui l'avvisò che doveva entrare nell'ordine di idee di sostituire il tetto, perché si era accorto che in alcuni punti i tarli l'avevano passato da parte a parte. Lei pensò che fosse in combutta con Ray e che si scambiassero bustarelle a vicenda, ma non gliene poteva importare di meno. A Ray piaceva il suo atteggiamento, ma lo trovava strano. La maggior parte dei suoi clienti gli stavano addosso per ridurre i costi e accelerare i lavori, mentre a Kit bastava che si procedesse pian piano. Non era normale, ma chi era lui per lamentarsi?

Il nuovo tetto fu innalzato in maggio. Aprile era stato piovoso, ma il due maggio uscì il sole e ci fu bel tempo per la maggior parte del mese. La terza settimana, al 1635, file di tegole grigie d'asfalto, molto funzionali, avevano sostituito quelle di cedro segnate dal tempo. Anche se Ray, in particolare, era dispiaciuto di vederle andar via, garantì a Kit che adesso aveva «un tetto per cinquant'anni», il che equivaleva a dire che aveva un tetto per tutta la vita. «Finché morte o un uragano di categoria cinque non vi separi» specificò, porgendole il conto.

Sunny | trasloco

«Sveglia! Sveglia!» Era Willow, che mi bisbigliava all'orecchio. Avevo sette anni ed ero acciambellata intorno al mio panda di pezza in un angolo del mio letto da bambina grande, immersa in un sonno profondo. Willow mi mise una mano sul collo. Era fredda, come se fosse stata fuori. Le tende erano tirate, ma quando socchiusi gli occhi vidi che fuori era ancora buio.

«Prendiamo un cucciolo?» le domandai. Willow a volte mi raccontava la storia dei suoi genitori che l'avevano svegliata nel cuore della notte mettendole tra le braccia, mentre era ancora mezzo addormentata, un cagnolino e dicendole: «Questo è Joseph, è un Weimaraner».

«Cosa? No» rispose.

«Dieci minuti» gridò Steve dalla parte opposta dell'appartamento.

Willow tirò indietro le coperte, mi sollevò dal letto e andammo in salotto. Le librerie erano state vuotate, il futon era sparito, e c'erano degli scatoloni sul pavimento. Scoppiai a piangere.

«Non abbiamo tempo per queste cose, Willow» disse Steve. Indossava una vecchia giubba militare e un berretto di lana nero che, quando veniva abbassato, diventava un passamontagna, di quelli con i buchi per gli occhi, il naso e la bocca. A Steve piaceva metterselo così ad Halloween, quando i bambini si presentavano alla porta di casa.

«Lo so» disse lei, poi si mise a farmi delle pernacchiette silenziose e solleticanti sul collo finché scoppiai a ridere e mi divincolai per scendere. Ero completamente sveglia, ormai, e lei mi diede una barretta di cereali dicendomi che potevo rimanere in pigiama perché in viaggio avrei ripreso a dormire. Non chiesi dove stavamo andando, o perché. Era come un sogno. Mi limitai a seguirla giù per le scale, poi lasciai che mi prendesse in braccio per portarmi fino alla station wagon, carica di tutte le nostre cose. Attaccato all'automobile c'era un rimorchio e Steve, che era sceso dietro di noi, stava caricando anche quello. Willow mi sistemò insieme al panda di pezza nel mio sedile, sotto una coperta. Poi accese la radio, disse che sarebbe tornata presto e sparì dentro casa. Steve andava su e giù per le scale, con passo pesante. Non potevo vederlo, ma lo udivo e sapevo che c'era dato che, ogni volta che metteva qualcosa nel rimorchio, la vettura sobbalzava. La musica alla radio lasciò ben presto spazio ai notiziari, solo molte voci che parlavano di cose che non capivo, finché menzionarono il circo (ero stata da poco al circo). Poi mi addormentai, credo, perché il ricordo seguente sono i miei genitori sul sedile anteriore, il motore che ronza e noi che ci allontaniamo da casa, mentre fuori è ancora tutto buio. Seguivo la traccia dei fari abbaglianti lungo la strada mentre procedevamo, ma ai lati tutto era svanito, come se non fossimo noi che lasciavamo il quartiere, ma il quartiere che se n'era andato.

«Non dimenticate la mia bici» dissi rivolta alle nuche dei miei genitori. Amavo la mia bicicletta, una Trek azzurra tutta scassata che avevo ereditato da un altro bambino istruito a domicilio, che probabilmente l'aveva ricevuta da un altro, che probabilmente l'aveva avuta da un altro ancora. Era la mia prima due ruote. Non sono sicura che mi sentissero, perché nessuno dei due si voltò. Invece, Willow guardava Steve, e Steve teneva gli occhi sulla strada.

« Bene » fece lui un momento dopo. « Non c'è da preoccuparsi » e io ero troppo piccola per sapere che è quello che dice sempre quando, in realtà, c'è da preoccuparsi.

Willow all'improvviso mi disse: « Sunny, sei capace di contare fino a mille? »

Willow sapeva che ero capace. Ci eravamo esercitate. Ma io la presi come una sfida e mi ci lanciai subito e Willow fece altrettanto: « Quarantasette, quarantotto, quarantanove, cinquanta. Cinquantuno, cinquantadue... ». Sentivo la voce di Willow. Poi non la sentii più.

Il silenzio è una spada scintillante.
Robert William Service

« Posso chiederti una cosa... personale? » disse Sunny mentre selezionavano i periodici, gettando via riviste e giornali vecchi, tenendone alcuni per il contenitore delle pubblicazioni gratuite che dava il benvenuto ai frequentatori appena entrati nella biblioteca e mettendo gli altri nel bidone del riciclaggio. Era un giovedì mattina coperto e umido, con la minaccia di un temporale che si avvicinava sempre di più, via via che i cumulonembi venivano trasportati alla deriva da sud. Kit aveva un ombrello nella borsa, ma in caso di pioggia forte si sarebbe inzuppata di sicuro nella camminata verso casa lungo cinque isolati. D'estate il tempo a Riverton era imprevedibile, e quando pioveva le strade si allagavano immancabilmente. A un certo punto, durante il declino della cittadina, era stata presa la decisione di far finta che le sue infrastrutture fossero state costruite per durare indefinitamente; era sufficiente che fogne, ponti e strade rimanessero dov'erano. Kit si guardò i piedi e giurò che avrebbe camminato scalza pur di non rovinare un altro paio di scarpe. Si trattava solo di un paio di sandali consunti, ma resi comodi e confortevoli dall'uso, che le davano l'impressione di avere i piedi come fusi nelle loro suole. Riverton era un tempo la capitale della manifattura di calzature negli Stati Uniti. Adesso non aveva nemmeno un negozio di scarpe. La gente le comprava al Walmart sulla Statale 5 o al centro commerciale oppure online. Altrimenti prendevano le infradito e le imitazioni delle Crocs al Dollar Tree sul lato opposto del parco pubblico rispetto alla biblioteca dove, come molti altri articoli, non costavano più di un dollaro. Se avesse distrutto i suoi sandali avrebbe dovuto comprarne un altro paio, il che significava una spedizione al centro commerciale. Ma lei detestava far compere, detestava l'intero rituale, detestava preoccuparsi che la camicetta fosse azzurra o verde e le valorizzasse il seno, detestava domandarsi se le scarpe mettevano in risalto le caviglie, e se gli scolli a cappuccio erano di moda o meno. Ma quello che proprio non sopportava era vedersi nello specchio su tre lati del camerino. Era già abbastanza brutto lo specchio diritto, in cui era costretta a vedere le sue borse sotto gli occhi e i suoi primi capelli grigi, ma vedere il suo posteriore cascante e i depositi di cellulite aggrappati alle sue cosce come dei cirripedi le sembrava veramente troppo. E poi, senza fallo, le veniva sempre in mente quella frase di Milton, o così le sembrava di ricordare: «Sono io l'inferno». Erano le gioie dell'aver studiato un tempo letteratura.

Poi alzò gli occhi e si accorse che Sunny la fissava.

« Hai detto qualcosa? » domandò Kit, sorpresa di vedere che tra le cinque del pomeriggio del giorno precedente e le nove di quella mattina, Sunny aveva immerso la punta della sua frangia in qualche tintura o colore vermiglio che faceva somigliare a fiammiferi i capelli che aveva sulla fronte.

« Stavo pensando... » cominciò Sunny, ma poi si fermò, respirò profondamente e, mentre espirava, gonfiò e sgonfiò le guance. « Stavo pensando se posso chiederti una cosa personale. » Sunny lo disse guardandosi i piedi, ma poi alzò gli occhi quanto bastava per vedere che Kit arretrava, ritraendo leggermente anche la testa mentre socchiudeva gli occhi e il suo sguardo passava da distratto a estremamente vigile.

Eccoci, pensò Kit. Eccolo, il momento in cui Sunny tentava di superare la barriera. Eccolo, era arrivato. Di solito la gente non chiedeva il permesso, ma si limitava a sparare la domanda: « Sei sposata? » « Ti sarebbe piaciuto avere dei bambini? » « Ti pesa vivere da sola? » Sentì contrarsi ogni muscolo del suo corpo, come una tartaruga che si chiude nel proprio carapace, solo che non c'era nessun guscio e quella ragazza molto particolare, con le sue opinioni severe, le avrebbe chiesto di parlare di sé.

« Quello a cui pensavo è » disse Sunny tutto d'un fiato, fingendo che la temperatura nella stanza non fosse precipitata di colpo, « perché lo fai? Nel senso... non quello che stiamo facendo adesso. Ho capito perché dobbiamo riciclare le riviste vecchie. Voglio dire, perché sei diventata una bibliotecaria? »

La ragazza indossava una T-shirt oversize verde scuro con la scritta CONTESTO L'AUTORITÀ che, rifletté Kit, a voler prendere le cose alla lettera, era quello che Sunny stava facendo. Kit si ritrovò a sorridere senza volerlo.

« Cosa c'è di così divertente? » domandò Sunny con piglio deciso. « È una domanda stupida? »

« No, no, affatto » rispose Kit. Non aveva mai considerato Sunny come una ragazza fragile, ma adesso se ne rendeva conto: era difficile per lei. « Per rispondere alla tua domanda, penso che sia perché ho una vera passione per il silenzio. »

Kit stava riprendendo a suddividere una pila di copie del *National Geographic* quando si accorse di una lievissima traccia di delusione sul volto di Sunny.

« Dico sul serio » ribadì Kit. « Mi piace il silenzio. Non ci sono molti luoghi pubblici dove vieni pagata per dire alla gente di stare zitta. »

Sunny rifletté per un momento. « Prima che nascessi, i miei genitori andavano a quei ritiri di meditazione in silenzio che duravano dieci giorni, e dovevano star seduti tutto il giorno a fare esercizi di respirazione. Dicevano che li ripuliva. »

« Mi piacerebbe la parte del silenzio, non quella dello stare seduti » osservò Kit. « Non penso che ce la farei. »

« Neanch'io » ammise Sunny. « Willow dice che se non hai la mentalità giusta, l'attenzione cosciente è impossibile. Dice che è una cosa che devi coltivare, ed è sicura che un giorno o l'altro io ci riuscirò. »

« Io no » replicò Kit con un sorriso. « Io sto coltivando la disattenzione cosciente, e questa mattina lo faccio separando le riviste vecchie da quelle nuove. »

Spinse verso Sunny una pila di *Sports Illustrated*, e per una ventina di minuti lavorarono fianco a fianco tranquillamente, senza parlare.

Poi, riprendendo la conversazione, Kit disse: « Un altro motivo è che si tratta di un lavoro, e non è facile trovare un lavoro con questa crisi, soprattutto per la gente che ama i libri ».

Mentre lo diceva, non guardava Sunny. Vedeva soltanto il passato: la stesura del suo curriculum, la ricerca di un lavoro, la necessità di essere una persona con un passato interessante e scelto con cura. L'ultima volta in cui era andata in cerca di un lavoro, nessuno si collegava via LinkedIn o faceva ricerche attraverso Monster.com. Lei non era contraria: il sistema funzionava a dovere e lei aveva trovato un lavoro dall'altra parte del paese soltanto con un CV e una brevissima intervista su Skype, ma pensava semplicemente che non avesse senso chiamarli social media.

«È un'espressione ambigua. È il contrario di sociale» aveva detto al dottor Bondi, che la incoraggiava a «passare al digitale».

«È una lagnanza o un'adesione?» le aveva chiesto. Stava prendendola in giro?

«Molto divertente» aveva risposto Kit.

«No, dico sul serio.»

«Giusto» aveva commentato Kit. «Dimenticavo che ogni cosa che dico qui può essere usata contro di me, e lo sarà.»

«Dunque?» aveva chiesto lui.

«D'accordo, sì, mi piace che sia impersonale. Non penso che faccia bene all'umanità, ma penso che vada bene per me.»

Il dottor Bondi aveva scritto qualcosa sul taccuino che teneva sempre appoggiato sul ginocchio e sul quale a volte faceva dei disegnini e dei diagrammi per spiegarle qualcosa, come la gerarchia dei bisogni di Maslow, o le cinque fasi di elaborazione del lutto della Kübler-Ross e anche, per ragioni che non ricordava più, il funzionamento del convertitore catalitico della sua automobile. Lui disegnava e lei stava seduta pensando com'era bello che lui si preoccupasse, e anche com'era costoso.

Kit aveva esitato, poi aveva chiesto: «Cosa sta scrivendo?» indicando con un cenno il blocco degli appunti.

«Prendo un appunto per spiegare al mio supervisore che a volte trovo difficile il suo umorismo. Non che non sia divertente, perché lo è. Lei lo è. Ma è una difesa, è una sfida, e probabilmente non dovrei dirle quello che sento, ma voglio che questo spazio, e la nostra relazione, si basino sulla trasparenza e la verità.»

« Il suo supervisore? » aveva chiesto Kit.

« Sì. Il terapeuta che mi aiuta a elaborare il mio lavoro. »

« Lei va da uno strizzacervelli? » gli aveva domandato.

« Sì, certo » aveva risposto il dottor Bondi. « Io lo trovo molto utile. E lei? »

L'aveva incastrata. « Bella mossa, dottore » aveva esclamato Kit senza rispondere.

Il dottor Bondi non aveva insistito. Anzi, aveva taciuto. Kit sapeva che era una strategia. Il suo silenzio era una stretta, che sentiva intorno al torace, sotto le costole, come una manovra di Heimlich per sbloccare i suoi sentimenti, o quanto meno per farla rispondere alla domanda.

« Sì » aveva risposto alla fine, « lo trovo utile. »

« E perché lo trova utile? »

« È la giornata del 'fai sentire soddisfatto del suo lavoro il dottor Bondi'? »

« Sarebbe così sbagliato? »

Lei l'aveva ignorato.

« Sa, Kit, lei e io abbiamo passato un sacco di tempo a identificare un sacco di cose negative. Forse sarebbe utile capovolgere il tutto e cercare quelle positive. »

Kit si era sentita arrossire e si era arrabbiata subito. « Quindi dovrei trovare qualcosa di positivo nel casino che è stato fatto della mia vita? »

Era incredula, furiosa, colma di astio verso quell'individuo incapace che non capiva niente a parte i suoi luoghi comuni. La sua vita era a pezzi, per lei suo marito era morto, il suo matrimonio avrebbe potuto essere la più grande storia mai raccontata, e qual era il lato positivo di tutto ciò? Poi però, rapida come era montata, la sua furia si era dissolta e lei era scoppiata a ridere. Per lei suo marito era morto e la sua vita era a pezzi. Kit rideva così forte da avere le guance rigate di lacrime.

«Per lo meno non devo più fingere che mi piace andare in barca» aveva detto.

«Ecco, ci siamo» aveva replicato il dottor Bondi. «Un aspetto positivo. Quello che deve credere, Kit, è che nella vita ci sono pochissime situazioni negative al cento per cento. Sa che, due anni dopo essere rimasti paralizzati, quasi tutti i paraplegici dichiarano che la loro vita è migliore di quando potevano camminare? Siamo una specie che si adatta. Provi ad accettarlo.»

3

21/6/2010 – 27/6/2010

Il rimorso è memoria vigile…
Emily Dickinson

Quel lunedì, quando Kit arrivò al lavoro, Evelyn era al banco d'ingresso che contava i soldi in cassa per la giornata come al solito, ma vedendo Kit cominciò ad agitare le mani freneticamente, come se tentasse di fermare il traffico, o quanto meno di rallentarlo.

« Non fare commenti » sibilò.

« Non fare commenti su cosa? » Kit non si curò di abbassare la voce. Evelyn era incline a inventare cospirazioni e conflitti, ma Kit non era incline a compiacerla.

Evelyn gesticolò verso la porta chiusa di Barbara, che in quel momento iniziò ad aprirsi, e prima che Evelyn potesse far finta di separare i quarti di dollaro dai nichelini, e prima che Kit potesse voltarsi e dirigersi verso il banco della consultazione, la direttrice della biblioteca oltrepassò la soglia e rimase lì, con le braccia incrociate e lo sguardo spaventato. Anche se lavoravano insieme da alcuni anni, Kit non poteva dire che si conoscessero davvero. Per lei Barbara era un tipo particolare di donna: solida, con lineamenti spigolosi e capelli bianchi tagliati alla paggio, non bella ma affascinante: quel tipo di donna che porta scarpe comode, che conosce le buone maniere e si astiene dal curiosare nella vita delle persone con cui lavora e dallo scambiare pettegolezzi, una donna che tiene le distanze per educazione, non di proposito. Ma ecco che quella donna stava lì in piedi... no, neanche in piedi, ma appoggiata allo stipite, e quella Barbara aveva le spalle curve, i suoi capelli lisci erano sporchi, e aveva il volto gonfio e pieno di lividi, soprattutto intorno al naso, che era coperto da un cerotto bianco da guancia a guancia sopra il setto nasale.

«Cos'è successo?» esclamò Kit, fissando Barbara perché Evelyn, lo sapeva, le stava senz'altro lanciando delle occhiatacce.

Barbara aprì la bocca per parlare, ma al posto delle parole ne uscirono brevi belati acuti, un borbottio balbettante, come se avesse completamente dimenticato come si pronunciano e si mettono insieme le vocali e le consonanti. Fece un passo avanti, o si lanciò in avanti, perché prima che Kit potesse rendersene conto Barbara aveva appoggiato il capo sulla sua spalla, e Kit la sorreggeva.

«Marito. Larry» disse Evelyn a mo' di interprete, mentre Kit, le ginocchia piegate e il tronco eretto, come aveva visto in un programma TV di esercizi per tonificare il corpo, sorreggeva la loro dirigente. «È tornato a casa nel weekend dal reparto di malattie della memoria del Rose O'Sharon – la casa di cura – per il loro quarantacinquesimo anniversario di matrimonio. Dovevano arrivare anche i loro figli, anche quello che vive nelle Filippine. Il marito è nell'esercito, o forse nella marina. Venerdì notte, Barbara sente qualcosa in casa, va a controllare e vede che Larry è fuori dal letto che vaga al piano di sotto. Va da lui, e subito lui dà di matto, inizia a urlare che lei deve andarsene da casa sua e si mette a picchiarla. E non è un omino, soprattutto adesso che mangia tutte quelle porcherie piene di amido che gli servono a tavola in quel posto.»

«Non sapeva che ero io» mormorò Barbara contro la spalla di Kit. Era riuscita a fatica a ritrovare le parole.

«Naturalmente» disse Kit, dando dei colpetti, quasi automaticamente, sulla schiena di Barbara come si ricordava che la consolavano da bambina quando qualcosa non andava per il verso giusto. Questo, lo sapeva, era un ordine di grandezza ben diverso dal non andare per il verso giusto, ma era il meglio che poteva fare date le circostanze: erano anni che il corpo di un'altra persona non si trovava così vicino al suo, ed erano anche anni che non sentiva più sul collo lacrime non sue.

«Tu non capisci» disse Barbara in modo chiaro e deciso, staccandosi bruscamente da Kit. «Lui è rimasto stupito. Io l'ho colto di sorpresa. Si è agitato. Succede sul serio con i malati di Alzheimer. La chiamano sindrome del tramonto. Il suo medico dice che quando l'ho colto di sorpresa, in lui è scattata la tipica reazione combatti o fuggi, e lui ha agito come il suo cervello gli diceva di rispondere. Non è stata colpa sua.» Le guardò con aria di sfida, con gli occhi pesti e il naso rotto, come un pugile che le sfidasse a colpire.

Non volendo mettersi in contrasto con lei, Kit le domandò lentamente: «Quindi, cosa intendi fare?»

Prima che Barbara potesse rispondere, Sunny passò dall'atrio all'edificio principale esclamando: «Ehi, cosa succede?». Kit si voltò al suono della sua voce, non sapendo bene cosa rispondere. Anche Barbara si girò, ma nella direzione opposta, entrando nel suo ufficio e chiudendo la porta.

«Taci, il nemico ti ascolta» disse Evelyn a Kit, facendo un cenno verso Sunny.

«Credo che questo nemico sia spacciato, ormai» rispose Kit.

«Di cosa state parlando, voi due?» chiese Sunny, girando la testa dall'una all'altra, come se seguisse una partita a ping-pong.

«Dopo» fece Kit, e poteva sembrare un commiato da Evelyn ma anche una promessa a Sunny. In ogni caso era il suo segnale per dire a Sunny di seguirla al reparto consultazione. La biblioteca non era ancora aperta e le postazioni di lettura erano vuote, i lunghi tavoli di quercia nella sala principale erano ancora tirati a lucido come li aveva lasciati Chuck, e la quiete riempiva la sala come prima che si scateni una tempesta. Sunny avrebbe voluto domandare a Kit cos'era successo, ma ci ripensò e si limitò a seguirla, sperando di vedere ricompensata la sua pazienza.

«Sai cosa non riesco proprio a sopportare?» disse Kit mentre passavano davanti a cinque carrelli di libri da risistemare sugli scaffali. «Non sopporto le parole 'leggere per piacere'. Tutti questi genitori, la maggior parte dei quali non ha letto un solo libro dai tempi del liceo, a parte forse *Il Codice Da Vinci*, trascinano qui i loro figli ogni estate e dicono: 'Trovate qualcosa da leggere per piacere', e questo significa, quasi sempre, trasmettere ai ragazzi il messaggio che leggere non è piacevole. Vedi come funziona? È come se leggere fosse una punizione. È intollerabile.»

Sunny la guardò incuriosita. «Uau» esclamò.

«Uau cosa?»

«Uau, a quanto pare ci tieni sul serio.»

«A quanto pare sì» replicò Kit, anche se perfino lei si era sorpresa del suo piccolo sfogo. Era stata arrabbiata a lungo, eppure, nel corso del tempo, la sua rabbia si era ritirata come l'acqua dopo un'inondazione, e come l'acqua dopo un'inondazione aveva lasciato dei canali che potevano colmarsi e tracimare di nuovo rapidamente, senza preavviso.

«La rabbia va bene» le aveva detto il dottor Bondi. «La rabbia ci aiuta a capire quello che proviamo.»

«Sì» gli aveva risposto Kit. «Ci aiuta a capire che siamo arrabbiati.»

«Giusto, Kit» aveva replicato il dottor Bondi. «È così. Ma c'è dell'altro. Ha presente quando è in autostrada e si ferma a un'area di sosta dove c'è una grande carta geografica della regione e un grosso punto rosso che dice VOI SIETE QUI? Quella è la rabbia, è quello che può dirci la rabbia. Può dirci dove ci troviamo.»

Kit ci pensò mentre porgeva a Sunny una copia intonsa del *New York Times* e prendeva per sé il *Financial Times*, tenendo la parte chiusa del suo involucro di plastica scivolosa e guardandolo fuoriuscire e cadere sul banco con un tonfo appagante.

«No» decise, Bondi si sbagliava. La metafora era sbagliata. La rabbia poteva essere come il dolore: credi che ti faccia male la caviglia mentre in realtà è il ginocchio. La rabbia poteva essere indirizzata. Prese il suo taccuino, lo aprì a una pagina vuota, vi scrisse la data, poi rimase a guardarla con la penna sospesa sulla pagina bianca.

Sunny | landa desolata

Quella notte, quando lasciammo il nostro appartamento, credo che viaggiammo a lungo, perché quando mi svegliai pioveva, e Steve disse che eravamo circondati dalle montagne, anche se non potevamo vederle, e mi chiese se volevo un biscotto. Non me l'aspettavo: Steve e Willow non la pensavano allo stesso modo sullo zucchero. Willow era certa che mi avrebbe trasformato in una bambina iperattiva, una specie di mostro, e non me lo concedeva quasi mai. Se Steve mi offriva un biscotto, significava che aveva avuto la meglio in qualunque discussione ci fosse stata mentre dormivo, il che era decisamente insolito, data l'abilità di Willow con le parole. Oppure, quel dolcetto era un'idea di Willow, ma lei non voleva che lo sapessi perché avrebbe aperto la strada ad altri dolciumi e magari anche a qualche pasticcino che non fosse dolcificato con la stevia. Presi in fretta il biscotto, prima che qualcuno cambiasse idea. Era con le gocce di cioccolato, ma invece delle gocce c'erano degli M&M, e io mi dedicai a lungo a tirarli fuori e a mangiarli uno alla volta. Ogni tanto, però, chiedevo dove stavamo andando e quando saremmo arrivati, e Steve o Willow rispondevano: «Saprai tutto tra poco, Sunny. Tra poco».

A un certo punto mi accorsi che non trainavamo più il rimorchio, e mi domandai se avevo soltanto immaginato che ci fosse, e questa volta, quando chiesi, uno dei miei genitori, non ricordo chi, disse che lo avevamo lasciato in Pennsylvania, ma quando chiesi in Pennsylvania dove, risposero soltanto: «In un posto sicuro».

Ricordo che sostammo una volta per fare pipì al bordo della strada quando smise di piovere, e fu allora che ci accorgemmo tutti che io ero scalza, perché le mie scarpe, forse, erano rimaste in una scatola sul rimorchio: Willow gemette, mentre Steve imprecò a mezza voce. Mi portò fuori e mi fece stare in piedi sulla punta delle sue scarpe, tenendomi per le mani e aiutandomi a mettermi in modo da non fargli la pipì addosso. Willow disse che sembrava stessimo ballando una controdanza, cosa che facciamo ogni tanto, o che lui stesse insegnandomi a fare un tuffo all'indietro, cosa che invece non ha mai fatto.

Un paio d'ore dopo sostammo di nuovo e Steve prese la cartina stradale che Willow teneva in mano, tracciò un percorso con un dito e dichiarò che eravamo quasi arrivati. Chiesi di nuovo «dove», e avendo ottenuto la stessa risposta di prima, continuai a guardare fuori dal finestrino, contando le poche automobili che passavano. Sapevo leggere abbastanza bene da capire che eravamo da qualche parte nello stato di New York e, quando si alzò la nebbia, vidi le montagne di cui aveva parlato Steve. Svoltammo dalla strada principale in una strada sterrata e piena di buche, poi in un'altra più stretta e così accidentata che ogni pochi secondi quasi sbattevo la testa contro il tetto dell'auto. Poi rallentammo e ci fermammo perché la strada era finita, proprio chiusa. C'era un paio di automobili, e Steve parcheggiò dietro una di esse, spense il motore, fece un gran sospiro e annunciò: «Tesoro, siamo a casa». Willow rise, ma io non capivo cosa ci fosse di divertente o come potessimo essere a casa. Eravamo nella foresta nel mezzo del nulla, con niente intorno a parte degli abeti alti e grossi. Credevo fossero dei pini, e invece si rivelarono abeti.

C'era un sentiero, e un cartello, e un libro su cui dovevi scrivere il tuo nome per dire che eri lì e quanto tempo pensavi di restare, e io volevo metterci i nostri nomi, ma entrambi i miei genitori me lo impedirono, continuando invece a camminare. Aveva piovuto, e il terreno era viscido e coperto di morbidi aghi di abete marroni e gialli che mi si attaccavano alle piante dei piedi. In un paio di minuti arrivammo a uno stagno dove il sentiero si biforcava, e noi andammo a destra. Steve disse che sarebbe corso avanti per esplorare il posto prima di prendere una decisione definitiva. Quale decisione fosse, non lo disse. Willow e io continuammo a camminare. Udimmo una strolaga sullo stagno e alcuni scoiattoli sui rami sopra le nostre teste, ma a parte questo nient'altro finché percepimmo i passi di Steve che tornava verso di noi correndo piano. « Trovato! » disse, e noi ci voltammo per tornare tutti insieme alla macchina a prendere la nostra roba: sacchi a pelo, una tenda, un fornelletto da campo, una sacca di cibo portato da casa e dei vestiti. Poi ripercorremmo il sentiero, oltre il punto dal quale eravamo tornati indietro, finché arrivammo a un albero con un cartello e la scritta #3 e un braciere con dentro un mucchio di vecchie lattine di birra bruciate, e vicino una pila di ceppi spaccati.

« Guardate, abbiamo la nostra spiaggia privata » esclamò Steve quando tutta la nostra roba fu depositata in un mucchio sul terreno, e ci guidò tra gli alberi fin dove l'acqua costeggiava una piccola chiazza di sabbia. Non c'era niente intorno, solo acqua circondata da alte montagne verdi. Sembrava fossimo le prime e uniche persone mai state lì.

Steve mi disse: « Vai avanti e grida ».

« Perché? » chiesi.

« Fallo e basta. » Sorrideva. « Grida il tuo nome. »

Così feci, e in pochi istanti il mio nome, con la mia voce, tornò indietro rimbombando.

Tutti quei libri – un altro mondo – in attesa...
Nikki Giovanni

Durante i quattro anni in cui Kit aveva lavorato alla biblioteca di Riverton, aveva notato che la maggior parte degli utenti si poteva suddividere in quattro categorie. C'erano i pensionati, tutti uomini anziani, che consideravano il luogo come una specie di circolo. Arrivavano di prima mattina con le loro tazze di caffè da asporto, andavano dritti verso giornali e riviste, ne prendevano alcuni e si sistemavano nelle poltroncine accanto al banco della consultazione. Leggevano e sorseggiavano, leggevano e trangugiavano, si soffiavano il naso, si schiarivano la gola, sfogliavano le pagine, si scambiavano le pubblicazioni, discutevano a bassa voce i meriti di Randy Moss e Tedy Bruschi, Barack Obama contro John McCain, e ognuno diceva la sua finché la quiete svaniva e Kit doveva pregarli di abbassare il volume, il che dava loro l'occasione per provarci con lei, mettendosi in competizione e non senza un certo stile. Kit protestava e li cacciava via, ma questo li rendeva solo più spavaldi perché sapevano tutti, lei stessa più ancora degli altri, che la sua protesta era una finta. Si era abituata al loro arrivo tutte le mattine come i giornali lanciati all'alba davanti ai gradini d'ingresso della biblioteca. I Quattro del Quartetto, li chiamava, prima da sola, poi ad alta voce, e a loro piaceva, non perché avessero compreso il riferimento ai *Quattro quartetti* di T. S. Eliot, ma perché ne deducevano di piacerle più di quanto lei lasciasse trasparire. Nel corso del tempo passarono alla forma abbreviata « I Quattro »: per esempio, « I Quattro vorrebbero invitarti a uscire con loro », a cui seguiva abitualmente il suo « Shhh » di risposta. C'era Patrick, il medico generico, rimasto vedovo, che era sempre assente il mercoledì, quando andava in autobus fino al casinò della riserva indiana per «arricchire l'eredità dei ragazzi – o anche no», come amava dire; Carl, il burlone del gruppo, che tagliava i panni addosso a tutti: del resto, faceva il barbiere e ci sapeva fare con le lame; Rich, che aveva cominciato come fattorino alla Derry Paper ed era arrivato a esserne il vicepresidente; e l'altro Rich, che guidava l'unico taxi di Riverton da quando Riverton aveva un taxi, ossia prima che l'azienda dell'altro Rich restasse inattiva. I Quattro entravano puntuali come un orologio alle 10 e se ne andavano alle 11,30, l'ora in cui la caffetteria del Riverton Mercy Hospital, l'unica struttura rimasta in città che cucinasse pasti e accettasse soldi per questo, iniziava a servire il pranzo.

Poi c'erano i disoccupati. Arrivavano, usavano i computer, sfogliavano impazienti *Ce l'hai il paracadute? L'arte di trovare il tuo lavoro*, pagavano dieci cent a pagina per stampare il loro curriculum, studiavano le autobiografie dei miliardari e leggevano minuziosamente tutte le offerte di lavoro di tutti i giornali che ancora le pubblicavano. Costituivano un gruppo transitorio, in continuo mutamento, così assorti nella loro ricerca da accorgersi raramente che viaggiavano tutti sulla stessa barca sommersa. Qualcuno veniva giorno dopo giorno per settimane, poi spariva, oppure veniva una sola volta, o poche volte, e Kit non sapeva mai se avevano trovato un lavoro, se avevano rinunciato o si erano trasferiti. Non erano nemmeno solo uomini. Il taglio dei posti di lavoro si rivelava una pari opportunità di disoccupazione.

I bambini e i loro accompagnatori erano il terzo e il quarto gruppo. Kit aveva imparato a non chiamare gli adulti «genitori». «Accompagnatori» era neutro, non sottintendeva una condizione. Se esprimeva una valutazione, era una valutazione corretta. Quando si era stabilita a Riverton, Kit era rimasta sorpresa da quanti bambini di quella cittadina relativamente povera venivano condotti in biblioteca dalle loro tate. Ma quando si era resa conto che quelle erano le stesse donne che vedeva passeggiare per le strade intorno a casa sua, sottobraccio ai padri dei bambini che conducevano all'ora di lettura delle storie ad alta voce, aveva capito che non erano affatto le tate, erano le madri, le sue vicine di casa, rifugiate del Burundi, della Somalia, del Nepal, dell'Ecuador. Tanto valeva non dare niente per scontato.

Quella schiera – «schiera» era un'altra parola che, come Kit aveva imparato da Evelyn per prima, non poteva essere interpretata come culturalmente indelicato – arrivava subito dopo pranzo, per l'ora di lettura della storia. I bambini si sedevano sul pavimento intorno alla lettrice, mentre gli adulti restavano in piedi dietro di loro in cerchi concentrici che facevano venire in mente a Kit le onde che si formano nell'acqua quando vi si getta un sasso.

La lettura della storia era una volta alla settimana, il mercoledì, e adesso che c'era Sunny toccava a lei scegliere i libri di racconti, leggerli e raccogliere i detriti quando la marea dei bambini si ritirava. «Questo sarà il tuo settore» le aveva detto Barbara all'inizio. «Sono certa che sarai bravissima.» Ed era stato proprio così. Sunny lasciava che i bambini le si sedessero in grembo, giocassero con i suoi capelli e le slacciassero le stringhe delle scarpe. E lei leggeva, come amava dire la sua maestra di terza elementare, «con espressione», dando agli elefanti voci profonde e nasali, facendo balbettare i muli e dire alle rane «cra cra», e quando, nella favola, Clifford il Grande Cane Rosso si fingeva morto, lei cadeva dalla sedia sulla schiena con le braccia e le gambe rigide e tese, mentre il suo pubblico rideva a crepapelle.

«Sembri una vera attrice» le aveva detto Kit. «Ti adorano.»

«Fa parte della situazione» aveva risposto Sunny mentre le si imporporavano le guance.

«Quale situazione? Sei diventata rossa.»

«Istruzione a casa/no scuola pubblica, tutta quella situazione. I bambini più grandi sono sempre insieme a quelli più piccoli. Nessuno fa davvero delle distinzioni. Quando sei piccolo, i bambini più grandi sono i tuoi idoli, e quando sei grande, i piccoli ti idolatrano, e tu ti abitui a divertirli.»

«Be', è bello» esclamò Kit. «Dovresti farlo più di una volta alla settimana.»

E lei lo fece. All'inizio il lunedì e il mercoledì, poi lunedì, mercoledì e venerdì, e infine tutti i giorni perché, contrariamente alla legge della domanda e dell'offerta, più lei leggeva, più aumentavano i bambini. Tutti i pomeriggi, per un'ora, il seminterrato della biblioteca si riempiva di futuri lettori felici, seduti gomito a gomito, e dopo, per un'altra ora, Evelyn era impegnata a distribuire *Il bruco molto affamato*, *La signora Drizzaguai* e altri libri che Sunny metteva nelle manine avide e appiccicaticce dei suoi fan più grandi.

I genitori, invece, anche quando avevano una padronanza minima della loro lingua, Kit rifiutava di definirli «futuri lettori». Li chiamava «lettori» e così si rivolgeva a loro direttamente, perché molti di loro stavano imparando a leggere e chiamandoli lettori dava loro uno stimolo ulteriore. «Quanto costa?» domandavano quando lei li indirizzava verso quei libri che riteneva potessero apprezzare o trovare utili, e rimanevano confusi quando lei rispondeva con le parole «niente» e «gratis». «Niente» e «gratis» erano termini di cui conoscevano soltanto la definizione. L'idea che potessero recarsi in un posto e portarsi via quello che volevano era pazzesca, fantastica, era la dimostrazione che l'America era magnifica. Quando capivano che Kit diceva sul serio, che potevano davvero portarsi a casa i libri che vedevano sugli scaffali, venivano in biblioteca con i sacchetti di plastica della spesa appallottolati in tasca e si aggiravano riempiendoli in maniera indiscriminata, come i concorrenti di una gara di shopping compulsivo con quindici minuti a disposizione per correre in un supermercato arraffando chele di granchio gigante, costate, costolette d'agnello e tutto quello che riuscivano a ficcare nei carrelli. Per la prima volta dopo tanto tempo, i libri uscivano dalla porta della Biblioteca Pubblica di Riverton.

«E di questo dobbiamo ringraziare Sunny Arkinsky» dichiarò Barbara alla riunione del personale di fine mese.

«Che genere di nome è Arkinsky, tra l'altro?» chiese Evelyn. «Pensavo potesse essere polacco. Una delle mie figlie usciva con un polacco, che aveva uno '-ski' alla fine del cognome. Ma ce l'hanno anche gli ebrei, giusto?»

Nessuno rispose, né Sunny, né tanto meno Kit, perché sapeva che Arkinsky era un'invenzione dei genitori di Sunny, seguaci del Rainbow Gathering, per infonderne lo spirito nella loro bambina. Arkinsky, da *arc en ciel*: «arcobaleno» in francese.

«Proseguiamo» disse Barbara. «La gente porta fuori molti libri, e questo è un bene, ma non li riporta indietro, e questo è un male. Oppure, quando li riporta, lo fa in ritardo, e quando li avvertiamo che devono pagare una sanzione, ci rispondono che tu», e indicò Kit, «hai detto loro che prendere in prestito i libri non costa niente, il che tecnicamente è vero, ma...» S'interruppe. Aveva ancora gli occhi pesti, ma aveva tolto il cerotto dal naso, il gonfiore era sparito ed era tornata a essere tutta presa dal lavoro. E se lei non parlava più di quello che era accaduto quella notte, e di quello che poteva accadere in futuro, non ne avrebbero certo parlato loro.

«Ma i nostri numeri sono in crescita, giusto?» disse Kit. «Grazie a Sunny.»

«Sì» rispose Barbara. «Grazie a Sunny. Ma se restiamo con i piedi per terra, come amano dire i nostri generali, ci rendiamo conto che le cifre non sono più a nostro favore perché stiamo perdendo la nostra raccolta di libri e i nostri introiti, e non abbiamo fondi per sostituire le copie mancanti, per non parlare dell'acquisto di libri nuovi.»

« Potremmo limitare il numero dei libri che la gente può prendere quando fa la tessera della biblioteca per la prima volta » propose Kit. « Un periodo di prova finché dimostrano che li restituiscono regolarmente. »

« Buona idea » rispose Barbara.

« Buona se non sei tu quella che deve fare la parte del cattivo » commentò Evelyn.

« In effetti, Evelyn » fece Barbara mentre un sorrisetto subdolo sostituiva la sua abituale espressione impassibile, « credo sia il ruolo che ti riesce meglio. »

Kit rise. Il laringofono di Chuck sferragliò. Evelyn, che non capiva se fosse un complimento o un insulto, commentò: « Se lo dici tu » e andò a versarsi una tazza di caffè.

« Grazie per avermelo ricordato » disse Barbara. « Il caffè: d'ora in poi, dobbiamo mettere tutti cinque dollari al mese. La biblioteca non può più permettersi questa spesa. »

« Siamo così poveri? » chiese Kit.

« Abbiamo dei seri deficit di bilancio » rispose Barbara. « Ogni centesimo conta. »

« Proprio 'ogni centesimo', puoi dirlo forte » commentò Evelyn.

Barbara sospirò. « Sono tutta orecchie se qualcuno di voi, chiunque di voi, ha dei suggerimenti per limare i costi. Abbiamo già ridotto il budget delle acquisizioni. »

« E nessuno riceve un aumento da due anni » aggiunse Evelyn.

« Facciamoli pagare » propose Chuck.

Barbara aggrottò la fronte. « È una biblioteca pubblica, Chuck. Pubblica. Non li faremo pagare. »

Ma Kit, che aveva intuito cosa voleva dire Chuck, intervenne: « Non è quello che intendeva ».

Chuck le rivolse un amichevole cenno di gratitudine, poi alzò il volume del suo sintetizzatore vocale perché potessero udirlo in modo più chiaro. « È come quando prendi un hamburger » cominciò, e perfino Kit lo guardò scettica. « L'hamburger costa 6 dollari e 95, ma se vuoi il formaggio costa di più, e se vuoi formaggio e bacon ancora di più. » Tacque per un attimo, prese fiato e continuò. « Oppure la pizza. Liscia è 12 dollari, ma se ci metti il salame piccante sono 14, e 16 con l'aggiunta di ananas e prosciutto. »

« Non ho mai capito come possa piacere alla gente la pizza hawaiana » commentò Evelyn. « Credo che non ce l'abbia nessuno. Nemmeno gli italiani che stanno alle Hawaii. »

« Ci sono degli italiani alle Hawaii? » chiese Chuck.

« D'accordo » li interruppe Barbara, « grazie, Chuck. Credo di aver capito dove vuoi arrivare. »

« A cena, ovviamente » fece Sunny.

Risero tutti. Erano le sei passate. Una volta c'erano degli stuzzichini alla riunione del personale, ma ora non più.

« Parlando seriamente » proseguì Barbara. « Quali sono, per dirla come Chuck, le nostre guarnizioni? Cosa possiamo far pagare, senza venir meno alla nostra missione di istituzione pubblica? »

« I computer » propose Chuck.

« Non credo » obiettò Barbara. « La biblioteca è l'unico posto dove tanta gente ha accesso a Internet. Ed è l'altra cosa che mantiene alti i nostri numeri, un aspetto importante quando andiamo in consiglio comunale per i fondi. »

« Usare il computer, va bene » insistette Chuck. « Ma tutto il giorno? »

Tutti sapevano cosa intendeva dire. Negli ultimi tre giorni avevano notato tutti un uomo, mai visto prima, che arrivava verso le 11,30, proprio mentre i pensionati se ne andavano, e si piazzava davanti a uno dei quattro computer della biblioteca, rimanendoci fino alla chiusura. Era educato, si preoccupava di dire « buongiorno » a Evelyn quando entrava, e faceva un cenno di saluto a Kit e a Sunny o a Chuck, se era nei pressi, senza chiedere niente. Sembrava in missione. Tra i trentacinque e i quarant'anni, portava una borsa a tracolla decisamente costosa, aveva subito pensato Kit, e indossava un gessato grigio scuro e una camicia azzurra elegante con il collo ad apertura inglese, come se arrivasse da una riunione di lavoro. Aveva capelli castano ramati troppo lunghi, però, per un uomo d'affari, che gli scendevano di un dito sul colletto, e che teneva scostati dal volto, abbronzato e imperscrutabile, con un paio di Ray-Ban neri piantati sulla testa. Evelyn aveva cominciato a chiamarlo James Bond. Era sicura che si trattasse di una spia.

« Chi mai manderebbe una spia a Riverton? » le aveva chiesto Sunny.

« Non si sa mai » aveva risposto Evelyn. « Non dimenticare che sono successe tutte quelle cose strane alla Culvert Medical, giù a Sandown. »

« Già, ho sentito i miei genitori che ne parlavano. I test sugli animali e la gente che vuole chiuderla. »

« Proprio così » aveva detto Evelyn. « Proprio così. Ricordati che le spie di solito non hanno l'aspetto di spie. Assomigliano a te e me. »

« Magari tu sei una spia, Evelyn » aveva detto Kit.

« Magari » aveva ribattuto lei.

« Io non credo » aveva detto Sunny. « Ma forse, proprio perché non lo credo, tu lo sei. Difficile dirlo. »

Questo accadeva pochi giorni prima, e l'uomo, che aveva un principio di barba o un'ombra di barba ben curata, continuava a tornare e a usare il computer per gran parte della giornata, e nessuno di loro aveva chiaro cosa facesse in biblioteca, e perché.

« La regola dei trenta minuti vale solo se qualcun altro vuole usare il computer » spiegò Barbara. « Altrimenti può essere usato indefinitamente, quindi non penso possa diventare una fonte di reddito. »

« Cambiamo la regola, allora » insistette Chuck. « Facile. Trenta minuti gratis, ma dopo, dieci dollari l'ora. O venti. Quel posto all'angolo di Phelps con Spruce che ha il Wi-Fi nel retro del negozio fa pagare un dollaro al minuto.»

«È perché la gente va lì a vedere i porno» disse Evelyn. «Possono far pagare quello che vogliono.»

«Come fai a saperlo?» Era Sunny. Tutti si voltarono verso di lei, aspettando una risposta da uno degli altri.

«Sapete cosa non capisco?» disse Kit, e tutti distolsero lo sguardo da Sunny spostandolo su di lei. «Non capisco come faccia una cittadina che ha così pochi soldi per la sua biblioteca pubblica a permettersi una festa così grande per il Quattro Luglio.»

Tutti esclamarono: «Già», o annuirono. Ed era vero. I fuochi d'artificio di Riverton erano famosi. Attiravano da ogni dove la gente, che si assiepava in riva al fiume, pigiandosi per avere quella che pensavano fosse la vista migliore. Il sindaco difendeva quella spesa, dicendo che portava in città gente che altrimenti non ci sarebbe mai venuta, e che quella gente portava denaro. Ma i Quattro commentavano che sarebbe stata una motivazione ragionevole se a Riverton ci fosse stato qualche altro posto, oltre al Dollar Tree, per spenderli. O se il comune avesse avuto una forza di polizia in grado di emettere multe sufficienti per ubriachezza molesta, schiamazzi e divieti di sosta raccogliendo così i fondi per pagare, quanto meno, la pulizia delle strade il giorno seguente.

«E allora ci vai a vedere i fuochi d'artificio?» domandò Kit a Sunny quando la riunione si sciolse.

«Non credo» rispose la ragazza. «Steve dice che i fuochi d'artificio sono un'esibizione mascherata di potere militare. Noi non ci crediamo.»

«Temo che non sia questione di crederci o non crederci» ribatté Kit. «Come fai a non crederci quando sono così forti da scuoterti il cervello?»

«Non conosci Steve» fu la risposta. «Suo padre ha passato tutta la vita nell'esercito e Steve ha ricevuto un'educazione militare, ma adesso non gli piace niente che glielo ricordi. Secondo lui i fuochi d'artificio sono soltanto bombe che scoppiano a mezz'aria, e sono un trucco del governo per convincere la gente a sostenere guerre ingiuste.»

«Be', se lo dice lui... a me sembra comunque un po' eccessivo» obiettò Kit. «Io penso che la maggior parte della gente li consideri qualcosa di magico: tutte quelle figure che appaiono dal nulla all'improvviso. Dal tetto della mia casa si vedono i fuochi d'artificio nel cielo e nel contempo riflessi nel fiume. È spettacolare.»

«Posso venire?» chiese Sunny.

Sunny | #3

Steve disse che, anche se le giornate erano lunghe, dovevamo attrezzare il campo prima che fosse tardi, ma Willow ribatté che prima dovevamo mangiare qualcosa, per evitare un calo di zuccheri nel sangue e il conseguente malumore. Tirò fuori dei sandwich con burro di arachidi e gelatina avvolti in carta oleata che doveva aver preparato il giorno prima e li distribuì come carte da gioco, uno per Steve, uno per me, uno per lei, un altro per Steve, mezzo per lei e mezzo per me. Steve camminava a lunghi passi mentre mangiava il suo, cercando il punto migliore dove piantare la tenda, mentre Willow e io ci sedemmo su una grossa roccia – che, mi spiegò lei, era un masso erratico, ossia una pietra rimasta dopo il ritiro dei ghiacciai – a osservare una poiana codarossa che tracciava ampi cerchi sopra di noi. Toccai la roccia, che era tiepida: Willow disse che era così perché era un dissipatore di calore, e in quel momento pensai che fosse divertentissimo, perché era una roccia, non qualcosa che trovi in un bagno o in una cucina. Lei aggiunse che, se l'argomento mi interessava, potevamo fare una ricerchina sulle rocce, ma solo se ne avevo voglia, e io risposi di sì.

« Incomincia a raccogliere qualche sasso » mi suggerì, e mi disse di guardarmi intorno per vedere se riuscivo a trovarne dieci tipi diversi mentre lei e Steve piantavano il campo. Mi diede un sacchetto e io mi diressi verso lo specchio d'acqua, dove c'erano talmente tante pietre che era difficile scegliere, perché quando i sassi sono bagnati sono tutti colorati e lucenti, e continuavo a pensare che avrei trovato qualcosa di raro e prezioso che era rimasto nascosto sottacqua. Quando ebbi finito, il mio sacchetto pesava una tonnellata e io riuscivo a malapena a trascinarlo lungo il sentiero.

Giù al #3, la tenda era stata rizzata e Willow e Steve stavano cercando di picchettarla al terreno, ma di fatto non riuscivano nemmeno a scalfirlo. « Sembra cemento » mi disse Steve girando solo la testa verso di me, e riprese a martellare il picchetto con una pietra. Niente. Steve mollò un po' la corda legata al picchetto e provò a battere qui e là il terreno alla ricerca di un punto più morbido. Spinse il picchetto che penetrò quanto la distanza tra l'unghia del dito e la nocca. Poi ricominciò a pestarci sopra.

« Attento a non romperlo » lo avvertì Willow, usando il suo tono più suadente.

« Non scherzare » rispose lui.

« Forse è il momento di fare una pausa » annunciò Willow, e quella era una frase molto da lei. « Vediamo cosa ha trovato Sunny ».

Funzionò. Steve depose la sua pietra e venne a vedere quelle che avevo raccolto io, mentre le estraevo, una alla volta, dal sacchetto. A quel punto le pietre bagnate erano diventate asciutte, e non c'era modo né di distinguerle né di spiegare perché mi fossero sembrate speciali, dato che adesso erano diventate tutte di un grigio opaco. Ma i genitori possono essere sorprendenti. Mostravo loro un sasso, e me lo prendevano di mano, continuando a rigirarlo e a dire cose tipo: «Molto bello, guarda la mica in questo», oppure «In questo c'è molto feldspato» e prima che potessi chiedere che cos'era il feldspato, uno di loro diceva: «Sai che il feldspato è il minerale più diffuso sulla Terra?» L'altro, per tutta risposta, frugava in una sacca da viaggio colma di libri e ne tirava fuori una vecchia guida che confermava quella notizia. Poi discutemmo sulla differenza tra rocce e minerali, che riguardava la provenienza delle rocce dalla crosta terrestre, e questo mi faceva pensare al pane, alle torte e alla pizza. Willow mi porse il libro e mi disse di usarlo per provare a identificare il resto della mia raccolta mentre lei e Steve tornavano al lavoro.

Questa volta non solo i picchetti della tenda rimasero piantati nel terreno, ma Willow e Steve non ebbero difficoltà neanche a fissare il telo di copertura per la pioggia o quella fantastica veranda con le finestre di plastica su entrambi i lati che si chiudeva con la cerniera. Una volta finito, Willow scomparve all'interno, con i sacchi a pelo appesi al collo e stretti tra le braccia, e quando uscì iniziò a prendere i vestiti dalle nostre valigie e a portarli nella tenda, una bracciata alla volta. Steve, nel frattempo, si trovava a pochi passi dal #3, a lanciare una corda intorno a un albero. La lanciava in alto e la corda cadeva giù, la rilanciava su e ricadeva. Sembrava stesse giocandoci a palla, ma dall'espressione sul suo volto credo che non fosse così.

«Cosa stai facendo?» domandai, lasciando i sassi e il libro per terra e andando verso di lui.

«Dobbiamo appendere in alto il nostro cibo» mi rispose. «Per via degli orsi.»

«Orsi?»

«Sono soltanto orsi bruni. L'unica cosa che vogliono è il cibo.»

«Orsi?» ripetei. Avevo letto *Mirtilli per Sal* e sapevo che era meglio non intromettersi tra un orsacchiotto e sua madre.

« Se gli orsi capiscono che qui non c'è da mangiare per loro, se ne vanno » disse Steve, mentre la corda che aveva lanciato si agganciava al ramo di una vecchia betulla. Grande sospiro di sollievo. Diede uno strattone e la corda venne giù insieme al ramo dell'albero, che cadde rumorosamente rimbalzando a pochi passi da noi.

« Fatti indietro, Sunny » mi disse, spostando di lato il ramo con un calcio. Rimase lì a fissarlo, senza muoversi. Avrei voluto chiedergli cosa stesse facendo, ma sapevo che mi avrebbe risposto: « Sto pensando ». Finii per rimanere lì con lui, a pensare. All'improvviso lui si chinò, staccò un pezzetto di ramo e lo legò a un'estremità della corda. Disse che era come mettere un peso sulla lenza in modo che andasse a fondo.

La lanciò in alto, ma venne giù. La lanciò in alto, e venne giù. La lanciò in alto, e si arrotolò intorno a un grosso ramo, penzolando dalla parte opposta.

« Bingo! » esclamò, e poi: « Perseveranza, Sunny ».

Mi disse di andare alla nostra catasta di roba, di prendere un sacco e metterci dentro la roba da mangiare, e poi di riportarglielo pieno. Quando tornai, mi prese il sacco, lo attaccò all'estremità della corda e lo issò in aria facendolo penzolare come una pentolaccia. Poi legò l'estremità della corda che teneva in mano e la fissò a uno dei rami più bassi. Sembrava molto soddisfatto.

« Niente burro di arachidi e gelatina per voi orsi » esclamò.

« E se poi hanno fame? » domandai.

« Gli orsi devono mangiare cibo per orsi, non cibo per gli umani » rispose. « Può sembrare che non sia così, ma dare loro del cibo per umani è solamente una crudeltà. Sconvolge l'ordine naturale delle cose ».

Tornati al campeggio, scoprimmo che Willow aveva sistemato tutto in modo (innaturalmente) ordinatissimo. Aveva messo gli stivali da pioggia e le giacche impermeabili da una parte della veranda, i libri dall'altra e in mezzo lo stuoino d'ingresso dell'appartamento dove avevamo vissuto fino a meno di ventiquattr'ore prima, in modo da non lasciare impronte di terra nella tenda. Era una tenda grande che, spiegò Steve, era fatta per ospitare sei persone, anche se era più adatta per quattro persone che non progettassero di viverci dentro, viverci davvero, come mi resi conto che stavamo per fare noi. La mia biancheria e i calzini erano impilati accanto ai miei jeans e calzoncini, che erano impilati accanto alle mie magliette. Gli indumenti di Willow e di Steve erano impilati allo stesso modo, dall'altra parte della tenda. Willow aveva ammucchiato un sacco di trapunte e cuscini in mezzo e aveva appeso delle lanterne annodandole al cielo della tenda. Quando mi chiese se mi sembrava confortevole, io risposi di sì e, per dimostrarlo, mi tuffai nelle coperte, avvoltolandomi e addormentandomi all'istante. Poi mi accorsi che la pioggia tamburellava sopra la mia testa, e che fuori diventava buio, e non vedevo nessuno dei miei genitori; stavo per gridare e chiamarli quando udii la voce di Willow e la risata di Steve. Uscii e vidi che erano a pochi passi di distanza, seduti sotto un telone, sulle poltroncine pieghevoli che avevamo comprato quell'estate da Walgreens per portarle in spiaggia se mai ci fossimo andati (e non l'avevamo mai fatto), e bevevano delle birre.

«Vieni a sederti, Sunny» disse Steve, battendo una mano sul terreno.

La tomba è il mio piccolo cottage...
Emily Dickinson

Kit sussultò. O almeno sembrò sussultare quando Sunny chiese se poteva andare da lei. L'ultima persona che era entrata in casa sua era il disinfestatore, ed era venuto quando lei era al lavoro. A volte i bambini bussavano alla porta per vendere biglietti della lotteria e tavolette di cioccolato per le gite scolastiche, e i propagandisti elettorali si facevano vedere in periodo di elezioni, ma nessuno di loro aveva mai varcato la soglia. Ad Halloween si ritirava al piano di sopra, tirava le tende e sedeva davanti alla fioca luce dello schermo del computer mentre i bambini in cerca di dolcetto o scherzetto saltavano la sua casa oscurata. Nella sua vita precedente aveva socializzato molto. Nella sua nuova vita, grazie al cielo, non c'erano quasi occasioni per farlo.

«Pensavo che non credessi ai fuochi d'artificio» disse Kit per rispondere alla domanda di Sunny. Questo, lo capì in seguito, era un errore, un'apertura.

«Forse dovrei farmi un'idea da sola» ribatté Sunny con un sorrisetto furbo.

«E i tuoi genitori?»

«Loro hanno dei programmi per quella sera, e non c'è nemmeno bisogno che vengano a saperlo.»

«No» disse Kit con decisione, ma se Sunny la udì, non lo fece capire.

«Potrei semplicemente dire che vengo a casa tua per cena. O a dormire.»

«No» ripeté Kit. E poi: «Non puoi dormire da me». Era un altro errore, un'altra apertura.

«Allora posso venire a cena?» domandò Sunny. «E poi possiamo guardare?»

Fissava la donna più grande di lei con impazienza, come un cucciolo che non vede l'ora di uscire. Nonostante i suoi sforzi, Kit non riusciva a rimanere insensibile. Trovava quella ragazzina strana, ma sorprendentemente interessante.

«Non lo so» rispose Kit. «Fammici pensare.»

Kit ci pensò. Quella sera, camminando avanti e indietro in cucina, rifletté a come sarebbe stato strano avere un'altra persona seduta insieme a lei a tavola, e a come sarebbe stato destabilizzante dover pensare a cosa prepararle per cena. Da quando si era trasferita a Riverton, Kit aveva perso l'abitudine al gusto del cibo. No: era accaduto prima. Il cibo era il carburante. Il dottor Bondi glielo ripeteva sempre, come se lei non lo sapesse. Lo sapeva, eppure aveva smesso di mangiare per un po', in attesa che il picchiettio che sentiva in testa rallentasse fino a cessare completamente, come faceva la sua automobile quando finiva la benzina. Quando, più leggera di tre chili, l'aveva spiegato in modo razionale, o almeno così le era sembrato, al dottor Bondi, lui le aveva detto: « No, non funziona così, non mangiare peggiora le cose, il motore va su di giri e i pensieri sfuggono al controllo ». Forse aveva anche aggiunto: « È pericoloso. Si rischia di andare a pezzi », ma la testa le girava come una trottola e lei aveva smesso di ascoltare qualunque cosa tranne il suono del suo battito cardiaco nelle orecchie, come se avesse fatto una corsa. E lei aveva fatto una corsa.

« È una metafora » aveva esclamato Kit, di punto in bianco.

« Che cosa 'è una metafora'? » le aveva chiesto il dottore.

Kit aveva pensato che lui aveva uno sguardo gentile. Si era chiesta come doveva essere guardarsi allo specchio e avere degli occhi del genere che ti ricambiavano lo sguardo.

« Correre » gli aveva risposto.

Kit era uscita dallo studio del dottor Bondi ed era andata a un drive-in, dove aveva ordinato un milk shake al cioccolato ed era rimasta in macchina a succhiare quella bevanda fredda, dolce e densa con la cannuccia nella propria bocca tiepida, dove l'aveva trattenuta per un po' prima di mandarla giù in gola. Dopo aveva ricominciato a mangiare. Chi non la conosceva diceva che aveva un bell'aspetto. Chi la conosceva diceva che aveva un aspetto migliore. Ma lei non stava né bene né meglio, era solo meno appassita, meno somigliante a una pianta che qualcuno si era dimenticato di annaffiare. Il dottor Bondi le aveva suggerito di leggere la sezione cucina del *New York Times* tutti i giorni per dare una scossa al suo appetito, e lei per un po' aveva letto qual era il modo giusto per cucinare le costolette di maiale e valutato i vantaggi del mettere un tacchino in salamoia, o imparato la differenza tra le ostriche Belon e le Blue Point, ma tutto questo la stancava. Zuppa in lattina, formaggio grigliato, tortellini, qualunque cosa potesse gettare in acqua bollente per pochi minuti... il cibo era il carburante. Avrebbe detto di no alla ragazza.

Sunny | rotto

Anche se a Steve il letto di famiglia non piaceva, non aveva scelta quando vivevamo al #3. È così che lo chiamavamo, allora e anche adesso, quando parliamo dei vecchi tempi. Steve sostiene che la nostalgia sia uno spreco di energia, che sia una fesseria perché la gente modifica sempre il passato per adattarvi qualunque realtà in cui vuole credere, ma anche a lui piace riandare con la memoria al nostro periodo al #3, quando dormivamo tutti e tre come dei cuccioli, sepolti tra coperte e trapunte, con me nel mezzo perché ero l'unica che non doveva alzarsi nel cuore della notte per fare pipì. Willow diceva che vivere al #3 mi faceva bene perché i bambini dovevano vivere vicino alla terra, nella natura. « Le scarpe deformano il piede e le case deformano lo spirito » mi diceva a volte se le chiedevo quando saremmo tornati al nostro appartamento. Fino alla prima neve, nessuno di noi indossò scarpe.

La storia su cui non torniamo mai è proprio quella che ricordo meglio, quel pomeriggio in cui mi stavo arrampicando su un macigno e staccai un pezzo di roccia – era scisto, mi spiegò in seguito Willow – che mi piombò sul piede sinistro bloccandolo, e impedendomi di muovermi. Dovevo aver gridato più forte di quanto avessi mai fatto prima, perché entrambi i miei genitori arrivarono di corsa dal sentiero nel giro di pochi secondi.

« Va tutto bene, piccola » disse Willow con il suo tono più suadente.

Da quel che potevo capire, pensava che mi fossi arrampicata troppo in alto e avessi paura di scendere, e questo mi fece davvero arrabbiare.

« Il mio piede! » le urlai di rimando.

Steve stava già arrampicandosi sul macigno, e quando fu all'altezza del mio piede, sollevò la pietra che lo schiacciava, gridò a Willow di stare attenta e la scagliò via. Poi mi trasportò giù e insieme a Willow mi portò di corsa al laghetto, deponendomi nella sabbia umida lungo la riva, in modo che il mio piede potesse restare nell'acqua.

Era ormai quasi autunno. Le notti erano più fredde e quasi tutte le mattine c'era la brina. Non avevamo un calendario, quindi non so da quanto tempo fossimo al #3. Quando chiedevo che giorno era, Willow o Steve o entrambi all'unisono rispondevano: « È oggi! » Pensavano di essere incredibilmente divertenti, quindi io avevo smesso di chiederlo.

L'acqua del lago era gelata. Non letteralmente – questo avvenne in seguito – ma così fredda che il mio piede divenne insensibile. Era proprio quello lo scopo, mi spiegò Steve. « L'acqua fredda è l'anestetico di Madre Natura », e mi teneva giù il piede, mentre io avrei voluto soltanto toglierlo dall'acqua. Gridavo, e le mie grida che riecheggiavano tra le montagne dovettero scuotere Willow nel profondo, perché lei disse a Steve che dovevano portarmi al pronto soccorso.

« È proprio quello che non dobbiamo fare » replicò lui, ingiungendomi di tenere il piede, che ormai non sentivo più, immerso nell'acqua.

« Qualcuno dovrebbe guardare quel piede » insistette Willow.

«Lo sto facendo io» ribatté Steve. Per lui, gli organismi sono come le automobili, e lui non aveva mai portato la sua auto dal meccanico. Dopo tutto io, la sua unica figlia, ero nata in una sorgente termale in California, senza medico né levatrice, solo Steve che istruiva Willow, e lei che galleggiava sul dorso mentre lui la teneva per le spalle: e quando uscii, lui legò il mio cordone ombelicale con un pezzo di filo interdentale. Steve è contrario ai medici. Dice che fanno parte del complesso medico-industriale, che sono al soldo delle aziende farmaceutiche, e che le aziende farmaceutiche antepongono i loro profitti alle persone. Non bisogna lasciargli la possibilità di cominciare. Ma Willow insistette, e lui la ignorò, anche quando, sollevando il mio piede dall'acqua, vide che in punta era violaceo e gonfio, e Willow dichiarò che non c'erano dubbi: era rotto.

«Il piede ha ventisei ossa» disse Steve.

«E questo cosa vorrebbe dire?» ribatté Willow. Sembrava arrabbiata. «Che ce ne sono di ricambio?»

Nel frattempo io ero lì seduta, tremante e piangente, con un piede fratturato, stando a quello che diceva Willow, ma senza la possibilità di andare in ospedale, e Steve era incazzato e Willow era arrabbiata, e Steve mi sollevò senza dire una parola e mi riportò al #3: mi disse di entrare strisciando, di togliermi i vestiti bagnati e di infilarmi sotto le coperte.

Era colpa mia se i miei genitori erano arrabbiati tra loro. È sempre colpa mia. Li udivo litigare dall'altra parte della tenda di nailon. Gridai perfino: «Vi sento!» per farli smettere, ma loro non mi udivano, perché ero coperta dalle loro voci, e non smisero. Dopo un po' Willow entrò nella tenda e si mise sotto le coperte con me, dicendomi che sarebbe andato tutto bene. Non sapevo se si riferisse al mio piede o alla mia famiglia, ma sentendo la sua mano che mi accarezzava la fronte e le sue dita tra i miei capelli, finii per crederle. In seguito mi strofinò dell'arnica sul piede e mi diede una tazza di infuso di valeriana che mi fece quasi vomitare ma mi mise anche sonno. Non mi accorsi quando, o se, i miei genitori vennero a letto.

Steve e Willow erano tutti e due fuori dalla tenda quando mi svegliai. Ascoltai il suono delle loro voci: erano ancora arrabbiati? La tempesta era passata? Steve brontolava, Willow era triste? Quando sei una figlia unica che vive in una tenda con i genitori, diventi capace di capire cosa sta succedendo anche quando non riesci a sentire una sola parola di quello che dicono. È tutta questione di tono. Io, però, non sentivo niente. Né voci, né il rumore di un bastone che fruga le braci. Forse stavano zitti perché non volevano svegliarmi, oppure avevano smesso di parlarsi. Il piede mi faceva male da morire. Era diventato il doppio dell'altro, con una crosta dove la pietra aveva rotto la pelle, e pieno di ecchimosi dappertutto. Mentre lo esaminavo, Steve sollevò il lembo della tenda.

«Alzati e risplendi!» esclamò con tono entusiasta, praticamente gridando. Il suo sorriso era quasi radioso, come se fosse la mattina di Natale e lui avesse una grossa sorpresa per me. E in effetti l'aveva: un paio di stampelle fabbricate con rami d'albero e spago.

«Se non carichi il peso sul piede, andrà tutto bene» mi assicurò.

Un paio di giorni dopo, quando non ne potei davvero più di zoppicare intorno al #3 sulle stampelle di Steve, che erano difficili da usare sul terreno accidentato intorno al nostro campeggio, le misi da parte.

«Visto? Te l'avevo detto» disse lui a Willow quando mi vide zoppicare e saltellare senza di esse.

E io mi domandai: le aveva detto cosa?

4

28/6/2010 – 4/7/2010

Puntò sulle sue Penne – Guadagnò un Arco...
Emily Dickinson

«Ho saputo che il piccolo raggio di sole trascorrerà il Quattro Luglio a casa tua» furono le parole con cui Evelyn accolse Kit quando arrivò al lavoro.

«Questa mi giunge nuova» ribatté Kit. Si diresse verso il reparto consultazione, dove Sunny, che era arrivata presto, stava sistemando i quotidiani.

«Ti piace questo?» cinguettò Sunny mentre Kit si avvicinava. Attaccato al cartello CONSULTAZIONE ce n'era uno scritto con matite colorate che diceva RISPOSTE!

«L'ho fatto io» disse Sunny tutta orgogliosa.

Quanto a quello, era evidente, pensò Kit. «Ma perché?»

«Perché alcuni non sanno cosa vuol dire 'consultazione', ma tutti sanno cosa vuol dire 'risposta'. I miei genitori dicono che va bene, tra l'altro.»

«Che cosa va bene?»

«Lo sai, che io venga da te.»

«Ma non puoi» replicò Kit.

«No, davvero, per Steve e Willow va bene.»

«Non è quello che intendevo dire» ribatté Kit, ma Sunny sembrava non sentirla. «Steve dice che può accompagnarmi da te alle quattro. Il fatto è che il lavoro di babysitter che avrei dovuto avere alle quattro è saltato, i due bambini hanno la pertosse, e dato che non sono vaccinata, i miei genitori pensano che non sia una buona idea andarci, ma avevano già dei programmi per uscire, quindi sembrava che nemmeno gliene importasse. Dei fuochi d'artificio, intendo.»

Kit sembrò dubbiosa, anche se sapeva che non doveva sorprendersi. «Non sei vaccinata?» chiese.

«No.»

«E questo non ti preoccupa?»

«Mi preoccupa che il governo controlli il mio corpo. Perché il governo deve dirti quello che puoi o non puoi fare?» replicò Sunny.

«Ti allacci la cintura di sicurezza?» chiese Kit.

«Quello è diverso» rispose Sunny.

«Come?»

«È diverso. Nessuno ti fa dei buchi nella pelle quando ti metti la cintura di sicurezza.»

Kit gemette. Si passò una mano tra i capelli e guardò Sunny con rinnovata compassione. Quella ragazzina veniva cresciuta da gente che probabilmente credeva che le scie degli aerei a reazione provocassero il cancro e che il fluoruro nell'acqua fosse un complotto governativo per creare cittadini docili e sottomessi.

«Va bene» le disse. «Vieni e prepareremo gli hot dog, come i veri americani il Quattro Luglio.»

«No» rispose Sunny.

«No?»

«Niente hot dog. Sono vegetariana, ricordi?»

«Va bene, io mangerò un hot dog e tu avrai un tofu dog.»

«Un panino con il tofu» la corresse Sunny.

«D'accordo, va bene.»

«Porterò un sacco a pelo.»

«Benissimo» commentò Kit. In seguito, ripensando alla loro conversazione, Kit si chiese come mai non avesse opposto maggiore resistenza. Sapeva cosa le avrebbe detto il dottor Bondi: che, suo malgrado, voleva che Sunny venisse a invadere la sua solitudine, eppure non ne era convinta. La solitudine si adattava a lei. Non vedeva l'ora di salire sul tetto, con un bicchiere di Chardonnay in mano, per osservare i fuochi d'artificio e ascoltare la folla e sentirsi avvolgere dalla tiepida aria estiva. No, non era perché non voleva stare da sola; era perché non voleva sentirsi responsabile di aver lasciato sola Sunny. Non sola a casa sua, mentre i suoi genitori quella sera erano fuori, ma sola in futuro, quando si sarebbe persa in un mondo che le era estraneo. Perché non metterla a contatto con qualcosa di normale?

Si immaginò mentre chiedeva al dottore: « Non è divertente? Per qualcuno divento il contatto con la vita regolare di una volta ». Ma non riusciva a immaginare lui cosa le avrebbe risposto.

Sunny | fuochi d'artificio

Steve e Willow mi lasciarono all'angolo di Coolidge Street, perché la strada era bloccata per i fuochi d'artificio. Quando arrivai al 1635, Kit era seduta in veranda a leggere *The New Yorker*, e penso di essermi avvicinata silenziosamente perché lei sobbalzò quando le dissi ciao, ma poi sembrò in imbarazzo perché si era spaventata. Non me ne importava. O meglio, mi dispiaceva averla spaventata, perché non si fa così, ma non era particolarmente importante.

« Ti sei portata un libro? » mi chiese, e quando risposi di no, mi accompagnò in una stanza piena di libri invitandomi a sceglierne uno.

« Non posso sceglierne soltanto uno » obiettai.

« Non sono patatine, Sunny » disse Kit. « Prendine un paio. Forse ne troverai uno che ti piacerà. »

So che non avrei dovuto meravigliarmi. Lei è una bibliotecaria e intrattiene questo genere di conversazione una dozzina di volte al giorno, l'ho sentita con le mie orecchie.

La casa era buia, anche se fuori c'era ancora luce: non aveva molte finestre, e i soffitti erano così bassi da farmi venire voglia di chinarmi. Io sono alta uno e settantatré circa, ma è soltanto un'ipotesi, perché Steve dice di essere uno e settantotto e io sono cinque centimetri più bassa, quindi sono alta per essere una ragazza, mentre Steve è nella media per un uomo. I soffitti di Kit si incurvavano, e le porte avevano stipiti fatti con vecchie travi spesse che rendevano il luogo simile a un rifugio. Non c'erano neanche molti mobili. Un divano e un tavolino basso in salotto, un tavolo e una sola sedia in cucina. Nella stanza attigua alla cucina, che probabilmente un tempo era la sala da pranzo, c'erano una scrivania e una brandina, e Kit mi disse di lasciare lì la mia roba. C'erano altre camere da letto al piano di sopra, aggiunse, ma non si era mai data da fare per procurare dei letti. Cominciai a raccontarle di quella specie di letto gonfiabile che avevamo comprato a un certo punto quando vivevamo in tenda e, passata la stagione estiva, il freddo iniziava a infiltrarsi dal terreno – a me sembrava strano, dato che è il caldo, non il freddo, che dovrebbe salire verso l'alto –, ma Kit disse che non aveva bisogno di altri letti.

«Che ne dici di Jane Austen?» mi domandò. «A me Jane Austen piaceva, quando avevo la tua età» e indicò una copia di *Orgoglio e pregiudizio* sul tavolino, probabilmente messa lì apposta poco prima, come se Kit avesse previsto di fare quella conversazione, e stesse aspettando di darmi il libro e farmi sedere sul divano proprio come faceva con la gente al lavoro.

«L'ho già letto» le risposi.

«Oh» fece lei.

Vedendola nervosa, come se non sapesse cosa dire, aggiunsi che l'avevo letto tanto tempo prima, anche se non era vero, e mi sedetti sul divano a sfogliare le pagine mentre Kit si metteva di fronte a me e sembrava fare la stessa cosa con la sua rivista. Dopo quella che sembrò un'eternità, ma probabilmente durò solo un quarto d'ora, Kit si alzò di colpo e mi chiese se volevo andare a fare una passeggiata: posammo quello che stavamo «leggendo», uscendo dalla penombra della casa per passare ai bagliori del tardo pomeriggio. C'era un flusso continuo di gente che percorreva Coolidge Street, e noi ci unimmo a loro, procedendo dietro una famiglia di quattro persone che si tenevano per mano in una lunga linea impossibile da superare, e davanti a un uomo con una bambina sulle spalle. La gente camminava anche nella direzione opposta, e qualcuno, riconoscendoci, esclamò: «Biblioteca, biblioteca!» o gridò il mio nome, e alcuni bambini sfuggirono alle loro famiglie per venire ad abbracciarmi e a darmi il cinque. Era divertente. A circa quattro strade da casa di Kit, la folla si disperse e tutti cercarono di prendere posto sulle panchine di metallo. C'era un furgoncino dei gelati, un uomo che vendeva limonata ghiacciata da un carretto, gente che grigliava carne sui barbecue hibachi e un gruppo reggae che ascoltammo a lungo. Kit era sorridente e sembrava rilassata, ma lo era fino a un certo punto, perché quando tentai di farla ballare con me, mi disse: «Dovremmo andar via tra poco».

Il sole cominciava a calare, il cielo diventava buio, e dovevamo muoverci un po' a zig-zag per costeggiare la folla che si accalcava verso la riva. Di ritorno a casa di Kit, lei accese le luci e indicò il divano e il mio libro, assicurandosi che mi mettessi seduta prima di ritirarsi in cucina a preparare la cena. Le chiesi se potevo aiutarla, ma mi disse che le piaceva fare tutto da sola. Aggiunse che le sembrava un po' strano avere qualcun altro in casa, e che non preparava una cena per qualcuno da molto tempo. Mi gridava queste cose dalla cucina e io la udivo perfettamente, ma quando le chiesi da quanto tempo, lei non rispose. Poi mi chiamò in cucina, e vidi che era più grande di quanto immaginassi, con una di quelle vecchie stufe Franklin a legna accanto a qualcosa di più moderno ed elettrico, un piccolo frigorifero e un tavolo con una sedia in vimini. Alle pareti non c'era appeso niente tranne un guanto imbottito da forno vicino alla stufa e un calendario di una ditta di disinfestazione sopra il tavolo, con immagini di cascate e monti innevati.

« Ecco » disse Kit, porgendomi un piatto con due salsicce di tofu e un mucchio di patatine fritte. Poi, come per una folgorazione improvvisa, mi chiese se mi era permesso mangiare le patatine fritte. « O forse » disse Kit, « non credi in loro. »

Credo che cercasse di essere spiritosa, ma sembrava una cattiveria, e lei dovette capirlo dalla mia espressione, perché disse: « Scusa », ma io feci finta che fosse tutto a posto e le raccontai che il peggior vizio di Steve erano le patatine al gusto barbecue, quelle così unte che ti fanno diventare le dita arancioni, e che tentava di farle piacere anche a me e a Willow, ma noi le trovavamo disgustose.

Glielo dicevo mentre salivamo, reggendo la nostra cena, una stretta rampa di scale fino a una stanzetta in cima alla casa che aveva una panca di legno disposta lungo tre pareti. La vista era incredibile: si scorgeva il parco sotto di noi, punteggiato di gente che aveva organizzato un picnic sulle coperte con bambini e cani; si vedevano le cime degli alberi e il fiume, e sul fiume un'immagine stropicciata del cielo, che dava all'acqua, lenta e solitamente marrone, un'intensa tonalità di azzurro con screziature dorate, e, più tardi, il sole che calava come una bandiera finché ci trovammo sedute al buio.

Poi, come sbucata dal nulla, ecco un'enorme bandiera americana, a stelle e strisce, sventolare nel cielo, seguita da un potente tuono, per poi trasformarsi in brandelli di fumo che lasciarono una traccia, come un alito caldo su una finestra fredda, prima di sparire completamente dietro un getto ininterrotto di esplosioni di stelle che fiorivano rosse, argento, verdi e oro, e poi scorrevano come pioggia verso il fiume, che le trascinava via.

« È bellissimo » dissi a Kit, che era seduta in diagonale rispetto a me, e le nostre ginocchia quasi si toccavano, tanto che la sentivo sussultare leggermente ogni volta che esplodeva un nuovo fuoco d'artificio.

« Avevo dimenticato quanto fosse forte il rumore » replicò lei, versandosi un altro bicchiere di vino. « Da un anno all'altro, lo dimentico. »

Ma non sembrava infastidita. A volte, alla luce di uno dei fuochi, vedevo che sorrideva: non era un grande sorriso aperto, ma qualcosa di più tranquillo, quello che Willow chiama un sorriso da Monna Lisa, anche se dubito che Kit l'avrebbe mai ammesso. Non penso che faccia la misteriosa volutamente. È come se non potesse farne a meno. Non è timida, perché è sempre pronta a parlare con chiunque, e non è propriamente scostante, ma è comunque irraggiungibile, come se intorno a lei ci fosse un recinto invisibile, o un campo di forza che respinge tutto quello che le si avvicina troppo.

Quando i fuochi d'artificio terminarono, la gente incominciò ad acclamare e a fischiare, poi a lanciare esclamazioni di protesta perché era evidente che non ce ne sarebbero stati altri. Kit e io ridiscendemmo la scala stretta, portando tutta la nostra roba in cucina, e io aiutai Kit a rigovernare: lei lavava e io asciugavo. So che si rendeva conto della mia presenza, passandomi le stoviglie dopo averle sciacquate, ma sembrava anche che si fosse dimenticata chi ero. Era silenziosa e assorta.

« Un penny per i tuoi pensieri? » provai a dire, come fa a volte Willow con me quando vuole sapere a cosa sto pensando.

« Cosa? Oh » fece lei, poi tacque. Fu una pausa lunga, quel genere di pausa dopo la quale sai già che non ci sarà niente, per quanto lunga possa essere stata l'attesa. Poi però disse: « Forse Steve ha ragione. A proposito dei fuochi d'artificio ».

« No, non ti ci mettere anche tu » esclamai. Era una vera delusione. Perché gli adulti non riescono a godersi le cose senza doversi portare appresso, come dice a volte Willow, il loro bagaglio?

« È tardi » disse Kit, porgendomi gli ultimi piatti da asciugare. « Sai qual è la tua stanza. C'è un piccolo bagno di fronte. Se vuoi star sveglia a leggere, c'è una lampada sulla scrivania e i libri non mancano. Ci sono anche alcuni dei miei preferiti. Puoi sfogliarli quanto vuoi. »

Non disse altro. Ancora una volta, mi era parso di essere in biblioteca. La seguii in corridoio, e lei stava per salire, ma io non volevo. Willow dice che il modo migliore per fare amicizia con una persona è chiederle qualcosa di personale, ma non troppo, a proposito di qualcosa o qualcuno a cui tiene, e che non preveda un monosillabo come risposta. Esempio sbagliato: « Posso coccolare il tuo cane? », perché risponderà con un sì o con un no. Esempio giusto: « Come hai fatto ad addestrarlo a camminare senza guinzaglio? », perché dovrà fornire una lunga spiegazione che susciterà altre domande e alla fine si otterrà una conversazione.

« Posso farti una domanda? » le dissi. Vidi che si aggrappava alla ringhiera come per impedirsi di cadere, anche se non c'era possibilità che accadesse perché era saldamente in piedi sul pianerottolo. Mi sa che la spaventai, ma andai avanti comunque e le chiesi: « Quando inizi a leggere un libro, salti subito all'ultima pagina per sapere come va a finire? »

Kit lasciò il corrimano, incrociò le braccia sul petto e sembrò riflettere su cosa dire. Il mio piano sembrava funzionare.

« Fammici dormire sopra » rispose dopo una lunga pausa. Poi, già in cima alle scale, disse: « Non stare alzata fino a tardi », che sembrò una frase buttata lì, dopo una serata in cui aveva parlato assai poco. Ma almeno le piacevo? Difficile dirlo.

Nel mio principio è la mia fine.
T.S. Eliot

Kit raggiunse la sua camera da letto, fece scivolare prima un piede e poi l'altro oltre la soglia come se stesse attraversando la casa base di baseball, chiuse la porta e atterrò sul letto. Ansimava leggermente, tanto per lo sforzo di aver salito la scala stretta quanto per la difficoltà di stare con la ragazza e poi di allontanarsi da lei. Kit si appoggiò all'indietro e lasciò penzolare i sandali dalla punta degli alluci prima di farli cadere sul pavimento di legno, uno dopo l'altro, con un tonfo, ricordandosi troppo tardi che c'era qualcuno sotto di lei che poteva sentire e che avrebbe capito esattamente cosa stava facendo proprio in quel momento: era sdraiata sul letto a fissare il soffitto (che, si rese conto, nonostante tutti gli sforzi di Ray Wagonner aveva bisogno di un'altra mano di stucco). Era andata piuttosto bene, pensò Kit. Non era finita, dato che Sunny era ancora in casa e si sarebbero ritrovate al mattino. Ma tutto sommato, non era andata poi così male. La ragazza era di sicuro un tipo strano: sembrava che il mondo circostante non riuscisse neanche a sfiorarla. Non andare a scuola era perfetto per lei, rifletté Kit. Ma essere istruita dai suoi genitori? Di quello non era così sicura.

Sunny, inoltre, le aveva posto una domanda interessante: Kit leggeva il finale prima di esserci arrivata? Ci pensò per un po', ricordandosi di quando aveva letto tutti quei gialli di Nancy Drew e di Agatha Christie ed era effettivamente andata a vedere più avanti per sapere quali indizi cercare via via che il racconto si svolgeva. Ma dopo, oh, no. Non sbirciava. Le sembrava sbagliato, senza sapere il perché.

«Se sapessi come va a finire un libro, lo leggeresti, innanzitutto?» si chiese Kit più tardi, mentre in piedi nel bagno si lavava i denti con lo spazzolino elettrico. «Smetti di leggere un libro perché non vuoi vedere che i personaggi che ti piacciono diventano antipatici, o che a quelli con cui ti identifichi viene negato quel lieto fine che secondo te si meritano?»

«Vorrei che lei scrivesse la storia del suo matrimonio» le disse il dottor Bondi poco dopo i loro primi incontri. «L'inizio, l'innamoramento, ogni cosa, oppure quello che ricorda.»

Kit oppose resistenza: quel compito sembrava insensato.

«Perché sprecare energia per mettere questa storia nero su bianco, dato che continuo a raccontarla a me stessa?» obiettò.

«Perché quella non è la storia che intendo io. Lei racconta la storia dal punto di vista del finale. Io vorrei che la raccontasse dall'inizio, quando tutto era possibile.»

Kit protestò. Erano agli inizi dei loro incontri e non aveva ancora capito che era proprio quello che lui voleva: conoscere i suoi punti deboli, i punti su cui insistere per ottenere una reazione.

«Facciamo così, allora» le propose il dottor Bondi. «Scriva solo l'inizio. Chiamiamolo il prologo. Se poi vuole continuare con il seguito, lo faccia. Altrimenti, smetta.»

Kit sussultò.

«Sa cosa intendo, Kit. La storia dell'inizio. Come vi siete conosciuti e innamorati.»

«Non ricordo» rispose lei con tono incolore.

«In che senso?»

«Nel senso che, come ho detto, non so più la storia. La narratrice è inaffidabile».

«Vada avanti» fece lui, con quel tono neutro, lievemente disinteressato a cui presto avrebbe pensato come a una voce sentita alla radio. Parlava in quel modo a casa? Aveva una casa? Certo che aveva una casa, doveva pur vivere da qualche parte, ma aveva una moglie e dei figli, un fidanzato, una fidanzata? E anche loro trovavano fastidiosa quella compassione studiata?

Kit sospirò. «La narratrice è inaffidabile perché non crede più alla storia che raccontava un tempo.»

«Quanto è diversa da quella che si racconta ora?» le chiese.

«Una è inventata e l'altra è reale» rispose lei. «Sa quando la sua casa va a fuoco, e quelli dell'assicurazione le chiedono di fare l'elenco di tutto quello che ha perso? Be', una delle cose che ho perso è la storia che raccontavo della mia vita. Qualunque storia racconti adesso è fatta da qualcuno – da me – che sa che quella storia era una menzogna.»

«Non era una menzogna, Kit» rettificò lui, «era la sua realtà.»

«E la mia realtà era una menzogna, pura e semplice» ribatté lei. Sarebbe stata così la terapia? Sarebbe stata una discussione lunga, frustrante e continua? Sospirò di nuovo. Che senso aveva? Non le faceva già con se stessa quelle discussioni? Si sentì travolta da una rabbia improvvisa, che si scatenò come un temporale in montagna.

«È stupido» esclamò.

«Cosa è stupido?»

La risposta fu rabbiosa: «Questo... Tutta questa faccenda. Questa conversazione. Certo che la mia realtà era una menzogna. Se c'è qualcuno che può saperlo, sono proprio io».

«La sua realtà a quell'epoca era la sua realtà» rispose lui con decisione, e con una tale convinzione che la fece ridere.

«Mi scusi, ma queste sono pure e semplici stronzate che somigliano a quelle cose che ti insegnano a dire se studi psicologia.»

«Non per questo sono sbagliate, Kit» ribatté lui con calma.

«C'è stata una fine, che si ripercuote su tutto, anche sull'inizio» disse lei. «Perché non lo capisce?» Faceva apposta a essere così ottuso? Era forse uno stratagemma?

«So che in questo momento non le sono molto simpatico»

continuò lui, « e questo va bene. Non devo esserle simpatico. Ma provi ad ascoltare quello che le sto dicendo. »

« Cosa sta dicendo? »

« Non deve dare per scontato che quello che accade nel nostro futuro annulli quanto è accaduto nel nostro passato, ecco cosa sto dicendo. Non le sembra un'ipotesi un po' azzardata? »

« Forse. Ma mettiamo che lei abbia votato per Nixon perché pensava fosse una persona di integrità morale, e poi succede il Watergate. Lei non rivedrebbe i suoi giudizi su Nixon? »

« Sì, certo. Ma quello che lui ha fatto influisce su come è lei? La mancanza di integrità di Nixon diventa la sua mancanza di integrità? »

« La mancanza di integrità di Nixon può non essere la mia mancanza di integrità, ma fa di me un'idiota » rispose Kit categoricamente. « Avrei dovuto giudicare meglio la sua personalità. »

« Le personalità cambiano. »

« No, non è vero. »

« Dal mio punto di vista, cambiano » ribadì il dottore.

« Dal suo punto di vista, lei deve necessariamente pensare che cambino » esclamò lei, senza curarsi di nascondere un tono sprezzante. Dal punto di vista di lui, tutto era riparabile, o quanto meno poteva essere reso migliore. Era un atteggiamento che lei proprio non condivideva, anche se, ripetendo mentalmente quella conversazione – quante volte l'aveva fatto? – aveva capito che, se non l'avesse pensata anche lei allo stesso modo, non avrebbe continuato a incontrarlo una settimana dopo l'altra, un mese dopo l'altro.

« Non posso obbligarla » concluse lui, stendendo le gambe accavallate e chinandosi verso di lei, « ma vorrei insistere perché lei metta per iscritto la storia che ha raccontato a se stessa. Lo consideri un racconto di fantasia, se vuole. Comunque sia, sarà vero per lei. »

Sunny | taccuini

Kit aveva ragione: la luce sulla scrivania era sufficiente per leggere perché la stanza era molto piccola. A parte la brandina, l'unico arredo era uno scaffale pieno zeppo di riviste, che probabilmente Kit aveva preso dal contenitore per il riciclaggio della biblioteca, e di tascabili consunti che sembravano essere stati letti da ben più di due o tre persone. Sul ripiano più basso, c'era un paio di scatole di cartone. Sarò sincera: presi la scatola più vicina a me e l'aprii. Dentro c'erano estratti conto della banca, ricevute di pagamento, dichiarazioni dei redditi... una noia. La rimisi a posto e ne presi un'altra, ne aprii i lembi e capii che avevo trovato qualcosa... qualcosa di importante. Be', qualcosa di importante per me. Dentro c'erano quattordici piccoli taccuini a spirale come quello su cui Kit scriveva tutte le mattine. Mi tremavano le mani. Mi assicurai che la porta fosse chiusa a chiave e vi spinsi contro la brandina per impedirne l'apertura. Sapevo che non avrei dovuto sfogliarli, ma sapevo anche di doverlo fare. Kit era un rompicapo e lì, forse, c'erano i pezzi per completarlo.

Erano in un qualche ordine? Non potevo saperlo. Se lo erano, e io li scombinavo, Kit se ne sarebbe accorta. La sentivo camminare al piano di sopra. Presi il taccuino in cima alla pila di sinistra. Aveva una copertina gialla su cui Kit aveva scritto:

22.3.08–15.10.08.

Per qualche secondo pensai di rimetterlo al suo posto, ma la curiosità ebbe il sopravvento. Aprii la copertina. Sulla pagina successiva, Kit aveva scritto la stessa data, ma meno abbreviata. *Dal 22 marzo 2008* era in inchiostro blu e *al 15 ottobre 2008* era in inchiostro nero. La casa era diventata super silenziosa. Kit aveva smesso di spostarsi. Io trattenevo il respiro per non farmi sentire, anche se sapevo che non poteva sentirmi. I ragazzi che hanno dei fratelli molto probabilmente sono più bravi a muoversi senza far rumore di quelli che non ne hanno. Questa è la mia esperienza personale, comunque. Girai piano la pagina. Compariva di nuovo la data in cima, *22 marzo 2008*, questa volta in maiuscole. Poi, questo.

NON QUELLA RAGAZZA

NON NELLA PRIGIONE DI KADHIMIYA IN IRAQ («GLI INVESTIGATORI CI HANNO VIOLENTATO»)

NON IN LHASA, TIBET («I TIBETANI DI SOLITO SONO CALMI E AMICHEVOLI, MA ALL'IMPROVVISO SONO IMPAZZITI», HA DETTO LA BALSIGER, 25 ANNI, INSEGNANTE. «ULULAVANO COME LUPI... È STATO COSÌ BRUTALE, COSÌ VIOLENTO.»)

NON EDNA PHILLIPS (STRANGOLATA CON IL GUINZAGLIO DEL SUO CANE E ACCOLTELLATA 86 VOLTE. DA DUE RAGAZZE DICIASSETTENNI.)

NON SILDA SPITZER (ANCORA. SEMPRE. UFFA.)

NON CON LA BEAR STEARNS

Nient'altro. Non aveva senso. Sfogliai a caso un'altra pagina. 18 giugno 2008:

NON IN IOWA, MISSOURI, WISCONSIN (NON UN AGRICOLTORE)

NON CON L'EPARINA (PRESSIONE SANGUIGNA BASSISSIMA, GONFIORE DELLA PELLE E DELLE MUCOSE, MANCANZA DI RESPIRO E DOLORI ADDOMINALI)

NON QUELLA RAGAZZA

NON IN QUELLA STAZIONE D'AUTOBUS A BAGHDAD («NELL'ESPLOSIONE DELLA BOMBA, SECONDO UN PORTAVOCE DEL MINISTERO DEGLI INTERNI, ALCUNE PERSONE SONO MORTE CARBONIZZATE O PER AVER RESPIRATO FUMO NELL'EDIFICIO. I PRESENTI SONO SALITI SUI TETTI A 20 O 30 METRI DI DISTANZA PER RACCOGLIERE I RESTI UMANI PROIETTATI DALLA FORZA DELLA DEFLAGRAZIONE. I POLIZIOTTI IRACHENI HANNO FATTO UNA PILA DI CADAVERI SU UN FURGONE APERTO, MA ALCUNI CORPI SONO CADUTI DAL CASSONE MENTRE LI PORTAVANO VIA.»)

NON IN QUEL CAFFÈ A BAGHDAD («CHE IL MONDO VEDA QUELLO CHE CI STA ACCADENDO» HA DICHIARATO ALI AHMED, RIMASTO FERITO NELL'ESPLOSIONE. «NON POSSIAMO NEMMENO SEDERCI AL TAVOLINO DI UN CAFFÈ» HA DETTO DAL SUO LETTO D'OSPEDALE. «ODIO LA MIA VITA!»)

Avevo un presentimento, così girai un'altra pagina – non ricordo la data – ed ecco, tra gli altri «non», quello riguardante «quella ragazza». Continuai ancora e ancora, ed era come lanciare una moneta truccata con testa su entrambe le facce. «Non quella ragazza» era su tutte le pagine. Spesso era all'inizio, come se Kit l'avesse in mente proprio in quel momento, e a volte alla fine, come se fosse necessario scrivere quelle parole prima di voltare pagina. Solo per conferma, presi un altro taccuino, uno azzurro che copriva all'incirca otto mesi del 2007, ed eccola ancora, quella ragazza, tra i tornado, le autobombe, gli incidenti d'auto, gli stupri, i disastri aerei, le carestie e la siccità.

Non siete le stesse persone che hanno lasciato la stazione.

T.S. Eliot

«Scusa, credo di essere rimasta sveglia a leggere fino a tardi» disse Sunny entrando con passo incerto in cucina la mattina seguente.

Era a piedi nudi, con una camicia da notte sbiadita di Hello Kitty che avrebbe dovuto farla sembrare una ragazzina ma che, a causa delle ombre nere sotto gli occhi, la faceva sembrare esausta, come una specie di bambola consunta.

«*Orgoglio e pregiudizio*. Amo quel libro» continuò. Del resto era vero. Amava sul serio quel libro. Ma era una bugia, una bugia bella grossa. «Non guardarla negli occhi» ricordò a se stessa. «Non scuotere quel piede in modo nervoso. Di' qualcosa di innocuo. Continua a parlare.»

«Sembri...» Kit esitò.

Sunny fece un respiro breve, profondo, impaurito.

«...molto stanca.» Kit rise. «Leggo sempre che le adolescenti stanno alzate fino a tardi e si alzano tardi, quindi immagino che sia vero.»

Sunny si guardò intorno in cerca di un orologio. «Che ore sono?» domandò.

«Le undici passate» rispose Kit. «Ci sono dei cereali. Crusca e uvetta. Il latte è nel frigorifero. Oppure puoi mangiare qualche toast. O tutt'e due.» Aveva provato silenziosamente quelle parole per tutta la mattina in modo che le uscissero facilmente, non come se stesse parlando una lingua quasi dimenticata.

«Crusca e uvetta va bene» rispose Sunny, staccandosi dal bancone nello stesso istante in cui Kit si alzava da tavola. Rischiarono la collisione, ma Kit allargò le braccia per mantenere l'equilibrio e Sunny fece lo stesso, e per un attimo si trovarono legate in uno strano abbraccio.

«Scusa» dissero all'unisono, sciogliendosi e facendo un passo indietro.

«Davvero goffe» esclamò Sunny. Con le mani sudaticce aveva lasciato una leggera traccia sulle braccia di Kit, come un tatuaggio temporaneo per indicare che Sunny era stata lì e se ne stava andando.

Kit abbassò lo sguardo, aspettandosi di vedere qualcosa, ma non c'erano segni sulle sue braccia nude. «Il latte è nel frigorifero» ripeté. «Prendi la sedia.» Ce n'era solo una.

Sunny aprì il frigorifero. Aveva letto di recente (in un vecchio *Woman's Day*, in biblioteca) che si può apprendere molto di una persona in base al contenuto del suo frigorifero, per esempio se è ossessionata dal peso (una confezione da tre di Diet Coke, sottaceti e barattolini di estratto vegetale), se ha problemi con l'alcol (vino in cartone, acqua tonica, dei lime, vodka nello scomparto freezer, succo di verdura speziato per i cocktail), se è sola (vaschette di cibo da asporto consumate a metà). C'era una rappresentazione grafica che dettagliava il tutto. Si chiese cosa avrebbe detto l'autore vedendo il frigorifero di Kit. Il portauova conteneva quattro uova, lo scomparto del formaggio era vuoto, il cassetto per la frutta e la verdura era vuoto, c'era una confezione da mezzo litro di latte accanto a due panetti di burro, c'era un contenitore di yogurt al caffè sul secondo ripiano, una bottiglia di vino bianco appoggiata sul fianco, e le confezioni di hot dog e di tofu del giorno prima. Non c'era molto su cui lavorare, pensò Sunny. Non era lì che avrebbe scoperto qualcosa su «quella ragazza».

«Dovrei andare al supermercato, credo» disse Kit, percependo le riflessioni di Sunny e pensando che forse stava esprimendo un giudizio su di lei. È quello che fa la gente: guarda nel tuo frigorifero e ti giudica. Anche le ragazzine hippie vegetariane. Forse soprattutto loro.

«Vengo con te» si offrì Sunny.

Sunny | spesa

Avrebbe potuto dirmi di no, ma Kit lasciò che la accompagnassi a far la spesa. La sua auto, una Volvo, è più nuova della nostra, anche se non ci vuole molto, e la radio funziona, e lei la accese appena ci staccammo dal ciglio della strada. C'era il notiziario e ascoltammo entrambe, come se ce ne importasse, che il governo dello stato del Minnesota aveva chiuso per bancarotta, anche se è possibile che Kit fosse davvero interessata. Io no. La politica è solo un branco di adulti che parla. Mi ero interessata quando Barack Obama si era candidato alla presidenza, anche se Steve continuava a spiegare a me e a Willow, anche lei elettrizzata, che non aveva più importanza chi fosse il presidente, perché il sistema americano era corrotto. «Sono tutti strumenti in mano a Wall Street» affermava, e diceva a Willow di assicurarsi che io leggessi *Storia del popolo americano*, di Howard Zinn, anche se il movimento no-scuola si fonda sul «lasciare che i giovani discenti creino il loro percorso personale senza alcun intervento esterno» e anche se vuol dire leggersi tipo ottocento pagine. Ma poi Obama vinse, e ogni volta che faceva qualcosa che favoriva le imprese a scapito della gente, Steve commentava «Te l'avevo detto» e Willow gli rispondeva che così calpestava il mio idealismo giovanile prima che potesse mettere radici, e penso che avesse ragione. Immagino che sia un bene avere un presidente afroamericano, ma la politica mi sembra senza scopo.

Fu una spesa veloce. Kit comprò le solite cose – latte, uova, pane, burro, banane, affettati, altro yogurt al caffè, il giornale, un pollo arrosto – ma anche pane pita e hummus nel caso mi fossi fermata a pranzo. Quando tornammo a casa di Kit il telefono stava squillando, ed era Willow. Disse che tentava di raggiungerci da quasi un'ora, e io pensai di approfittarne per sottolineare che non avrebbe fatto fatica a chiamarmi se avessi avuto un cellulare, ma lei mi sembrava sbrigativa e giù di corda, e mi disse di aspettarli, perché erano in ritardo ma prima o poi sarebbero arrivati.

« Mi sa che la Subaru è definitivamente morta » annunciai a Kit, spiegandole che i miei genitori erano costretti a tardare. Kit si offrì di riaccompagnarmi a casa in macchina, ma non c'era modo di rimettersi in contatto con i miei (privi di cellulare) per avvertirli, e in realtà io non avevo voglia di andarmene, quindi le dissi che era meglio se rimanevo lì ad aspettarli. Per un istante, ma abbastanza a lungo perché me ne accorgessi, lei sembrò infastidita, ma poi propose di preparare il pranzo e di portarlo, con i nostri libri, nella veranda antistante la casa, e così facemmo. Io presi *Orgoglio e pregiudizio* e Kit portò il giornale e il suo taccuino. Mi affannai a cercare un modo per chiederle di « quella ragazza » senza far capire che avevo sbirciato nei suoi appunti, ma riuscii solo a dirle: « Prendi ancora appunti », come se non glielo avessi visto fare tutte le mattine in biblioteca.

Kit non replicò, e io non seppi trattenermi dal chiederle perché. Lei non alzò lo sguardo, non parlò, ma alzò la penna dal foglio agitandola come se avesse finito l'inchiostro, anche se era una di quelle biro Bic dove si vede quanto inchiostro è rimasto, e ce n'era un sacco. Non capivo se stesse pensando cosa rispondere, o se invece mi ignorasse. Alla fine, e apparentemente con grande sforzo, rispose: « Per tenere traccia ».

« Tenere traccia di cosa? » esclamai. « Di tutte le cose orribili che accadono nel mondo? »

Mi domandai se non avessi esagerato, e se lei potesse accorgersi, a quel punto, che avevo sbirciato tra le sue cose, ma lei rispose soltanto: « Qualcosa del genere » e tornò a scorrere la prima pagina.

« Ma perché? » chiesi dopo un po'. Finalmente attirai la sua attenzione. Forse credeva di aver chiuso la conversazione, e adesso invece si sentiva incastrata. Eravamo a pochi passi di distanza l'una dall'altra.

«Sei una ragazza molto curiosa, Sunny» rispose, ed era chiaro che non si trattava di un complimento. Pensai fosse il suo modo per dirmi di lasciar perdere e stare zitta, ma poi aggiunse piano, rivolta più a se stessa che a me: «Per ricordarmelo».

Davvero pensava che non le avrei chiesto «Ricordarti cosa?» Be', in tal caso si sbagliava. «Ricordarti cosa?» domandai.

Vi descrivo la scena. Kit era seduta su una sedia a dondolo, io ero sul dondolo, e in mezzo a noi c'era un tavolino ficcato nell'angolo. Il pranzo era sul tavolo, anche se a quel punto ero solo io che mangiavo. Kit si dondolava lentamente avanti e indietro, il giornale tra le mani, penna e taccuino sotto, in grembo. Aveva uno sguardo distante: non trasognato, ma distaccato. Ogni tanto un'automobile percorreva Coolidge Street e ogni volta mi aspettavo di vedere la Subaru, e penso che lo stesso valesse per Kit, ma nessuna di quelle macchine rallentava. Era una giornata tiepida, e i genitori uscivano spingendo i passeggini mentre i bambini andavano in bicicletta lungo il marciapiede, ed era tutto molto diverso da dove vivo io. Ogni tanto qualcuno faceva un saluto a Kit, lei rispondeva con un cenno e loro proseguivano.

«È sua figlia?» gridò un tizio dall'accento straniero, e questa volta Kit fu obbligata a rispondere.

«No, è un'amica.»

Quindi ero un'amica. Bene. Ero felice di sentirglielo dire. Poi, prima di alzare nuovamente il giornale davanti alla faccia come uno scudo, lei si girò verso di me e disse: «Per ricordarmi che Wallace Stevens aveva ragione».

«Di cosa parli?» le chiesi.

Ero esasperata. E lo era anche lei. Lasciò cadere il giornale sulle gambe.

«Wallace Stevens, Sunny» esclamò, come se ripetendo il nome

una seconda volta potesse risvegliare i miei ricordi. Ma è impossibile risvegliare dei ricordi inesistenti.

«'L'imperatore del gelato'?» disse ancora.

«Mi piace il gelato» risposi con entusiasmo.

«Wallace Stevens era un poeta.» Il tono di Kit sembrava quello di Willow quando mi chiede di ricordare qualcosa che dovrei sapere e invece deve dirmi lei la risposta. «Una delle sue poesie più famose si intitola 'L'imperatore del gelato'.»

Non so come o perché dovessi saperlo, ma dal suo tono (irritato), sembrava che lei lo pensasse.

«D'accordo» risposi, «ma in che cosa aveva ragione?»

Kit chiuse gli occhi, spinse lentamente il piede alcune volte, e la sua sedia riprese a dondolare. «'Il vento cambia così:/come un'umana senza illusioni,/che ancora sente l'irrazionale in lei'» sussurrò. Aprì gli occhi. «È da una sua poesia» aggiunse, come se fossi così stupida da non capirlo. «Dovresti imparare a memoria qualche poesia, Sunny. Anche se non lo sai, potrebbero tornarti utili.»

Risplenda nella lampada un barbaglio dorato.
Wallace Stevens

Il pomeriggio scorreva lentamente. Sunny era distesa sul dondolo nella veranda, la testa appoggiata scomodamente su un braccio, le ginocchia piegate e i piedi che sporgevano oltre il bordo. Era un punto di osservazione tutt'altro che ideale, dato che Kit era nascosta dal *Boston Globe*, ma non era poi così male. Kit si rendeva conto di nascondersi, ma cosa avrebbe dovuto fare tutto il giorno con una teenager? I genitori, cosa fanno? si chiedeva. Probabilmente nulla, pensò. L'ultima cosa che gli adolescenti vogliono fare è passare il tempo con i loro genitori. Jorge, il vicino che le aveva chiesto se Sunny era sua figlia, avrebbe dovuto saperlo. Probabilmente era solo curioso, rifletté. Non ci aveva mai pensato prima, ma una donna che vive da sola in una vecchia casa come quella, con degli operai come unici visitatori, doveva ispirare una certa curiosità. « Senza volerlo, sono diventata il tipo strambo del quartiere » pensò, e le sembrò così assurdo che si mise a ridere forte.

« Cosa c'è? » chiese Sunny.

« Niente » rispose Kit. « Soltanto una cosa che ho letto. »

« La scriverai? » domandò Sunny.

« Forse sì » rispose Kit, ma non fece il gesto di prendere la penna.

I genitori di Sunny si presentarono pochi minuti dopo le cinque, quando Kit stava già chiedendosi se avrebbe avuto la ragazza ospite anche a cena. Willow e Steve arrivarono camminando lentamente lungo il marciapiede, così vicini e assorti nella loro conversazione che oltrepassarono il 1635. Kit rimase sorpresa dalla normalità del loro aspetto: Willow con un prendisole, Steve in jeans e T-shirt, i capelli lunghi raccolti sotto un cappellino con la visiera, entrambi indistinguibili dalle altre coppie lungo la strada.

« Ehi » li chiamò Sunny. Li stava osservando, aspettandosi che alzassero lo sguardo e la vedessero mentre si avvicinavano alla casa, e quando non si fermarono gridò un « Ehi, gente! » per farli tornare indietro.

« Di cosa parlavate voi due? » domandò quando si furono avvicinati, e vide Willow che dava un colpetto a Steve, il quale rispose: « La macchina. Non so se te ne sei accorta, Sunny, ma passiamo un sacco di tempo a parlare della nostra automobile ».

Sunny sapeva che stava mentendo. Si chiese se anche Kit, che stava leggendo un vecchio numero del *New Yorker*, un altro regalo pescato nel contenitore del riciclaggio, se ne fosse accorta.

« Dove siete stati? » domandò Sunny.

«Con Beth e Sam» risposero in coro Willow e Steve, come se si fossero esercitati.

«Ho detto 'dove', non 'con chi'» precisò Sunny. Aveva un atteggiamento scontroso, lo sapeva, ma era stanca del modo in cui gli adulti la escludevano. Era come se là fuori ci fosse un intero mondo, un universo parallelo nel quale accadevano le cose reali, che per lei rimaneva irraggiungibile, e questo la faceva incazzare. Prima Kit e i suoi taccuini, e adesso questo.

«Stavamo festeggiando il 4 Luglio» specificò Steve, e lui e Willow si scambiarono un sorrisetto con aria schiva, poi Willow disse a Sunny di prendere le sue cose, e Sunny sollevò lo zainetto posato sotto il dondolo e disse che era pronta per andare. Ci furono molti ringraziamenti a Kit, e lei disse che non era certo stato un problema avere lì Sunny, e sembrava più animata, notò Sunny, sapendo che ormai stavano per andarsene tutti.

Quando, finalmente, furono usciti, in casa ritornò la tranquillità abituale. Kit fece dei respiri profondi e si ascoltò mentre respirava, ma il silenzio che era calato non portava il sollievo che si aspettava. O forse, pensò mentre accendeva distrattamente la TV, non era il silenzio che non riusciva a rasserenarla, era la consapevolezza di essere da sola, la consapevolezza di quanto fosse dura. Fu una sorpresa per lei. Ormai viveva sola da tempo. Era così che le piaceva.

«Sono una misantropa» aveva detto al dottor Bondi. «Mi va bene starmene da sola.»

Lui era apparso scettico. «Forse. Forse adesso, ma non credo che faccia parte della sua natura.»

Kit aveva riso. «Se è natura contro formazione, in questo caso la formazione vince.»

«Come ho detto, non credo si tratti di una caratteristica permanente.»

Ma lo era, era diventata tale, e Kit ormai si considerava una solitaria, a suo agio con la propria solitudine, come una di quelle zitelle autosufficienti che si trovano nei romanzi. Alla fine della sua giornata lavorativa, desiderava solo sentire lo scricchiolio delle assi di legno sotto i piedi e il ronzio del frigorifero che pervadeva la sua casa. Alla fine della settimana era contenta di prendersela comoda, di rispondere solo agli occasionali saluti della gente che passava per strada, se le capitava di trovarsi nella veranda, di chiedere poco agli altri e di sentirsi chiedere poco in cambio. Questo la rendeva felice? «La felicità è sopravvalutata» si lamentava con il dottor Bondi, ogni volta che lui le rivolgeva quella domanda, ma anni dopo, anni in cui era sempre andata a letto da sola, si era sempre alzata da sola, si era sempre seduta sulla sua unica sedia in cucina sorseggiando caffè fatto esattamente come piaceva a lei, aveva sempre mangiato senza un orario preciso, e si era sempre resa disponibile soltanto per il suo capo al lavoro e, una volta all'anno, all'Ufficio Imposte, poteva dire che sì, stare da sola la rendeva felice. O quanto meno, era così che a lei piaceva. E adesso quella sensazione: si sentiva a disagio in casa sua. E le dispiaceva.

Kit andò in cucina, mise una salsiccia di tofu nel microonde, e mentre il timer iniziava il suo conto alla rovescia ascoltò le notizie del telegiornale provenienti dall'altra stanza. Le solite cose: gente che aveva perso gli arti accendendo i fuochi d'artificio, navi d'alto bordo nel porto di Boston, l'irruzione in un'azienda farmaceutica dove alcuni animali usati per le ricerche erano stati liberati dalle loro gabbie, e questo le fece venire in mente la ghigliottina per topi di Cal, la fece pensare a Cal, e quando il campanello del microonde squillò, lei non lo udì perché era andata a spegnere la TV, senza che questo zittisse le voci nella sua testa e la cascata casuale di immagini che affollavano il presente con parole, pensieri e scene del passato.

«Un trauma non è una cosa soltanto» le aveva ricordato il dottor Bondi. Le storie di soldati che tornavano dal Medio Oriente con disturbi da stress post traumatico erano all'ordine del giorno. Andavano in auto verso qualche centro commerciale dei sobborghi di Phoenix e, vedendo un pezzo di carta straccia, portato in mezzo alla strada dal vento, provavano il bisogno irresistibile di saltare fuori dall'auto. Erano ipervigili. Quella che sembrava la cosa più innocua del mondo li riportava dritti dritti in mezzo a un combattimento, all'odore di carne e capelli che bruciavano. Una lavatrice durante il ciclo della centrifuga poteva ridurre un adulto a un bambino spaventato, inconsolabile e furioso.

« Capita anche a lei, Kit » le aveva detto. « È quello che fanno i traumi. Si installano nel nostro cervello rettiliano, diventando insidiosi. »

« Mi spieghi meglio. »

« Il sarcasmo aiuta, che ci creda o no. »

« Be', per me almeno funziona » aveva confermato Kit.

« Ci sono molte cose che per lei funzionano, Kit. È più forte e resistente di quanto pensi. La letteratura medica dimostra, tra l'altro, che il modo più efficace per neutralizzare un trauma è rivivere l'evento finché diventa insignificante. »

« Ma non ha senso » aveva protestato Kit. « E se si trattasse di qualcosa di più di un solo evento? E se l'evento fosse la vita intera, o, quanto meno, la maggior parte della vita? »

« È più difficile, ovviamente. Ma la cura è la stessa. »

« Be', se questa è la cura, sono fortunata, perché io non faccio altro che rivivere di continuo il trauma. »

« Il tempo l'aiuterà. Gli dia tempo. »

Il tempo le aveva giovato? Pensava di sì. Le esigenze del presente avevano in qualche modo sottratto spazio ai ricordi del passato. Ma poi accadeva qualcosa: veniva pronunciata una parola, o c'era un racconto alla radio, oppure qualcuno chiedeva un libro particolare, oppure lei ascoltava una canzone, o addentava un sandwich, o annotava l'ora, o sentiva la sirena di un'ambulanza, o credeva di sentire la sirena di un'ambulanza – qualunque cosa, tutto, niente – ed eccola di nuovo in alto mare, o magari invece affogava in un bicchier d'acqua, e brandelli di conversazione si saldavano in una fila di parole che aveva già udito prima ma che aveva percepito in modo diverso, perché la storia continua a riscrivere se stessa.

«La mente è flessibile» aveva detto il dottor Bondi. «Ma può piegarsi in molte direzioni, e non tutte sono sane. Un suggerimento che posso darle è di reindirizzare consapevolmente i suoi pensieri ogni volta che si accorge di scivolare in una zona d'ombra. Controlli la mente con la mente. Si sforzi di pensare a qualcosa di completamente diverso, a una qualche immagine divertente o gioiosa, e si concentri su quella. Guardi un video di gatti su Internet.»

«Quindi la sua ricetta per affrontare un trauma è guardare un video di gatti?»

«Male non può fare» le aveva risposto.

«A meno che uno non sia rimasto traumatizzato da un gatto.»

«In quel caso consiglierei dei coniglietti, o dei cuccioli. Ci provi.»

Kit aveva provato. Si era sentita ridicola, ma lui aveva ragione: i video le davano qualcos'altro a cui pensare quando cominciava a cadere in quello che il dottor Bondi definiva un «loop ruminativo». Era come se la sua mente fosse un teatro dove gli attori mediocri potevano essere cacciati dal palcoscenico da una muta di adorabili cagnolini uggiolanti. Lei doveva soltanto ricordarsi di far uscire i cani dalla loro gabbia. Non funzionava sempre, ma abbastanza perché Kit perdesse un po' di rispetto nei confronti della mente, la propria e quella di tutti gli altri: poteva diventare infinitamente docile.

Però poteva anche essere ostinata e inesorabile, spingendo i ricordi in prima fila nel suo cervello, come dei maleducati che saltano la coda. E non solo maleducati, ma anche rumorosi, maleodoranti, e soprattutto provocatori.

Kit tornò in cucina, prese la salsiccia di tofu dal forno, l'assaggiò, la sputò nel lavello e gettò il resto nella spazzatura.

« Non capisco come si faccia a mangiare il tofu » esclamò ad alta voce, rivolta a nessuno, anche se poteva immaginare l'obiezione di Sunny.

« Credo che tu lo sappia » disse, continuando la conversazione, e ricordò l'espressione di Cal la prima volta che lui aveva assaggiato del sushi. Lei lo aveva ingannato, non gli aveva detto che si trattava di sgombro crudo fino a quando lui l'aveva masticato e inghiottito, lui si era arrabbiato e lei aveva riso, ed era finita lì.

Kit si versò un bicchiere di vino e salì le scale fino al tetto. Un refolo di vento quasi impercettibile portava un aroma di carne cotta sul barbecue nel parco dietro casa e il rumore di bambini che si spingevano alla massima altezza sull'altalena: prima lo stridio metallico, poi gli strilli di gioia. Pensò a Sunny: cosa stava facendo in quel momento, cosa avrebbe detto di lei, se al lavoro ci sarebbe stato imbarazzo tra loro, se lei piaceva a Sunny, e quell'ultimo pensiero sorprese anche lei.

La storia del matrimonio

PARTE II

Non ci sposammo subito. Eravamo entrambi ancora al college e il motivo più razionale per legarci quel cappio al collo era ottenere un alloggio migliore al sorteggio per i posti nel dormitorio. Tuttavia, io abitavo fuori dal campus, e quando la mia compagna di stanza si laureò, Cal si trasferì da me e smettemmo di parlare di matrimonio, benché Cal mi presentasse sempre come « la mia fidanzata ». Era una cosa che detestavo. Non che mi sentissi a disagio riguardo all'essere sposata. A quel punto il matrimonio mi sembrava lontano come Plutone, che di recente era stato declassato ed estromesso dal nostro sistema solare, una controversia che ossessionò Cal per un certo tempo. E non mi sentivo a disagio nemmeno con la parola « fidanzata ». Era la parola « mia ». Il possessivo. Come se lui mi rivendicasse, neanche fossi una casa in vendita con riserva, con il cartello VENDUTO sul vialetto prima ancora che qualcuno vi sia entrato. E a volte pensavo che non mi ero sbagliata, che mi aveva chiesto di sposarlo perché voleva che quella parte del suo futuro fosse risolta e fissata una volta per tutte. Matrimonio, casella smarcata.

La nostra vita era lineare. Andavamo a lezione, tornavamo a casa, studiavamo, scrivevamo eventuali tesine, ci preparavamo un piatto di pasta o una omelette, o magari la prima colazione all'ora di cena, guardavamo la TV, andavamo a letto insieme. Ma non era un « andare a letto » nel senso di fare sesso. Qualche volta capitava, ma per lo più era un « andare a letto » nel senso di sdraiarsi vicini con i piedi intrecciati sotto le lenzuola. Come se fossimo amici, e ci completassimo. Era facile, piacevole.

Lui piaceva a mia madre, e quella sì che era una sorpresa. Per quel che ne sapevo, mia madre era una donna che si sentiva tradita dal matrimonio. La promessa diceva « in salute e in malattia », non « in caso di morte in una guerra non dichiarata e impopolare, che ti rende vedova a ventisei anni con un bambino piccolo, un mutuo che non puoi permetterti con il tuo stipendio di maestra elementare, le rate dell'auto e la carta di credito in rosso ». Quando mio padre rimase ucciso, lei e io ci trasferimmo nella casa della sua infanzia, con lei che giocava a bridge, lei che beveva gin, lei sempre ottimista, tre generazioni femminili di Oliver sotto lo stesso tetto. Impiegai anni a capire quanto fosse difficile per mia madre che, a giudicare dalle foto, sembrava essere diventata più vecchia e più gonfia da un giorno all'altro. Quando mia nonna la incalzava a trovarsi un altro uomo, lei diceva che non aveva tempo o che non le interessava, ma credo che, sola come probabilmente era, benché non avesse mai detto di esserlo, la vera ragione fosse la sua paura di ritentare la sorte con qualcun altro. Era più sicuro stare da sola, anche se stare da sola voleva dire vivere con sua madre ed essere una ragazza madre con una figlia che cresceva senza una figura maschile stabile nella sua vita. Per un certo tempo si vide in giro un tale conosciuto ai tempi del liceo, e ricordo che andavano insieme al cinema, ma quando lui smise di telefonare, udii mia nonna rimproverarla perché l'aveva mandato via.

Poi vi fu Greg. Greg era l'insegnante di musica della scuola dove lavorava mia madre. Non so quando iniziò a far parte della nostra vita, ma mia madre lo conosceva già da anni quando si materializzò in casa nostra, sempre pronto a sedersi tra mia madre e la madre di lei, con la ciotola dei popcorn che si passavano l'un l'altro mentre guardavano una sitcom come *Mary Tyler Moore* o *Cin cin*, o la versione cinematografica di un musical, oppure ad aiutare mia nonna a stendere la pasta frolla (lei aveva l'artrite, lui era grande e grosso). Chiamava mia madre «ragazza» non in modo possessivo, ma con un tono amichevole e intimo. «Ehi, ragazza, facciamo le porcherie» diceva, ma soltanto in seguito capii che era uno scherzo, perché nel loro caso significava «laviamo i piatti». Mia nonna lo trovava meraviglioso: gentile, attento, divertente e, in caso di necessità, disponibile per una mano di bridge. Era sicura che fosse lui la soluzione per tutti i problemi di mia madre. Peraltro, mia madre sosteneva di non avere problemi, o che il suo unico problema era che mia nonna pensava che lei avesse dei problemi. Le udivo parlare, e le loro voci mi giungevano attraverso i condotti del riscaldamento.

Una sera, quando ormai durava da anni, mia madre spiegò che Greg era gay, omosessuale, che non gli piacevano le donne. Mia nonna commentò che erano tutte sciocchezze, erano i fatti che contavano, e i fatti erano che lui passava un sacco di tempo a casa nostra, dove c'erano soltanto donne. «Vuoi i fatti, vuoi le prove?» esclamò mia madre, e corse di sopra nella sua stanza, aprì dei cassetti, ridiscese e le mostrò una foto di Greg durante un viaggio a Chicago, con i pantaloni di pelle, una camicia di pelle senza maniche, un collare borchiato, mentre avvolgeva con un braccio un altro uomo vestito alla stessa maniera, davanti a un bar chiamato Boize Town. (Avevo visto anch'io quella foto, frugando nello studio di mia madre, come facevo ogni tanto, in cerca di non so cosa, forse il segreto della vita, e avevo capito subito cosa significava. Avevo dodici anni, credo.) Mia nonna la spinse via, dicendo che non importava cosa fosse Greg, perché era un brav'uomo ed era evidente che amava mia madre e me, ed era quello che contava. Qualche giorno dopo, Greg arrivò quando mia madre non era in casa, e lui e mia nonna si rintanarono in cucina, eppure non mangiarono i bignè che lui aveva portato, e non so cosa si dissero, ma quando lui se ne andò, avrei giurato che mia nonna aveva pianto, e di lì a breve iniziammo a sentir parlare di più del cancro dei gay. Lui visse più a lungo di lei, ma non molto.

Mia madre, direi, era stata sfortunata in amore, ma nel contempo si potrebbe considerarla fortunata, perché molto amata da due uomini. In ogni caso, non mi aspettavo che approvasse la mia storia con Cal, che lei non aveva mai incontrato prima che io le svelassi i nostri piani. Mentre parlavo, Cal era in piedi accanto a me nella cucina della casa dove mia madre e anch'io eravamo cresciute e dove, per quanto ne sapevo, lei aveva annunciato ai suoi genitori che avrebbe sposato mio padre. Cal mi circondava le spalle con un braccio, io gli cingevo la vita. Io ero nervosa, lui no. Tutti e tre chiacchierammo oziosamente del clima, del lavoro di Cal al laboratorio, del nostro viaggio di quattro ore in auto e della poiana della Giamaica che sembrava ci avesse seguito per buona parte del percorso. Mia madre disse che la pompa di scarico delle acque in cantina non funzionava più, e Cal si offrì di dare un'occhiata. Era premuroso e gentile. Dopo Kyle, Kylie-Kyle e John il Pazzo, doveva sembrare fortunatamente meno «interessante», il classico tipo che provvede alla famiglia, e proprio per questo davo per scontato che, alla notizia del nostro fidanzamento, lei avrebbe sollevato obiezioni, prendendomi da parte e cercando di dissuadermi dal genere di matrimonio in cui Cal e io stavamo imbarcandoci. Non mi aveva cresciuto per diventare la moglie di qualcuno e non era certo questo l'esempio che mi aveva dato per tutta la vita. Ecco perché avevo le ginocchia piegate, la mia postura difensiva, in attesa della sua inevitabile resistenza.

E invece, niente. O quanto meno niente del genere. Udita la notizia, mia madre, single convinta, si alzò subito in piedi e si affrettò a prendere una bottiglia di Jameson e tre bicchieri di vetro intagliato dall'armadio della sala da pranzo. Poi fece un brindisi, augurandoci una lunga e felice vita insieme. Cal alzò il suo bicchiere, disse cin cin e tracannò il whisky come se fosse uno shottino. Anche mia madre disse cin cin e vuotò il bicchiere con una sola sorsata. Sembrarono accorgersi nel medesimo istante che mi avevano esclusa dal loro brindisi e contemporaneamente tesero nella mia direzione i bicchieri vuoti che tintinnarono all'unisono. Mi guardarono con evidente approvazione mentre buttavo giù l'alcol, che mi scorticò la gola. Mi resi conto, guardando loro due – lui raggiante, lei quasi commossa –, che inconsciamente confidavo in mia madre perché troncasse l'intera faccenda. Mi resi anche conto che non era successo. Mia madre era felice. Stava passando il testimone a quel tizio, né ragazzo né uomo, né basso né alto, che stava lì in piedi nella sua cucina, e il testimone ero io. Quel progetto, che lei aveva dovuto accollarsi all'età di ventisei anni e perseguire per i successivi ventun anni, giungeva al termine. Lei aveva quasi cinquant'anni. Per la prima volta nella sua vita adulta, io sarei stata sotto la responsabilità di qualcun altro. Poteva rilassarsi. Provai a pensarla anch'io in quel modo e mi sentii felice a mia volta, felice per lei.

Smarcato un genitore, ne rimanevano due. Il weekend successivo saremmo andati in macchina a Grosse Pointe.

La casa degli Sweeney, in fondo a un tortuoso vialetto fiancheggiato da pioppi, non poteva essere considerata propriamente una villa, ma era più grande di qualsiasi casa in cui fossi mai entrata ed era circondata da un placido e ben tenuto mare di erba fienarola. Pensate a una piantagione del Sud e avrete un'idea della sua incontrollata magnificenza completa di portico. Non era una vecchia casa, ma era costruita per sembrare tale, e non mi sarei sorpresa se la servitù si fosse schierata fuori ad aspettare il nostro arrivo.

«Non mi avevi mai detto che sei nato in un maniero» dissi a Cal quando quel posto ci si parò davanti, domandandomi per un momento che cosa avesse pensato vedendo la proprietà degli Oliver, un kit scelto su un catalogo Sears, novanta metri quadrati venduti sotto il nome «la Puritana» negli anni Venti, che avevano bisogno di una nuova mano di vernice ed erano dotati di un camino che si stava staccando dal tetto.

Ma invece della servitù, dalla doppia porta di vetro lavorato emerse la madre di Cal, Lydia, una donna di bassa statura ma robusta, con una stretta di mano umida e una voce sussurrante che si udiva appena. Abbracciò Cal brevemente, senza quasi guardarlo, ma squadrò me, in lungo e in largo, neanche fossi un manichino nella vetrina di un negozio. Accennando un sorriso, ci guidò prima a deporre i bagagli e poi in cucina. Sul tavolo c'erano dei tramezzini a triangolo. Avevo sentito parlare di finger sandwich e sapevo che non si trattava di dita mozzate, ma non conoscevo nessuno che li chiamasse così, o che li preparasse, o che li servisse, o che li mangiasse. Erano con salsiccia di fegato, salsiccia di fegato e maionese, e Lydia disse che erano i preferiti di Cal, una novità per me e forse anche per lui. Non appena lei ci voltò le spalle, scaricai il mio nel piatto di Cal: lui fece una smorfia ma se lo ficcò in bocca prontamente.

«Sei una buona forchetta» commentò Lydia vedendo il mio piatto vuoto, ma non suonava come un complimento. Come Cal, non ero né magra né grassa, ma per alcune persone, se non sei pelle e ossa sei grassa. E lei sembrava una di quelle.

Il Dottore, anche lui di nome Calvin, comparve poco dopo nei suoi abiti da golf, un po' traballante. Al mattino aveva visto dei pazienti, poi era andato al club del quale era presidente, e del quale forse anche Cal sarebbe divenuto un giorno presidente. Ripeté più volte entrambe le informazioni, aggiungendo che aveva la facoltà di decidere chi poteva farne parte e chi no, sebbene fosse ovvio. (Il primo membro di colore era stato eletto nel 1928, per caso, e il successivo sessant'anni dopo. Nel frattempo, i membri del club si erano sempre congratulati tra loro perché appartenevano al primo country club integrazionista dello stato.) Vedendoli l'uno accanto all'altro, potevo cogliere una vaga aria di famiglia nei due Cal, ma il Dottore era più basso e sembrava nascondere mezzo cocomero sotto il maglione a losanghe grigio e beige. Si esprimeva deliberatamente e principalmente per frasi assertive: «Cenerai con noi». «Ti verso del Cointreau.» «Siediti vicino a me.» «Lascia che ti metta una mano sulla coscia.» Ovviamente questo non lo disse, lo fece e basta, posando una mano sulla parte alta della mia gamba durante la cena, come se facesse parte dell'arredamento. Sbagliavo io a pensare che fosse strano? Forse da quelle parti usava così? Era un gesto di benvenuto? Nessuno poteva vederlo. La tovaglia nascondeva la sua mano e la mia coscia come un sipario. Battendo una mano sulla sedia che aveva accanto, mi aveva detto di sedermi vicino a lui, e io avevo ubbidito. Lui era un vecchio piuttosto grasso. Probabilmente quel gesto non significava niente. Teneva la mano ferma, semplicemente parcheggiata sulla mia coscia. Tuttavia, la spostò quando Cal annunciò che ci eravamo fidanzati.

«Che bello» commentò sua madre con quel suo tono pacato privo di inflessione.

Il Dottore fu più espansivo. Esclamò: «Bene, bene!» e io pensai che approvasse, ma poi fece un verboso discorso sulla palingenesi e la ontogenesi che ricapitolano la filogenesi, che per me non aveva senso. Alla fine ripeté «Bene, bene» e dichiarò che Cal avrebbe aiutato sua madre in cucina così la «nostra ospite d'eccezione» poteva accompagnarlo nel suo studio per un «digestivo».

«Lasci che l'aiuti io, signora Sweeney» proposi, terminata la cena. «Call può dirglielo: sono un'ottima lavastoviglie.»

«Noi abbiamo una Miele» ribatté Lydia, e qualunque cosa fosse, evidentemente non c'era modo di uscirne. Dovevo andare con il Dottore nel suo studio. Perfino Cal sembrava accettarlo con rassegnazione, e in quel momento non mi sentivo certo ben disposta verso di lui.

Il digestivo si rivelò un «dito», ancora quella parola, di single malt provenienza Islay «oltremodo purificante», «oltremodo costoso» e «oltremodo raro» che mi bruciò le labbra prima ancora che lo sentissi in bocca, e il Dottore ne fu divertito.

«Ti fa spuntare i peli sul petto» disse, considerando il mio. Vuotò il bicchiere con un solo, tranquillo gesto, si versò un'altra dose e improvvisamente diventò serio, le sopracciglia leggermente aggrottate e l'espressione priva di ogni gaiezza.

«Katherine» esordì.

«Kit» rettificai.

Lui mi ignorò. «Katherine» ripeté, e senza aspettare che lo correggessi si lanciò in un altro sermone, lubrificato da generose sorsate dell'oltremodo purificante, oltremodo costoso e oltremodo raro liquido che aveva accanto.

«Come ben sai, sono un medico» dichiarò. «Mio padre era medico. Suo padre era medico, in una piccola città. Anche mio figlio diventerà medico e tu» qui fece una pausa per enfatizzare e mi guardò fisso, «tu puoi favorire o intralciare il corso delle cose. Mi segui fin qui?»

Annuii docilmente. A quel punto, invece, avrei dovuto alzarmi, ringraziarlo e uscire dalla stanza. Ovviamente non lo feci. Chi l'avrebbe fatto?

Si schiarì la gola. Il Dottore sapeva intrattenere il suo pubblico, dovevo rendergliene atto. Inoltre, doveva essere un po' più che brillo. Non proprio ubriaco, ma quasi.

«Come mi ritrovo a spiegare più spesso di quanto vorrei alla mia amata moglie, il sesso è importante per gli uomini. L'impulso sessuale maschile è la forza vitale di un uomo.»

Voleva che annuissi, e io annuii. Avrei voluto andarmene sul serio, ma lui mi teneva inchiodata con il potere del suo sguardo – i suoi occhi erano rossi e azzurri – e la forza delle sue parole.

«Capisco che dovrei esserti grato perché, come si suol dire, vuoi darti anima e corpo a mio figlio.»

Prima che potessi protestare, prima che potessi dire qualcosa, alzò una mano e allargò le dita, come un vigile nel bel mezzo di un incrocio. Era una conferenza, non una conversazione. «Diventare un medico è un percorso difficile, lungo, e lo sfogo sessuale è importante come il cibo e il sonno, o forse anche di più.

«Però» continuò il Dottore. «Però» ripeté per enfatizzare, «non vorremmo che niente si frapponesse. Mi sono spiegato?»

«Credo di sì» risposi, ma era una bugia bella e buona. Non avevo idea di cosa volesse dire o del perché lo dicesse.

Il Dottore, che prima era in piedi davanti a me, si diresse alla sua imponente scrivania di mogano intagliato e si sedette.

«Voglio essere il più chiaro e franco possibile» asserì, intrecciando le dita e chinando il mento sulle mani giunte. «Usate i preservativi?»

«I preservativi?» ripetei, sulle prime confusa. «Oh» esclamai, profondamente imbarazzata. «Quelli.»

Lui mi guardò, in attesa della risposta.

Assentii, faticosamente.

«Sempre, o solo ogni tanto?» domandò.

«Quasi sempre» risposi. «Quasi tutte le volte.» Rimuginavo tra me e me, eppure non riuscivo a credere che stavo parlando con il mio futuro suocero della mia vita sessuale con suo figlio.

«Sono un medico» dichiarò, come se questo potesse attenuare la stranezza della conversazione, ma era impossibile. «Dovete usare sempre i preservativi. Tutte le volte. Non potete rischiare.»

Poi, come se mi leggesse nella mente, aggiunse: «Lo dico a te, e non a Calvin, sapendo per esperienza personale che le donne sono più responsabili in queste situazioni». Proprio mentre pensavo che il suo fosse un ambiguo complimento rivolto non solo a me, bensì a tutte le donne, lui disse sottovoce: « Ed è sconveniente per un uomo parlare delle sue emissioni con un altro uomo ».

Il Dottore aprì un cassetto e ne estrasse un flaconcino color ambra. « Nessun metodo è sicuro al cento per cento » sentenziò, alzandosi in piedi e venendo verso di me, rincantucciata in un angolo del suo monumentale divano di pelle. Mi porse il flaconcino, privo di etichetta, e aspettò che lo prendessi, ma vedendo che non lo facevo, mi prese le mani, aprì le mie dita e le richiuse attorno alla boccetta, stringendole. Le pillole all'interno sbatacchiarono. « Prendile per ogni evenienza. »

« Vuole che io prenda queste pillole? » domandai.

« Non subito » rispose lui, ridendo. (*Lui rideva.* Io ero orripilata. Non era affatto divertente.) « Leggi le indicazioni all'interno del flacone. Vedrai iniziare il sanguinamento. Potresti avere qualche dolore per i crampi. È assolutamente nella norma. Fidati di me. »

Quello era il mio futuro suocero, che mi invitava a fidarmi di lui, consegnandomi un farmaco illegale per abortire ed eliminare così la sua futura progenie, per non impedire a suo figlio di portare a termine un grande piano, evidentemente concepito prima della mia entrata in scena, ma del quale ormai facevo parte. E quella ero io, paralizzata, incapace di dire quello che pensavo (« È una stronzata! »), incapace perfino di muovermi.

Il Dottore mi fece alzare in piedi e mi abbracciò.

« Sembri tesa » osservò. « Fammi sapere se hai bisogno di qualcosa per questo. »

Indietreggiò di un passo, tenendo le mani sulle mie spalle, come in un passo di danza, come se uno di noi dovesse fare un passo verso sinistra o inchinarsi: solo che non potevo essere io a farlo. Ero inchiodata sul posto.

« Ascolta » disse, con un tono di voce più conciliante. « Non piace neanche a me. » Mi lasciò andare e tornò alla scrivania, prese carta e penna, scribacchiò qualcosa e firmò con uno svolazzo. « Ecco » disse porgendomi il foglio. « Portalo al tuo medico. È una prescrizione. Lui saprà cosa fare. »

« Lei » rettificai.

Il Dottore mi rivolse uno sguardo vacuo, come se io avessi appena fatto una battuta che lui non aveva capito.

« Il mio medico è una donna. »

Sbuffando aprì la porta, e io tornai in cucina. L'intera conversazione non era durata più di dieci minuti, perché Cal stava ancora rigovernando.

« Dobbiamo parlare » lo avvisai, e quando gli raccontai l'accaduto, lui mi prese il flaconcino e lo mise nel suo necessaire da bagno, dove l'avrei visto ogni tanto, quando cercavo il filo interdentale o il collutorio perché non trovavo più il mio. La prescrizione rimase con me.

« Lo custodirò io » disse Cal, e in quel momento lo trovai rassicurante.

5

5/7/2010 –11/7/2010

Benvenuti estranei, ma studiate la realtà di tutti i giorni...
Delmore Schwartz

Non appena Evelyn la vide, volle sapere com'era andata, e se Sunny fosse più normale fuori dal lavoro, e cosa le avesse preparato Kit per cena, e cosa avessero fatto insieme. Kit non parlò degli hot dog vegani o del fatto che i genitori di Sunny non si erano fatti vedere per quasi un giorno. Disse il meno possibile, ma abbastanza perché Evelyn le raccontasse del ragazzo che faceva parte della squadra di baseball di suo nipote Jayden e che aveva trovato un pacchetto di girandole e le aveva gettate sul barbecue mentre nessuno guardava ed erano dovuti intervenire i pompieri.

«Come se non avessero già abbastanza da fare» disse Evelyn, e stava per lanciarsi nei racconti comparsi su tutti i giornali: la storia dell'uomo che, indagando sul perché la sua confezione di petardi non esplodesse, era riuscito a farseli scoppiare in faccia, e la storia di quel reduce dell'Iraq fuori di testa che aveva sparato al suo vicino di casa con una SIG Sauer durante i fuochi d'artificio perché pensava che ci fosse un attacco, e la storia di quegli idioti che, facendo nuovamente irruzione in quell'azienda di Sandown, avevano innescato gli allarmi antincendio e attivato il sistema di estinzione automatica, devastando così l'intero posto. Evelyn raccontò effettivamente quelle storie, ma non a Kit che, avviandosi verso il banco della consultazione, la sentiva parlare con Carl.

Sunny non c'era ancora, e Kit era un po' in apprensione – cosa si sarebbero dette? –, ma poi la ragazza arrivò, e invece di apparire allegra come al solito, sembrava triste e stanca. Indossava gli stessi abiti di quando era uscita dalla casa di Kit. Forse era quello che facevano gli adolescenti, portare gli stessi vestiti finché bisognava strapparglieli di dosso. Non succedeva anche in quella storia che Sunny leggeva sempre ai bambini della scuola materna, *Mrs. Piggle-Wiggle*, dove il ragazzo non si lavava mai e non si cambiava mai ed era così sporco che Mrs. Piggle-Wiggle avrebbe potuto coltivare carote sulla sua pelle? Ma Sunny non sembrava sporca, sembrava slavata.

«Stai bene?» le domandò Kit. La ragazza rimaneva in piedi vicino al banco della consultazione, le mani nelle tasche posteriori dei suoi bermuda militari, muovendo ritmicamente la gamba destra, come se pompasse uno pneumatico, gli occhi fissi sul pavimento, senza dire una parola.

«Credo di sapere dove abita quel tipo» disse. «Non chiedermi come ho fatto, lo so e basta.»

«D'accordo» rispose Kit. «Ma quale tipo?»

«Quello che viene qui e monopolizza il computer.»

«Non si tratta di monopolizzare, se nessun altro vuole usarlo» ribatté Kit.

Sunny alzò gli occhi al cielo. «Sai cosa intendo dire.» Poi, sottovoce: «Gli adulti sono ridicoli».

Kit udì e si sentì ferita, ma fece finta di niente. «Dove?» domandò. Gliene importava? E perché mai avrebbe dovuto importargliene? Ma era curiosa.

«Al Tip-Top Motor Inn.»

«Dov'è?»

«Non lo so con certezza. Credo all'uscita 38. Abbiamo visto la sua auto laggiù.»

«Abbiamo?» ripeté Kit, ma Sunny stava già allontanandosi.

I Quattro erano entrati in quel momento e si erano raggruppati ai loro soliti posti, e quando Carl (l'ex barbiere) vide Sunny allontanarsi dal banco di Kit, la chiamò per chiederle se voleva una mini ciambella. « È di quelle con la glassa di cioccolato » aggiunse.

« Lo sai che non si può mangiare in biblioteca, Carl » gli ricordò Sunny. Era il solito ritornello. Uno dei Quattro si fermava in auto da Dunkin'Donuts e prendeva i caffè per la colazione: tre zollette di zucchero per Rich (l'autista); con latte, ma senza zucchero per Rich (l'ex dirigente); due zollette, niente latte, per Carl; caffè nero senza zucchero per Patrick, e ciambelle per tutti, anche se ora che Carl era a dieta, impostagli dal medico, erano sempre mini ciambelle, ma in abbondanza.

« Ci sono anche quelle con lo zucchero a velo » continuò lui, tendendole la scatola. « Scegli tu. »

« Lo sai che è Veg-etariana » interferì Patrick.

« E questo cosa c'entra? » ribatté Carl, sorridendo.

Anche Kit sorrise, assistendo alla scena. Ai suoi tempi, Carl doveva esser stato un idolo delle donne. Adesso faceva soltanto tenerezza, anche se lei sapeva bene che non era il caso di dirglielo.

Tutt'a un tratto, come uno scoiattolo che avesse avvistato una noce, Sunny allungò una mano, afferrò una mini ciambella e se la ficcò in bocca, mettendosi a masticare.

« Brava! » esclamò Carl. « Prendine un'altra. »

Non se lo fece dire due volte. Kit era sorpresa. Sembrava sorpresa anche Sunny.

« Sono veramente buone » commentò tra un morso e l'altro. Aveva zucchero a velo sulle guance e sulle dita, e un po' anche sulla camicetta.

« È quello che dico anch'io! » approvò Carl, e tutti risero tranne Sunny. Era troppo occupata a masticare.

Che fosse arrivata al lavoro di cattivo umore, di umore malinconico, di umore cupo o semplicemente un po' lunatica, Sunny ne era ormai uscita quando i Quattro si trasferirono al Mercy Hospital per il pranzo. Forse era stato lo zucchero, pensò Kit, ma più probabilmente l'armonia e il contrappunto dei Quattro stessi. Brillanti e arguti, spiritosi e sagaci, quando facevano una battuta su qualcuno non erano mai cattivi, ma soltanto divertenti. Erano come quei ragazzi che si siedono in fondo all'aula e fanno ridere tutti, perfino l'insegnante, suo malgrado. Erano come quei vicini di casa che spalano il vialetto di una vedova e controllano che abbia abbastanza legna di scorta prima che arrivi il freddo. Erano imbattibili nei regali scherzosi. Erano quelli che mandavano scatoloni di tascabili e sacchetti di biscotti con gocce di cioccolato ai giovani soldati di Riverton relegati in Afghanistan e in Iraq. Erano come gli zii preferiti, come gli amici che mettono la lealtà al primo posto, e senza bisogno di spiegazioni Sunny, anche se era entrata nella loro orbita solo di recente, era subito diventata un'amica per loro.

«Oh mio Dio, oh mio Dio» disse Sunny, precipitandosi al banco di Kit dopo aver scortato i Quattro alla porta principale. Era entusiasta, parlava in modo concitato, aveva lo sguardo malizioso. «Sai quel tipo? Credo che sia una spia!» Bisbigliava, ma a voce alta. «Lavora per la CIA.»

«E tu come lo sai?» domandò Kit.

«Dalle lettere sulla sua cartella. *CIA*.»

Anche Kit aveva notato la cartella dell'uomo. Era una borsa da postino, di morbido cuoio italiano, forse fatta a mano, decisamente costosa.

«*C-I-A*» scandì Sunny. «Come CIA, capisci?»

«Vorresti dirmi che la CIA dà ai suoi agenti sotto copertura delle cartelle che svelano la loro professione?»

«Ho visto entrare gente con la scritta CLUB SIERRA sullo zaino. Patrick ha una sacca da viaggio con scritto SMITHSONIAN.»

«Patrick non ha mai lavorato per la Smithsonian. Era un medico. Quelle borse sono premi, Sunny. Tu fai una donazione in denaro e l'organizzazione te ne manda una. Non credo che Rusty abbia ottenuto così la sua cartella.»

«Rusty? Si chiama così? Come fai a saperlo?» Sunny incrociò le braccia con aria petulante. Sembrava che volesse accusare Kit senza sapere bene di che cosa.

«Perché l'ultima volta che è stato qui ha presentato la richiesta di un libro presso più biblioteche. Tu eri al piano di sotto. Si chiama Cyrus Allen. C.A. Scommetto che il suo secondo nome inizia per *I*. Ma lui si firma Rusty.»

«Quale libro?» domandò Sunny.

«Quale libro cosa?»

«Quale libro ha chiesto?»

«Nessun libro, in effetti. Ha compilato il modulo e io gli ho detto che occorreva una tessera della biblioteca, che lui non aveva, ed è finita lì.»

«Quale libro non ha chiesto?» insistette Sunny.

«Non lo so.»

«Non glielo hai chiesto?»

«Noi non siamo dell'FBI, Sunny» le ricordò Kit. «Anche se l'FBI forse vorrebbe che lo fossimo.»

«Bleah» esclamò Sunny allontanandosi. «Parli come i miei genitori.»

Sunny | il Tip-Top

Non dissi a Kit come avevo saputo del Tip-Top Motor Inn per non coinvolgerla, come dice Steve, nei fatti nostri, ma era successo non appena usciti da casa sua. Eravamo ancora in Coolidge Street quando Willow annunciò che non saremmo tornati a casa per un paio di giorni. Io chiesi il perché, e i miei genitori si scambiarono «l'occhiata». Quando si sta seduti sul sedile posteriore si vede spesso «l'occhiata» passare tra le persone su quello anteriore, che quasi sempre sono i tuoi genitori.

«Dobbiamo...» iniziò a dire Steve, ma fu subito interrotto da Willow, che disse con il suo tono più lezioso: «Abbiamo pensato che sarebbe divertente far visita a Rocco e Amelia».

Rocco e Amelia sono vecchi amici dei miei genitori dai tempi del Rainbow Gathering. Vecchi nel senso che si conoscono da molto tempo, e vecchi perché sono anagraficamente più anziani dei miei genitori, infatti hanno anche dei figli grandi. Sono la ragione per la quale abitiamo dove abitiamo. Conoscevano quelli che una volta abitavano nella nostra casa e li avevano perfino aiutati a costruirla. È così piccola da sembrare un bungalow ed è un po' fuori dal mondo, perché si trova in fondo a una lunga strada fiancheggiata da campi, e proprio non si direbbe che a venti minuti di distanza c'è una città. A Willow piace dire che è appartata, il suo modo per non dire che è isolata. È bello dove viviamo, ma in giro non si vede nessuno, e se non si va a scuola capita di sentirsi soli. Quelli che studiano a casa seguendo un normale programma scolastico e quelli che non seguono alcuna impostazione predefinita svolgono delle attività insieme, che però sono sempre concordate in anticipo, di solito dagli adulti. Ecco perché, quando il giudice del tribunale per i minorenni stabilì che dovevo passare l'estate a lavorare presso la biblioteca di Riverton, mi sentii ancor meno dispiaciuta per quello che avevo fatto.

Rocco e Amelia una volta vivevano in zona, ma da un paio d'anni si erano trasferiti a Heart Village, una comunità di cohousing a tre ore di distanza in direzione sud. Cohousing vuol dire avere ciascuno il proprio spazio ma condividere la cucina, il giardino, i giocattoli e altro del genere. Ci si riunisce tutti i giorni per i pasti e per guardare dei film, se ci si mette d'accordo su quale film guardare. Una volta, quando abitavamo là, organizzarono un incontro «cuore a cuore»: vuol dire far suonare una grande campana e tutti devono recarsi a una riunione. Alcuni genitori erano d'accordo sul proiettare *Harry Potter e il prigioniero di Azkaban*, mentre altri pensavano che fosse troppo violento, e quelli che volevano il film dicevano a quelli che non lo volevano che i loro figli potevano rimanere a casa quando lo proiettavano, mentre quelli che non lo volevano dicevano che, anche se fossero rimasti a casa, la violenza del film avrebbe avvelenato l'aria, e nel bel mezzo della discussione tutti i ragazzi, a uno a uno, entrarono nella sala riunioni con dei cartelli per proclamare che avrebbero scioperato e non avrebbero eseguito i loro compiti se non avessero avuto a loro volta il diritto di votare. Anche i genitori contrari a far vedere il film rimasero talmente colpiti dal modo in cui i ragazzi si erano organizzati che cedettero.

Andare a Heart Village per un paio di giorni era decisamente più entusiasmante che tornare a casa, ma a quanto pareva né Willow né Steve si erano accordati con Rocco e Amelia, perché dovettero cercare un telefono a pagamento per chiamarli, e quando finalmente lo trovarono presso un minimarket sulla statale, Willow si offrì di fare la telefonata. Quando tornò, scuoteva il capo. «Ha risposto BB» disse attraverso il finestrino aperto. BB era il soprannome che tutti davano a Bluebird, il figlio di Rocco e Amelia. «Ha detto che lui è lì con Chandra e i due bambini di Chandra, e che forse non è il momento ideale.» Ancora una volta, i miei genitori si scambiarono «l'occhiata». Chandra è la ragazza di Bluebird. È più grande di lui e non piace a nessuno tranne che a BB.

«E adesso?» domandò Willow.

Steve era silenzioso. «Sto pensando» rispose.

«Potremmo semplicemente andare a casa» proposi. Eravamo a soli quaranta minuti di distanza. A volte mi sembra di essere l'unica persona ragionevole della mia famiglia.

«È vero» ammise Willow, ma da come lo disse, io capii che non lo era.

Mi sembrava strano, ma non capivo il perché, e non sapendo cosa dire in proposito, rimasi zitta. Dato che Kit mi aveva lasciato prendere la sua copia di *Orgoglio e pregiudizio*, la tirai fuori dalla borsa, pensando che forse avrei potuto rileggerlo sul serio, e fu in quel momento che vidi un nome scritto con l'inchiostro blu sul risvolto di copertina, o meglio: sembravano tre nomi, il nome di battesimo, il secondo nome e il cognome. Il secondo nome, Oliver, era barrato semplicemente con una riga, come se fosse stato un errore, ma gli altri due erano cancellati con l'inchiostro nero, come si cancellerebbe una risposta per non farla vedere a nessuno. Ciò nonostante, dato che la cancellatura era fatta con il pennarello sulla biro, riuscii a vedere che il nome di battesimo era Kit. Il cognome era più difficile. Forse finiva in *Y*.

Nel frattempo, Steve diceva che gli sembrava di ricordare un motel su una collina poco lontano dalla statale, visibile soltanto quando gli alberi erano spogli. Willow tornò nel negozio a chiedere indicazioni, e quando ricomparve agitava avanti e indietro una cartina. Incredibilmente, i gestori del minimarket erano parenti dei proprietari del motel. Steve girò la macchina e ripartimmo. Fu così che finimmo al Tip-Top Motor Inn. E fu proprio lì che individuai l'auto alla guida della quale, ne ero quasi certa, avevo visto quel tizio della biblioteca mentre aspettavo che Steve venisse a prendermi al lavoro.

La scaletta è sempre là...
Adrienne Rich

Si chiamava Cyrus, un nome desueto, forse era un cognome o il nome di una località, anche se Kit non sapeva da dove venisse o dove abitasse, perché quando gli aveva detto che occorreva una tessera della biblioteca, lui non aveva compilato il modulo che avrebbe riportato quell'informazione. Era invece tornato al computer a provare diverse sequenze di parole chiave, come se fossero i numeri di una serratura a combinazione che, con un po' di fortuna e girando nel senso giusto, si sarebbe aperta d'improvviso rivelando quello che lui cercava.

« Abbiamo molte offerte per chi cerca lavoro » disse Kit, guardando al di sopra della spalla di lui mentre passava accanto alla sua postazione, nel pomeriggio. Le parole sullo schermo erano « Riverton National Bank », « Riverton National Bank and Trust » e « immobile non rivendicato ».

« Quindi sembro uno che cerca lavoro? » domandò lui, distogliendo lo sguardo dallo schermo. « È... » Fece una pausa. « ...interessante. »

Sembrava accigliato. Lo era? Kit non avrebbe saputo dirlo. Lo sguardo dei suoi occhi – castano scuro, notò lei – era visibilmente torvo, ma poteva essere tutta una finta, come se lui volesse farle credere che era arrabbiato. La gente a volte lo faceva. Lui tamburellava con le dita sul piano di lavoro, come se fosse impaziente, come se avesse qualcosa di più pressante da fare che non aspettare le spiegazioni di Kit. Era decisamente una finta.

« Mi scusi, l'ho dato per scontato » disse Kit. « Ma è quello che fanno quasi tutte le persone della sua età quando vengono in biblioteca per usare il computer. » *Ossessivamente.* Avrebbe voluto dirlo, e avrebbe voluto sottolineare che lui stava usando il computer ossessivamente, ma si trattenne, sapendo che rischiava di sembrare critica. Non era così. Era solo un dato di fatto. Era vero. A Kit sembrò di udire il dottor Bondi, come se si fosse insediato in un angolo della sua mente, per spiegarle che la verità non è, contrariamente all'opinione diffusa, oggettiva. « La sua verità e la mia verità non sono necessariamente la stessa cosa, e questo vale anche per la falsità. Non è forse uno dei dilemmi della vita? » Eppure, lei sapeva di aver ragione. «Ossessivo» era l'aggettivo corretto, e lei non poteva usarlo.

«E che età sarebbe?» domandò Rusty.

«Non ne ho idea» rispose Kit. Non era vero. Indossava una polo, bermuda kaki e mocassini, senza calze. Lei conosceva quel look. Era su tutti i cataloghi. Era il look ufficiale delle pubblicità Grey Goose sull'ultima pagina del *New Yorker*: maschio, barba corta, denti bianchissimi, abbigliamento finto casual, intento a conversare con una donna attraente, entrambi avvolti dal vento e appoggiati a un bar di fronte all'oceano (Hawaii? Seychelles?), con una bottiglia di vodka in mezzo a loro.

Lui aveva un profumo vagamente familiare. Lei fece un respiro profondo. Non riusciva a collocarlo.

«Indovini» disse lui. Adesso sorrideva, come per incoraggiarla.

«È un gioco pericoloso» ribatté lei. Lui ci stava provando con lei? Stando ai ricordi di Kit, sembrava proprio di sì.

«Non mi offenderò. Faccia almeno un tentativo.» Si era voltato completamene sulla sedia, adesso, e aveva alzato lo sguardo su di lei, mentre batteva un piede a tempo con le dita. «Sto aspettando.»

«Dodici» disse Kit. Poi le venne in mente: lui sapeva di curcuma. La curcuma ha un profumo? O forse era cumino. Sì, ecco cos'era, cumino.

«Molto divertente.»

Lui iniziò a tamburellare più rapidamente. Anulare, medio, indice. Niente fede. Un seduttore.

«Quarantacinque» disse tirando a indovinare. Quarantacinque anni, divorziato, due figli che vivevano con la madre, cospicuo assegno di mantenimento tutti i mesi.

Lui si portò una mano alla fronte. «Oh Dio, sono invecchiato così tanto?»

«A quarantacinque anni non si è vecchi» osservò Kit. «O almeno così dicono. Sono i nuovi venticinque, no?» Era lei che ci provava con lui? Si controllò. Sembrava strano. Come la sua bocca che si muoveva in perfetta autonomia, dicendo tutto quello che voleva, ignorando la sua mente, che sventolava una grande bandiera rossa.

« Allora lei ha quarantacinque anni » continuò lui.

« Non proprio. » Pensò che in quel modo avrebbe posto fine alla conversazione. Dire a un uomo che si è più vicine ai cinquanta che ai trenta era come indossare il mantello dell'invisibilità.

« Be', sta alla grande per i suoi quasi quarantacinque anni » osservò lui, molto diplomaticamente, pensò Kit. Un commento generico: « Sta alla grande! » Era quello che tendenzialmente dicevano gli uomini, benché lei non avesse mai capito il perché. E adesso si aspettava che lei lo ringraziasse.

Ma lei non lo fece, e quando il silenzio tra loro cominciò a diventare scomodo, lui riprovò. « Meglio di me, a quanto pare » commentò ridendo.

« Bel recupero » osservò lei, passandosi una mano tra i capelli, conscia per la prima volta dopo molto tempo delle sue vistose ciocche grigie, sempre più ribelli. Quando era più giovane, al college, e un solo capello grigio spuntava da chissà dove, Cal allungava una mano e glielo strappava alla radice, chiamandola « la mia vecchia signora », e ridevano entrambi, quasi che diventare vecchi fosse impossibile, come diventare neri se si è bianchi, o bassi se si è alti. Ma adesso che lei era vecchia, o sicuramente più vecchia, il grigio avanzava come un nemico subdolo e astuto, un altro dei segni lasciati dal tempo, come quelli che si ritrovava sul volto, o lungo il collo.

« Trentanove » disse lui mentre Kit ritornava al banco. E: « Chiamami Rusty ».

Sunny era al piano di sotto con i bambini, alcune persone scorrevano le pile di libri, altre avevano occupato le sedie lasciate libere dai Quattro e sembrava stessero sonnecchiando. Era una giornata torrida e la biblioteca, costruita per lo più in granito, era uno dei luoghi più freschi della città, oltre ad avere un bagno pubblico. Era un privilegio che Chuck voleva far pagare: rientrava infatti nei suoi piani per fare soldi, ma tutte le donne si erano opposte, anche quando lui aveva ribattuto che si poteva installare una macchina per avvolgere l'asse del gabinetto con la plastica, e uno sterilizzatore elettrico per asciugarsi le mani, e perfino una chaise longue o una poltrona letto. Evelyn aveva obiettato che tutti le avrebbero chiesto di cambiare gli spiccioli e Barbara aveva protestato: « Questa è una biblioteca, non un rifugio per i senzatetto », ma Kit si sentiva incerta. Forse la biblioteca non era un rifugio per i senzatetto, ma in certi giorni le sembrava un centro di assistenza. A lei non importava, perché tutti hanno bisogno di un posto dove andare. Barbara tornava sempre dagli incontri dell'Associazione Biblioteche entusiasta della biblioteca « moderna », ma Kit a volte si domandava se la biblioteca moderna non potesse essere, invece che piena di macchine e gadget, semplicemente un luogo con sedie comode e un posto dove andare a far la pipì, soprattutto in una città dove anche l'ultimo ristorante a buon prezzo aveva chiuso e il Dollar Tree aveva messo in vetrina un grande cartello di VIETATO ATTARDARSI. « Dovremmo mettere un cartello di INVITO ALLA SOSTA », propose Kit a una riunione dello staff, ma ottenne soltanto dei mugugni da Evelyn e Chuck, e un'occhiata che diceva « cerchiamo di essere seri » lanciata da Barbara Goodspeed nella sua direzione al di sopra degli occhiali da lettura.

Dietro il banco, Kit aveva una visuale chiara della schiena di Rusty, ancora china in avanti verso lo schermo del computer, e anche della sua nuca e dei suoi tricipiti possenti che s'intravedevano dai polsini della camicia. Stava provandoci con lei, non aveva dubbi. Certi uomini non potevano farne a meno. Le sembrò di udire nuovamente Bondi: « Avrebbe voluto che ci provasse con lei? E lei, ci ha provato con lui? » Ma davvero lei l'aveva fatto? Lui era un tipo da mocassini senza calze. In altri termini, uno che non poteva assolutamente piacerle.

« Lei porta i sandali senza calze. » Ancora la voce del dottor Bondi.

« Ma i sandali devono essere portati senza calze » ribatté.

Bondi: « Devono? C'è una regola? Che cosa sta dicendo, veramente? » Non « Che cosa sta dicendo? » ma « Che cosa sta dicendo, veramente? Qual è il messaggio neanche poi così velato? »

Kit ci pensò su. Intendeva dire sul serio che guardando i piedi di un uomo capiva se era un pallone gonfiato, un arrogante, un falso, o tutt'e tre le cose? Sì.

« La gente esprime giudizi di quel genere continuamente » udì se stessa dire al dottor Bondi. « Probabilmente è qualcosa di innato, e i nostri avi potevano stabilire in breve tempo se una persona era amica o nemica. Battersi o battersela. In ogni caso la prudenza non è mai troppa. »

La voce del dottor Bondi: « E lei è d'accordo? » Percepiva lo scetticismo nella sua voce e capiva che in realtà la scettica era lei. Kit sorrise tra sé e sé. Quel bravo dottore l'aveva addestrata bene. Poi, di nuovo Bondi: « No, Kit, ha fatto tutto da sola. Questa è lei ».

Sunny / le spie

Cyrus è decisamente un nome raro, come Solstice. C'è un libro, in biblioteca, che s'intitola *Mille nomi per il vostro bambino*, e se Solstice e Cyrus sono tra questi, li troverete sicuramente in fondo alla lista. Ecco una cosa che abbiamo in comune. Inoltre, lui non è di qui. La sua auto ha la targa del New Jersey. Da queste parti, nessuno ha una decappottabile. Fa troppo freddo, benché debba far freddo anche nel New Jersey. Come dice Willow, la gente è misteriosa. Continuo a pensare che lui possa essere una specie di detective o di investigatore privato, ma Kit dice che è impossibile, perché quale detective o investigatore privato ha le iniziali sulla sua cartella? Non ha tutti i torti, ma potrebbe essere uno specchietto per le allodole. Forse non si chiama Cyrus. Forse porta quella cartella per depistare. Forse vuole far credere alla gente che sia il suo vero nome. O magari è convinto che, vedendo quelle iniziali su una cartella così costosa, nessuno penserebbe mai a uno pseudonimo, perché chi spenderebbe tutto quel denaro se C.I.A. non fossero le sue vere iniziali? Kit mi ha detto che L.L. Bean vende molti articoli con le iniziali che la gente ha dato indietro, e se non t'importa di indossare una camicia o un costume da bagno con le iniziali di qualcun altro, puoi comprarteli a prezzi stracciati. Steve, per una volta, pensa che forse ho scoperto qualcosa. Dice che conviene stare alla larga da quel tizio.

Tra l'operaio e il milionario / la distanza
è tutta questione di numeri...
Delmore Schwartz

Cyrus Ingram Allen arrivò a Riverton il 24 giugno alle 4,38 del pomeriggio, dopo cinque ore e mezzo di viaggio in auto da Hoboken. Era una giornata afosa, e lui guidava con il tettuccio della sua Mercedes CLK350 abbassato e il vento che lottava con il sole per tenerlo al fresco e di un umore migliore del dovuto. Erano stati diciannove mesi complicati, perché tutti i pezzi della sua vita ben congegnata erano caduti in rapida successione come per un effetto domino: la crisi finanziaria aveva colpito la piccola società di investimenti, trascinando con sé il suo conto spese, i weekend a Cabo, le nottate al Tenjune, la bottiglia al tavolo del Marquee, le donne meravigliose che sembravano materializzarsi al suo fianco per poi scomparire quando lui era stanco di loro; cancellando il periodo di vacanza agli Hampton; annientando il fondo pensione (niente copertura assicurativa, l'assicurazione era per i pavidi che non capivano la relazione tra rischio e rendimento); polverizzando l'appartamento nel New Jersey con la sua vista incontaminata dello skyline di Manhattan. Perduto, tutto questo era perduto, ma non la macchina. Quella almeno l'aveva pagata in contanti. Era entrato nello showroom sulla Eleventh Avenue, aveva indicato la cabriolet grigio acciaio con i finestrini posteriori senza montanti e i cerchi AMG e aveva detto «Prendo una di quelle», come se stesse ordinando un hamburger da McDonald's. Un'ora dopo era sulla West Side Highway, diretto alla contea Westchester lungo il Saw Mill, premendo sull'acceleratore.

«Ma cosa sta succedendo a voi ragazzi?» chiese l'agente di polizia quando lo fece accostare. Poi però capì, era un ragazzo anche lui, e lo lasciò andare con un ammonimento, al quale Rusty non prestò attenzione. L'auto era solo troppo veloce e troppo efficiente per trattarla come un parente anziano con il cuore difettoso. E così la macchina sopravvisse, anche quando lui rinunciò al posto auto nel parcheggio che costava come l'affitto di una famiglia a Newark, il che era tanto o poco, a seconda di come lo si considerava, ma in entrambi i casi era, alla fin fine, opinabile. E se all'inizio temeva che l'auto potesse essere un bersaglio là fuori in strada, in seguito si rese conto che era solo una delle tante: accostate al cordolo c'erano le Audi, le BMW, una Jaguar, una Porsche e altre Mercedes. Tutte quelle auto, come la sua, non erano più al coperto: un chiaro segno dei tempi, come il cartello AFFITTASI davanti al Gentlemen's Barber Club, dove i clienti una volta erano ben lieti di lasciare una mancia di cinquanta dollari a fianco dei cinquanta dollari spesi per barba e shiatsu.

Lui aveva la sua auto, e nel bagagliaio c'erano gli ultimi residui della vita che conduceva prima: due valigie e una borsa da viaggio (Fendi, coordinate), e nient'altro. A trentanove anni, aveva perso tutto ciò che l'aveva fatto sentire un uomo di successo, vale a dire le stesse cose che l'avevano fatto sentire, più di recente, un fallito. Era in viaggio. L'autoradio non funzionava più, e in ogni caso non sarebbe riuscito ad ascoltarla con il tettuccio abbassato, ma aveva il suo iPhone (ridotto allo status di iPod ora che aveva cancellato il suo contratto dati) e un paio di auricolari, e perché non ascoltare i Red Hot Chili Peppers e Nicki Minaj a tutto volume, tanto da trapanargli il cervello e riempirlo con altre voci che non fossero la sua?

Aveva ancora del denaro, quello che solo pochi anni prima si sarebbe fumato in una scappata dall'ufficio di L.A. al Beverly Hills Hotel per giocare a poker. I ricchi, i potenziali clienti, si fidavano di più se eri disposto a perdere grosse somme di denaro giocando con loro: scommettere cifre a quattro zeri non era gioco d'azzardo, era business. Ma quello era il denaro di Monopoli: solo adesso era diventato reale, per lui. Aveva studiato contabilità finanziaria, sapeva tutto sui flussi finanziari e sulle risorse, ma quando il denaro si riversava come le cascate del Niagara, il bilancio non aveva importanza. Si poteva annegare nei soldi, ma sarebbe stata una morte stupida. Era quello che si dicevano l'un l'altro, seduti nel bagno turco, seduti nella sauna, seduti al bar. L'equazione operativa era semplice: il denaro entrava, il denaro usciva. Era la misura del successo. Lui era felice? Ma aveva senso chiederselo?

E lui ce l'aveva fatta: aveva lasciato Duluth, era andato all'università, aveva fatto il tirocinio, aveva lasciato perdere il master in economia aziendale, aveva ottenuto il lavoro da Morris e Maines grazie all'adrenalina e alla ferrea determinazione, la stessa adrenalina e determinazione che l'avevano messo in lizza per diventare partner. Aveva avuto successo. Sua madre non gli aveva forse inculcato che felicità e successo erano la stessa cosa? Fortunatamente lei se n'era andata (già da sei anni) prima che il flusso di denaro si arrestasse e lui collezionasse soltanto rifiuti da parte di aziende in cui aveva sperato di trasferirsi e avvisi di pagamenti scaduti che facevano parte di uno stile di vita ormai sempre più irraggiungibile, così come un aquilone enorme e meraviglioso a terra diventava solo un puntino nel cielo, senza possibilità di riavvolgere il filo, e presto scompariva alla vista. Erano scomparsi anche quelli con cui aveva lavorato. Uno insegnava matematica in una scuola privata maschile – « Bestiale », lo definiva, ma pur sempre un lavoro –, una coppia era andata all'International Financial Centre di Dubai dove il denaro, a quanto pareva, scorreva ancora a fiumi, anche se in dirham, altri invece alla Alcolisti Anonimi, altri ancora alla Narcotici Anonimi o magari a tutt'e due. Non erano rimasti in contatto. Che senso avrebbe avuto?

All'inizio, e per alcuni mesi, Rusty aveva affrontato la disoccupazione come aveva fatto con il lavoro, gettandovisi con la stessa volontà di vincere che aveva proiettato Lance Armstrong sull'Alpe d'Huez per tutti quegli anni, nonostante il cancro, nonostante gli incidenti. Lui si vedeva così: un vincente contro tutti i pronostici. Al mattino si alzava presto, andava in piscina e lavorava sodo con il suo personal trainer, quando ancora ne aveva uno, per poi affrontare la giornata come una montagna da scalare. Squat, stacco da terra, gioco di gambe, ancora e ancora, finché sentiva la bandana umida di sudore che poi gli colava sulle guance e formava una pozza sul pavimento. « Fatti sotto! » diceva al sacco che tornava verso di lui. E: « Figlio di puttana! » Lo faceva sentire bene. No, lo faceva sentire magnificamente. C'era gente che meditava, o che visualizzava il successo. Ma lui il successo l'aveva visto. Sapeva com'era. Aveva lo stesso aspetto del tizio che sale sul gradino più alto del podio. Finiva l'allenamento, si faceva la doccia, indossava giacca e pantaloni e si immetteva nel fiume di pendolari diretti a Manhattan. Sapeva distinguere, adesso, quelli con più copie del loro CV nella cartella: quelli che non avevano lavoro. Fiutava la loro sconfitta. Sul treno, se ne sentiva l'odore in tutto il vagone. Prese ad andare con l'auto, così non avrebbe avuto i vestiti impregnati da quel tanfo quando si fosse seduto nelle salette per i colloqui senza finestre, ottimista, fiducioso, augurandosi il meglio.

Quando vide che nessuno lo richiamava, Rusty riscrisse il suo curriculum, fingendo di avere meno esperienza, come se i dipartimenti per le risorse umane di tutta la città non conoscessero quel trucco. Se per caso assumevano, cercavano gente giovane e lui – Rusty l'aveva scoperto con sua grande sorpresa – non era più considerato giovane.

Si ritrovò a pensare che forse Lance si dopava sul serio e che il sistema era manipolato. Quella fu una giornata difficile. Aveva già rinunciato al personal trainer, e aveva rinunciato a chiamare possibili aziende mirando a un colloquio, e aveva rinunciato, quasi tutti i giorni, a guidare per quei sei chilometri e mezzo che lo separavano da Manhattan, dove tutto costava più che nel New Jersey. L'aveva sempre saputo, ma adesso contava. Incominciò a vivere del suo guardaroba, guadagnando sessanta centesimi al dollaro per i suoi completi di Hugo Boss e di Tom Ford, vendendo la sua bici da corsa personalizzata Serotta (non l'aveva mai usata), separandosi dai suoi amati bastoni da golf Mizuno.

Poi, una mattina, frugando nel suo cassetto della biancheria, sperando di scoprire cinquanta dollari superstiti sotto una montagna di calzini da sera che non aveva più occasione di usare, trovò invece un vecchio libretto di banca intestato a sua madre che ricordava vagamente di aver gettato lì dentro dopo la sua morte, perché quell'unico deposito di 5.000 dollari, presso una banca di cui non aveva mai sentito parlare, era troppo irrilevante per farci caso quando i dollari piovevano da un cielo senza nuvole. Ma adesso... *adesso*, guardandolo sul serio e vedendo che quell'unico deposito era stato fatto nel 1950, capì che era come ritrovare un biglietto vincente della lotteria che non si ricordava di aver comprato: 5.000

dollari con sessant'anni di interesse composto! Aveva fatto il conto più volte, sotto la doccia, facendo colazione, misurando a lunghi passi il suo appartamento. Era incredibile! 5.000 dollari per sessant'anni al cinque per cento faceva 93.395,93 dollari, e questo se si calcolavano gli interessi solo una volta all'anno. Se si calcolavano per trimestre, il totale era più vicino ai 100.000 dollari, il che era fantastico. All'otto per cento, calcolato annualmente, quei 5.000 dollari potevano essere diventati mezzo milione di dollari, 506.285, 32 per l'esattezza. Trascrisse quel numero, verificò con la calcolatrice, rifece il calcolo e il numero apparve un'altra volta: 506.285,32. In teoria, avrebbe dovuto dividere tutti i beni con sua sorella, ma lei era scomparsa da molto tempo, seguendo uno yogi in India, dove aveva rinunciato a tutti i suoi averi terreni cedendoli a lui. Quel potenziale denaro gli apparteneva. Doveva soltanto recuperarlo.

La storia deve vivere con quello che c'era una volta...
Robert Lowell

Una somma di denaro non rivendicata in genere veniva incamerata dallo stato, Rusty lo sapeva, ma da quale stato? C'erano città chiamate Riverton nel Missouri, New York, New Jersey, Connecticut, Utah, Pennsylvania e Wyoming. Rusty rimase seduto davanti al suo computer portatile per giornate intere, nell'impaziente attesa che Google lo guidasse nei meandri di quella ricerca. Era bello riprendere a lavorare, rimanere seduto alla luce dello schermo anche quando il sole era ormai tramontato da tempo, bevendo caffè preparato con il bollitore perché la Keurig e la macchina per l'espresso non c'erano più da un pezzo, leggendo di posti che forse potevano restituirgli un bel gruzzolo. Dopo cinque giorni aveva circoscritto la lista a quattro stati, e dopo sette giorni l'aveva ridotta a due: Kansas e New Hampshire. Il Kansas perché Rusty aveva trovato ben poco sulla Riverton di quello stato, e il New Hampshire perché quella Riverton un tempo era stata un polo industriale importante, secondo lui abbastanza grande da vantare una banca nazionale. Sì, decise che doveva essere quella. Riverton, nel New Hampshire. La sua Riverton.

Rusty non aveva idea del perché sua madre fosse stata in possesso di un libretto bancario proprio lì. Per quel che ne sapeva lui, sua madre non aveva mai messo piede nello Stato del Granito. Ma sua madre era imperscrutabile, come molti genitori, e forse più di chiunque altro. Rusty era un ragazzo quando lei gli raccontò di essere stata adottata, una notizia che significava assai poco per lui a quell'epoca. Lui le aveva rivolto le inevitabili domande e lei gli aveva dato le inevitabili risposte: l'adozione era avvenuta all'interno di un circolo ristretto, una ragazza si era messa « nei guai », era stata allontanata, e un avvocato o un giudice era stato incaricato di dare il bambino in adozione non appena fosse nato. Facile. Nessun documento tracciabile. La ragazza era tornata a casa nel giro di un anno e aveva ripreso la sua vita, qualunque fosse stata. C'era un certificato di nascita, gli aveva detto sua madre, emesso da un ospedale nella zona nord dello stato di New York, ma non era certo un grande indizio: le case per madri single erano disseminate in tutta la nazione, e una volta effettuata l'adozione, il nome della madre naturale veniva rimosso. Chiunque, dotato di più immaginazione di sua madre, avrebbe compiuto qualche indagine, ma Ruth Allen, nata Ingram, preferì lasciar perdere. Aveva due genitori accettabilissimi, che si sarebbero sentiti punti nel vivo se lei avesse sollevato un vespaio.

Rusty prese una birra dal frigorifero, la stappò e appoggiò i piedi sul tavolino (di ciliegio, Thos. Moser; i nuovi inquilini lo stavano comprando al prezzo di costo), soddisfatto del suo lavoro d'indagine. Riverton, nel New Hampshire. Si appoggiò allo schienale della sedia, e non essendoci nessuno con cui battere il cinque, batté la mano sul tavolo una volta, forte, così forte da farsi male, ma nel contempo si sentì meglio. Sorrise: non riusciva a ricordare da quanto tempo non sorridesse più così. Era uno di quei sorrisi da bambino la mattina di Natale, uno di quei sorrisi sciocchi da ubriaco, solo che lui non era ubriaco, quanto meno non di alcolici. Rusty appoggiò il portatile sulle gambe e cominciò a battere sulla tastiera, navigando sul sito delle proprietà abbandonate, impaziente di presentare richiesta per il montepremi che immaginava dall'altra parte dello schermo. Soldi gratis: cosa poteva esserci di meglio? Ma due righe dopo dovette interrompersi bruscamente. Per inoltrare la richiesta, gli serviva un recapito fisso, e presto ne sarebbe rimasto privo.

«Maledizione» disse, e decise, all'istante, che l'unica cosa sensata da fare era salire in auto per andare a Riverton. Doveva essere un posto meno costoso di New York o del New Jersey – quale posto non lo era? – e avrebbe inoltrato la richiesta da là. Ecco il suo piano: nessun piano.

Riverton aveva un'alta stagione? Rusty se lo domandava mentre percorreva le zone peggiori del Connecticut: Bridgeport, poi New Haven. Forse anche Riverton era così, una città industriale ormai spompata, tanto promettente un secolo prima e poi diventata, quasi senza preavviso, una vecchia gloria. «Come me» pensò Rusty, ma non si sentiva infelice. Era una magnifica giornata, stava guidando un'auto che gli calzava come un completo su misura, e si sentiva libero della libertà cantata da Janis Joplin. Quando aveva la American Express nera e gli addetti alle vendite dei completi da Barneys sapevano il suo nome, l'idea che la libertà significasse soltanto non aver niente da perdere gli sembrava una stronzata da hippie. A lui piaceva la sua vita. Gli piaceva quello che aveva. Libertà significava non doversi preoccupare di niente perché era tutto a sua disposizione. Libertà era poter lasciare una poltrona Aeron Task giù in strada perché una Eames Executive era più comoda. Ma quel giorno, andando sulla Interstate 95 a 130 all'ora in una zona dove il limite era 105, comprese. Il suo armadio era vuoto e non era neanche più il suo armadio. Lui non aveva più niente. Era libero.

Alle 16,38, quando Rusty Allen fece il suo ingresso a Riverton, le strade erano per lo più deserte e il fiume emanava uno sgradevole riflesso brunastro, mentre l'unico edificio che faceva pensare a un passato più prospero era la biblioteca, punto di riferimento nel verde cittadino. Rusty la superò con l'auto, ripromettendosi di andarci non appena si fosse ambientato (ambientarsi significava trovare un posto poco costoso dove riposarsi e pensare alla prossima mossa). Sapeva che c'erano un paio di bed-and-breakfast subito fuori città, ma l'ultima cosa che desiderava era dover chiacchierare con i pensionati che barravano il New England sulla lista delle cose da fare prima di morire mentre chi li ospitava riempiva loro il piatto di pancake e marmellata fatta in casa. No grazie, come avesse accettato.

Alla fine, dopo aver guidato per quasi un'ora, percorrendo la città in cerchi sempre più ampi, s'imbatté nel Tip-Top Motor Inn, un motel a conduzione familiare su un'altura, con un'insegna fuori che diceva TV A COLORI e solo due auto nel parcheggio. La conduzione familiare era affidata a una giovane coppia di indiani che avevano lasciato al loro posto un parente più anziano per andare a gestire alcuni minimarket non lontano dall'autostrada. Il parente più anziano, un uomo chiamato signor Patel, stava riscaldando del curry su una piastra nell'ufficio, e l'aroma permeava la piccola reception dove Rusty cercava di negoziare un buon prezzo.

«Vedo che ha una Mercedes» osservò il signor Patel, arretrando un po'. Rusty fece ancora qualche tentativo, ma il suo interlocutore non voleva saperne. «Duecentocinquanta per una settimana, duecento per quattro giorni, cento a notte.»

« Sono venuto » incominciò Rusty, preoccupandosi di abbassare lo sguardo e la voce, « perché mia madre è morta. »

« Ah, capisco » fece il signor Patel, e gli diede la stanza a cinquanta dollari a notte o duecento a settimana.

« La ringrazio tanto » disse Rusty. « E mi dica, nei dintorni c'è un posto dove si possa mangiare un curry con questo meraviglioso profumo? »

« Chiederò a mia moglie » replicò il signor Patel, porgendogli una chiave appesa a un blocchetto di legno con il numero 7 scritto sopra a penna blu, piuttosto sbiadito.

La stanza 7, inspiegabilmente solo due porte dopo la reception, era abbastanza pulita ma umida. Probabilmente non veniva occupata da mesi. Rusty stava aprendo una finestra quando si udì bussare alla porta e una donna indiana di bassa statura comparve sulla soglia con un piatto di curry e le posate.

« Uau! » esclamò Rusty. « Servizio in camera! È magnifico. Non me l'aspettavo. Volevo solo sapere se c'è un ristorante indiano in città. »

La donna, la signora Patel, entrò nella stanza oltrepassandolo e posò il piatto sul cassettone. « Non sul letto » lo ammonì, lanciandogli un'occhiata grave.

« Ovviamente » replicò lui, anche se in quel preciso istante s'immaginò seduto a letto, a mangiare il curry guardando il baseball alla TV a colori. « Quanto le devo? »

« Il signor Patel » ribatté lei, e Rusty ne dedusse che doveva accordarsi con suo marito.

« È ottimo, sì » disse il signor Patel quando Rusty lo vide la mattina seguente. Era una constatazione, non una domanda.

« Ottimo » confermò Rusty, e stava per descrivere il vindaloo che aveva mangiato al Veeraswamy a Londra, ma poi ci ripensò: c'era il rischio che l'uomo alzasse i prezzi. « Quanto le devo? »

«Cinque dollari» rispose il signor Patel, «ma non per ieri sera. Ieri sera lei era nostro ospite. Stasera, cinque dollari.»

E così era stabilito che fintantoché Rusty fosse rimasto al Tip-Top, avrebbe mangiato quello che mangiavano i Patel.

Riverton, decise, benché non fosse sicuro di trovarsi ancora a Riverton città, non era niente male.

Sunny | stare alla larga

È difficile stare alla larga da qualcuno quando la biblioteca è sostanzialmente vuota e lui è l'unico che ha bisogno d'aiuto e tu lo trovi interessante perché è diverso da chiunque ti sia mai capitato di incontrare. L'aiuto che gli serviva era un semplice riavvio del computer: abbiamo dei vecchi Dell Dimension che hanno sempre qualche guaio, e io devo continuare a mettere carta nella stampante. In teoria dovremmo far pagare dieci centesimi a pagina, ma nessuno si ricorda mai di riscuoterli, e forse è per questo che la biblioteca è sempre a corto di soldi. Barbara dice sempre che, se i soldi della stampante andassero dritti dritti nella macchina del caffè dei dipendenti, tutti se ne ricorderebbero. Ma non funziona così, e in ogni caso non mi piacerebbe, perché non bevo caffè.

Aiutando Rusty con la stampante, vedevo cosa stava stampando, e non aveva molto senso. Era qualcosa sulla storia di Riverton, benché da noi ci sia un intero scaffale di libri sulla città. Quelli che preferisco sono i libri illustrati, in particolare quelli con le foto delle operaie, che sono soprattutto ragazze della mia età sedute tutte in fila alle macchine tessili. Quando dissi a Rusty che poteva prendere i libri in prestito invece di stampare, lui rispose che per farlo bisognava avere la tessera della biblioteca, ma lui stava al Tip-Top Motor Inn (ovviamente io lo sapevo già) e riteneva che un motel non fosse valido come recapito fisso richiesto dalla biblioteca, e in ogni caso non era nemmeno sicuro che il Tip-Top facesse parte di Riverton.

«Credo che non valga nemmeno la mia cassetta fermo posta» aggiunse. Poi disse qualcosa come «A meno di dormirci dentro» e rise, precisando che la sua stanza al Tip-Top non era molto più grande.

Sembrava che si sentisse solo, come se avesse bisogno di parlare con qualcuno, di qualcosa, di qualsiasi cosa. Credo fosse l'unica ragione per la quale voleva parlare con me, e farmi domande sul mio lavoro: dovetti spiegargli che non era propriamente un lavoro, ma lo facevo perché avevo rubato un libro in libreria, e quando gli dissi quale, lui rise così forte che Evelyn lo zittì dall'altra stanza. Mi chiese della scuola, e io gli parlai della non-scuola. Quando mi domandò se avevo una passione, e io risposi le storie e la scrittura, lui commentò «Bene, troppo piccola per fallire» e rise di nuovo, urtando la mia sensibilità. Decisi che Steve aveva ragione, avrei dovuto stare alla larga da Rusty, e iniziai ad allontanarmi. «Ehi! Era soltanto una battuta, tra l'altro una battuta per iniziati. Davvero.» E si mise a parlare del settore finanziario, e di come tutti dicessero che le banche erano troppo grandi per fallire, e dei danni umani collaterali, e se non era un fallimento, quello, poi si scusò ancora dicendo forte «Mi spiace!» mentre io scendevo le scale, così forte che Evelyn lo zittì di nuovo.

Tutti hanno radici.
William Carlos Williams

Se lavori in una biblioteca, vedi gente di ogni genere, ma Kit non aveva mai visto nessuno come Rusty Allen. Era incongruo. Indossava abiti costosi, ma avrebbe avuto bisogno di un buon taglio di capelli. Avrebbe dovuto essere al lavoro o a cercarsi un lavoro – usare la parola «dovere» significava esprimere un giudizio, lo sapeva, ma quale trentanovenne ciondola in biblioteca per buona parte della giornata? – e invece sembrava in cerca della storia di Riverton, ma non prendeva appunti. Inizialmente era sembrato sulle sue, e adesso invece era cordiale, perfino troppo. Sembrava non appartenere a nessuno, un cane abbandonato, proprio come lei.

Era difficile non pensare a lui, perché sembrava sempre nel suo campo visivo. Si sorprese a osservare Rusty, a osservarlo furtivamente come un daino nel bosco che lei seguiva dalla sua altana su un albero, senza sapere perché. Quando lei si alzò dalla sua postazione, lui la fermò con una domanda su qualcosa, e lei esitò un minuto, poi disse che doveva riprendere a lavorare, anche se lui era l'unica persona presente nella stanza.

«Cos'è successo alla Riverton National Bank?» domandò lui un giorno, spiegando che compariva nei vecchi elenchi del telefono e nelle vecchie foto, ma sembrava essersi smaterializzata.

«Io uso la TD Bank North» ribatté lei, e poi si domandò perché gli avesse detto qualcosa di tanto personale e fuori luogo, e tornò di corsa al suo posto.

«Deve parlare con i Quattro» gli disse Kit più tardi, e spiegò che se fosse venuto al mattino avrebbe trovato Patrick, i due Richard, e Carl. «Patrick ha fatto nascere tutti i bambini di Riverton per quasi cinquant'anni, Carl ha tagliato loro i capelli e uno dei Richard li ha portati in giro in auto quando non erano in grado di farlo da soli. L'altro Rich è un uomo d'affari. I due Rich sono cugini, ma sembrano fratelli. Credo che avessero lo stesso nonno. Si riesce a distinguerli perché Rich il taxista indossa solo camicie hawaiane. Dice che le Hawaii sono uno stato mentale. I Quattro le piaceranno.»

Se a loro sarebbe piaciuto Rusty, pensò, era tutt'altra faccenda. Immaginava che sarebbero stati fuorviati dai suoi abiti alla moda e dalle maniere cittadine, ma la mattina dopo, eccolo lì in pantaloni kaki e polo azzurra, seduto in mezzo a loro a chiacchierare.

« Sono stati i tuoi genitori a chiamarti Rusty? Avevi i capelli rossi o eri la ruota che cigola? » domandò Carl, e rise della sua battuta.

« No. Rusty era il soprannome che mi davano. Il mio nome di battesimo è Cyrus. Cyrus Allen. Cyrus Ingram Allen. Ingram era il nome da nubile di mia madre. » Poi, per spiegare: « Lei era stata adottata ».

« I tuoi di dove sono? » Era Patrick. Alto e ossuto, con tanti capelli bianchi lucidi e occhi azzurri lattiginosi, amava partire dall'inizio.

« Del Minnesota. Credo. A meno di considerare i genitori biologici di mia madre. »

I Quattro ci pensarono su per un paio di minuti.

« Non lo facevi sempre anche tu, Paddy? » disse Rich con la camicia hawaiana a Patrick.

« Facevo cosa? » domandò lui.

« Lo sai, aiutare le ragazze che si mettevano nei guai. »

« Rapporto confidenziale tra medico e paziente » precisò Patrick. « Ma detto tra noi, sì. Più spesso di quanto immagini. »

« Credo che per mia madre abbia funzionato bene » disse Rusty.

« Può darsi » commentò il medico. « Può darsi. Ma come mai, giovin signore, sei venuto nella nostra bella città? »

Rusty si schiarì la gola. « La versione lunga o quella breve? » E prima che qualcuno potesse rispondere, aggiunse: « In realtà sono identiche: ho perso il lavoro. Il mio studio ha cessato l'attività e io ho perso il lavoro ».

« Due milioni e mezzo di persone hanno perso il lavoro » obiettò Rich, l'ex dirigente, « ma non sono venute a Riverton. »

«Sì, è vero» ammise Rusty.

Kit era alla sua postazione e fingeva di leggere il giornale, china in avanti, ma in realtà ascoltava con attenzione quello che diceva Rusty, e soprattutto come lo diceva. Lui era un incantatore, non c'era dubbio, capace di sentirsi a suo agio in mezzo a degli anziani scontrosi mai conosciuti prima. Probabilmente era utile nel suo lavoro, pensò Kit, essere capace di insinuarsi in mezzo agli estranei in modo che lo considerassero uno di loro. Meglio investire con un amico che con uno sconosciuto. Il tuo amico si prenderà cura di te. Era brillante, simpatico e adeguatamente rispettoso. E poi, notò Kit, portava i calzini.

«Dove hai detto che sei nato?» stava domandando Patrick. La sua memoria iniziava ad appannarsi, e a volte ripeteva la stessa domanda più volte o non riusciva a fare collegamenti che per chiunque altro sarebbero stati ovvi.

«Paddy era l'ostetrico della nostra città» spiegò Carl. «Adesso vorrà sapere chi ti ha tirato fuori dal ventre materno.»

Rusty scoppiò a ridere. (Una risata autentica, notò Kit.) «Vicino a Duluth» rispose.

«Perché?» Era la voce di Rich il manager. «Fa freddo laggiù. In confronto Riverton sembra la Florida.»

«O almeno, sai, il Rhode Island» disse Carl.

«Mio padre era un metalmeccanico» spiegò Rusty. «Ha lavorato per la U.S. Steel finché la U.S. Steel ha lasciato Duluth, e a quel punto si è messo a lavorare al porto, allo scarico delle navi. Duluth è proprio sul Lago Superiore, e a volte si gela. Il vento soffia dal lago.» Rivolse un cenno d'assenso a Rich il manager. «Perfetto per l'hockey, in tutti i casi.»

«Sono lavori duri. Metalmeccanico. Scaricatore di porto» osservò Carl, come se lo sapesse per esperienza personale. Gli altri assentirono.

«È vero» confermò Rusty, smettendo di strofinarsi le mani come se avesse freddo. Abbassò lo sguardo, fissandosi i piedi. « È rimasto schiacciato in un incidente con la gru. »

« Accidenti » esclamò Carl.

Gli altri distolsero lo sguardo. Anche Kit, che faceva come se non ascoltasse la conversazione, chinò il capo. Era un riflesso automatico, come dare un colpetto sul ginocchio e osservare la gamba che scatta in avanti: basta dire che qualcuno è morto, e soprattutto che è rimasto ucciso, e la gente distoglie lo sguardo. Lei lo sapeva bene. Ecco cosa avevano in comune: un padre defunto, una vita spazzata via e con essa i più semplici presupposti della vita di famiglia.

« Quanti anni aveva? » domandò uno dei Rich dopo un po'. Kit non capì quale dei due. Non guardava. E loro spesso avevano la stessa voce.

« Aveva trentotto anni. Più giovane di me adesso » rispose Rusty. « Io avevo undici anni. Facevo la prima media. »

« Dev'essere stata dura » commentò lo stesso Rich.

« È stato terribile » confermò Rusty, « ma l'azienda diede del denaro a mia madre, anche se credo che lei non li avrebbe denunciati, e creò un fondo universitario per noi, e anche gli scaricatori di porto avevano un fondo, e la cosa veramente strana era che avevamo più denaro di quando mio padre era ancora vivo: e a quattordici anni, quando tutti i miei amici cominciavano a lavorare in nero, io non avevo bisogno di farlo. Mia madre voleva che la mia vita fosse più facile di quella di mio padre. Mi disse che se non fossi andato al college, come non c'era andato mio padre, e avessi cercato un lavoro d'ufficio, lei avrebbe considerato se stessa, e me, dei falliti. Il giorno più felice della sua vita fu quando mi proposero di lavorare da Morris e Maines. Non importava cosa dovevo fare, ma soltanto che avessi una ventiquattrore, indossassi un completo e sedessi a una scrivania. Quelli che si siedono alle scrivanie non vengono schiacciati dalle gru. »

Rusty fece una pausa per riprendere fiato. Adesso i Quattro lo fissavano tutti. Kit lo fissava. Lui si passava le mani sulle ginocchia, come nel tentativo di cancellare una macchia.

« Ma poi un diverso genere di gru cadde dal cielo e atterrò su di me e su molte altre persone sedute alle loro scrivanie. Ed eccomi qui. »

6

12/7/10 – 18/7/10

Sunny | *inverno*

Restammo al #3 fin dopo le prime due nevicate. Il mio piede era guarito, anche se mi faceva male quando nubi cariche di pioggia, e in seguito di neve, si addensavano sopra di noi. La prima neve arrivò presto, all'inizio di settembre. Non avendo mai vissuto da quelle parti, non sapevo che era presto, ma avevo udito Willow mentre ne parlava con Steve, e diceva che se nevicava già in settembre potevamo rimanere soltanto un altro mese. Ma poi dove saremmo andati? Quella domanda mi ossessionava, ma sapevo che era meglio non chiedere. Steve aveva detto che la neve in settembre era un fatto strano e che presto avrebbe fatto di nuovo caldo – l'estate indiana, l'aveva chiamata – e si scoprì che aveva ragione. La neve se ne andò nel giro di qualche ora, e la settimana seguente eravamo di nuovo in pantaloncini e Willow non parlava più di andare via, o almeno non in mia presenza. (A volte fingevo di dormire per poter ascoltare i miei genitori mentre parlavano, perché avevo scoperto che era l'unico modo per sapere cosa stava succedendo.)

Quando ci ripenso, mi rendo conto che non avevo idea di cosa succedesse sul serio, e tuttora non lo so veramente. Era come un sogno. Di sera Willow leggeva *Il Robinson svizzero*, la storia di un'altra famiglia impegnata in un'avventura selvaggia, e a volte mi addormentavo immaginando che fossimo anche noi dei naufraghi, cacciati dai pirati, e mi sentivo sollevata quando mi svegliavo e non c'erano pirati e non eravamo su un'isola, anche se spesso sembrava proprio così, e la nostra auto era nelle vicinanze. Steve ogni tanto usciva in macchina e tornava con del cibo, solo che noi non lo chiamavamo cibo: lui tornava con le «provviste», dicevamo. A quell'epoca non dovevamo essere vegani perché lui rientrava sempre con del cioccolato, cracker integrali e marshmallow, così potevamo fare gli s'more. Willow non era entusiasta quando assumevo molto zucchero, ma Steve (lo udii mentre lo diceva una sera) sosteneva che era importante, per me, avere buone associazioni con quel periodo trascorso nei boschi. E infatti ne ho, quando ricordo che andavo in cerca di bastoncini verdi, autorizzata a usare un coltello da campeggio per togliere la corteccia, e stavo in piedi vicino ai marshmallow che arrostivano sui carboni incandescenti, in attesa che l'interno si sciogliesse mentre il fuori si separava assumendo la perfetta sfumatura di marrone. E dovevo fare attenzione perché non prendessero fuoco, e anche a non farli cadere nel falò.

La seconda nevicata fu una faccenda più seria. Iniziò mentre dormivamo, e quando Steve uscì per mettere altra legna sul fuoco perché lui e Willow potessero prepararsi il caffè, il falò era ricoperto di neve. Steve rientrò nella tenda per dirci che la cosa migliore da fare era tornare a dormire, ma nessuno di noi ci riusciva, perché il vento aveva iniziato a ululare, lo sentivamo calare sul lago, e le pareti della tenda tremavano.

«È divertente» continuava a ripetere Willow. «Non è divertente?»

Anch'io lo trovavo divertente, ma poi mi venne fame, e dato che c'era la regola del «non mangiare in tenda», ero quasi sicura che sarei morta, e mi misi a piangere. Willow disse che piangevo perché avevo un calo di zuccheri e che Steve doveva prendere le nostre provviste dall'albero, il che lo mise di malumore, ma Willow disse che era perché anche lui aveva un calo di zuccheri, ma

Steve ribatté che era perché aveva lasciato gli scarponi in macchina, e aveva soltanto dei sandali. Però uscì, e lo sentivamo imprecare a distanza.

Willow aveva paura di lasciarmi da sola in tenda, ma aveva anche paura di lasciare Steve da solo fuori nella bufera, e continuava a ripetere «non so cosa fare», che non è la cosa migliore da dire quando si è con una bambina spaventata a morte. Infine andò all'ingresso della tenda, aprì la chiusura lampo e cacciò fuori la testa giusto in tempo per vedere Steve che tornava di corsa, stringendo la sacca del cibo.

«Ero preoccupata per...» cominciò Willow, ma prima che potesse completare la frase Steve le disse che il vento aveva abbattuto il ramo che reggeva la borsa trascinandola nel sottobosco, e lui aveva impiegato un po' a trovarla. Tremava, e aveva le dita dei piedi bianche. Si spogliò e s'infilò sotto le coperte, e anche Willow si spogliò e coprì il proprio corpo con quello di lui.

«Ecco cosa bisogna fare, Sunny, quando si ha veramente freddo» ammonì Willow.

«Già» confermò Steve dopo un po'. Avevo l'impressione che stesse con le mani aggrappate al fondoschiena di Willow. «Pronto intervento.»

«Ho fame» dissi, e prima che potessero fermarmi avevo aperto la borsa e tirato fuori un barattolo di burro d'arachidi, affondandovi le prime due dita fin oltre le nocche. «Lecca lecca al burro di noccioline» dissi, tirandole fuori e mettendole in bocca.

«Ne voglio un po' anch'io» intervenne Steve, e tuffò la mano nel barattolo. Ma invece di mettersi il burro di arachidi in bocca, infilò le dita in quella di Willow dicendo «Lecca», e rise.

«È disgustoso» commentai, mentre lui rideva ancora di più.

«Un giorno, mia cara lecca lecca al burro di noccioline, non la penserai più così.»

Posso affermare con certezza che quel giorno non è arrivato.

Sunny | fuori dalla natura selvaggia

Non so in quale mese lasciammo il #3, so soltanto che Steve non voleva andar via e Willow sì, e ne parlavano un sacco, specialmente quando pensavano che io non ascoltassi o non potessi udire. Steve diceva che le cose sarebbero diventate più complicate quando fossimo « tornati in pista », che alle mie orecchie suonava come « tornati in piastra », ma quando chiesi cosa fosse una piastra, Willow rispose che era una specie di padella per cuocere, il che non aveva senso. Willow diceva che stare nei boschi non era più sostenibile, e io capivo « stibile », ma anche quello non aveva senso. Era un momento di confusione, per me. Quanto ai miei genitori, erano così preoccupati da non accorgersi che una mattina scesi al laghetto, vidi che era ricoperto di ghiaccio e decisi di andare a pattinare. Ovviamente non avevo i pattini, ma soltanto i miei stivali di gomma. Saggiando il bordo con l'alluce e vedendo che il ghiaccio sembrava abbastanza resistente, mi avventurai: feci due passi, poi tre, poi quattro, e senza rendermene conto vi caddi dentro. Non ero in un punto profondo ma sentivo freddo, i miei stivali stavano riempiendosi d'acqua e io non riuscivo a spostarmi che di qualche centimetro, anche se agitavo le braccia, provando a nuotare. Fortunatamente i miei genitori avevano smesso di parlare (o meglio di litigare) abbastanza a lungo da sentirmi chiamare aiuto e mi raggiunsero in un battibaleno. Steve mi ripescò e mi riportò di corsa alla tenda dove Willow gridava « Stai bene! » alternando respiri profondi e rumorosi, in teoria per rilassarsi, ma di fatto sembrava che gonfiasse una gomma. Mi strapparono via gli indumenti fradici, mi avvolsero in una coperta, e mi misero seduta sottovento rispetto al falò, dove stava scaldandosi il caffè mattutino.

« Ecco, bevi questo » disse Steve, versandomi il mio primo assaggio di caffè. Disgustoso. Ma battevo i denti, e non potevo sputarlo.

Poco tempo dopo, lasciammo il #3. Steve tirò giù le scorte di cibo dall'albero dove le avevamo nuovamente legate dopo la seconda nevicata, Willow piegò le lenzuola e le posò sul tavolo da picnic, poi raccogliemmo i nostri indumenti e posammo anche quelli sul tavolo. In breve la tenda fu svuotata e io feci il giro lungo il perimetro a recuperare i picchetti. Steve e Willow sfilarono dal terreno i pali della tenda, che iniziò ad afflosciarsi per poi crollare a terra come un palloncino sgonfio, e toccò a me arrotolarla per inserirla nel suo sacco. Non so quanti viaggi facemmo fino alla Subaru, ma alla fine la zona di campeggio rimase vuota e Steve vi passò sopra spianandola con i piedi perché, diceva, la prima regola dei boschi era «non lasciare traccia». Gli domandai se era per quello che non ci eravamo registrati al nostro arrivo al #3 e se era per quello che non ci saremmo registrati neanche prima di andar via, e lui rispose «Più o meno».

Passammo la notte in un motel. In un letto vero. E facemmo un bagno vero. L'acqua del bagno era sudicia, perché da quando era iniziato il freddo Willow riscaldava l'acqua e mi lavava con la spugna. A me non piaceva per niente, perché anche se l'acqua era calda, io mi sentivo sempre gelare, lì in piedi mentre lei mi strofinava. Era delizioso sentirsi puliti – «delizioso» era la parola che usò Willow, e io capii esattamente che cosa intendeva dire – ed era delizioso infilarsi tra le lenzuola pulite e posare il capo su un cuscino vero. Steve dormì sul pavimento. Disse che dopo mesi al #3, il letto era «troppo soffice». Willow replicò «Fai come vuoi» e venne a letto con me.

In disgrazia alla fortuna e agli occhi degli uomini...
William Shakespeare

I Quattro avevano molte domande per Rusty, e lui aveva molte domande per loro. Fu così che lui iniziò a venire in biblioteca al mattino con la sua tazza da viaggio, scucendo ogni tanto i soldi per le ciambelle. I Quattro volevano sapere di Wall Street: era follia pura come si leggeva sui giornali? E Rusty raccontava storie che li lasciavano a bocca aperta e occhi spalancati, storie in cui il protagonista era sempre il denaro.

«Quanto hai detto che spendevi per una cravatta?» voleva sapere Carl. Aveva già fatto quella domanda per le camicie di Rusty, per le sue scarpe, perfino per la biancheria. «Duecento dollari per un pezzo di stoffa che pende attorno al collo come un guinzaglio? Caspita. Mi fai sentire ricco» commentò Carl. «In cinquant'anni di attività con il negozio, non ho mai portato la cravatta per lavorare. Vuol dire mille dollari all'anno. Vuol dire che mi sono rimasti in tasca cinquantamila bigliettoni.»

«Avresti potuto spenderli in gratta e vinci e ricavarne qualcosa» osservò Rich il taxista.

«Quello vuol dire essere ricchi, Rich» commentò Rich l'ex dirigente. «È matematica demenziale.»

«Sempre meglio di un cappio al collo» ribatté Carl.

Per contro, Rusty voleva sapere di Riverton: com'era prima che tutti gli edifici industriali in riva all'acqua si svuotassero e rimanessero sprangati, ma nessuno di loro era in grado di dirglielo.

«Siamo vecchi, ma non fino a quel punto» disse Patrick. «Mio nonno, quando aveva quattordici anni, fu prelevato dall'imbarcazione proveniente da Cork e spedito qui con un biglietto per una stanza presso una pensione e un lavoro in fabbrica garantito, e potete scommetterci che se lo tenne ben stretto. Era un luogo in espansione, a quei tempi. C'erano più posti di lavoro che lavoratori. Ma non durò a lungo. Come da voi, a New York. Queste cose non durano mai a lungo.»

«Eppure le vostre famiglie sono rimaste, e anche voi» sottolineò Rusty.

«È vero» disse Rich il taxista. «Siamo rimasti per combattere un'altra battaglia. Siamo gli ultimi guerrieri.»

«Già» fece Carl. «Siamo come quell'ufficiale giapponese che difendeva la sua postazione anche quando la guerra era già finita da anni. Nessuno ci ha convinto che la guerra è davvero finita. Ma tu non ci hai ancora detto perché sei venuto nel nostro bunker.»

«È semplice» disse Rusty. «In cerca di fortuna.»

Dolci son le udite melodie, più dolci le non udite...

John Keats

A tre settimane dall'inizio della sua nuova vita, Rusty si svegliò una mattina con il sole che filtrava attraverso le tende della stanza 7, al Tip-Top, e scoprì, non senza sorpresa, di essere felice. Non se l'aspettava, e scoppiò a ridere mentre stava sotto il debole getto di acqua tiepida della doccia perennemente incrostata di ruggine. Sembrava impossibile: eccolo lì, senza lavoro, nella stanza di un motel fatiscente, affacciata su una città fatiscente dove, fino a poco tempo prima, non conosceva un'anima. Il vecchio Rusty, guardando il nuovo Rusty, avrebbe visto un perdente, ma al nuovo Rusty non importava. Era proprio quello il punto. Non gliene importava un bel niente. D'altro canto, se qualcuno avesse agitato una bacchetta magica per farlo tornare dov'era e con quello che aveva, sapeva che non sarebbe riuscito a resistere. Non era completamente fuori di senno.

Aveva ancora un po' di CV in circolazione, e a volte, quando ci pensava, l'immagine che gli veniva in mente erano relitti galleggianti sul vasto oceano, come quelle isole di plastica residua nel Pacifico di cui aveva sentito parlare, benché altre volte li avesse immaginati come satelliti nel cielo notturno che orbitavano in perfetti, infiniti cerchi obliqui. Era passato molto tempo da quando si era chiesto cosa volesse fare della sua vita, e adesso, se ci ripensava – e lo faceva il più raramente possibile –, si rendeva conto che non rimaneva granché da fare. L'esperienza, i suoi quindici anni in trincea, era la sua unica credenziale, ma quindici anni passati a fare cosa? Stentava a ricordarsene. L'industria era stata colpita a morte, in ogni caso. Una volta era anche lui uno di quelli che si compiacevano di chiamarla industria, come se stessero davvero producendo qualcosa e non solo spostando cifre da una colonna a un'altra su un foglio di calcolo, e poi chiuderla lì.

Cosa avrebbe dovuto fare? Rusty non lo sapeva più. Qual era quel libro che tutti in treno sembravano leggere pochi anni prima: *Non perderti in un bicchier d'acqua*? Perché non fare un altro passo avanti, pensava, e perdersi invece in mare aperto? Era felice adesso, proprio quando non avrebbe dovuto esserlo, e non era affatto sicuro di essere stato felice prima, quando avrebbe potuto. Gli piaceva stare dov'era, in mezzo al nulla. Gli piacevano quei vecchi alla biblioteca. Gli piaceva Kit, la bibliotecaria, e gli piaceva anche Sunny, la sua aiutante. Kit era come aria nuova, come se da lei soffiasse una leggera brezza, e lui, dopo le sue brevi, torride relazioni degli ultimi anni, ammesso che si potessero definire tali, si sentiva rigenerato incontrando una donna indifferente al suo fascino. Gli venne in mente che poteva aver a che fare con le sue ristrettezze economiche, ma più la osservava, più si convinceva che le sue ristrettezze economiche erano forse l'unica cosa che poteva attrarla, sempre che lei trovasse qualcosa di attraente in lui – ma non sembrava così. In un certo senso, era un sollievo. Standando alla sua esperienza, l'amore nasceva sempre da una trattativa, per giocare bisognava pagare, e il suo portafogli era troppo leggero in quel momento.

« Devi essere la prima persona mai venuta a Riverton a cercar fortuna! » esclamò Carl, il più anziano, quando Rusty spiegò perché si trovava lì.

« Non è vero » osservò Rich, l'ex dirigente, che era lo storico ufficioso del gruppo. « Albert Robers venne qui centosessant'anni fa, da Montréal, e costruì il primo opificio, poi il secondo e poi il terzo, e si mise ad accogliere quelli che scendevano dalle navi a Boston e a New York, attirandoli con ogni genere di promesse di una vita migliore. Ben presto quegli stabilimenti furono pieni di zelanti lavoratori, poi lui aprì la fabbrica del denim e quella del calicò, e arrivarono le ragazze, e in una trentina d'anni l'intera città si riempì fino all'orlo di gente in cerca di fortuna. Ecco cos'era questo luogo, una città costruita sulle promesse. »

« In effetti, andò proprio così » confermò Patrick. « Ma sappiamo tutti cosa accadde dopo. Quello che il Signore dà, il Signore toglie. »

« Intende dire che tutte le fabbriche chiusero e non vi fu più lavoro » spiegò Carl. « E comunque le strade di Riverton non erano lastricate d'oro » aggiunse.

« E adesso è già tanto se sono lastricate » s'intromise Rich, l'ex taxista. « Se non lo so io... »

Scoppiarono tutti a ridere, anche Kit, seduta alla sua postazione e intenta a fingere di non ascoltare.

« Ma sai anche » ribatté Carl, « che bisogna essere riconoscenti a Robers. È lui che ha negoziato l'affare con Carnegie e ha messo il resto del denaro per questa biblioteca. Vai a controllare. Quando fu costruita per la prima volta era la Robers Library, ma tutti la chiamavano Robbers Library. Il che ti dice come si sentiva la gente nei suoi confronti. La Robbers Library, la biblioteca dei ladri. Il suo nome fu tolto dall'edificio tre secondi dopo la sua morte.»

«La Robbers Library» disse Rusty. «Mi piace. La fa sembrare un posto pericoloso.»

«Siamo uomini pericolosi, Rusty» avvertì Carl. «È meglio che tu lo sappia. E anche le donne» aggiunse, annuendo in direzione di Kit, e tutti risero.

«L'ultima volta che ho controllato, questa era ancora una biblioteca» disse Kit, soprattutto a se stessa. Il luogo era praticamente deserto. Il circo dei Matz Brothers aveva piantato il suo tendone per due giorni alla periferia della città e tutti quelli che non erano in biblioteca erano, a quanto pareva, laggiù.

«Perché ridete tutti? Io vi sento» esclamò Evelyn.

«Carl sta dicendo a Rusty che siamo uomini pericolosi» sbraitò di rimando Rich il taxista.

«Questo sì che fa ridere» continuò Evelyn, e la sua voce risuonava nell'edificio. «Se vuoi vedere degli uomini pericolosi, Rusty, passa un po' di tempo giù alla stazione di polizia con Jeffrey e Jack.»

«Già, provaci e vedrai che vorrai subito risalire sulla tua bella macchina per tornare di corsa a New York» disse Carl, ma così piano che Evelyn non poteva udirlo.

Sunny | Il circo

Ero stata una volta sola al circo, subito prima della sera in cui lasciammo l'appartamento in Pennsylvania e ci trasferimmo al campeggio #3. In quel periodo Steve era ancora in contatto con i suoi genitori. In seguito, invece, interruppe ogni comunicazione con loro e con tutti gli altri membri di quella che a lui piace definire la sua «famiglia casuale», in contrapposizione con la nostra «famiglia intenzionale», che include me e Willow, ovviamente, e Rocco e Amelia e Bluebird (ma probabilmente non la sua ragazza, Chandra, o i figli di lei), e altre persone che conosciamo grazie alla scuola in casa/no scuola e grazie al Rainbow Gathering. A quei tempi, i miei nonni partivano dalla Virginia due o tre volte all'anno per venire a trovarci, ed era sempre divertente perché mi accompagnavano da Toys «R» Us e mi lasciavano scegliere quello che volevo, ed era sempre qualcosa che Steve o Willow non mi avrebbero lasciato prendere perché era... di plastica. Non mi avevano nemmeno mai portato al circo, dichiararono, alzando la voce, quando i nonni e io rientrammo dalla nostra avventura, e io avevo le dita e la faccia appiccicose di zucchero filato. Willow è convinta che lo zucchero sia veleno per i bambini, ma lei e Steve non erano in collera per quello. Il tendone dei Cole Brothers era proprio nel parcheggio di Toys «R» Us, ed era inevitabile che io supplicassi i miei nonni di portarmi lì dentro, ma Steve disse che avrebbero dovuto sapere che lui e Willow non sarebbero stati d'accordo. Ricordo che nonno Joe obiettò qualcosa tipo che mi stavano privando di un'infanzia normale, e Steve andò su tutte le furie mentre Willow cercava di calmarlo, e Nana piangeva e nonno Joe era ammutolito. È la cosa che ricordo meglio: il silenzio di nonno Joe. Dev'essere così che funziona la memoria: le cose che spiccano su tutte le altre si ricordano anche se non erano le più importanti, e quando si ricordano quelle cose, ne vengono in mente altre che sono collegate, anche se ho preso un libro in biblioteca intitolato *Falsa memoria*, su quando si viene indotti a ricordare cose che non sono accadute. Ma ecco cosa accadde di sicuro: i miei nonni mi accompagnarono al circo, dove vidi gli elefanti che si tenevano in equilibrio sulle zampe anteriori facendo la verticale, e io trovai che era la cosa più bella del mondo, mentre i miei genitori ritenevano che fosse la più brutta. «Pensa a quegli animali, Sunny» mi dissero quando i miei nonni fecero i bagagli e se ne andarono. «Gli elefanti dovrebbero procedere su tutte e quattro le zampe e vivere nella giungla, non in una gabbia. Pensa a quegli elefanti e a come dev'essere triste la loro vita», e io andai a letto in lacrime. Subito dopo che ci trasferimmo.

Steve e Willow non dovevano aver detto a nessuno dove eravamo – anche se stare al #3 non significa avere un indirizzo vero e proprio – perché quell'anno non ricevetti nessun biglietto di auguri per il mio compleanno, nemmeno dai miei nonni, e non vedemmo mai più nonno Joe fino al suo funerale, quando io avevo undici anni. Steve non voleva andarci, ma Willow disse che l'avrebbe aiutato a chiudere, e finimmo per andare in auto al servizio funebre. C'erano le sorelle di Steve, le mie zie, che erano più vecchie di lui e vivevano in Germania perché avevano sposato degli ufficiali dell'esercito. Era un funerale militare, con ventun colpi a salve in segno di saluto e la bara trainata dai cavalli, e quando fu tutto pronto per calarla nella fossa, uno dei soldati porse una bandiera ripiegata a Nana. La bandiera era troppo pesante perché Nana potesse reggerla, e la passarono a Steve, che dovette cullarla tra le braccia come un neonato per il resto della cerimonia, e Steve disse poi che quello era stato l'ultimo «Vaffa» di nonno Joe a lui e al nostro stile di vita alternativo. Lo disse mentre ci allontanavamo in auto. «Adesso è tutto nello specchietto retrovisore» dichiarò Willow, e Steve disse «Già», e io domandai «E Nana?» Era l'unica nonna che mi rimaneva. I genitori di Willow l'avevano disconosciuta quando lei aveva lasciato la scuola per il Rainbow Gathering, e adesso che nonno Joe se n'era andato, era rimasta soltanto Nana, e tutti dicevano che io avevo i suoi stessi occhi.

«È una questione di valori» disse Willow. «Quando sarai più grande capirai.»

«Ma io sono più grande» protestai.

«Ancora più grande» specificò Willow, facendomi arrabbiare. Sentivo le orecchie calde e la mascella serrata.

« E se quando cresco decido che non mi piacciono i vostri valori? » domandai.

« E perché non dovrebbero piacerti? » ribatté Willow. « Per noi ha valore la terra con tutte le cose viventi. » Sembrava offesa, come se le avessi appena detto che non era una buona madre.

« Non è questo il punto » replicai. « Forse, quando crescerò non vorrò dare valore alla terra e a tutte le cose viventi. »

« Allora saresti anche tu come tutti quegli psicopatici » osservò Steve.

« Non è divertente » interloquì Willow.

« Come sono gli psicopatici? » domandai.

« Sono le persone che non onorano la terra e tutte le cose viventi » spiegò Willow, tagliando corto proprio quando Steve stava forse per dire « Come nonno », ma non potrei giurarci.

« Smettetela di prendermi in giro! » gridai.

« Non ti stiamo prendendo in giro » replicò Willow con un tono molto da Willow.

« E allora cosa faresti se io diventassi grande e non volessi più vedervi perché non mi piacciono i vostri valori? » domandai. Di nuovo.

« Sarei terribilmente triste » rispose Willow. « Sarebbe una tragedia. »

« Per me non sarebbe un problema » replicò Steve. « Per me andrebbe bene. »

Willow e io dicemmo « Cosa? » nel medesimo tempo. Poi Willow aggiunse: « Sul serio? »

« Sì, certo » confermò Steve. « Se Sunny rifiutasse i nostri valori, io non vorrei più avere a che fare con lei, sul serio. È proprio quello il senso dei valori: viverli. »

Forse i miei genitori hanno ragione. Forse questo avrà più senso per me quando sarò più grande, ma a quell'epoca sembrava veramente cattivo e stupido, e lo sembra ancora.

«Vi conviene fermare la macchina e farmi scendere» dissi. (Non lo pensavo sul serio. Era una provocazione.)

«Perché?» domandò Willow, mentre Steve fermava la Subaru ai margini dell'autostrada e spegneva il motore.

«Io so cosa intende dire» commentò Steve, facendo scattare le chiusure dell'auto.

«Rimani in macchina, Sunny» ordinò Willow. Nella sua voce c'era un po' di apprensione. «Metti in moto, Steve.» Sembrava anche un po' arrabbiata. Lui accese il motore.

«Cos'era quella storia?» volle sapere Willow quando ci rimettemmo in carreggiata.

«Vuoi dirglielo tu, o devo farlo io?» chiese Steve, guardandomi nello specchietto retrovisore.

«Penso che quello che ha detto Steve sia stupido» dissi.

«E allora?» incalzò Steve.

«E se io penso che sia stupido, mentre lui pensa che sia intelligente, non condividiamo gli stessi valori, quindi non abbiamo più niente a che vedere l'uno con l'altra. Come con Nana e nonno Joe» aggiunsi.

«Dovresti fare l'avvocato» disse Willow.

Steve rise. «Non fare l'avvocato, Sunny. Perché allora non condivideremmo davvero più gli stessi valori» dichiarò. «È come la canzone di Willie Nelson, 'Mamme, non lasciate che le vostre figlie facciano gli avvocati'».

«La canzone dice i cowboy» puntualizzò Willow.

«E dice bambini» aggiunsi io.

7

19/7/2010 – 25/7/2010

Chi non l'ha mai persa, è impreparato
a trovare una Corona!
Emily Dickinson

La prima volta che Rusty attraversò in auto Riverton, nel mese di giugno, era in cerca dell'edificio che inizialmente l'aveva attirato al nord, la Riverton National Bank. Il vecchio libretto di sua madre non aveva un indirizzo, e Rusty era certo che fosse per la posizione di spicco della banca nella cittadina: perché sprecare inchiostro quando tutti sapevano dov'era? E ovunque fosse, s'immaginò, doveva trovarsi in una via centrale. Come i centri commerciali erano tutti ancorati a un Sears da una parte e a un JCPenney dall'altra, Rusty sapeva per sua esperienza diretta che le piccole città erano tutte ormeggiate alla biblioteca, alla chiesa e alla banca. Trovando una di queste, avrebbe trovato anche le altre.

Svoltando in Main Street, si era trovato davanti la biblioteca: fin lì, tutto bene. Ed ecco la chiesa, un parallelepipedo di modeste dimensioni, rivestito di tavole in legno bianco e sovrastato da una tozza torre campanaria, con un'insegna luminosa sulla facciata che ricordò a Rusty il puzzle della *Ruota della Fortuna*: AT_O: PERS_NA SE_ZA M_ZZI DI SOS_EN_AMENTO IN_ISIBILI.

« Sono io! » disse forte Rusty passando per la seconda volta e risolvendo il puzzle: « Ateo: persona senza mezzi di sostentamento invisibili ».

Rusty parcheggiò la Mercedes vicino alla biblioteca e si mise a camminare in senso antiorario lungo il marciapiede quasi deserto, cercando la banca. Oltrepassò la barbieria di Carl, sprangata e da affittare, con il tipico palo del barbiere bianco, rosso e blu ancora intatto, e la vecchia tavola calda, anche quella chiusa e da affittare, e un monte di pietà, che una volta era un negozio di elettrodomestici, con una batteria e una cassetta di anelli per studenti di vario genere in vetrina. Il grande magazzino Fine, sul lato opposto del parco rispetto alla biblioteca, era adesso un Dollar Tree, ma l'insegna di plastica verde dello store più recente non riusciva a mascherare l'originale, incastrata nella facciata di pietra, che ricordava a Rusty una lapide. Qualcuno aveva vinto 500 dollari con un gratta e vinci comprato proprio lì, c'erano delle sigarette American Spirit in vendita, e così, per gioco, Rusty spinse le pesanti porte di vetro smussate, cogliendo di sorpresa la cassiera, che sobbalzò, fece un passo indietro e strizzò gli occhi, messi in risalto dall'ombretto azzurro vivo.

«Buongiorno» disse Rusty allegramente, per farle capire che non aveva intenzioni ostili.

La ragazza, che forse non era poi tanto ragazza perché sembrava di età indefinibile (le sue extension erano argentee in punta, e ricordavano a Rusty le stringhe per le scarpe), si limitò a un cenno di assenso.

Rusty lanciò un'occhiata allo scaffale delle caramelle, tastò un KitKat e lo depose nuovamente, per poi prendere un pacchetto di Polo alla menta e posarlo sul bancone. «Quanto le devo?»

«Sa che questo è un Dollar Tree, vero?» ribatté la cassiera.

«E le tasse?»

«Le tasse cosa?»

«Sempre un dollaro?»

«Gliel'ho detto.»

Rusty contò tre quarti di dollaro, due monete da dieci centesimi e un nichelino e li spinse verso di lei. «Può dirmi dov'è la banca?» domandò.

« Quale banca? »

« La banca di Riverton. La Riverton National. »

« L'unica banca che conosco è la People's, sulla Route 5. »

« Route 5. »

« Già. »

« Non c'è una Riverton National Bank? »

« No. Soltanto la People. »

« Lei vive qui da sempre e non c'è mai stata una Riverton National Bank? » Aveva un tono disperato? Perché si sentiva disperato. Si era sbagliato? Sarebbe dovuto andare in Kansas? O nell'Utah? O nel Wyoming? O doveva forse tornare nel Jersey?

« No » rispose lei.

« No, non c'è mai stata una banca con quel nome, oppure no, lei non vive qui da sempre? »

« No, io non vivo qui da sempre. Ci siamo trasferiti quando avevo due anni. »

Rusty calcolò rapidamente. Se lei aveva venticinque anni, come si poteva ipotizzare dal suo abbigliamento, viveva lì da ventitré anni, ma probabilmente i primi due anni non contavano, quindi non c'era una Riverton National Bank da vent'anni. Ma in ogni caso era quarant'anni dopo quel deposito di denaro. Ovviamente, se lei invece aveva quarant'anni, come potevano far pensare le rughe sul suo volto e il fondotinta che si era messa per nasconderle, bisognava calcolare dal 1975, con una lacuna di soli venticinque anni. Gli girava la testa.

« D'accordo, grazie » disse, mettendosi in tasca le caramelle alla menta e uscendo dalla stessa porta da cui era entrato, ma non appena lo fece suonò un allarme e le porte si chiusero con un secco clic.

« Non può farlo » disse lei, stupefatta.

« Non posso uscire? »

« Non da lì. Deve andare all'uscita. »

«Accidenti» esclamò Rusty. «È peggio che a New York.»

«Non posso farci niente.»

Quando fu di nuovo fuori, Rusty riprese la sua circumnavigazione, oltrepassando la chiesa, che avrebbe avuto bisogno di essere imbiancata, e vide quasi per caso le due piccole targhe di bronzo affisse agli angoli più bassi dell'edificio, un palazzo comunale piuttosto dimesso: 1919, diceva una; RIVERTON BANK AND TRUST, diceva l'altra. Non Riverton National.

Aveva scommesso, e aveva perso la scommessa.

«'Fanculo» disse all'aria.

Il punto fermo del mondo che ruota.
T.S. Eliot

Anche dopo aver iniziato a frequentare la congrega dei Quattro, Rusty trascorreva le giornate alla biblioteca di Riverton, leggendo vecchi quotidiani e setacciando vecchie copie delle Pagine Gialle, sperando di dimostrare a se stesso che la Riverton National Bank era in realtà la Riverton Bank and Trust e che lui, dopo tutto, aveva trovato la Riverton giusta.

«Non è propriamente il viaggio dell'eroe» commentò Kit quando lui descrisse la sua ricerca, ma si mostrò partecipe e collaborativa, pronta a recuperare scatoloni dalla cantina, dato che lui non trovava quello che gli serviva sugli scaffali.

«Ecco i nostri archivi!» annunciò Kit, deponendo gli scatoloni leggermente umidi, un po' ammuffiti, sul tavolo di fronte alla sua postazione. Dentro c'erano dei ritagli di giornale nei raccoglitori suddivisi per anni. Rusty li passò in rassegna diligentemente, leggendo del sostegno offerto da Riverton durante la Seconda guerra mondiale quanto a uomini e materiali, e di come, dopo la guerra, la fabbrica di scarpe perse terreno nei confronti di aziende più economiche in Brasile. Lesse di lotte sindacali, di controversie contrattuali, di tafferugli alla scuola superiore, e di un dibattito prolungato su un'obbligazione municipale per sovvenzionare l'ospedale. Nel raccoglitore del 1952, Rusty lesse la storia di una mucca che si era messa a vagare per il campo durante una partita di football bloccando il ricevitore libero, un articolo sulla morte di Re Giorgio VI in Inghilterra e un altro su Checkers, il cane di Richard Nixon.

«Qui non c'è niente» disse Rusty a Kit, «ma questo ritaglio è divertente.»

Le porse la storia della mucca sul campo da football, e nel contempo vide, dall'altra parte, una pubblicità della banca, la Riverton National Bank and Trust Company, RNBTC. «Aspetta» le disse prima che lei finisse di leggere, e togliendole il giornale di mano lo girò e lo mise sul tavolo. «Guarda!» Indicò la pubblicità.

«Ha cambiato nome» disse Kit, limitandosi a constatare un'ovvietà.

«Sì, ma dev'essere la stessa banca.»

«Sì e no» commentò Kit. «Forse la National Bank ha comprato la società fiduciaria. O forse la società fiduciaria ha comprato la National Bank.»

«D'accordo, va bene» disse Rusty, impaziente. «Ma il punto è che ora sappiamo che nel 1952 c'era una banca a Riverton con la parola National nella denominazione.»

Kit fece un cenno d'assenso. «Lo sappiamo.» Lui aveva usato il plurale. Lei non aveva udito altro.

La storia del matrimonio

PARTE III

Quando incontrai i genitori di Carl, mi sentii grata per l'ambiente famigliare estrogeno-positivo e per la casa in cui c'era appena lo spazio per muoversi in cui ero cresciuta, con una nonna eccentrica e una madre oberata di lavoro che però trovava il tempo, nonostante tutto, di infilare biglietti divertenti nel mio cestino del pranzo quando ero piccola e di accompagnarmi al consultorio quando frequentavo il liceo e le avevo parlato di me e di Kyle, perché ovviamente le avevo parlato del mio primo ragazzo. Le divergenze in famiglia erano inevitabili, perché eravamo tre generazioni di donne che vivevano a stretto contatto. Ma sono convinta che nessuno abbia mai varcato la soglia di casa nostra per poi andarsene con l'impressione che non ci volessimo bene o senza la certezza che il concetto delle donne come sesso più debole fosse completamente sbagliato.

I genitori di Cal mi facevano rabbrividire. Provai a ignorarli e funzionò, perché Cal era talmente abituato a loro e alle loro idiosincrasie da non accorgersene nemmeno più (non solo delle idiosincrasie, in realtà, ma anche dei suoi genitori). Convinto che la nostra visita fosse andata bene, lui ne era felice, e mi sembrava crudele disilluderlo. Conoscere gli Sweeney, tuttavia, mi fece capire che non volevo un bel matrimonio presso il loro circolo, dove suo padre avrebbe preso il microfono per lanciarsi in commenti inopportuni camuffati da brindisi, e avrebbe ballato con le mie amiche scendendo lentamente con la mano sul loro fondoschiena, e non volevo un matrimonio dove il denaro degli Sweeney, contrapposto alla mancanza di denaro della mia famiglia, implicava che il Dottore e sua moglie avrebbero pagato e diretto lo spettacolo, mentre mia madre e io saremmo state soltanto dei personaggi stereotipati: le cenciose Joad che iniziavano la scalata sociale.

Forse penserete che tutto questo mi abbia indotto a rallentare, imponendomi di fare un passo indietro per monitorare la situazione e domandarmi, almeno, fino a che punto crescere con i suoi genitori avesse «influenzato» Cal, oltre ad azionare il freno a mano riguardo ai nostri programmi. Invece, diventai protettiva. Volevo difendere Cal da mamma e papà. Volevo mettergli un sacchetto sulla testa e farlo uscire di corsa da quella famiglia per portarlo in una casa sicura dove regnassero intimità e calore umano. Così, in una qualsiasi giornata di marzo, non soleggiata e non nuvolosa, né fredda né calda, ci alzammo alle sette come al solito e, dopo la solita colazione a base di cereali, scorremmo il *New York Times*, ognuno trincerato dietro una cortina di carta da giornale. Poi lavammo i piatti della colazione e, dopo aver fatto la doccia (separatamente), alle 9,30 ci recammo all'ufficio della contea per sposarci. Io avevo avvisato mia madre, che guidò di notte per arrivare in tempo, e Cal aveva chiesto al suo capo di laboratorio, un tizio cordiale, balbuziente, celibe, di fargli da testimone. Per alcuni minuti quella mattina noi quattro comparimmo davanti al giudice di pace, Cal nel suo completo da colloquio di lavoro blu navy e io in un mini abito di maglia rosso granata che mi ero comprata qualche giorno prima, e ciascuno di noi aveva a fianco un adulto che indossava il suo abito di scena con più autorevolezza di quanto non facessimo noi. Io coltivai la fantasia che, quando Cal e io fossimo saliti su quello che passava per un altare, gli altri due si sarebbero guardati negli occhi e si sarebbero innamorati perdutamente. Era assurdo, ed era la conseguenza dell'aver guardato troppe commedie romantiche, ma era anche un'espressione del mio senso di colpa: se io riuscivo a trovare la felicità con un uomo, perché non doveva trovarla anche mia madre? Non volevo certo sottovalutare mio padre. So che era stata innamorata di lui, ma era passato tanto tempo. Tuttavia, la felicità non era la mia emozione dominante. Di quella mattina ricordo soprattutto un profondo senso di appagamento e l'impressione che la mia vita, quella alla quale avevo diritto, stesse per cominciare sul serio.

Di ritorno a casa, ci trovammo con i nostri amici per festeggiare, con champagne tarocco e una torta nuziale di cioccolato un po' sbilenca, con gli sposi di plastica in cima che parevano sul punto di essere spazzati via da una valanga di panna montata. Un collage musicale registrato dai colleghi di laboratorio di Cal andò avanti a ciclo continuo per l'intero pomeriggio, e tutti insieme arrotolammo il nostro tappeto, spingemmo i mobili contro il muro e ballammo finché qualcuno notò che nevicava e uscimmo per fare a palle di neve, dimenticando, o forse trascurando volutamente, che indossavamo le scarpe buone. I nostri amici, che avevano venti, ventuno o ventidue anni come noi, avevano visto il futuro, perché Cal e io eravamo il futuro, e la loro reazione fu comportarsi come i bambini che ancora volevano essere e che erano.

Quando tutti se ne andarono e mia madre ritornò a casa, telefonammo ai genitori di Cal e dicemmo loro cosa avevamo fatto. Sua madre si disse dispiaciuta perché non ci eravamo sposati in chiesa, mentre il Dottore sembrava contento che fossimo semplicemente andati ad « assumerci le nostre responsabilità », come fossimo stati dei cuccioli che avessero fatto tutto il necessario per essere sterilizzati. Più o meno una settimana dopo trovammo nella posta un loro biglietto e un assegno di mille dollari intestato al Signor e alla Signora Calvin Fortune Sweeney (Fortune, che doveva stare per un cognome, era inventato di sana pianta e serviva a distinguere il giovane Cal da suo padre, Calvin Masters Sweeney). Era la prima volta che i nostri nomi venivano uniti in quel modo. Signore e Signora Tal dei Tali. Eravamo un Signore e una Signora. Sembrava... spiazzante.

Ma di fatto non lo era. Il nostro matrimonio era a ridosso degli esami di metà trimestre, la tesi di laurea di Cal doveva essere consegnata di lì a poco e, passato un giorno, la nostra vita «dopo» era identica alla nostra vita «prima». Io avevo ormai finito la scuola e aspettavo di ottenere l'abilitazione all'insegnamento, lavorando come supplente ogni volta che mi chiamavano. Quando Cal non studiava e non lavorava in laboratorio, si spostava in aereo per tutto il paese a fare colloqui per medicina, anche se la sua opzione preferita sarebbe stata rimanere dov'eravamo e conseguire la specializzazione presso l'università. Io ero molto sola, il che mi andava bene, ma mi lasciava anche un sacco di tempo per pensare a cosa stessi facendo. Mia madre era un'insegnante, quindi forse era naturale che io gravitassi intorno al mondo scolastico: eppure mi bastò passare un giorno o due seduta alla cattedra dell'insegnante, tentando di far valere la poca autorità che avevo, per domandarmi come facesse lei ad alzarsi tutte le mattine e tenere a bada trenta bambini di nove anni per l'intera giornata senza impazzire, o incattivirsi, o annoiarsi. E dire che io iniziavo dal liceo, considerato dagli altri supplenti che incontravo durante i miei spostamenti più facile rispetto alle elementari, per non parlare della scuola media o del ginnasio. Rispondere alla convocazione di una scuola media o di un ginnasio valeva la pena solo perché pagavano di più. Stipendi da carcerieri, li chiamavano.

L'altra cosa che imparai, seduta nei salottini degli insegnanti, era che insegnare inglese al liceo era il sogno di aspiranti attori, di poeti che già pubblicavano, di sceneggiatori e futuri scrittori, che brigavano per essere assegnati alla detenzione a tempo pieno, dove avrebbero potuto redigere un paio di capitoli al giorno e nel contempo percepire uno stipendio. Quasi tutti, come me, avevano studiato letteratura in qualche college. E quasi tutti, come me, erano attratti dal miracolo della pagina bianca e da come, quando vi si spargevano sopra lettere come semi, fioriva in parole e frasi e paragrafi e racconti. Avevamo capito che la Genesi non era il primo racconto, ma lo era invece la creazione della Genesi. Entravo in classe pronta a discutere di qualsiasi libro o poesia o brano fosse in programma quel giorno, e a volte, contro ogni aspettativa, quelle discussioni erano animate e coinvolgenti, e mi dicevano tutto quello che avevo bisogno di sapere sul mio futuro come insegnante: non esisteva. Non ero attratta dal parlare di libri, bensì dai libri stessi, dal loro odore, dalla sensazione tattile che mi davano, dal modo in cui mi invadevano e mi catturavano. Mi iscrissi alla biblioteca della scuola e ottenni un lavoro part-time presso un negozio di libri usati, prendendo ordini per telefono.

Cal, nel frattempo, era entrato a medicina. Suo padre avrebbe voluto che andasse alla Rush, a Chicago, la sua Alma mater, e accusò suo figlio di aver boicottato il colloquio quando la Rush si rivelò uno dei pochi posti che non lo accettarono. La nostra università invece lo accettò, con una cospicua borsa di studio, che ci emancipò parzialmente dai genitori di Cal, sebbene avessimo ancora bisogno del loro aiuto. I primi due anni di medicina richiedono frequenza e studio, così le nostre vite, la mia e quella di Cal, prevalentemente parallele, s'incrociavano in biblioteca o attorno al tavolo da pranzo, dove Cal aveva i suoi grafici di biochimica aperti da una parte, e io facevo la lettura per la mia lezione di « Organizzazione dell'informazione » dall'altra. Quella era la nostra vita insieme, e nonostante l'inevitabile stress e tensione, era tranquilla e regolare.

In giugno, Cal diede i suoi esami di abilitazione del secondo anno e io conseguii il master, e per festeggiare decidemmo di concederci la luna di miele che non avevamo mai fatto andando a San

Francisco. Tutti e due volevamo da sempre andare nell'Ovest, e i mille dollari che i genitori di Cal ci avevano regalato per il matrimonio ci permisero di prenotare il volo e una stanza in quello che le guide definivano un funky hotel, anche se nessuno avrebbe mai descritto noi come stravaganti. Durante i nostri tre anni di matrimonio, Cal era cresciuto nel suo corpo senza che me ne rendessi conto. Non perché era diventato più alto o più muscoloso o perché portava sofisticati occhiali senza montatura, benché tutto questo corrispondesse al vero. Era perché camminava con atteggiamento sicuro, parlava con sicurezza, e ispirava sicurezza: tutte cose utili se hai intenzione di auscultare il cuore della gente e dire loro che hanno bisogno di un intervento di bypass coronarico, o di operarli al cervello, o di dire ai genitori che tutto quello che poteva essere fatto per il loro bambino è stato fatto. Cal era diventato bello in maniera discreta. Il suo guardaroba era limitato come prima, ma i vestiti non gli pendevano più addosso, perché il suo corpo sapeva indossarli. Erano diventati la sua residenza. Il dottore c'era, ed era anche affascinante.

Nessuno ci aveva avvertito della nebbia in quel periodo dell'anno, né che si prospettava una delle estati più fredde della storia di San Francisco. La prima mattina, quando aprimmo le tende, riuscimmo a vedere soltanto la nostra immagine riflessa contro un banale sfondo grigio. Tornammo a letto, e poiché da cosa nasce cosa, ci mettemmo a guardare a turno il fondoschiena nudo l'uno dell'altra nello specchio sopra di noi. (Era quella la parte funky del nostro funky hotel.) A un certo punto ci rendemmo conto che la stanza era inondata di sole e tornammo alla finestra: i su e giù della città erano davanti a noi, e in lontananza si scorgeva anche il Bay Bridge. Diventò la nostra routine: sesso al mattino finché la nebbia si diradava, poi i tipici giri da turisti, inclusa una spedizione all'ex carcere sull'isola di Alcatraz e un'escursione al Golden

Gate Bridge. Eravamo semplicemente un'altra coppia di provincia venuta in vacanza, e camminavamo mano nella mano.

I guai iniziarono soltanto qualche settimana dopo il ritorno a casa. Cal aveva iniziato il suo primo tirocinio, in medicina interna, presso l'ospedale dell'università, e vi rimaneva giorno e notte. Io avevo incominciato il mio primo vero lavoro, alla biblioteca dove Cal e io andavamo sempre da studenti, e dove lui veniva a trovarmi durante i miei turni di lavoro. Mi assegnarono alle collezioni speciali, e il mio lavoro consisteva nel catalogare i nuovi acquisti e nel verificare che studiosi, studenti o altri frequentatori chini sulle lettere di un generale della Prima guerra mondiale o di un prigioniero della Seconda guerra mondiale o sul manifesto di un mezzo per il trasporto delle truppe, perché eravamo specializzati in documenti militari, indossasse i guanti bianchi speciali che fornivamo loro per evitare ditate sugli originali. Faceva un bel fresco e proprio da quello capii, il mio ottavo giorno di lavoro, che in me c'era qualcosa che non andava. Sudavo come se fossi stata ai tropici, e quando non sudavo rabbrividivo. Battevo i denti così forte che dovevo mettermi in bocca uno di quei guanti per attutire il rumore.

«L'influenza estiva è la peggiore» osservò il mio capo, un anziano signore dai modi gentili, dicendomi di tornare a casa e mettermi a letto. Riuscii appena a fare un cenno di assenso. Cal mi trovò nel nostro letto, addormentata, o forse priva di sensi. Era una delle sue rare apparizioni a casa dopo un turno di trenta ore, talmente esausto da accorgersi appena di come fosse insolito trovare sua moglie vestita e immobile sotto le lenzuola a metà giornata. Cal si mise accanto a me rannicchiandosi contro la mia schiena e avvolgendomi strettamente con un braccio. Poi, in quello che probabilmente sembrò un incubo a uno studente di medicina in debito di sonno che rientrava da una interminabile giornata in ospedale, fu come se si trovasse ancora al lavoro, perché non appena sentì che i miei indumenti erano umidi e udì il mio respiro irregolare, la sua coscienza medica si risvegliò di colpo e lui gettò indietro le coperte, scoprendo che non solo sudavo abbondantemente, ma perdevo anche sangue. Una macchia rosso vivo stava allargandosi sotto le mie cosce.

« Oh no, oh no, oh merda! »

Nella mia confusione mentale, riuscivo a udire Cal. « Va tutto bene » dissi, senza aprire gli occhi.

« Non va bene. Non va bene » ribatté lui allungando una mano sopra di me per prendere il telefono e chiamare il 911.

Ricordo le parole « mia moglie » e « sono un medico », e che io protestai dicendo « No, no » e Cal ribatté « Cosa? Cosa ti prende? » e benché la sua voce sembrasse lontana e come sott'acqua, suonava anche concitata e piena di paura. Replicai: « Non sei un medico; e invece hai detto che lo sei ». La prima cosa che ricordo dopo quel momento risale a cinque giorni dopo: ero in ospedale, e un uomo con il camice bianco e il nome cucito sul taschino che vedevo a stento (perché ero senza occhiali e in ogni caso i miei occhi non funzionavano bene) entrò nella stanza e si congratulò con me perché avevo avuto la fortuna di finire nello stesso ospedale dove mio marito faceva il tirocinio.

« Ha ottenuto per lei il miglior letto possibile » disse quel tizio indicando la brandina nell'angolo più lontano della stanza. Mulligatawny. Si chiamava così. Come la zuppa.

Cal arrivò un po' più tardi, non so quando, perché il tempo era come un liquido viscoso. Indossava anche lui un camice bianco e al collo aveva lo stetoscopio azzurro nuovo di zecca che gli avevo regalato io tre settimane prima. Qualcuno doveva avergli detto che ero sveglia perché reggeva dei fiori. Erano margherite. Fece due passi oltre la soglia ma subito si fermò, a braccia aperte, come se fosse stato congelato giocando a Freeze. In quel momento entrò un'infermiera e lui dovette farsi da parte. Lei gli disse « Buongiorno, Dottore», ma quando si girò e vide che era uno studente di medicina esclamò «Oh».

«Mia moglie» disse Cal, e l'infermiera ripeté «oh» avvicinandosi al letto per controllare la mia cartella clinica, aggiornare i miei parametri e sostituire una flebo con un'altra.

«Antibiotici» mi spiagò Cal, sebbene io non avessi chiesto. Non avevo nemmeno chiesto che cosa avevo. Forse per effetto dei farmaci, o forse perché non sapere equivaleva, nella mia mente, a non accadere.

Mia madre, che era andata in pensione ed era in crociera sul Danubio al momento dell'accaduto, arrivò due giorni dopo e cominciò a far domande. Soltanto allora appresi che il risultato di tutte quelle mattinate a guardarci nello specchio della stanza d'albergo a San Francisco era stato un bambino. Ero rimasta incinta. Ero ancora abbastanza intontita da non accorgermi che parlavano al passato, dicendo «eri», non «sei». «Per chiarezza, Cal, meglio usare il trapassato prossimo. 'Eri rimasta'. Eri rimasta incinta, Kit» e fu allora che tutti e tre ci mettemmo a piangere.

Cal si riprese per primo. Io ero inconsolabile, ma lui mi ricordò che non sarei dovuta rimanere incinta, intendendo dire che non avrei dovuto riuscirci. Non stava giocando con le parole: quello che intendeva dire, spiegò, scivolando nel linguaggio medico, era che negli ultimi quattro anni c'era sempre stata una sentinella, armata e pronta, all'entrata del mio utero: la spirale prescritta da suo padre. «Ogni tanto capita che si sposti» spiegò, e io mi domandai se fosse capitato quando io ero in ginocchio e lui mi aveva penetrato forte da dietro, oppure quando avevamo provato quella scriteriata posizione acrobatica che avevamo visto sulla TV a pagamento. «Ogni tanto capita che si sposti e migri nell'utero, o riesca a perforare il colon e...»

«Basta!» gridò mia madre. Dovevano averla udita anche dalla postazione delle infermiere perché, senza che l'avessimo chiamata, una donna con il camice color lavanda si affacciò alla porta e noi tre le facemmo segno di andarsene.

« No » replicai. « Dimmelo. Dimmi cos'è successo. »

E Cal raccontò, con dettagli clinici, tutta la storia di quel bagno di sangue, terminando con quando mi aveva trovata a letto, febbricitante e sanguinante, e aveva chiamato l'ambulanza per portarmi all'ospedale dell'università.

« Ma poi cos'è successo? » insistetti, come se stesse raccontandomi una storia della buonanotte.

Cal scambiò un'occhiata con mia madre.

« Cosa c'è? » domandai, allarmata.

« Va tutto bene, bambina mia » mi rassicurò mia madre, che fino a quel momento si era espressa in modo molto preciso. « Scusami » aggiunse arrossendo. « Pessima scelta di parole » e non disse altro.

« La conseguenza è che... » iniziò Cal. « La cosa fondamentale è... » continuò. « La conseguenza... »

« L'hai già detto » osservai.

Poi, parole pronunciate in fretta e furia che forse non avrei decifrato se non avessi ascoltato con molta attenzione: « Non potremo più avere figli ».

Il volto di mia madre era rigato di lacrime, ma io mi sentivo solo sconvolta, tanto da ammutolire. Poi diventai dubbiosa: avevo udito bene? Era vero? Poi di nuovo sconvolta, e dopo ancora provai un'emozione che mi consumava come un fuoco.

« Non potremo? » dissi, mentre le parole m'incendiavano la gola.

« È così » confermò Cal laconicamente. Capii, in quel momento, come sarebbe stato con i suoi pazienti: chiaro ma cauto, e avrebbe usato soltanto le parole indispensabili, per ingenerare meno confusione possibile.

« No! » esclamai.

«Temo che sia proprio così, amore» ribadì con fermezza, nonostante la mia collera. «Non potremo.» Sarebbe diventato sul serio un bravo medico, ma quanto all'essere un buon marito, non ne ero più così sicura.

«No» replicai, fremendo di rabbia. «Non si tratta di noi, ma di me. Non di te. Di me. Io non posso avere figli. Io. Io non posso. Il mio corpo. Io. Si tratta di me. Del mio corpo.» Pronunciavo quelle parole con la stessa concentrazione di un mantra.

Il sentire più profondo sempre si manifesta
sempre nel silenzio...
Marianne Moore

Rusty salì i gradini della biblioteca a due alla volta, aprì con una spinta la pesante porta di quercia e lanciò un allegro «buongiorno» a Evelyn, che si era messa a chiamarlo «il nostro migliore utente», anche se lui non prendeva mai neanche un libro. Puntava dritto al settore di storia locale, sceglieva alcuni libri dallo scaffale e li impilava su uno dei lunghi tavoli da lettura, proprio come aveva fatto il giorno prima e quello prima ancora. Era il suo lavoro, ormai, leggere dell'ascesa e della caduta di Riverton, *La città possibile*, come asseriva uno di quei titoli, finché tutto diventò impossibile.

«È una storia affascinante, una vera tragedia americana.» Kit udì Rusty che lo diceva un giorno ai Quattro, i quali la trovavano meno affascinante, avendola vissuta.

«Non è poi così interessante, credimi» ribatté Carl. Poi aggiunse, guardando Rusty: «Domani porto le mie forbici, c'è bisogno di disboscare».

«Noi siamo sempre contrari al disboscamento» interloquì Sunny. Si era fermata accanto a loro, ad ascoltare.

«Sto parlando di capelli, cara» spiegò Carl.

E la mattina seguente Carl accompagnò Rusty nel vicolo dietro la biblioteca, gli disse di appoggiarsi a un bidone della spazzatura e gli tagliò i capelli.

«A New York, costerebbe centocinquanta dollari» gli disse Rusty.

«A Riverton, si paga per il panorama» ribatté Carl, infilando pettine e forbici in un astuccio nero con cerniera e allargando le braccia come per includere la fila di lattine da gettare via e un cassonetto pieno da scoppiare. «Noi la chiamiamo atmosfera.»

«Quello che non capisco» stava dicendo Rusty mentre rientravano, e gli altri membri dei Quattro si abbandonavano a esclamazioni e fischi, e Sunny commentava «Ottimo lavoro, Carl», ed Evelyn arrossiva e così pure, suo malgrado, Kit. «La cosa che non capisco» continuò Rusty, ignorando tutti loro, «è come una persona di Duluth, mia madre, abbia potuto avere un libretto di banca in questo posto. Non ha senso.»

«Eppure è successo» disse Carl, «ma dubito che troverai la risposta nei libri che stai leggendo.»

«Questo è poco ma sicuro» assentì Rich il taxista.

Eppure, Rusty continuava a prendere libri dallo scaffale e a voltare le pagine, e osservandolo, chino su quell'enorme volume di foto in bianco e nero, con i capelli castani che non sfioravano più il colletto, Kit pensò che doveva piacergli stare lì alla Biblioteca Pubblica di Riverton, per quanto malandata. Doveva piacergli la routine. Doveva piacergli la gente. E la persona che sembrava piacergli di più, con grande sorpresa di Kit, era Sunny.

Formavano una strana coppia, Rusty con i suoi pantaloni kaki di Brooks Brothers e le polo di Ralph Lauren, e la ragazza con le sue T-shirt informi e le sneakers alte alla caviglia, ma quasi tutti i giorni, quando non aveva troppo da fare, Sunny si sedeva vicino a Rusty e si passavano i libri, invitandosi vicendevolmente a leggere un brano in particolare o a guardare una certa immagine. Con le teste avvicinate, ridacchiavano, o lanciavano esclamazioni soffocate, o sussurravano, e a volte, quando non riusciva a udire quello che dicevano, Kit sentiva una fitta di gelosia e doveva ricordare a se stessa che era meglio così. Fintantoché Rusty continuava a ronzare lì attorno, e fintantoché Sunny doveva rimanere lì, era meglio che potessero contare l'uno sull'altra, era meglio che lasciassero lei da sola.

« Rusty potrebbe pranzare con noi nella stanza del personale? » domandò Sunny a Kit un mercoledì piovoso, quando il loro posto abituale sui gradini della biblioteca era diventato impraticabile.

« Lui non è un membro del personale » osservò Kit, sorpresa della nota tagliente nella propria voce.

Per un momento Sunny sembrò risentita, ma poi sorrise, pronta a controbattere.

« Nemmeno io » disse.

« Circostanze particolari » replicò Kit. « Vale per il personale e per chi deve portare a termine un servizio sociale imposto dal tribunale. » Non riusciva a credere di avere un tono così spregevole. Spregevole e meschino.

« Vorresti dire che Rusty deve rubare un libro per poter pranzare nella stanza del personale? » controbatté Sunny, mettendosi le mani sui fianchi e alzando gli occhi al cielo.

« No, Sunny » ribatté Kit. « Ti dico di no. »

Sunny si voltò e ritornò al tavolo dove Rusty era seduto a leggere con gli auricolari. La ragazza aveva le mani in tasca e le spalle abbassate, ma Kit si disse che non gliene importava, e uscì dalla stanza.

Quando tornò, Sunny e Rusty erano seduti molto vicini e Rusty mostrava qualcosa a Sunny: Kit non avrebbe saputo dire cosa. Poi, come se fosse balzata fuori dalla tana di un coniglio, ecco Sunny di nuovo lì, in piedi davanti alla postazione di Kit, e prima che Kit potesse dire di no un'altra volta, Sunny cominciò a parlare, rapida e telegrafica, come faceva sempre quando era eccitata.

« Devi proprio vedere questo » disse. « È incredibile. Fa la scansione degli archivi. Li mette su un hard disk o sul computer. »

Kit aggrottò la fronte. L'ostilità che aveva provato poco prima si intensificò. « Non abbiamo uno scanner, Sunny » puntualizzò, « e non abbiamo il denaro per comprarcelo. Lo sai. »

« È proprio questo il punto » insistette Sunny. « È questa la cosa incredibile. Non ne abbiamo bisogno, perché ce l'ha Rusty. » Fece una pausa a effetto. « Sul suo cellulare! »

Kit dovette ammettere che non l'aveva previsto. Sapeva che esistevano telefoni con la macchina fotografica, ma cose di quel genere arrivavano tardi a Riverton.

« Fotografiamo tutti i ritagli di giornali uno per uno e li carichiamo su un file a computer, oppure li mettiamo su un dischetto » stava dicendo Sunny. « Basta scatoloni... o meglio, puoi tenerli se vuoi, ma non sei costretta. Rusty dice che potremmo perfino renderlo consultabile. »

Parlava di nuovo al plurale. Ma questa volta Kit sapeva di essere esclusa, e un po' le dispiaceva.

Sunny | tripletta

Abbiamo sempre fatto gruppo a tre, i miei genitori e io. Willow amava definirci un trio, un terzetto o una tripletta. Già a otto anni conoscevo il significato di « troika ». Noi siamo una unità: uno di noi sta sempre in mezzo, come il formaggio nel panino. Sapevo che poi sarei cresciuta, se non altro perché le persone ti chiedono sempre cosa vuoi fare da grande, ma quando ci pensavo, non scendevo mai nei dettagli, incluso dove andare a vivere e con chi, perché davo per scontato, immagino, che sarei diventata una scrittrice e sarei vissuta in una casa, e quella casa sarebbe stata ovunque fossero Willow e Steve. Anche al Tip-Top Motor Inn.

Ma non stava per succedere niente del genere. Eravamo rimasti lì soltanto due notti, a differenza di Rusty, che ci stava da settimane. Quando tornammo dal Tip-Top, Willow aveva un sacco di ordini da evadere e si rintanò nel suo laboratorio, martellando e saldando fino a notte fonda. Andavo a dormire con il rumore attutito dei colpi sullo sfondo e lo scricchiolio della sedia quando si alzava in piedi per stiracchiarsi. Forse fu quello a svegliarmi, poi udii la voce di Steve, e loro due che parlavano, probabilmente convinti, a torto, di usare un tono sommesso.

Martello, martello, martello, martello, poi la voce di Steve: « Presto Sunny... » martello, martello, e mi persi qualche parola, « ci lascerà ».

« Forse è meglio così » disse Willow, prima di riprendere a martellare. Era Willow a dirlo. Willow! Che piangeva quando io andavo nel mio letto. Non aveva neppure un tono di voce particolarmente triste.

Ci furono altri colpi, poi Steve aggiunse: « È l'ordine naturale delle cose », e se Willow ribatté qualcosa, non lo udii.

Volevo andare da loro e chiedere di cosa stessero parlando, ma sapevo che era inutile. Come quando alloggiavamo al Tip-Top e io chiedevo a Willow perché eravamo lì, e lei rispondeva che tutto faceva parte del nostro programma di vita. Avrei voluto chiederle cosa intendesse con « tutto », e invece mi limitavo a domandare « Quale? » E lei rispondeva: « Essere curiosi è un bene, Sunny, ma a volte non è bene essere troppo curiosi ».

Più ci pensavo, perché non avevo intenzione di tornare a dormire, più le parole di Willow mi ricordavano il libro *Mr. Topsy-Turvy* della serie Mr. Men, che i bambini mi chiedevano sempre di leggere all'ora della storia, ma quello che diceva Steve era almeno in parte sensato.

Steve è convinto che la biologia sia il nostro destino. Me l'aveva detto infinite volte. Quando ero piccola credevo che intendesse dire che per questo le rane scalciano quando nuotano e le anitre si dispongono a V quando volano. Ma di recente ho discusso con lui a questo proposito. « È la stessa argomentazione usata per la schiavitù! » gli avevo detto, ma lui non era d'accordo e aveva ribattuto che quella gente era in errore.

« È la stessa argomentazione usata dagli uomini per tenere le donne fuori dal mondo del lavoro! » esclamai, decisa a riprovarci.

« Te l'ho già detto, Sunny » replicò Steve con quel tono condiscendente che usa a volte per farti capire che lui è più intelligente di quanto tu potrai mai essere, « quelle persone sono in errore. Quello che intendo dire è che non si scherza con Madre Natura. »

« Giusto » dissi, ma alla sua schiena, mentre lui usciva dalla stanza.

Mi venne in mente che forse aveva ragione. Forse separarsi dai propri genitori rientra nell'ordine naturale delle cose.

Io sono nessuno! Tu chi sei?
Emily Dickinson

Sunny si comportava stranamente. Arrivava in orario, leggeva ai bambini e faceva le stesse cose di sempre, ma le faceva in una specie di trance, come se il suo corpo fosse una marionetta e i suoi fili venissero tirati da lontano. Aveva un colorito giallastro, gli occhi gonfi, e non riusciva a star ferma, ma saltellava sugli avampiedi, finché Evelyn le disse di smetterla, perché Sunny le faceva girare la testa, e le suggerì di prendere «una di quelle cose alle erbe che piacciono a voi», ma la ragazza parve non udirla e si limitò a fluttuare verso il settore opere di consultazione e verso Kit.

«Forse hai la febbre» provò a dirle Kit, ma Sunny la guardò con quei suoi occhi stanchi e ribatté che non pensava di averla. «Sembri» cominciò Kit cercando un modo diplomatico per dirlo, «sfinita.»

Sunny le rivolse un mezzo sorrise, disse «Scusami» e indietreggiò come se si sentisse messa alle strette.

Kit la trovò nel reparto libri per ragazzi, seduta su una seggiolina per bambini a un tavolino minuscolo, intenta a leggere *Il coniglietto di velluto*.

«È il libro che mi hai mostrato il primo giorno, su quell'animale di pezza che diventa un coniglio vero, giusto?» disse Kit animatamente.

A dire il vero, odiava gli altri quando facevano così con lei, e per un certo tempo le era successo di continuo: gli altri fingevano di poter annullare l'oscurità diffondendo il loro presunto sole su di te. Cosa diceva il dottor Bondi? Che era un riflesso umano basilare? Che proveniva dalla parte fondamentale del cervello, non dalla neocorteccia e nemmeno dal sistema limbico, ed era un'espressione di paura, non di empatia. «Non deve prendersela, Kit» aveva detto quando lei gli aveva spiegato fino a che punto disprezzava la gente che si comportava con lei come stava facendo lei con Sunny in quel momento, ma lo fece ugualmente.

La ragazza non alzò neanche gli occhi, e Kit, il cui primo istinto fu tirarsi indietro, si ritrovò incapace di muoversi. Sunny avrebbe potuto essere una foto, o una natura morta: un'adolescente con lo sguardo abbassato su un libro, i capelli biondi che ricadevano in avanti, una spallina del reggiseno bianco che le tagliava la pelle lungo la clavicola ossuta, sotto gli occhi di una signora di mezza età con gli occhiali abbassati sul naso, le braccia incrociate sul petto, la mano sinistra posata sul bicipite destro, la mano destra posata sul bicipite sinistro, la pelle, dato che indossava una camicetta beige a maniche corte, di lino leggero, schiacciata per la pressione, e quello era l'unico indizio delle sue emozioni dato che il suo viso era impassibile – non arrabbiato, soltanto vacuo.

Ma poi Kit si mosse. Spinse indietro gli occhiali sul ponte del naso e si passò le dita tra i capelli, sistemandosi una ciocca dietro l'orecchio, poi cambiò posizione, chinandosi a sinistra verso Sunny e la sua sedia. Voleva dire la cosa giusta, benché sapesse che era meglio non provarci, perché la cosa giusta da dire non esiste quasi mai. Si sorprese a desiderare che ci fosse Rusty, ma lui era al Tip-Top, ad aiutare i proprietari a spostare degli scatoloni, e poi aveva un appuntamento a pranzo. Aveva telefonato a Evelyn per dirglielo. Come se lavorasse lì.

« È ora di pranzo » annunciò Kit. « Andiamo. »

E con sua grande sorpresa la ragazza si alzò e la seguì nella stanza del personale.

« Hai fame? » domandò Kit, sedendosi e prendendo un panino dalla sua borsa, per poi darlo a Sunny, che era rimasta in piedi.

« Non direi » rispose Sunny.

« Non diresti? » ripeté Kit. La ragazza si comportava come uno zombie. « Siediti » le disse.

Sunny tirò indietro la sedia di plastica davanti a Kit e vi si lasciò cadere. Strinse i pugni e si chinò in avanti, serrando forte gli occhi. Non sapendo bene cosa fare, Kit continuò il suo interrogatorio.

« Hai fatto colazione? » domandò.

« Non ricordo. »

« Non ricordi? È passata solo qualche ora. »

Silenzio. Kit tastava la carta cerata attorno al suo panino, sperando che quel suono innescasse l'appetito di Sunny. « Riflesso di Pavlov » disse a nessuno in particolare, e soprattutto non a Sunny, il cui intero corpo sembrava contratto.

«Prendi metà del mio panino» propose Kit, tenendone per sé una metà e facendo scivolare l'altra sul tavolo. Sunny poteva anche non aver fame, ma Kit sì, e addentò la sua parte. Occupata a masticare, quasi non udì le parole di Sunny.

«Credo che Steve non sia mio padre» borbottò.

«Cosa?» disse Kit.

«Steve. Credo che non sia mio padre.»

Per la prima volta da quando erano entrate nella sala del personale, Sunny guardò Kit dritto in faccia, gli occhi ben aperti e fermi. Eppure, pensò Kit, sembrava assente.

«Perché lo pensi?» Kit guardò Sunny allungare la mano, prendere la sua metà di panino e mangiarsela in due bocconi. Sorpresa, spinse verso di lei i quattro biscotti Milano alla menta che aveva infilato nel cestino del pranzo quella mattina prima di uscire, e Sunny prese anche quelli, ficcandoseli in bocca uno dopo l'altro come se gettasse dei pezzi di carta in un trituratore. Kit conosceva quel modo di mangiare. Succedeva quando dicevi qualcosa che ti eri tenuto dentro a lungo. Una volta sbloccato, volevi soltanto riempire il vuoto che si era appena aperto.

«Ho visto il suo passaporto» rispose Sunny, come se fosse una spiegazione.

«Non capisco» disse Kit. «Cosa c'entra il passaporto?» Nel suo caso, un vecchio passaporto avrebbe rivelato un'informazione cruciale: che il suo nome attuale non era quello di prima. Ma la gente se lo aspettava con le donne, non con gli uomini. Era così che funzionava il mondo. Con gli uomini era sospetto.

«Il nome sul passaporto non era il suo. La data di nascita non era la sua. Ma la foto era la sua foto. Voglio dire, era lui all'epoca in cui sono nata io, più o meno. Era un documento vecchio.»

«Sunny» incominciò Kit, «secondo me questa non è la prova che lui non sia tuo padre.» Cercò di dirlo senza sembrare condiscendente. La ragazza stava drammatizzando, ma Kit non voleva lasciarle capire che lo pensava.

« Non ti rendi conto » replicò Sunny, senza preoccuparsi di nascondere il suo disprezzo. A volte pensava che Kit fosse diversa. A volte invece pensava che Kit fosse semplicemente come gli altri adulti che conosceva, presuntuosi e compiaciuti, come se loro sapessero tutto e tu niente, come se avessero sempre ragione perché avevano sempre ragione. Ecco, era una di quelle volte. Alzò lo sguardo al soffitto.

« Di che cosa non mi rendo conto? » ribatté Kit, intuendo che chiederlo era sbagliato, gravemente sbagliato.

« Ho lanciato su Google il nome del passaporto » spiegò Sunny, come se stesse parlando a un'idiota. « Due giorni fa. Qui. »

« E? »

« È ricercato dalla polizia. È Angus Parker. In Pennsylvania. »

« Dalla polizia. In Pennsylvania » ripeté Kit. (In seguito, ripensando a quella conversazione, rimase colpita dal loro strano, smozzicato modo di parlare, ma in quel momento sembrava naturale, come se le loro due voci fossero macchine telegrafiche, che inviavano messaggi rapidi e puntuali.)

« Sì » confermò Sunny.

« Sei sicura? »

Sunny prese un foglio dallo zaino e lo porse a Kit. Era la copia di un articolo del *Morning Call*, un quotidiano di Allentown, in Pennsylvania.

« È vicino a dove abitavamo una volta » spiegò Sunny, « quando io ero molto piccola. L'unica cosa che mi ricordo è che avevo perso la bicicletta. Nel senso che quando ci trasferimmo non avevo più la bicicletta. Le ruote anteriori si erano staccate. È buffo scoprire di cosa ci si ricorda. »

Kit l'ascoltava a malapena. Era concentrata sull'articolo, che riguardava un tizio poco più che ventenne, di nome Angus Parker, un ecoterrorista lo definiva il giornale, ricercato per atti di vandalismo presso laboratori di ricerca. L'unica immagine in possesso delle autorità era una foto in bianco e nero sgranata, scattata da una telecamera di sicurezza presso un'azienda farmaceutica, dove presumibilmente aveva manomesso un interruttore che toglieva la corrente alle incubatrici dell'azienda, nelle quali venivano allevati batteri da impiantare per test su animali. «Ha fatto regredire la nostra ricerca di almeno tre anni» aveva dichiarato l'amministratore delegato dell'azienda al *Morning Call*. «Abbiamo valutato che ci costerà dodici milioni di dollari. La nostra attività consiste nella messa a punto di farmaci per malati. Quest'uomo è un terrorista.»

«Accidenti» esclamò Kit, piegando accuratamente l'articolo in quattro e restituendolo a Sunny. «Ma sei sicura che Steve sia Angus Parker? Magari lui è un amico di Angus Parker e ha un suo vecchio passaporto.»

«Perché dovrebbero assomigliarsi?» domandò Sunny.

«Forse non si assomigliano» azzardò Kit. «Forse è la tua mente che ti trae in inganno. È una vecchia foto. In realtà non puoi sapere che aspetto avrà il ragazzo della foto tra dieci o quindici anni.»

«Invece lo so» disse Sunny. «Ho visto foto di Steve e Willow prima che si mettessero insieme. Sai che non sono sposati, vero? Lo Steve di quelle foto e Angus Parker sono la stessa persona. Angus Parker è Steve.»

Mentre Kit rimuginava, Evelyn sfrecciò nella stanza, seguita da Chuck, chiacchierando di Jack e Jeffrey, i suoi figli poliziotti, che erano sulle tracce di... ma non lo seppero, perché lei disse «Ti senti meglio, piccola?» a Sunny, e sprofondò nel divano che tenevano in quella stanza, talmente vecchio che nessuno, neppure Evelyn, riusciva a ricordare quando fosse arrivato e come l'avessero fatto passare dalla porta. Prima che Sunny potesse rispondere, Evelyn si mise a raccontare che uno dei suoi nipoti aveva un raffreddore estivo e che suo figlio voleva che lei gli facesse da babysitter, e lei aveva ribattuto che era abuso di anziani, innescando la risata roca di Chuck e un « Molto acuto » da parte di Kit, che stava già uscendo dalla stanza, con Sunny alle calcagna.

« Forse te lo sei preso anche tu, cara » disse Evelyn a Sunny, che si voltò e ribatté « Non credo » senza fermarsi a sentire la litania della donna su quanta febbre aveva il suo nipotino.

« Cosa devo fare? » domandò Sunny dopo la loro fuga. Kit si era messa a sostituire Evelyn alla distribuzione, come faceva spesso quando Evelyn era in pausa, e Sunny era rimasta in piedi vicino a lei perché improvvisamente aveva paura di star sola. Aveva confessato. Il suo segreto non era più tale. Forse avrebbe dovuto sentirsi sollevata, e invece no. Era solo spaventata. Sarebbe successo qualcosa, adesso. Sarebbe successo qualcosa e lei non aveva idea di cosa potesse essere. Riprese a dondolarsi sugli avampiedi. Le tremavano le mani. Kit se ne accorse e, senza pensarci, le coprì con le sue.

« Per il momento non lo so » rispose.

Le mani della ragazza erano fredde, e Kit sentiva la frequenza accelerata dei battiti del polso.

« Respira » le disse automaticamente. Odiava quando gli altri lo dicevano a lei, ma le uscì spontaneo.

Sunny era quasi in iperventilazione, e Kit rimpiangeva di non aver tenuto da parte il sacchetto di carta del panino.

« Va tutto bene, Sunny. Tutto si sistemerà. »

Altre parole che detestava. Ma il respiro di Sunny rallentò, e il calore sembrò tornare nelle sue dita. Aveva ancora un colorito grigiastro, e un'arteria che pulsava sul lato del collo sembrava un fiume sul punto di tracimare. Kit lasciò andare le mani di Sunny e diede un colpetto alla sedia vicino alla sua. « Siediti » le disse.

In quel momento arrivarono due utenti a restituire dei libri: una signora anziana interessata alla genealogia con un ragazzo sugli undici anni, che scese le scale a precipizio e ricomparve pochi minuti dopo con una copia di *Lo Hobbit*.

«Quel libro mi piace molto» disse Sunny, sorridendo per la prima volta.

Il ragazzo ricambiò il sorriso. «Lo so» disse. «Ce l'hai letto due settimane fa.»

Sunny si raddrizzò sulla sedia. Lei e il ragazzo chiacchierarono del libro mentre Kit lo registrava. Sunny appariva animata e coinvolta. Per un momento a Kit sembrò che Sunny fosse a posto, ma non appena i due uscirono, lei si accasciò di nuovo sulla sedia, ingobbita, con la testa che ciondolava, appoggiata sui pugni che sembravano pronti a colpire qualcuno.

Kit aspettò un minuto, cercando di radunare i pensieri, ma era difficile. Se Steve non era Steve, se Steve era Angus Parker, allora Steve era un potenziale latitante. Per un istante si domandò se, sapendolo, aveva l'obbligo legale di denunciarlo alle autorità, ma poi decise che non era affar suo quello che succedeva a Steve. Sunny, però, era tutt'altra questione. Era solo una ragazzina, e se quello che pensava fosse vero lo era, Sunny rischiava di rimanere senza una famiglia.

«Credo sia meglio fare altre ricerche prima di saltare alle conclusioni. Dobbiamo saperne di più» disse Kit dopo un po'.

Ancora quella forma, pensò Kit, quel «noi». Un plurale maiestatis, si disse. Un modo di dire. Ma sapeva che era una bugia. Aveva usato volutamente il «noi». Era una rivelazione inquietante. Che strano se il dottor Bondi aveva ragione, quando sosteneva che nel corso del tempo la vera natura di una persona si riaffermava. Come l'aveva chiamata? Una «regressione verso la media», come se la personalità fosse una sorta di problema matematico.

«La sua rabbia, la sua furia, il suo distacco, il suo...»

«Odio» aveva aggiunto Kit.

«Sì» aveva confermato lui. «Sono tutti sentimenti reali e opprimenti, ma sono esterni a lei. Lei non è quei sentimenti.»

«Come lo sa?» gli aveva domandato lei, e senza lasciarlo rispondere aveva aggiunto: « E le cicatrici? Le adesioni? Le cose che ti si attaccano e diventano parte di te? »

« Non pretendo di dire che non sia mai accaduto, e nemmeno che non accadrà mai. Se sapessi predire il futuro farei un altro lavoro. Ma mi azzarderò a dire che la persona che era prima » fece una pausa, « prima di tutto questo, è la stessa persona che è ancora, e quella persona riemergerà. Non so come o quando, ma qualcosa, da qualche parte, la farà uscire dalla latenza. »

« Sembra una magia » osservò Kit. « Come un coniglio che esca da un cappello. »

« Non si tratta di magia, Kit. È la vita. Prima lei era una persona cordiale, sicura, generosa, e sono pronto a scommettere che con il tempo lo ridiventerà. »

« Che persona stupida » commentò Kit.

« Scusi? » fece il dottor Bondi.

Kit scoppiò a ridere. « Oh, non lei. Io. Una volta ero una persona stupida, quindi lo ridiventerò » disse amaramente.

« Può darsi » concesse il dottor Bondi. « Ma a volte è necessario essere stupidi e gettare le cautele al vento per essere realmente vivi. »

Un insegnante dice
« Prendete le vostre matite. Incominciate ».
Elizabeth Alexander

« Buon pomeriggio, signore » esclamò Rusty, vedendo sia Kit che Sunny al banco della distribuzione, mentre entrava in biblioteca. Indossava dei pantaloni blu gessati, una vivace cravatta a righe bianche e rosse, e una camicia no stiro che aveva perso buona parte del fissaggio, con le maniche arrotolate disinvoltamente sui polsi.

«Questa» disse, agitando la cravatta in direzione di Kit e Sunny, «è nota come la cravatta del potere, molto più a sud di qui. Sapete perché si chiama così?»

Sunny disse di no. Kit si limitò a fissarlo.

«Neanch'io» disse Rusty, ignorando Kit e rivolgendosi direttamente a Sunny. «Sai perché la porto?»

Sunny disse di no, nuovamente.

«La porto» spiegò Rusty con un gesto plateale, «perché oggi sono andato a pranzo in un tempio della ristorazione, il Riverton Mercy Hospital. Con i Quattro» specificò. Come se non fosse ovvio.

Era allegro, ignaro della tensione dietro il banco, ma poi Sunny si riprese e gli domandò cos'avesse mangiato, e lui la fece ridere: «Tagliolini in brodo di pollo alla Campbell» fu la risposta, «con oyster cracker. Parfait di gelatina Jell-O verde.»

«Come può essere verde se è parfait?» domandò Sunny. «Il parfait Jell-O è... è come la tua cravatta. A righe bianche e rosse.»

«Allora quello era un parfait del potere. Tutto diventa parfait quando aggiungi la panna montata» replicò Rusty.

Kit non capiva se quella di Rusty fosse una presa in giro, estesa anche ai Quattro, a Sunny, a lei stessa e a chiunque altro di Riverton. Pensò che se lei fosse stata estranea alla comunità come Rusty, si sarebbe comportata proprio così, eppure, dopo soltanto quattro anni dal suo arrivo, si sentiva protettiva e anche sulla difensiva.

«Sai cosa c'è di strano?» continuò Rusty, parlando a Kit. «Una volta andavo in tutti quei fantastici, costosi ristoranti di New York, come il Palm, come Gallaghers, e la bistecca era più grande del piatto, le ostriche sembravano pescate dall'oceano un minuto prima, ma non credo di aver mai gustato uno di quei piatti come ho gustato quello di oggi.»

«Sul serio?» disse Kit. Sembrava poco credibile. Una bella storia. Quel genere di storia che uno come Rusty raccontava ai suoi amici di New York che come lui vestivano Armani perché potessero farsi una risata tutti insieme. Tagliolini in brodo di pollo alla Campbell e i provinciali che aveva conosciuto.

«Sul serio. Voglio bene a quei ragazzi. Sono i migliori in assoluto.»

«Sono cordiali, su questo sono d'accordo» ammise Kit, alzandosi in piedi bruscamente mentre Evelyn si avvicinava per riprendere possesso del suo regno.

«Alla prossima puntata» disse Rusty.

Kit alzò gli occhi al cielo.

«Quando?» chiese Sunny, ed entrambi la guardarono. Per un paio di minuti, si erano dimenticati della sua presenza.

«E se andassimo a prendere un gelato quando la biblioteca chiude?» propose Rusty. Guardava Sunny ma si rivolgeva a Kit.

Sunny s'illuminò, poi mise le mani in tasca e aggrottò la fronte. «Non posso» dichiarò. «Steve viene a prendermi alle cinque.»

«Telefonagli» suggerì Rusty. «Digli che ti darò io un passaggio fino a casa.»

«Non posso telefonargli. Non ha il cellulare. Noi non crediamo nei telefoni...» poi s'interruppe per correggersi. «Lui non ci crede. Quindi non posso.» Si voltò per scendere le scale, ma Kit la richiamò.

«Quando verrà qui, potresti dirgli che dormirai a casa mia, stanotte. Potresti dirgli che abbiamo una riunione di prima mattina.»

«Ma non è vero» obiettò Sunny.

Kit scrollò le spalle. «*Non* è vero che abbiamo una riunione di prima mattina. Durante la colazione» puntualizzò Kit.

«Mi hai sorpreso, prima» disse Rusty quando Kit tornò alla sua postazione e Sunny scese al piano di sotto. «Non pensavo che fossi propensa a stare in compagnia.»

«Sunny ha avuto una giornata difficile. Sto solo cercando di aiutarla» spiegò, con un leggero fastidio, sentendosi smascherata perché si era esposta... ma per che cosa? Perché era stata spontanea e disponibile?

«Dalle mie parti, è un complimento» commentò Rusty.

«Dalle mie parti, devo tornare a lavorare.»

In melanconici regni copiose lacrime sono versate...
John Keats

Alle cinque in punto la Subaru, più che mai bisognosa di un albero a gomiti e di una marmitta nuovi, scalò marcia in modo distintamente udibile davanti al cartello che segnalava la ZONA DI CARICO, VIETATO IL PARCHEGGIO di fronte alla biblioteca, e Sunny scese saltellando i ripidi gradini di pietra, diretta alla macchina. Kit, che era uscita per accertarsi che fosse tutto a posto, si fermò sul marciapiede e fece un cenno di saluto a Steve prima che Sunny lo raggiungesse. Osservò la ragazza aprire lo sportello dalla parte del passeggero e chinarsi in avanti per parlare con suo padre. Era difficile, si rese conto Kit, far finta che quel giorno tutto fosse uguale al giorno prima, ma subito dopo Sunny chiuse lo sportello della Subaru, che si allontanò faticosamente, e lei risalì i gradini a due alla volta.

«Ha detto che per lui va bene» riferì Sunny, con un largo sorriso, mentre lei e Kit rientravano per dirlo a Rusty, seduto su una delle comode poltroncine che avrebbero potuto benissimo avere il nome Patrick o Rich o Carl ricamato sopra, intento a sfogliare un numero di *Sports Illustrated* con la foto di un giocatore di pallacanestro in copertina e le parole «E adesso?» a caratteri cubitali.

E subito dopo eccoli sulla sua auto, con Sunny ficcata dietro, seduta di lato perché le sue ginocchia non sfregassero contro le spalle di Kit, e la capotte era abbassata, e i capelli di Kit, che non erano mai in ordine neanche nelle condizioni migliori, le danzavano attorno alla testa. Sunny, dal sedile posteriore, gridava qualcosa che né Kit né Rusty riuscivano a udire, ma il tono era inequivocabile: stava facendo la corsa della sua vita. Erano sulla statale, il tachimetro diceva 120 e poi 130, ma a quel punto Kit chiese a Rusty di rallentare, e le venne in mente che tante volte, in macchina con Cal, aveva detto la stessa cosa, e lui rispondeva sempre: «Io non sono imprudente, lo sai» e lei ribatteva «Lo so», e proseguivano.

«Dove andiamo, in ogni caso?» domandò Kit, e Rusty scoppiò a ridere dicendo «Credevo che lo sapessi» e per il momento erano a sei cittadine di distanza, benché il fiume le costeggiasse ancora, limaccioso e scuro.

«Usciamo qui» decise Rusty, sfrecciando verso lo svincolo. Sunny gemette di felicità e Kit si aggrappò al bracciolo, rilassando le dita solo quando vide il segnale di stop proprio davanti a loro. Ed eccoli di nuovo sulla Route 5, ma era diventata una larga strada a scorrimento veloce, fiancheggiata dal familiare, intercambiabile mix di centri commerciali e catene di negozi, prima un Home Depot, poi un Bed Bath & Beyond seguito da un Walmart su un lato e un Lowe's, uno Staples e un Dick's Sporting Goods sull'altro.

«Per che cosa pensate che stia 'Beyond'?» domandò Rusty quando si fermarono a un semaforo rosso e riuscirono di nuovo a percepire le loro voci. Ma non appena diventò verde non ci riuscirono più.

«Adesso usciamo da qui» gridò Rusty, svoltando bruscamente a destra in una strada più piccola, e poi a sinistra su una strada bianca a due corsie che ronzava sotto le ruote dell'auto. Lasciandosi alle spalle la zona commerciale, si trovarono nel bel mezzo di terreni coltivati collinari, dall'aspetto impeccabile, con i fienili rossi e i silos azzurri, e vacche Holstein, pecore e cavalli che brucavano nei pascoli verdeggianti, e piante di granturco che iniziavano a piegarsi sotto il peso delle pannocchie.

«Accendi la radio» propose Sunny dal fondo.

«Non funziona» si giustificò Rusty, e Kit ne fu contenta. Il suono impetuoso del vento ronzava serenamente nelle sue orecchie.

Procedettero in silenzio per un po', finché Sunny disse: «Forse significa Marte. O Venere» e i due sui sedili anteriori dissero «Cosa?» all'unisono, e Sunny specificò «Il 'Beyond' in Bed Bath & Beyond», e Rusty disse qualcosa sui marziani che avevano bisogno di federe di cotone egizio, e Sunny scoppiò a ridere, con grande sollievo di Kit.

«Com'è bello» osservò Kit a voce bassa, ma Rusty la udì e disse: «Sembri stupita», ma lei non aggiunse altro. Era stupita.

«Temo che l'unico modo per avere un gelato da queste parti sia mungere una di queste vacche» disse Rusty, e mentre parlava guardava lo specchietto retrovisore.

«Va bene così» disse Sunny.

«No, invece» replicò Kit, sorprendendo tutti, anche se stessa.

«D'accordo, allora» fece Rusty, e svoltò una prima volta a destra, poi un'altra e un'altra ancora, non perché sapesse dov'era o dove stava andando, ma per far vedere che era deciso e aveva tutto sotto controllo.

«Laggiù!» esclamò Sunny, e in effetti, a una cinquantina di metri da loro, come un'oasi nel deserto, c'era un parcheggio pieno zeppo di auto radunate attorno a un drive-in con tre vetrine e un grande cono di plastica con sopra due palle di gelato.

«Chi vuole gli anelli di cipolla?» domandò Rusty, eccitato come un bambino.

«Credevo che avremmo preso il gelato» obiettò Sunny, come una bambina delusa.

«Certo che lo prenderemo» disse Kit.

«Chi ha detto che non lo prendiamo?» ribatté Rusty. «Ma i posti come questo hanno gli anelli di cipolla migliori.»

«Io non ho mai mangiato un anello di cipolla» annunciò Sunny.

«Cosa?» fece Rusty. «Sul serio? Uau.»

Kit avrebbe voluto che la smettesse, ma Rusty non ci riusciva.

«Bene, aspettatemi qui. Sarà fantastico. No, non aspettatemi qui. Cercate un tavolo. Torno subito. Sarà fantastico» ripeté, lanciando loro un'occhiata mentre si allontanava.

«È divertente» disse Sunny, camminando davanti a Kit per cercare un tavolo da picnic libero. Ce n'era uno solo, in mezzo a un gruppo di cinque, e arrivarci era come attraversare un labirinto.

Kit procedeva a zig-zag, fendendo la folla, conscia che ovunque guardasse vedeva soltanto bambini e genitori che trascorrevano una tranquilla serata estiva. O almeno così pareva, anche se lei non era più tanto ingenua da crederlo.

«Presi!» esclamò Rusty, agitando un sacchetto di carta bianca intriso d'unto. Si sedette e lo passò a Sunny. «Preparati a leccarti i baffi».

«Detto da uno che si rade tutte le mattine» fece Kit.

Aspettò con ansia che Sunny prendesse un anello di cipolla dal sacchetto e lo assaggiasse.

«Vedi che la pastella è separata dalla cipolla?» disse. «Da questo si capisce che è buono.»

«Ma lo fanno tutti così» obiettò Kit.

«Rimango della mia idea.»

«Ti piacciono?» domandò Rusty a Sunny, che aveva la bocca piena.

Lei assentì con il capo, entusiasta. «Meraviglioso» disse tra un morso e l'altro, prima di prendere un altro anello di cipolla.

«Chiedi a quella famiglia se non usano la senape.» Kit lo sentì dire da una donna a un tavolo vicino, e un istante dopo un bambino dinoccolato con una maglietta dei Red Sox si materializzò accanto a lei, chiedendole timidamente se poteva prendere il barattolo di Gulden che qualcuno prima di loro aveva lasciato sul tavolo.

«Sì, certo. Prendilo» gli disse, allontanandolo prima che capisse la verità: che loro non erano una famiglia.

«Vorrei che voi foste i miei genitori» disse Sunny quando il ragazzo non poteva più udirla. Quelle parole furono come una scarica elettrica per Kit.

«Tutti, a un certo punto della vita, desiderano avere dei genitori diversi» ribatté cautamente.

«Anche tu?» domandò Sunny.

«Certo che sì» rispose Kit, con una risatina. «Finché ho conosciuto i genitori di Cal.»

«Cal?» ripeté Rusty, improvvisamente all'erta.

Kit si sentì confusa. Non aveva avuto intenzione di dirlo. Violava la politica del «rivela meno informazioni personali possibili» a cui di solito si atteneva scrupolosamente. Le sembrò di udire lo scetticismo del dottor Bondi: «Sul serio? Ma allora perché l'ha detto?» E lei non sapeva rispondere. Come identificare Cal? Non era certo un vecchio amico: la parola «amico» sembrava una bugia, tagliente come la lama di un coltello. Il suo ex ragazzo? Un tempo era vero. Ma anche ex fidanzato, e fidanzato conduceva all'inevitabile domanda. Kit fece un respiro profondo e automaticamente chiuse gli occhi. Una volta, ai tempi del college, aveva subito un incidente d'auto, un piccolo tamponamento, svoltando a sinistra nel traffico, e subito prima che l'altra macchina urtasse la sua, aveva chiuso gli occhi, isolandosi istintivamente dal momento dell'impatto, cosa ovviamente impossibile. Era la medesima sensazione. «Marito» rispose con semplicità. «Ex.»

«Mi dispiace» disse Rusty. «Non lo sapevo.»

Sunny, che aveva le dita unte e briciole di pastella attorno alla bocca, esclamò «Io sì!», come se le fosse capitato il numero vincente a tombola. « Voglio dire che me l'ero immaginato » chiarì. « Dal libro che mi hai dato in prestito. Ricordi? *Orgoglio e pregiudizio*. Sul risvolto interno c'era il tuo cognome. Il tuo vecchio cognome. Era barrato. L'ho capito così. »

« Ottimo lavoro, Sherlock » commentò Rusty per essere divertente, ma l'unico risultato che ottenne fu l'immediato cambio d'umore di Sunny, perché le aveva ricordato i guai che l'aspettavano a casa, dopo il ritrovamento del passaporto di Angus Parker nascosto in uno dei raccoglitori per l'insegnamento a casa di Willow, quello con la scritta STORIA, perché di una storia si trattava. Era come se una nuvola carica di pioggia si fosse piazzata sopra il loro tavolo, accompagnata da un vento gelido. Rusty se ne accorse, prese venti dollari dal portafogli – l'unica banconota che vi fosse dentro, notò Kit – e la porse a Sunny. « Credevo che fossimo venuti qui per il gelato » disse con tono leggero, e fu sufficiente a far sloggiare la nuvola.

« Mi dispiace » ripeté, quando Sunny si fu allontanata. « Non lo sapevo. »

« Non potevi saperlo » lo rassicurò Kit. « Non lo sa nessuno. »

Ma Sunny era già di ritorno, dicendo che occorreva un altro paio di mani, e Kit si alzò per aiutarla. « È una lunga storia » disse a Rusty, e seguì la ragazza che si spostava con disinvoltura tra i tavoli.

Sulla strada del ritorno in città rimasero in silenzio. Tutte le nubi minacciose erano scomparse ed era calato un mite crepuscolo, e Rusty guidava lentamente, quasi con cautela, lungo strade secondarie, cercando di prolungare la serata. Sunny, con il capo sul poggiatesta, guardava le stelle che si accendevano nel cielo come lontane candele votive, domandandosi se altrove, nel mondo, anche altre persone stessero esprimendo un desiderio. Kit teneva gli occhi chiusi, non perché fosse stanca, ma per impedire a Rusty di parlare: era sicura, infatti, che lui volesse sapere di più. A un certo punto lui allungò una mano e le diede un colpetto sul braccio. Era un gesto amichevole, e Kit se ne rese conto, ma si ritrasse ugualmente e lui bisbigliò «Scusami», così piano da confondersi con la brezza.

«Non so dove abiti» disse poi, quando le luci della città li guidarono a entrare, e Sunny si precipitò a dire «Io sì!», dandogli indicazioni precise che risparmiarono a Kit di dover parlare.

«Grazie» gli disse però quando svoltarono in Coolidge Street, e «Buonanotte» quando si fermarono davanti al 1635.

«È stato fantastico» disse Sunny a Rusty. «Mi piace la tua auto. Mi piacciono gli anelli di cipolla.»

«Lo rifaremo» promise Rusty guardando, alle spalle di Sunny, Kit che si era allontanata di qualche passo dalla macchina ed era ferma nell'ombra sul prato.

«Sarebbe magnifico» replicò Sunny. Quanto a Kit, impossibile capire se anche lei lo pensava.

Sunny | curiosità

Non saprei dire perché decisi di frugare tra le cose dei miei genitori il giorno in cui trovai il passaporto di Angus Parker, o perché non l'avessi fatto prima. Perché non avevo motivo di farlo, credo. Eravamo una squadra. Ma poi udii Willow e Steve parlare tra loro la sera in cui tornammo dal Tip-Top: cosa ci facevamo in quel posto, dato che non era lontano da casa nostra, dove non dovevamo soldi a nessuno per poter stare? Era strano essere lì, e la prima volta che domandai perché, Willow mi diede una risposta vaga, qualcosa sul cambiare aria, mentre Steve taceva e sembrava realmente stanco ma non dormiva, stava soltanto disteso a letto con la TV accesa, una cosa per niente da Steve. Willow e io andammo a fare una passeggiata, giusto per uscire dalla stanza, e quando le dissi che secondo me lei e Steve si comportavano stranamente, lei fece una battuta poco convincente sul clima e sugli effetti del riscaldamento globale, ma neppure lei sembrava trovarla particolarmente divertente. Fu allora che le domandai cosa stesse succedendo, e quando lei parlò di progetto di vita e disse che non bisognava essere troppo curiosi, io mi arrabbiai e mi allontanai da lei, perché era ridicola, e lei non mi chiese di tornare indietro. Il Tip-Top è su un'altura sopra l'autostrada, e lassù non c'è proprio nessun posto dove andare. Fu così che scesi lungo il vialetto d'accesso, risalii verso la collina, e a quel punto vidi l'auto di Rusty. Vagabondai nel parcheggio, sperando che lui uscisse per avere almeno qualcuno con cui parlare oltre ai miei genitori, ma lui non si fece vedere e io, dovendo andare in bagno, rientrai nella nostra stanza, dove sia Willow che Steve dormivano, distesi l'uno accanto all'altra, Steve con la T-shirt tirata sopra la testa, e Willow con il volto premuto contro la sua schiena. Dovevano essere esausti, perché non si svegliarono quando io infilai la chiave nella toppa e aprii la porta, che cigolò sui cardini. Alla faccia della preoccupazione per la figlia adolescente che era in giro da sola in un luogo sconosciuto.

Tutt'a un tratto sembravamo una bifamiliare più una unità. O un duo più un elemento. O due che facevano il doppio gioco più una che non sapeva bene da che parte stare. Improvvisamente sembrava che ci fossero loro due da una parte e io dall'altra. Così, una domenica, mentre Willow era presso un centro commerciale a vendere i suoi gioielli e Steve era non so dove dopo averle dato un passaggio, iniziai la mia «indagine». Tra me e me era proprio così che la chiamavo. Se Willow e Steve non volevano dirmi cosa stava succedendo, l'avrei scoperto da sola.

Ma si rivelò più difficile del previsto. I miei genitori non sono come Kit, che ha scatole e scatole di taccuini sul suo scaffale, anche se quello che c'è scritto nei taccuini non ha senso. Loro hanno sempre condiviso la filosofia del « non lasciare traccia ». Per questo siamo riusciti a vivere in un campeggio per mesi senza farci notare da nessuno. Ed è per questo che non possediamo quasi niente: né TV, né computer, neanche un frullatore. Viviamo fuori dal mondo. Forse penserete che la mia ricerca fosse più facile, non essendoci molto da passare in rassegna, ma in realtà era proprio questo a renderla difficoltosa. Né l'uno né l'altro dei miei genitori aveva molti vestiti, quindi rovistare nel cassetto della loro biancheria intima o frugare tra i loro maglioni era un'operazione tanto rapida quanto infruttuosa. Controllai tutti gli armadietti della cucina e salii in piedi su una sedia per guardare sopra la libreria. Non hanno nemmeno molti libri, non perché non leggiamo, ma perché Willow e Steve credono nel riciclaggio: quando compriamo libri, li compriamo usati e poi li rivendiamo al negozio o li portiamo a un'associazione benefica.

Ma stando in piedi su quella sedia a passare in rassegna il nostro piccolo soggiorno e la cucina, mi vennero due pensieri che si fusero in uno solo. Il primo era che gli unici libri che compriamo e non rivendiamo sono quelli nella mia stanza, che servono per la mia istruzione in casa. Il secondo aveva a che fare con il tribunale dei minori. Quando fu tutto finito, Willow e io dovemmo firmare dei documenti per dichiarare che eravamo d'accordo con la mia condanna ed eravamo consapevoli che, se io non avessi completato il mio servizio sociale, il giudice mi avrebbe assegnato un'ulteriore pena. Di conseguenza, quei documenti dovevano essere da qualche parte in casa, e se fossi riuscita a trovarli, mi avrebbero condotto a qualcosa, qualunque fosse, che mi aiutasse a capire cosa stava succedendo. Non avevo idea di cosa cercassi: non era come quando Rusty cercava una banca che era scomparsa. Scesi dalla sedia, andai nella mia stanza e mi sedetti sul letto a gambe incrociate all'indiana, con le mani sotto le cosce come se stessi meditando. Poi, molto lentamente, cominciando dall'angolo a sinistra, girai la testa di 180 gradi, cercando di annotare mentalmente tutto quello che vedevo.

E allora capii: qualunque cosa cercassi, doveva essere nei libri che usavo quando ero molto piccola, perché chi mai si sarebbe preso la briga di guardarli, adesso? Quei libri non potevano certo essere a portata di mano: era più plausibile che fossero sul ripiano in alto. Trascinai una sedia dalla cucina e mi misi in piedi a guardare il libro di testo di fonetica che Willow usava per insegnarmi a leggere e i quaderni di esercizi di matematica che avevo odiato così tanto. Ma vedevo anche anni di polvere, polvere così spessa da infilarci dentro un dito. Se quello era un nascondiglio, nessuno vi riponeva niente da molto tempo. Guardai ugualmente in mezzo a tutti quei libri. Niente.

Quando cerchi qualcosa ma non sai cosa, è d'aiuto conoscere la persona o le persone che l'hanno nascosta. L'ho imparato in biblioteca. Quando manca un libro, la prima cosa da considerare è chi può essere stata l'ultima persona che l'ha letto. Se si tratta di un libro illustrato, ci sono buone probabilità che sia stato un bambino, seduto sul pavimento per un po', che poi l'ha infilato di nuovo tra gli altri libri illustrati, senza rendersi conto che c'era un ordine da rispettare. (Io dico ai bambini di lasciare i libri sui tavoli o sul carrello, ma non sempre se ne ricordano.) Se è un bambino più grande, potete scordarvelo. Seminano i libri ovunque. Anche gli adulti lo fanno, ma loro quanto meno li lasciano nel settore dove li hanno trovati.

Stavo pensandoci quando udii la nostra Subaru che arrancava lungo il vialetto. C'è un tratto piuttosto lungo dalla strada alla casa, e la Subaru che diventa sempre più rumorosa è un perfetto sistema di allarme. Ritrascinai prontamente la sedia in cucina e mi piazzai davanti al frigorifero aperto per sembrare intenta a fare qualcosa quando Steve fosse entrato. Ma lui non entrò, non subito, e io chiusi lo sportello e uscii a vedere cosa stesse facendo.

Quello che stava facendo era, come al solito, provare a sistemare, come diceva lui, «la nostra dannata macchina».

Poi finalmente entrò e io preparai dei panini con il burro di arachidi mentre lui si lavava via il grasso dalle mani. Mangiammo e ci mettemmo a giocare a Risiko, un gioco a cui Steve è veramente bravo e che gli piace, perché dice che mi insegnerà tutto sulla conquista del mondo e sulla costruzione dell'impero del male. Ero di ottimo umore, non perché stavo vincendo alla grandissima, come pensò Steve, ma perché sapevo che qualunque cosa stessi cercando era nella mia stanza, e non appena i miei genitori fossero andati a letto l'avrei trovata.

Tutti abbiamo una pila appesa sopra il cuscino, perché capita di rimanere senza corrente quando si vuole continuare a leggere, o per evitare di andare in bagno al buio: sarebbe dunque stato facile cercare una volta che Willow e Steve fossero andati a letto, purché io non facessi rumore. Il rischio mi era stato d'aiuto: avevo pensato alla mia strategia tutto il pomeriggio, consapevole che, qualunque cosa cercassi, era nascosta bene in vista nella mia stanza. Willow a volte parla del *chi*, che ha a che fare con l'energia, e Steve dice che alcuni animali in realtà hanno dei magneti nel corpo per navigare usando il magnetismo dei Poli Nord e Sud: mi sedetti sul mio letto, al buio, cercando di «sentire» l'attrazione di quello che stavo cercando. Accesi la pila, che proiettò una pallida luce gialla sulla parete. Era quasi scarica, non andava bene. La spensi e mi misi a rimuginare. Poi capii, o meglio, mi venne in mente. Quello che cercavo doveva essere in uno dei raccoglitori sul ripiano in basso, dove Willow tiene i quaderni e altro materiale per l'insegnamento a casa. Willow e Steve non la pensano allo stesso modo su questo argomento: lui ritiene che la vera scuola in casa non richieda né curriculum né materiali, mentre Willow sostiene che imparare in casa significhi scavare a fondo negli argomenti, quindi occorrono pala, piccone e zappa, che è la sua metafora per indicare il contenuto di quei raccoglitori.

Accesi di nuovo la pila e proiettai il fascio luminoso verso il basso. Willow è molto organizzata, e i raccoglitori hanno un'etichetta sul dorso: GEOL per geologia, GEOM per geometria, GEOG per geografia, LETT per letteratura (ce ne sono ben quattro), ST per storia. Ci sono cinque raccoglitori di storia, e all'improvviso mi sembrò talmente ovvio che quello che cercavo doveva essere in uno di quelli che quasi mi misi a ridere a voce alta. Come dicevo, Willow è superorganizzata. Mi rannicchiai sul pavimento e cominciando dal primo raccoglitore di ST li sfogliai tutti, a uno a uno, sentendo diminuire le mie certezze via via che procedevo e constatavo che il primo, il secondo, il terzo e anche il quarto contenevano soltanto fogli di appunti sugli imperatori di Roma e sull'Età dell'Imperialismo, un inserto sull'« Antico Egitto e i paesi confinanti » e un altro sul movimento per i diritti civili. « Ultima possibilità » dissi tra me e me, prendendo il raccoglitore ST 5 dallo scaffale e aprendolo. Tombola! Infilato tra un fascicolo intitolato *Come insegnare la schiavitù ai bambini*, che mi sembrò uno dei titoli più ottusi di sempre, e una bibliografia sulla rivoluzione russa, c'era il mio certificato di nascita, tutta la roba del tribunale dei minori, il libretto della nostra auto, e quel passaporto. Non sapevo cosa significasse, ma intuivo che doveva avere a che fare con lo strano comportamento di Steve e Willow.

8

26/7/2010 – 1/8/2010

Una partecipazione cieca per una breve ambizione...
Edwin Arlington Robinson

Kit si era appena abituata a Rusty che arrivava di buon mattino, e lei lo incontrava già in cima alle scale prima di infilare la chiave nella toppa, quando lui smise. Continuò a venire, ma arrivava più tardi, leggermente in disordine, non più nel suo abituale stile casual elegante, ma con una T-shirt sbiadita dei Viking. Kit non voleva impicciarsi, e del resto non doveva farlo.

«Buongiorno, sconosciuto» disse Evelyn quando lui varcò la soglia dopo mezzogiorno per il terzo giorno consecutivo. Il modo in cui lo disse, più come una considerazione a margine che come un saluto, mise Rusty un po' a disagio. Si fermò sui suoi passi, apparentemente disorientato, come un bambino sorpreso a rubare i biscotti.

«Ho dovuto dare una mano laggiù al motel» spiegò. Si sentiva imbarazzato. Lei, o loro, o chiunque lo udisse, poteva dedurne che lui fosse diventato un tuttofare. Dalle stelle alle stalle, per così dire.

«Non lascerai che quella gente approfitti di te, vero?» disse Evelyn, senza preoccuparsi di nascondere il proprio disprezzo per «quella gente», ossia gli stranieri, che secondo lei stavano impossessandosi del paese. «I miei nipotini e i loro bambini diventeranno delle minoranze. I bianchi diventeranno la minoranza nel nostro paese. Anche qui a Riverton» amava sottolineare, benché, quando lo diceva a Sunny, la ragazza puntualizzava che se i suoi figli avessero procreato con gente di colore, si sarebbe potuta evitare quella eventualità, al che lei ammutoliva.

« No, niente del genere » la rassicurò Rusty. « Il signor Patel ha bisogno di una persona alta per pulire le grondaie e sostituire le luci collocate dove lui non arriva. Me lo scalerà dall'affitto. » Poi, più a se stesso che a Evelyn, disse: « Credo sia un affitto, dato che sono qui da oltre un mese ».

« Bene, è gentile da parte tua » commentò Sunny, apparendo come per magia nella stanza, come faceva spesso.

« Lo credo anch'io » pensò Kit, ma non disse niente, anche se, quando Rusty entrò nella sala di lettura, si preoccupò di alzare lo sguardo e di sorridergli. Era un piccolo gesto, lo sapeva bene, ma i piccoli gesti erano l'unica cosa che possedeva.

Kit stava ancora sorridendo quando Rusty si avvicinò alla sua postazione per recuperare la scatola di ritagli di giornale alla quale stava lavorando. Lui li fotografava, Kit e Sunny proponevano le didascalie e lui le digitava con i pollici.

« Allora? » fece Rusty.

« Allora cosa? »

« Perché sorridi? »

« Non sorrido. »

« Allora ridacchi. Stai ridacchiando. »

Kit, interdetta, scosse il capo. « Non ti piacerà » disse.

« Provaci. »

« Stavo pensando che sei veramente una bella persona. » Ecco, l'aveva detto. Alzò lo sguardo su di lui e vide che appariva confuso.

« Perché non dovrebbe piacermi? » domandò.

« Be'... » Kit esitò, non sapendo se fosse il caso di dire altro. « Be' » ripeté, « perché stavo pensando che sei una persona migliore di quel che credevo, e questo la dice lunga su di me, non su di te » aggiunse.

Ora toccava a Rusty sorridere. « Se è un complimento, lo accetto » disse.

« Accetta anche questa » aggiunse Kit, porgendogli la scatola per il 1912. Dentro, i ritagli di giornale erano scuri agli angoli, come se fossero rimasti troppo a lungo nel forno, e si sgretolavano. Se lui non stava attento, rischiavano di spezzarsi come vetro tra le sue dita.

« Come va la ricerca del denaro? » chiese Kit a Rusty quando lui era lì ormai da un'ora, e lei percepiva che la sua attenzione stava calando.

« Bella domanda » commentò lui. « In realtà non lo so. Probabilmente sono arrivato troppo tardi. L'ultima cosa che mi sono sentito dire da quelli della tesoreria di stato è che non mi prendono neanche in considerazione se prima non consegno loro un certificato di morte di mia madre. E chi lo sa come ci si procura un certificato di morte? » Le lanciò uno sguardo esasperato, e lei si strinse nelle spalle come se non lo sapesse. « Ho dovuto cercarlo » continuò. « Ho compilato tutta la documentazione, e adesso aspetto. »

Aspettare, in ogni caso, era aver qualcosa da fare. Certo, cominciava ad averne abbastanza di vindaloo o di curry al garam masala, ma una volta conclusa quella sua escursione non aveva un altro posto dove andare. Non c'era un lavoro, o una casa, o una famiglia che lo riportasse al passato o che lo proiettasse nel futuro. La sua ambiziosa strategia, sempre che si potesse definirla tale, prevedeva che lui ottenesse il denaro e se ne andasse. Ma da quando era lì, con persone che si aspettavano di vederlo tutti i giorni, a volte si dimenticava, non senza sorprendersi, che alzarsi, infilarsi un paio di pantaloni kaki e una camicia Oxford azzurra, e andare in biblioteca non era il suo lavoro: la differenza, neanche tanto trascurabile, con i lavori veri, quelli reali, i lavori per cui devi alzarti prima dell'alba, indossare un completo, ingurgitare un caffè e una ciambella e accodarti a tutti gli altri che come te dormono troppo poco, indossano un completo e ingurgitano caffè e ciambella, era l'assegno dello stipendio. «Per far soldi devo spendere soldi» diceva tra sé e sé quasi tutte le mattine, prima di catapultarsi fuori dal letto matrimoniale sbilenco del Tip-Top, ma fino a quel momento ne aveva soltanto spesi, senza guadagnarne mai. Essere frugale non bastava.

A volte i Quattro lo interrogavano sul futuro, chiedendogli cosa avesse intenzione di fare dopo, quale lavoro, quale professione, una volta che quella «piccola spedizione» a Riverton si fosse conclusa. Di tutti loro, Paddy, lo scommettitore del mercoledì, era il più scettico riguardo all'eventuale occupazione di Rusty, conoscendo per esperienza personale i pericoli delle promesse di denaro facile. «Dovresti avere un piano» gli diceva, e Rusty annuiva ma non aveva niente da dire. In quel silenzio Carl faceva una battuta, dicendo per esempio che il piano di Rusty poteva essere andare ai Caraibi e diventare un barbone da spiaggia scalzo. Allora Rich il taxista suggeriva che Rusty andasse invece alle Hawaii, e l'altro Rich proponeva Maui, e suo cugino controbatteva con Oahu, tutti luoghi in cui nessuno di loro era mai stato, eppure sapevano decantarne le numerose virtù. Il loro scambio di battute risparmiava a Rusty l'imbarazzo di ammettere che non aveva particolari ambizioni ora che la professione che si era scelto non sembrava più un'opzione praticabile, e che se non avesse scoperto in breve cosa fare, si sarebbe adattato a vivere nella sua auto.

«Sai perché, quando vado al casinò, io non gioco a poker?» domandò Patrick un giorno, per poi rispondere da solo alla propria domanda: «Non gioco a poker perché non ho la faccia da poker».

Rusty si chiese se il vecchio stesse iniziando a perdere colpi, perché era una cosa davvero strana da dire.

«In altri termini» tradusse Carl, «non fare una cosa se non puoi permettertela.»

«Uau, che parolone, Carl» commentò Rich l'uomo d'affari, battendo il cinque al suo amico.

«Succede» replicò Carl.

Ma Rusty non ascoltava: pensava. Il vecchio medico si riferiva alla faccenda del libretto bancario, oppure voleva metterlo in guardia dal tornare in un posto come Morris e Maines?

I suoi piccoli, ignoti, dimenticati atti
di gentilezza e di amore.
William Wordsworth

La telefonata arrivò subito dopo le tre. Sunny era da qualche parte nel seminterrato, a fare fotocopie di nascosto per Rusty con la macchina riservata ai dipendenti, e non udì squillare il telefono, mentre il resto del personale, radunato nell'ufficio della direttrice per una riunione straordinaria, lo udì, ma decise di lasciar partire la segreteria telefonica.

«È davvero così grave?» stava dicendo Evelyn, e Barbara, dopo aver annunciato che si sarebbe presa un periodo di aspettativa per passare più tempo con Larry, chinò la testa e fece un respiro profondo.

«Ho paura di sì» rispose. «Non parla più. Ha perso completamente l'uso della parola.» Rimasero seduti in silenzio, metabolizzando quella notizia.

«Quando non ci sarò, vorrei che fosse Kit a sostituirmi» continuò Barbara, e prima che potesse aggiungere per quanto tempo sarebbe durata la sua assenza, si udì bussare alla porta ed era Rusty. Rimase in piedi con il telefono in mano, rivolgendolo verso di loro come se lo offrisse. Lo fissarono. Lui li fissò a sua volta.

Evelyn ruppe l'incantesimo. « Siamo in riunione » disse, benché non fosse necessario. Aveva un tono infastidito, probabilmente non per quell'interruzione, pensò Kit, ma perché involontariamente lei, Kit, le era passata davanti per un lavoro che nemmeno voleva. Se l'anzianità contava qualcosa, l'incarico doveva toccare a Evelyn.

« È Carl » disse Rusty, ma immediatamente si corresse. « Riguarda Carl. Ha avuto un ictus. »

Fumatore. Bevitore. Pancia da birra. Ciambelle. Il divano. Le patatine. I whisky sour. Carl era un soggetto a rischio. Eppure, sembrava ingiusto, perfino a Chuck, che un paio di cosette su come il corpo può andare in tilt le sapeva.

« È all'ospedale » aggiunse Rusty. « Al Riverton Mercy. »

« Vorrei andarci » disse Kit, alzandosi in piedi. Qualunque fosse il piano di Barbara, poteva aspettare. E se Evelyn voleva essere quella che mandava avanti la baracca, buon per lei.

« Ti accompagno io » si offrì Rusty.

« Andate, andate » disse Barbara. « Parleremo al vostro ritorno. »

Ma Kit non tornò. Non quel giorno. Lei e Rusty si unirono alla lunga fila degli amici di Carl che entravano e uscivano a rotazione dall'Unità di terapia intensiva, a due alla volta, tre ore fuori, dieci minuti dentro.

« Bisogna stare sul lato sinistro del letto » si dicevano l'un l'altro. Era come giocare al telefono senza fili. « Stai sul suo lato sinistro. Ha la parte destra paralizzata. » « Mettiti a sinistra, perché è paralizzato. » « Ha la parte sinistra paralizzata, se stai da quel lato del letto almeno riesce a vederti. »

Quando venne il loro turno, Kit e Rusty si misero fianco a fianco sul lato estremo del letto, aggrappandosi alla barra come se fossero sul ponte di una nave mentre Carl si agitava inconsapevolmente, il corpo scosso da scariche elettriche. Aveva la pelle grigia, gli occhi chiusi, e batteva ritmicamente le mani strette a pugno lungo il materasso inferendosi ogni tanto deboli, inutili colpi al petto o alle cosce. Non era la prima volta che Kit vedeva un malato o anche un moribondo, ma non aveva mai visto niente di simile. Era come se ogni circuito nel cervello di Carl fosse impazzito e girasse a vuoto, inviando messaggi belligeranti a ogni sinapsi e a ogni assone. Carl non parlava, ma dalla sua bocca usciva una serie di suoni incomprensibili.

«Siamo qui, Carl» disse Rusty con tono fermo, senza dire chi fossero, ma in fondo, cosa importava?

«Dove sono tutti i sondini, le flebo e i monitor?» domandò Kit all'infermiera, una donna snella, forse filippina, che faceva la spola tra Carl e l'uomo nella postazione vicino alla sua che, velato com'era da una tenda sottilissima, non riuscivano a vedere ma soltanto a udire. L'uomo rantolava e i suoi polmoni emettevano sibili come dei popcorn scoppiettanti, e qualcuno in piedi accanto al suo letto, come Kit e Rusty accanto a quello di Carl, pregava a voce alta, recitando in continuazione il Ventitreesimo Salmo come fosse un rosario.

«Non gli facciamo niente» rispose l'infermiera, controllando il polso di Carl e sistemandogli il camice, che gli si era avvolto attorno alle gambe lasciandolo scoperto.

«Ma questo è un ospedale» obiettò Kit. «Non è quello che fate sempre?»

«Non quando c'è un DNR» dichiarò l'infermiera, voltandosi per uscire. «Un ordine di non rianimare come per il signor» diede un'occhiata al nome sulla cartella clinica appesa a lato del letto, «Layton.»

«Fino a un momento fa non sapevo come si chiamasse di cognome» disse Rusty, rivolto a Kit, quando l'infermiera uscì. «È una delle cose più detestabili di tutto questo.»

«Tutto cosa?»

«La morte. Il morire. Pensa a quante volte hai letto il necrologio di qualcuno che credevi di conoscere, solo per scoprire che non lo conoscevi affatto. Cos'ha fatto, chi era, cosa gli piaceva, chi amava. Neanche il suo cognome, santo cielo.»

«Tu conosci Carl solo da un paio di settimane» osservò Kit, e non sapeva nemmeno lei se lo diceva per consolarlo o criticarlo. Non intendeva sottovalutare lo stato d'animo di Rusty, ma le sembrava presuntuoso. Conosceva Carl da... un mese, al massimo? Nello schema generale delle cose, era niente. Anche i suoi quattro anni erano come pochi istanti nella vita di un uomo di settantasette anni.

I loro dieci minuti volgevano al termine. L'infermiera entrò ad avvertirli.

«È sicura che non si possa far niente?» domandò nuovamente Kit. «Lo guardi. È così agitato.»

Carl continuava a dimenarsi e aveva un occhio aperto, lo sguardo vacuo, che non fissava niente in particolare. Era quello il lato paralizzato o l'altro? Kit non riusciva a capirlo.

«Gli abbiamo dato un sedativo» rispose l'infermiera.

«Forse gliene serve un altro» suggerì Rusty. «Altrimenti rischia di farsi male da solo.»

L'infermiera rivolse a Rusty un breve sorriso, tirato e stanco. «Siamo dei professionisti. Questo è il nostro lavoro. Voi avete il vostro lavoro, noi abbiamo il nostro.» Si voltò in punta di piedi. Portava un paio di Crocs verde lime che sbattevano quando camminava.

«Carl, sono Kit. Sono qui con Rusty, ma dobbiamo andar via» disse Kit, rivolgendosi all'uomo nel letto. «Ci lasciano entrare solo per dieci minuti, e tu hai un sacco di amici. La sala d'attesa è come tu descrivevi i sabati nel tuo negozio di barbiere. Sovraffollata.» Allungò una mano sotto la sponda del letto e gli toccò la pelle, nel punto in cui il collo si congiungeva alla spalla, e cercò di tenergliela ferma mentre il suo corpo sobbalzava e scalciava. Poi, per pochi, brevi istanti, Carl aprì anche l'altro occhio e smise di muoversi. Kit si chinò verso di lui finché si trovò con la bocca a un centimetro dal suo orecchio. « Sei il mio preferito » bisbigliò. « Probabilmente pensavi che fosse un altro di voi, e invece eri sempre tu. »

9

2/8/2010 – 8/8/2010

Perché viviamo poco alla volta...
Adrienne Rich

Le città agonizzanti hanno imprese di pompe funebri. Era una verità in ambito economico che Kit aveva appreso durante i suoi viaggi nell'Est: anche quando l'ultimo negozio era stato trasferito nel centro commerciale, anche quando la scuola elementare era stata chiusa perché mancavano studenti per riempire le aule, le pompe funebri sopravvivevano. Per arrivare alla camera mortuaria in Mill Street bastava girare l'angolo della biblioteca: era un edificio di dimensioni ridotte ma stranamente imponente. Con il portone ad arco e colonne corinzie elaborate, quel luogo sembrava l'edificio suddiviso in alloggi di una confraternita universitaria, ma all'interno di un campus dove ogni altra costruzione era già condannata. La cerimonia funebre dedicata a Carl era fissata per le due del pomeriggio, ma all'una e mezzo, quando Kit spense le luci della biblioteca, appese il cartello OGGI CHIUSO sul portone d'ingresso e percorse frettolosamente il vicolo sul retro fino a Mill Street, c'era gente che proveniva da tutte le direzioni e si avviava alla cappella. Chiudere la biblioteca a metà giornata era la prima decisione di Kit come direttrice, e poterlo fare per Carl, che realmente era il suo preferito, le dava una bella sensazione.

Sebbene vivesse a Riverton da quattro anni, Kit non era mai stata all'interno della casa funeraria. Se l'era sempre immaginata semibuia, arredata con panche adorne di velluti e broccati da cui si levava la polvere quando i convenuti vi si sedevano. Ma non appena si inserì nel flusso di persone che indossavano quel genere di abiti che si tira fuori dall'armadio solo un paio di volte all'anno, vide che il santuario era una sala anonima, addobbata con pannelli di finto legno e dotata di sedie pieghevoli di metallo. La bara di quercia chiara di Carl, chiusa, era su un'alzata all'ingresso, con sopra una foto di lui da giovane in uniforme da guardia costiera, e accanto un leggio mobile. Dove sedersi? Kit si guardò attorno cercando qualcuno che conosceva, ma sembrava che tutti fossero già in coppia o con un gruppo di amici. Era in quei momenti che detestava essere una donna sola e sentiva sul serio la mancanza di Cal. Entrando in una stanza come quella, avrebbe voluto infilare una mano nella sua e sentire le sue dita forti e protettive sulle proprie.

Individuò Chuck, in piedi nella corsia: cingeva con un braccio una donna che non passava inosservata, dai capelli neri e dagli occhi vivaci, di un colore indefinibile, e si domandò cosa ci facesse una simile bellezza proprio con Chuck, ma immediatamente si sentì spietata per aver trovato strano che una donna così (bellissima) avesse scelto un uomo così (portatore di handicap). Ovviamente, si disse, doveva esserci stato un tempo in cui il cancro non gli aveva ancora rubato la voce e devastato il fisico... ma se anche non ci fosse stato, cosa cambiava? Mentre stava lì in piedi, a rimproverarsi la sua meschinità, un uomo seduto a metà di una panca, al centro della sala, si voltò e, vedendola, la chiamò. Era Rusty.

«Ho tenuto i posti per noi» le disse. «Se viene Sunny, può sedersi qui.» Indicò un sedile vuoto accanto a Kit. «Se non viene, dato che Carl ha fatto il tutto esaurito, potremmo metterlo all'asta e vedere chi offre di più.»

Kit rise, abbastanza forte perché il crocchio di persone davanti a loro si sciogliesse e tutti si voltassero a guardarli.

«È un funerale. Contegno» la prese in giro Rusty, e lei represse a stento un'altra risata sonora.

« Non è splendida, la moglie di Chuk? » disse Kit, tanto per constatare un fatto quanto per ammetterlo pubblicamente.

« Sì » convenne Rusty, annuendo in direzione dell'entrata perché Sunny aveva varcato la soglia e passava in rassegna la sala. Le punte rosse della frangia di Sunny erano scomparse, e lei si era lavata i capelli e li aveva raccolti ai lati del volto con due fermagli d'argento abbinati al sottile girocollo d'argento. L'abito di jersey nero senza maniche le fasciava il corpo, ed era talmente diverso dal solito abbigliamento di Sunny, fatto di T-shirt esageratamente larghe e poco pulite, che Kit fu perfino un po' sorpresa di scoprire che Sunny aveva un corpo, e per la prima volta si rese conto che sarebbe diventata una donna attraente.

« Devo dirti una cosa » sussurrò Sunny passando accanto a Kit per andare a sedersi al suo posto mentre una lenta, lamentosa versione strumentale di *You'll Never Walk Alone* veniva trasmessa in tutta la sala.

« D'accordo » disse Kit. « Ma non ora. Dopo. »

Secondo il programma, doveva parlare per primo il sindaco, poi Patrick, e infine il pastore della chiesa congregazionale. Anche se Carl era nato cattolico, aveva sempre tagliato i capelli al reverendo Musgrave, da quando li aveva rossi e corti con un codino sulla nuca fino a quando erano diventati bianchi. Carl non lasciava eredi. I suoi amici erano i suoi eredi, e i suoi clienti erano i suoi eredi, e nella maggior parte dei casi erano le stesse persone. Sua moglie era morta giovane, prima che potessero avere dei figli, e nonostante gli sforzi di quasi tutti quelli che lo conoscevano e la sua fama di seduttore, Carl non si era mai più sposato.

« Io sono stato eletto sindaco di Riverton » esordì un uomo grassoccio con un taglio di capelli cortissimo da poliziotto, « ma era Carl Layton il nostro vero sindaco. Per oltre cinquant'anni ha ricevuto in Main Street mentre tagliava i capelli di chiunque, di chi era qualcuno e anche di chi non lo era. »

Kit ispezionò con lo sguardo la folla di teste quasi tutte calve, immaginando che Carl doveva averle conosciute anche quando erano dotate di capelli, e rimase colpita nel vedere quanta gente aveva trovato il tempo, nella propria giornata, di rendere omaggio a un vecchio che sembrava solitario, ma non lo era.

Quando toccò a lui, Patrick si avviò lentamente verso il leggio, poi chiamò i due Rich perché gli si mettessero accanto. « In biblioteca, dove andavamo regolarmente tutte le mattine negli ultimi dieci anni, ci conoscevano come i Quattro. » Guardò in direzione di Kit e fece un breve cenno di assenso. « Ma adesso siamo rimasti in tre. » Parlò di Carl e della loro amicizia, che risaliva alla prima elementare. « Una volta i barbieri erano chirurghi, mi ricordava sempre Carl quando studiavo medicina. Mi ricordava anche che lui guadagnava molto più di me... il che non era poi così difficile. Ma gli piaceva sottolinearlo. Amava scherzare, e amava tutti quelli che venivano nel negozio. Erano tutti amici, e se eri un amico, facevi parte della famiglia. Carl non aveva figli. Aveva tutti voi. Aveva tutti noi. Concedetemi un istante. Prendete per mano la persona che è vicino a voi. Prendete la sua mano e tenetela stretta, chiudendo gli occhi, e pensate a tutte le persone che Carl ha messo in contatto nella sua vita. Continuate, anche se non vi sentite a vostro agio. Fatelo adesso. Ovviamente, io non ho tutto il tempo del mondo. »

Kit prese la mano di Sunny e lasciò che Rusty prendesse la sua. Strinse la mano di Sunny e la ragazza ricambiò la stretta, ma tenne la propria mano ferma in quella di Rusty. Era già abbastanza sentire la pelle calda di lui senza ritrarsi automaticamente.

« È così che succede » disse Patrick, prendendo un foglietto dalla tasca della giacca, per poi aprirlo e mostrarlo a tutti. « Molti di voi non riusciranno a vedere da dove sono seduti, ma questa è una copia della nostra foto di classe, mia e di Carl quando eravamo in seconda elementare. Io sono questo bambino » spiegò, indicando l'angolo in basso a sinistra, « e Carl è due bambini dopo. Forse non lo riconoscete perché era due milioni di ciambelle fa. »

Mentre tutti ridevano, Patrick, serio in volto, prese una penna dalla giacca. Si chinò sul leggio come per scrivere qualcosa. La sala era così silenziosa che si udiva lo scricchiolio della penna sul foglio. Patrick mostrò di nuovo la foto. L'immagine di Carl era stata cancellata. E così pure la ragazza vicino a lui e quattro ragazzi in seconda fila.

« È così che succede » ripeté, a voce bassa e quasi in lacrime. « Se ne vanno, uno dopo l'altro, e prima che tu possa rendertene conto, la stanza è vuota. »

Ancora vediamo il patriarca con il suo gregge...
Emma Lazarus

Il rinfresco dopo il funerale si tenne nel seminterrato del municipio, che una volta, quando i Quattro erano ragazzi, era il liceo di Riverton. Kit provò a immaginare Carl che percorreva i lunghi corridoi bui, un timido, allampanato Carl nella sua uniforme da baseball dei Riverton Bobbins, un Carl in stile Norman Rockwell, ma non ci riuscì. Il Carl del passato sarebbe sempre stato quello che aveva conosciuto lei: chiacchierone, massiccio, gentile, seduttore.

« Questo posto è così vecchio » osservò Sunny.

Procedeva in mezzo a Rusty e Kit, e tutti e tre si lasciavano trasportare dal corteo funebre. Sunny sbirciò Evelyn, attorniata da un gruppetto di figli e nipoti, e Kit si rese conto che una delle persone che Patrick aveva cancellato dalla foto di seconda elementare era il ragazzo diventato, da grande, il marito di Evelyn.

« È strano pensare che sto camminando sullo stesso pavimento su cui camminava Carl quando aveva la mia età » aggiunse Sunny.

Il seminterrato, quando finalmente vi giunsero, era gremito. Facendosi strada tra la folla, Rusty andò a prendere qualcosa da mangiare per loro tre, e non appena se ne fu andato, Sunny si girò verso Kit e iniziò a parlare velocemente.

« Sto facendo altre ricerche » annunciò. I suoi occhi cercavano il volto di Kit, per assicurarsi che lei capisse a cosa si riferiva. Per esserne certa disse: « Sai cosa intendo, vero? »

Kit annuì. « Ma forse questo non è il posto giusto » osservò. « Con tutta questa gente. »

Sunny rifletté un momento, poi replicò: « Non è neanche l'uomo che credevo ».

« Quale uomo? » domandò Rusty, arrivando alle sue spalle.

Sunny sbiancò, chiedendo aiuto a Kit con lo sguardo.

« È un ragazzo... è una questione tra ragazze » rispose Kit con noncuranza.

« A me piacciono le questioni tra ragazze e ragazzi » disse Rusty, porgendo un brownie a ciascuna di loro.

« Molto divertente » commentò Kit.

« Io sono serissimo. Guardami. » Assunse un'aria seria, si mise in bocca due brownie e gonfiò le guance come uno scoiattolo.

« Molto divertente » ripeté Kit, ma come Sunny, guardandolo non riuscì a trattenersi dal ridere.

Sunny | impostore

Al ritorno dal pomeriggio del gelato e degli anelli di cipolla, con Kit e Rusty, passai la notte a casa di Kit. Era stata sposata, l'aveva detto al drive-in, e io avevo ribattuto che lo sapevo. Ma non era vero. Sapevo soltanto che prima aveva un altro cognome, ma essendo cancellato nel libro che avevo avuto tra le mani, non sapevo quale fosse. Forse i nomi sono più importanti di quel che pensavo. Io mi chiamo Solstice Arkinsky, e Arkinsky è inventato di sana pianta. Come dice sempre Willow, era uscito dal nulla, e quand'ero piccola mi piaceva sentirglielo dire. Ora mi domando se non fosse uscito dal nulla per la stessa ragione per cui Angus Parker era uscito dal nulla: perché era inventato di sana pianta. Ed era quello che volevo dire a Kit al funerale: Steve non è Angus Parker! Lui non è Angus Parker, perché Angus Parker non esiste.

Quello era il punto: Angus Parker era esistito. C'era un tale di nome Angus Parker che avrebbe avuto la stessa età di Steve se non fosse morto all'età di due anni. L'FBI – sì, proprio l'FBI – ritiene che la persona identificata con Angus Parker sia in realtà qualcuno che impersona Angus Parker. Uno che aveva usato il numero di Previdenza Sociale di Parker per ottenere una patente di guida e un passaporto, e per trovare lavoro, ma poi aveva smesso di essere Parker più o meno all'epoca degli atti di vandalismo presso quell'azienda farmaceutica in Pennsylvania. Il bollettino dell'FBI, che avevo trovato su Internet, diceva che Angus Parker, chiunque fosse, era da considerarsi « armato e pericoloso », una cosa da morir dal ridere per chiunque conosca Steve. Che sapesse sparare era vero. Al liceo era nel gruppo di quelli che sparavano con la pistola. Suo padre era un militare. Gli amici di suo padre erano dei militari. Sparare era un divertimento, per loro. Steve sostiene che, quando passò dall'abbattere lattine collocate su un parapetto al prendere di mira riproduzioni a grandezza naturale di esseri umani, non riuscì più a continuare. Conservò la Remington di suo nonno perché aveva un valore affettivo, ma quando cominciò a pensare a tutte le creature che quell'arma aveva ucciso, e probabilmente anche esseri umani, non sentì più quel legame e finì per venderla. « Armato e pericoloso »... impossibile.

Quella sera a casa di Kit, non lo sapevo. Quella sera credevo che

Steve fosse Angus Parker e Kit Jarvis fosse Kit Qualcosa, e avrei voluto chiederglielo, ma lei non me ne diede l'opportunità. Doveva aver capito che ero intenzionata a farle quella domanda, perché appena entrate in casa mi disse che era stanca e voleva andare di sopra a dormire, e mi indicò la porta della stanza dove avevo dormito in precedenza dicendo « Conosci la procedura ». Nient'altro. Lei salì le scale e io tornai nella stanza con i taccuini. Tornai nella stanza con « quella ragazza ».

Rimasi seduta per un po' ai piedi del letto, fissando gli scatoloni che contenevano i taccuini. Non c'era niente che m'impedisse di prenderne nuovamente uno dallo scaffale per scorrerlo da cima a fondo, eppure non lo feci. Ero curiosa, ma non abbastanza. L'esistenza dei segreti implicava dei misteri. Lo capii stando lì seduta. Se qualcuno voleva tenere per sé qualcosa, fatalmente ci sarebbe stato qualcun altro che avrebbe cercato di scoprire di cosa si trattasse. Credo che sia la natura umana. Spensi la luce e mi misi a letto. Il mistero di « quella ragazza » non toccava a me risolverlo.

La storia del matrimonio

PARTE IV

Diedi la colpa a Cal? Sì, lo ammetto. Diedi la colpa a lui e a suo padre, e a volte mi sentii colpevole di aver dato loro retta, o di aver ceduto loro, di non aver detto di no, di non aver preso le difese del mio corpo. Non avevo ancora venticinque anni, ero rimasta incinta una volta, e non lo sarei stata mai più. Mi ritrovai a piangere per un nonnulla, a piangere per qualsiasi cosa, e non ci volle molto perché le parole « sono i tuoi ormoni che parlano » o, peggio ancora, « sono solo i tuoi ormoni che parlano » mi mandassero su tutte le furie, o in crisi, o talvolta tutte e due le cose insieme. Sarebbe stato impossibile convivere con me a quell'epoca, ma Cal era nel pieno del suo periodo di tirocinio e veniva a casa raramente. Faceva i turni a Los Angeles e a Cleveland, e io rimanevo in disparte, ufficialmente a causa del lavoro, ma in realtà per piangermi addosso. Quando riemergeva da un lungo turno in ospedale, Cal mi mandava dei messaggi via e-mail, sempre ottimistici, come se potesse cambiare il mio umore invogliandomi a rispecchiare il suo. (Stava facendo neurologia e già attingeva al suo sapere, scrivendomi che gli stessi neuroni del cervello si attivano sia quando si corre che quando si pensa di correre, o si guarda l'immagine di uno che corre, anche se credo che abbia sopravvalutato la parte relativa all'immagine.) Spesso, al telefono, diceva: « Troveremo un altro modo », frase che avrebbe dovuto consolarmi, e invece non ci riusciva. Il nostro matrimonio sarebbe dovuto finire lì, ma Cal era troppo impegnato, e io troppo spaventata: chi mai mi avrebbe voluto, adesso?

Tornai a casa da mia madre per alcune settimane e dormii nel letto che avevo da bambina, circondata dai miei libri di Trixie Belden e dagli animali di pezza, come aveva fatto mia madre dopo la morte di mio padre, dormendo nel suo letto di una volta, circondata da vecchi oggetti familiari. Me ne stavo lì, sotto le coperte, a fissare il muro, mentre mia madre mi massaggiava la schiena senza dire una parola. Mi portava del tè al limone e mi faceva mettere seduta a sorseggiarlo, mentre anche lei ne beveva una tazza. Sempre senza parole, né da parte sua, né da parte mia. Poi incominciò a mettere il cibo su un vassoio lasciandolo sul comodino, e anche se non mi diceva mai di mangiarlo, descriveva sempre quello che c'era con ricchissimi dettagli affinché la mia mente, una volta che lei fosse uscita dalla stanza, rimanesse colma di profumi e immagini di pollo al lemongrass, crocchette di granchio del Maryland, popover e tagliolini alla Szechuan in salsa di arachidi. Furono i popover a conquistarmi. Mia madre me li posò accanto, lasciandomi a ricordare di quando ero bambina e ne staccavo un pezzetto con i denti, facendolo sciogliere sulla lingua, e senza pensarci mi allungai a prenderne uno e lo mangiai senza quasi sentirne il sapore. Il giorno dopo c'era un'insalata di pollo con gli scones fatti da lei, e il giorno dopo un hamburger al formaggio, ultracremoso come lo faceva sempre. Portava i piatti e io nemmeno aspettavo che se ne andasse. Mi avviavo a recuperare il peso che avevo perduto dopo aver perso il bambino, insieme a tutto quello che vi era legato.

E poi, niente. Mia madre non smise di cucinare, tutt'altro. La sentivo trafficare in cucina, annusavo il sauté di cipolle in olio d'oliva, e giacevo nel mio letto cercando di indovinare cosa mi avrebbe portato di lì a poco. Lei saliva spesso, a mani vuote, e quando le chiedevo cosa stesse cucinando rispondeva: «Vieni giù a dare un'occhiata », e quando invece le chiedevo di portarmelo di sopra, rispondeva: « Ti aspetto fino a quando sarai pronta ». Non fu proprio come a Lourdes, ma un giorno uscii dal letto e, per così dire, ricominciai a camminare. L'aroma della torta di mele che lievitava nel forno era troppo. Fuori pioveva a dirotto, quando arrivai in cucina saltò la corrente, e invece di mangiare la torta seguii mia madre in cantina per darle una mano a svuotare la pompa di scarico che aveva smesso di funzionare un'altra volta. Fu l'immagine di mia madre a riscuotermi: illuminata dalla lampada a cherosene che pendeva sopra di lei, quella donna non più giovane, con i jeans arrotolati ai polpacci, stava in piedi nell'acqua fino alle caviglie, per nulla intenzionata ad abbandonare la propria casa alla furia degli elementi. Ecco una donna che non solo aveva perso il marito, ma aveva anche perso la vita che stava vivendo e quella che aveva pensato di vivere, quando aveva all'incirca la mia età. Era una donna che aveva il buon senso e la pazienza di non dirmi mai di sforzarmi. Sapeva che l'avrei fatto da sola quando fossi stata pronta. E adesso lo ero.

Cal non era certo contento quando, parlando di me stessa, mi definivo « la Sterilità » – lui aveva sempre avuto difficoltà ad apprezzare il mio senso dell' umorismo –, ma quando tornò da Cleveland fu piacevolmente sorpreso di vedere che le tende non erano più chiuse, il frigorifero era ben fornito, e sua moglie non si sottraeva più al contatto fisico con lui. La scuola di specializzazione sarebbe finita a breve, e a Cal venne offerto un internato prestigioso alla Emory University. Fu così che partimmo per la nostra nuova vita ad Atlanta, dove contavamo di rimanere da cinque a otto anni, o magari per sempre. Trovammo un posto carino vicino a Grant Park, in un quartiere in trasformazione e prossimo alla gentrificazione. Dal di fuori non sembravamo diversi dalle altri giovani coppie che facevano la fila allo spaccio alimentare e al negozio di ferramenta. (Erano tutti impegnati a sollevare il linoleum per recuperare i pavimenti di assi di legno?) Eravamo tutti all'inizio, stavamo intraprendendo la nostra strada, e indubbiamente la strada era in salita. Io trovai un lavoro alla biblioteca scientifica dell'università. Cal capitò con un piacevole gruppo di medici molto stanchi, e quando potevamo, dividevamo la macchina con loro per andare in campeggio sulle Blue Ridge Mountains o a nuotare al lago Lanier. Per un giorno o due potevamo far finta tutti, perfino io, di essere sereni.

Non è già per dissolvervi che nasceste da vostro padre
e da vostra madre, ma piuttosto per formarvi ...
Walt Whitman

Da quando Carl era morto, i suoi amici non erano più tornati in biblioteca. Anche Rusty aveva meno voglia di andarci tutte le mattine. Kit non era più alla sua postazione, era nell'ufficio della direttrice, e se Rusty voleva vederla doveva passare davanti a Evelyn e bussare alla porta dell'ufficio, ma quante volte al giorno poteva farlo senza sentirsi uno stupido? Stava ancora lavorando al progetto dell'archivio, che però, senza la vicinanza di Kit, e con Sunny che sembrava in balia di una sorta di depressione, aveva perso ogni attrattiva. Lo stesso valeva per l'idea di trovare dei soldi gratis, che cominciava a sembrargli senza speranza proprio come, ormai iniziava a rendersene conto, doveva essere sempre apparsa a tutti quanti. Era il momento di cercarsi seriamente un lavoro vero.

«Sto per unirmi alla schiera dei disoccupati» annunciò Rusty, sulla soglia dell'ufficio di Kit.

«Pensavo fosse accaduto tempo fa» replicò lei.

«Non così. Adesso sono una di quelle persone licenziate durante la recessione che vanno alla biblioteca pubblica per postare online il loro patetico curriculum.» Prese dalla borsa un foglio di carta ordinatamente formattato e lo agitò.

«Fammi vedere» disse Kit tendendo la mano.

«Devo correggerlo» ribatté lui.

«Dai, forza» esclamò lei.

«Niente da fare. Non vorrei che all'improvviso rimanessi intimidita dal trovarti alla presenza dell'ex vice presidente esecutivo senior per la supervisione dei rapporti con la clientela.»

«Capisco il tuo punto di vista» commentò Kit mentre il telefono cominciava a squillare.

«Colazione di lavoro?» fece lui quando lei riagganciò. «Qui fuori. A mezzogiorno.»

E prima che Kit potesse dire sì o no, Rusty agitò il suo curriculum e chiuse la porta. Erano le 11,30, proprio l'ora in cui i Quattro lasciavano la biblioteca per andare a pranzo al Riverton Mercy, dove era morto Carl, un posto dove lui sperava di non dover più ritornare.

La morte di Carl era stata un brutto colpo per Rusty, più di quanto si sarebbe mai aspettato trattandosi di un uomo che aveva appena incominciato a conoscere. Quando ne parlò con Kit la prima volta, lei reagì appena, ma ora, seduti l'uno accanto all'altra sui gradini della biblioteca mentre consumavano il pranzo, lei sembrava ascoltarlo in modo diverso.

«Parlami di tuo padre» gli disse, sfoggiando la sua migliore interpretazione del dottor Bondi. Gli porse metà del sandwich arrotolato che aveva preparato quella mattina. Aveva disposto con cura su una tortilla le fettine di pomodoro, di cheddar, di tacchino e le foglie di lattuga, per poi arrotolare il tutto e tagliarlo a metà pensando, mentre lo faceva, che forse l'avrebbe diviso con lui. Era una rivelazione sconcertante: lei desiderava trascorrere del tempo con lui, era impaziente di vederlo e di prendersene cura. Si affrettò a seppellirla subito sotto altri pensieri, più innocui, su come avrebbe potuto svolgersi la giornata che aveva davanti.

« Era una brava persona » disse Rusty. « Tutti gli volevano bene. »

« Quanti anni avevi quando è morto? »

« Lo sai. Undici. »

« E dopo, cosa accadde? » chiese Kit.

« Cosa intendi per 'cosa accadde?' Era morto » ribatté Rusty, visibilmente irritato.

« Dovevi essere arrabbiato » continuò Kit. Adesso non solo impersonava Bondi, ma addirittura lo imitava. E aveva una sensazione strana, come se stesse tenendo due conversazioni contemporaneamente, la sua con il dottor Bondi e quella con Rusty. Ma forse erano sulla strada giusta.

« Certo che ero arrabbiato » rispose Rusty. « È stata dura. Mi sentivo disorientato. Stavamo cominciando ad avvicinarci sul serio. Eravamo i maschi di casa, capisci? Guardavamo le partite dei Vikings alla TV e lui teneva in mano una lattina di Miller e a volte me ne faceva bere un sorso. Non mi piaceva e glielo dicevo, e lui ribatteva che mi ci sarei abituato e che aspettava il giorno in cui avremmo guardato la partita dividendoci una confezione da sei di birra. »

Il dottor Bondi lo avrebbe incoraggiato a continuare a parlare, si chiese Kit, o sarebbe rimasto in silenzio, aspettando come un cacciatore appostato che Rusty venisse allo scoperto? Rusty era appoggiato indietro, con gli occhi chiusi e le braccia incrociate sul petto. Kit conosceva quella postura, la conosceva da dentro. Lì vicino, un'automobilista tentava di infilare un SUV nero in uno spazio di parcheggio troppo stretto, a due porte di distanza dalla vecchia bottega del barbiere. Kit la osservò mentre sterzava tutto e faceva retromarcia, urtando il marciapiede, poi usciva e riprovava, migliorando un po' ma non abbastanza. Si chiese se il dottor Bondi avrebbe faticato a non intervenire come accadeva a lei.

« Parlami di Carl » disse, quando l'automobilista rinunciò al quarto tentativo e si allontanò.

Rusty aprì gli occhi. Dal punto dove si erano seduti, si vedeva appena uno scorcio del fiume, e lui guardò in quella direzione. « Sentivo che mi dedicava la sua attenzione, che si preoccupava per me. Sia lui che Patrick, ma credo che lui avesse più simpatia per me di quanta ne aveva Patrick. Di quanta ne ha. »

« Provare simpatia per la gente era la sua specialità » ribatté Kit. Era troppo dura? Stava cercando di essere provocatoria. Stando lì seduta sui gradini scomodi e consumati della biblioteca, cominciava a provare più simpatia per il dottor Bondi di quanta ne avesse avuta quando si installava nella lussuosa poltrona marrone del suo studio, mentre lui cercava di salvarla da se stessa.

« Voleva aiutarmi » disse Rusty.

« Bene » fece Kit, « dimmi di più. »

« Era una brava persona » continuò Rusty. « Come mio padre. »

« È quello che sto dicendo io » ribatté Kit.

« Tu non hai detto niente » obiettò lui. « Hai solo fatto domande. »

« È un transfert. Così lo chiamano gli strizzacervelli. »

Ebbe una visione fugace del dottor Bondi seduto di fronte a lei al loro primissimo incontro, mentre le spiegava il meccanismo che le avrebbe permesso di sostituirlo a Cal, o forse a suo padre, non ricordava più, elaborando i suoi sentimenti nei loro riguardi attraverso lui. « Ci sono stati molti tradimenti e delusioni nella tua vita, e questo ti darà la possibilità di esprimerti e di essere ascoltato » gli disse sorridendogli. Quante parole al vento! E adesso era lei che le stava spacciando per vere.

« In Carl hai visto tuo padre. Carl non te lo avrebbe riportato in vita. Non sarebbe stato il tuo padre surrogato, ma ti permetteva di sentire come sarebbe stata la tua vita se ci fosse stato un uomo più grande che si fosse preso cura di te» gli spiegò. Via via che le pronunciava, le parole suonavano false e banali, ma forse erano vere.

«Credo di sì» assentì lui, ma il suo tono era poco convinto. Era il momento di rientrare.

Quel pomeriggio, Cyrus Ingram Allen corresse il suo curriculum, eliminando tutto quello che poteva rivelare la sua età, lo postò online e lo mandò via e-mail a un cacciatore di teste di New York che un tempo conosceva e a quegli studi che, come aveva letto sul *Wall Street Journal*, stavano ricominciando ad assumere. Non ci metteva il cuore, ma non poteva più permettersi quel lusso. Con il cuore non si pagano i conti.

Sunny | in fuga

Quando mi resi conto che, con ogni probabilità, vivevo con un ricercato, mi spaventai. Ogni volta che Steve saliva in macchina, gli ricordavo che rischiava di essere fermato perché aveva lo scappamento rotto.

«Piantala con lo scappamento, Sunny» sbottò lui quando glielo rammentai forse per la sesta volta. «Ci sto lavorando.»

Come faceva a essere così tranquillo? La polizia poteva arrivare e portarlo via in qualsiasi momento. Forse, riflettevo, alla fin fine non era colpevole. Ma poi mi dicevo che era impossibile. Ero molto agitata. Willow se ne accorse e mi preparò un infuso di camomilla. È il suo rimedio preferito e di solito funziona, ma non quella volta.

«Cosa ti succede, Sunny?» mi chiese subito prima di andare a letto. «I soliti problemi adolescenziali?»

« Problemi adolescenziali » è il modo in cui mia madre definisce tutto quello che riguarda il mio corpo che cambia.

« No » risposi.

« E allora cosa c'è? Puoi dirmelo. Noi due ci raccontiamo tutto. »

Bene, quella era una bugia e mi fece così arrabbiare che fui sul punto di dirglielo: sapevo che mentiva, anche in quel momento, su quello e su quasi tutto quello che pensavo di sapere della nostra famiglia. Era come scoprire che ero stata adottata e nessuno voleva ammetterlo.

Mentii di rimando: « Non lo so ».

« È il tuo lavoro alla biblioteca? C'è qualcuno che ti dà fastidio? Se c'è qualcuno che ti dà fastidio, dovresti dirlo a Kit. È Kit? È lei che ti mette in difficoltà? Ho sempre detestato avere un capo... » e poi attaccò con la sua tiritera sulle dinamiche di potere in ambito lavorativo, suggerendomi di approfondire l'argomento e farlo diventare oggetto di studio, e bla bla bla, e io mi addormentai.

Quando mi svegliai non ero affatto più tranquilla. I miei genitori mi hanno sempre detto che la conoscenza è emancipazione, ma più cose conoscevo su di loro, meno mi sentivo emancipata. Angus Parker era morto. Era morto due volte. Ma Steve era ancora vivo, e se aveva fatto quello che, secondo la polizia, aveva fatto Angus Parker, c'era gente che voleva trovarlo e metterlo in prigione. E Willow, anche. E io? Non ero colpevole anch'io? Colpevole di associazione, perché sapevo e non l'avevo detto a nessuno? No, questo non era vero. A qualcuno l'avevo detto. L'avevo raccontato a Kit. Quindi anche lei era colpevole, adesso, e per colpa mia.

Era un sabato, il giorno in cui di solito aiutavo Willow al chiosco. « Aiutare » è un eufemismo per tenerle compagnia. Il sabato è quando la gente va in giro e guarda i gioielli, ma gli acquisti avvengono a metà settimana. Una madre si ferma con la figlia, oppure un uomo si ferma con la fidanzata o con la moglie, e guardano la roba di Willow, e la figlia si infila un braccialetto sulla mano e tende il polso ed entrambe lo ammirano. Ma poi lo lasciano dov'era e proseguono, e dopo qualche giorno, la madre ricompare e dice: «Si ricorda quel braccialetto che ha provato mia figlia?» (Willow se lo ricorda sempre.) «Vorrei regalarglielo per il suo compleanno.» I martedì sono i giorni migliori per Willow.

«Penso che oggi starò a casa» dissi, e Willow non cercò di dissuadermi.

Quando lei e Steve uscirono, andai sul retro della casa a prendere la mia bicicletta, che non usavo da un po', e gonfiai le gomme. Riverton era a quindici chilometri circa, senza contare il vialetto di casa, e calcolai che avrei potuto andare e tornare prima che Willow rientrasse dal lavoro. Quando mi venne in mente che forse Steve l'avrebbe accompagnata per poi rientrare subito a casa, tornai dentro e scrissi un biglietto per dirgli che ero uscita a fare un giro in bici e partii, diretta a casa di Kit. Avevo bisogno di parlare con lei.

10

9/8/2010 – 15/8/2010

L'intrusione cupa della vecchia sciagura...
Wallace Stevens

Era tardo pomeriggio, dopo il lavoro. Kit stava camminando verso casa quando Rusty, che non vedeva da qualche giorno, le passò accanto in automobile e rallentò per chiederle se voleva un passaggio.

«Posso andare a piedi» rispose Kit. Per tutto il pomeriggio aveva pregustato quella lenta passeggiata verso casa. Era la sua seconda settimana completa da direttrice, e Barbara l'aveva lasciata con una pila di fatture, un conto bancario pesantemente decurtato e un budget che aveva bisogno di essere ritoccato per far funzionare il tutto. Le era venuto mal di testa. Voleva soltanto andare a casa, riempirsi un bicchiere di Chardonnay, e mettersi seduta sotto in veranda con le gambe distese e i piedi sul tavolino, a guardare il mondo che passava.

«Questo lo so» rispose lui. «Ma non è quello che ti avevo chiesto.»

«Da quando sei diventato così pedante con le parole?» ribatté lei, senza curarsi di nascondere il proprio fastidio, non solo nei suoi confronti perché l'aveva interrotta, ma anche verso se stessa per avergli lasciato credere che poteva farlo. «Ecco cosa succede» pensò. «Ecco cosa succede, e succede in un attimo: vogliono di più, poi ancora di più, e danno per scontato che anche tu lo voglia.»

«Posso andare a piedi, e andrò a piedi» replicò. Riprese a camminare, contenta di essere nuovamente in cammino, contenta di avere recuperato la propria solitudine.

In quella zona della cittadina il marciapiede di solito era deserto, così, quando udì dei passi dietro di sé, Kit si voltò ed eccolo di nuovo, Rusty, questa volta a piedi.

« Anch'io posso andare a piedi » disse, e le si mise a fianco. « Se piove, però, sono fregato. Ho lasciato la capote abbassata. »

« Potresti tornare indietro » suggerì Kit.

« Potrei tornare indietro, ma non tornerò indietro » ribatté lui. « Non ancora. Ho comprato una bottiglia di vino per noi, un buon Zinfandel. Una grossa spesa per me, data la mia situazione. »

Appariva così compiaciuto di se stesso, e così impaziente, che lei non ebbe il coraggio di dirgli che aveva voglia di vino bianco. E di restare da sola.

« Dove tieni i bicchieri da vino? » chiese Rusty mentre entravano nella veranda di Kit.

« In cucina. Li vedrai. Non ho molta roba » gli rispose, e si fermò sui suoi passi. « Io aspetto qui. » Era più facile stare con lui fuori casa che non dentro. Nella veranda, le pareti erano alte solo come un davanzale.

Quando Rusty ricomparve, teneva la bottiglia di vino sotto il braccio e due bicchieri colmi in mano.

« Ecco, prendi questo » le disse, porgendogliene uno e deponendo l'altro e la bottiglia. « Torno subito. »

Kit lo sentì aprire il frigorifero, poi chiuderlo, aprire un armadietto, poi chiuderlo. Aprì di nuovo il frigorifero. Aprì dei cassetti.

« Cosa stai facendo? » gli gridò, ma lui non la sentiva oppure la ignorava, perché non vi fu risposta finché, dopo una buona decina di minuti, ricomparve.

« Cercavo qualche stuzzichino, ma sono riuscito a trovare soltanto questo » disse Rusty, presentando un piatto di cracker, ciascuno coperto con insalata di tonno e guarnito con un pezzetto di oliva nera.

«Dove li hai trovati?» domandò Kit, lievemente imbarazzata nel veder messo a nudo il vuoto quasi totale della sua dispensa.

«Li ho fatti io» rispose Rusty con orgoglio. «Per anni mi sono preparato il pranzo da portare a scuola» aggiunse. «Qui non c'è molto con cui lavorare. Un po' come a casa mia. La casa dove sono cresciuto. E anche il mio appartamento a Hoboken. E anche il posto dove sto adesso, a pensarci bene.»

In fondo alla strada, uno dei vicini di Kit sparava musica reggae dall'altoparlante di un'automobile.

«Fanno così» disse Kit a Rusty. «Aprono la portiera e suonano la musica.»

«Mi piace» rispose lui. «Pensi che accettino delle richieste?»

Rimasero seduti lì, vuotando lentamente i loro bicchieri e osservando i pettirossi che beccuzzavano sul prato, parlando poco.

«È carino qui» osservò Rusty.

«Davvero?»

«Te l'ho detto.»

«Lo so» ribatté Kit. «Ma dev'essere molto diverso da quello a cui sei abituato, venendo dalla città. La grande città» aggiunse, incapace di contenere il proprio disprezzo. Era un atteggiamento che conosceva, quello dei villeggianti estivi che se ne andavano da Boston o New York per trasferirsi in qualche cittadina lacustre vicino a Riverton, o di quelli che tornavano ogni autunno per ammirare il fogliame che cambiava colore, e credevano che il trascorrere un po' di tempo in campagna li rendesse persone migliori.

Rusty si mise a ridere: «È decisamente diverso, ma mi piace». Prese il suo bicchiere e fece per entrare in casa. «Sta diventando freddo» osservò, e lei rimase sorpresa e sconcertata dalla facilità con cui lui si muoveva nel suo spazio vitale.

«Anche qui è carino, dopo mesi trascorsi nella camera di un

motel » esclamò lui, sprofondando nel divano del salotto e appoggiando i piedi sul tavolino.

Kit sentì i propri muscoli che si irrigidivano e raddrizzò istintivamente la postura, mentre lo guardava accoccolarsi come un retriever. Le sembrava di sentire il dottor Bondi. Era come se le stesse seduto sulla spalla, sussurrandole all'orecchio: « È un bene essere consci delle proprie sensazioni, Kit, anche se non si sa il motivo per cui le si prova ». Ma lei lo sapeva, e da tanto tempo.

« Allora » fece Rusty. « Cosa fai qui per passare il tempo? »

Kit non capì se intendesse lì a Riverton o lì in casa sua. « Non molto » rispose. « Leggo, guardo film, o magari video di gatti su Internet. » Suonava noioso? Probabilmente sì, pensò. Gliene importava? Non lo sapeva.

« E tu? » chiese Kit.

« Prima di venire qui, o dopo? » rispose lui. « Il prima non ti piacerà. »

« Mettimi alla prova. »

« Penserai che sono un tipo davvero superficiale. »

« Come fai a sapere che non lo penso già? » ribatté Kit. Non era riuscita a trattenersi.

« Il 'prima' era un sacco di locali, partite a poker con puntate alte, quel genere di cose. Tutte legate al lavoro, naturalmente » disse lui, con le braccia appoggiate ai cuscini e un sorriso sul volto, mentre ricordava.

« Naturalmente » rispose Kit. Provava a immaginarselo, con le maniche arrotolate fin sopra i gomiti, seduto in una stanza fumosa – sigari – con un'alta pila di fiche davanti a sé, ma l'immagine continuava a mischiarsi con quella foto famosa dei cani che giocano a poker.

« E adesso? » gli domandò.

« Ah, adesso. Adesso leggo libri che voi letterati non approvereste, guardo la TV e mangio cibo indiano tutte le sere. Tranne quando esco con te. »

« L'abbiamo fatto solo una volta » puntualizzò Kit.

« È proprio quello che intendo dire » esclamò Rusty. « Ci conosciamo da settimane, e questo è solo il nostro secondo appuntamento. Il terzo, se conti il pranzo dell'altro giorno. »

« Questo non è un appuntamento » rispose Kit. « Tu... » Esitò. « Ti sei invitato da solo. » Si sentiva di nuovo messa all'angolo, e all'improvviso aveva un desiderio irrefrenabile di essere sola e di non dover rendere conto a nessuno.

« Posso farti una domanda? » fece Rusty, ma non attese che gli rispondesse. « A volte ho la sensazione di piacerti, e altre volte di non piacerti. »

« Tu mi piaci » disse Kit. « Te l'ho detto. Sei un tipo simpatico. »

« Uau » esclamò lui.

« Uau cosa? »

« Non sento la frase 'sei un tipo simpatico' dai tempi... non so... dell'università. »

« Scusa » rispose Kit. « Probabilmente anch'io non dico più niente del genere dai tempi dell'università. Sono... sono fuori allenamento. »

Lui la guardò scettico, socchiudendo gli occhi e serrando le labbra. « Sei fuori allenamento per cosa, per snobbare la gente? »

Kit sembrò colpita. « No. No. Certo che no. Sono fuori allenamento per quanto riguarda avere qui qualcuno. » Ecco, l'aveva detto. Sapeva che suonava patetico, ma era vero. Se lui era davvero un tipo per bene, l'avrebbe capito. O almeno ci avrebbe provato.

« Non starai recitando la parte della zitella, vero, o della vedova? » scherzò Rusty, cercando di metterla a suo agio ma rendendosi conto di aver commesso un errore subito dopo averlo detto. Kit era rimasta a bocca aperta, e anche a occhi sbarrati, se mai questo era possibile.

« Cal non è morto » disse Kit, dopo un lungo silenzio. « Per mia fortuna. » Aveva un tono di voce privo di vita.

«Oh, merda, scusa» fece lui. «Non sono capace di tenere la bocca chiusa. Una malattia cronica, a quanto pare.» Le rivolse un sorriso imbarazzato, che Kit non ricambiò. Rimase seduta a guardare il riflesso del ventilatore da soffitto che continuava a girare nel suo bicchiere.

«Adesso ho capito» fece Rusty dopo un po'. Lei non gli chiese cosa avesse capito, e lui proseguì: «È per questo che ti sei trasferita qui». Lo disse piano, ma in fretta, come se parlare velocemente rendesse meno sottile il ghiaccio su cui stava pattinando.

Kit posò il suo bicchiere. «In effetti, no» rispose, fissandolo. «È per questo che me ne sono andata. Non avevo scelta, in ogni caso.» Ma era vero? Cosa le diceva sempre il dottor Bondi? Che anche quando sei con le spalle al muro, non sei senza possibilità di scelta. «Puoi arrenderti, oppure puoi lottare» diceva, e Kit non ricordava più se andarsene voleva dire lottare oppure arrendersi. Di sicuro significava rinunciare al denaro, al «cospicuo dono» – *dono* – che il Dottore le offriva per rimanere. «Le donne se la passano male dopo il divorzio» le aveva spiegato, tentando di prenderle la mano come se lei fosse una bambina, piccola e vulnerabile, e lei, come una bambina piccola e petulante, non se l'era lasciata prendere. «Questo è per il tuo bene personale, Katherine. Le divorziate» – aveva proprio usato quel termine – «subiscono un forte ridimensionamento del loro standard di vita.» Kit aveva risposto alla sua finta preoccupazione con finta gratitudine, ma poi aveva cambiato vita e aveva comunque divorziato da suo figlio.

«Una vittoria di Pirro» aveva detto a Bondi.

«Ma una vittoria» aveva risposto il dottor Guarda-Il-Lato-Positivo.

«Lui – Cal – dov'è adesso?» domandò Rusty.

«Cal?» fece lei, un po' sorpresa nel sentirsi ricordare che stavano parlando di lui. «Non chiedermelo. Non lo so. Probabilmente con il suo paparino.»

«Quella è un'altra questione» disse Rusty.

Kit alzò le spalle. «Non proprio» rispose. Un'altra questione era il parlarne. Lì, a casa sua. Casa sua. A Riverton. Una cosa che si era ripromessa di non fare mai.

«Non posso» disse lei all'improvviso, con fermezza, tanto a se stessa quanto a lui. Il tono della sua voce era cambiato, era brusco e quasi gelido.

«Non puoi cosa?» domandò Rusty.

«Fare questo. Con te.»

«Fare cosa con me? Cosa stai facendo con me?» Se aveva percepito il gelo che proveniva da lei, non lo dava a vedere. Aveva parlato con tono faceto, e il suo sguardo era giocoso e persuasivo.

«Parlare» rispose Kit semplicemente.

«Parlare» ripeté Rusty. «Parlare con me?»

Kit annuì. «Non posso.» Si era ritagliata quello spazio per sé, scavandolo, le sembrava a volte, a mani nude. Lo aveva reso piccolo e inospitale per scelta. Non c'era spazio per nessun altro.

«Senti» disse Rusty. «Devi capire una cosa. A me piace stare qui. Qui a Riverton. Non pensavo che mi sarebbe piaciuto, ma è così. E una delle ragioni è che mi piace parlare con te. Mi piaci tu.» Fece una pausa, lasciando che la frase facesse effetto, ma non troppo. «E mi piace Paddy. Mi piacciono i due Rich. Mi piaceva Carl. Mi piace Sunny. Mi piace perfino Evelyn. Mi ricorda le persone della mia infanzia, a Duluth. Ma la cosa più importante è che mi piaccio io. Qui, io mi piaccio.» Concluse il suo discorso, bevve una lunga sorsata dal bicchiere che stringeva in mano, lo vuotò, e tornò a sprofondare nel divano guardandola, in attesa.

«Lascia che te lo chieda» rispose Kit, scegliendo attentamente le parole. «Se tu, domani, riavessi il tuo vecchio lavoro, o un lavoro simile, saresti una persona diversa da quella che eri prima?»

Lo fissò senza batter ciglio, come se lo esaminasse, e al di là dell'espressione impaziente di Rusty vide il gioielliere, con la sua lente incastrata nell'occhio, che rigirava prima la sua fede nuziale – platino, tempestata di diamanti della dimensione di granelli di sabbia –, poi l'anello di fidanzamento – montatura Tiffany, taglio rotondo, purezza VS1 – piano piano, millimetro per millimetro, alla ricerca di perfezione, o di imperfezioni, non era sicura di cosa, sapeva solo che lui era giudice e giuria, finché alla fine le aveva offerto un prezzo così alto che il suo primo impulso era stato di dissuaderlo, e invece lo aveva ringraziato, prendendo l'assegno e definendolo la propria acquisizione.

« Mi piacerebbe poter dire di sì » rispose lui dopo una lunga pausa, « ma voglio essere sincero: non ne ho idea. Questa è la verità. »

« Lo apprezzo » rispose Kit. Ed era la fine. Anche se ci fosse stato spazio per lui, anche se avesse voluto che ci fosse spazio – ma non l'aveva voluto, no – sarebbe stata una follia. Se ne avesse avuto l'occasione, lui sarebbe tornato a una vita in bilico su una pila di banconote. Avrebbe ripensato al suo periodo a Riverton come a un episodio sociologico o antropologico, parlando del loro stile di vita più semplice come se si fosse trovato in mezzo ai pionieri, a vivere nella prateria mungendo mucche e facendosi il burro in casa. Nel migliore dei casi, avrebbe ricordato con una certa dose di affetto i vecchi che lo avevano preso sotto la loro ala protettiva, e con una certa dose di divertimento la donna dai capelli in disordine e i vestiti comprati per posta che gli era piaciuta un po', anche se nessuno di sua conoscenza l'avrebbe creduto o capito. E nel peggiore dei casi, avrebbe trovato il modo di prendersi gioco di tutti loro. Riverton sarebbe diventata il bersaglio delle sue battute, e dopo un po' le battute sarebbero diventate superate, e non si sarebbe più ricordato cosa ci fosse di divertente (in quelle battute, nella gente, nel posto).

Era calata l'oscurità. Il vino era quasi finito, e Kit non ne voleva altro, in quel momento.

« Posso darti un passaggio fino alla tua macchina » gli propose.

« Posso andare a piedi. »

« Lo so che puoi andare a piedi » ribatté. « Questo lo abbiamo appurato. »

Mentre si alzava dal divano, lui vide una foto sulla parete di fronte e andò a guardarla meglio.

« Ho anch'io una di queste » disse esaminandola. « Io e mio padre al Lago Superiore. Penso di aver avuto tre anni. »

« Io non avevo neanche un anno quando è stata scattata » spiegò Kit. « Lago Erie. Venne ucciso pochi mesi dopo. »

« Pura brutalità » disse lui.

« Non l'ho mai conosciuto. »

« Questo è peggio » osservò Rusty.

« Tu credi? Io ho sempre pensato che sarebbe stato peggio se lo avessi conosciuto. »

Rimasero in piedi per qualche istante, imbarazzati, esaminando la fotografia, poi Kit indicò la porta e disse: « La maniglia balla un po', te la apro io » e quasi lo spinse fuori.

La storia del matrimonio

PARTE V

Atlanta non era affatto male, all'inizio. Mi portò fuori dal tunnel buio in cui ero rimasta confinata da quando avevo perso il mio primo e unico bambino, e adesso che mi trovavo dall'altra parte, Cal e io ci trattavamo reciprocamente con profondo rispetto. La nostra vita insieme era come quella routine farsesca in cui due persone arrivano davanti a una porta e una di loro dice: « Prima tu » e l'altra ribatte: « No, prima tu » e la prima ripete: « Prima tu » e così via, e non passa nessuno. Dicevamo « grazie » e « prego » per ogni minima cosa e giravamo in punta di piedi l'uno intorno all'altra, timorosi di infastidire o di non apparire soltanto guariti e contenti. Chi non ci conosceva, i nuovi amici, ci dicevano che eravamo carini l'uno con l'altra e che sembravamo tanto innamorati; le altre donne mi confidavano quanto avrebbero desiderato che i loro mariti le trattassero con altrettanta tenerezza. Se solo avessero saputo.

Io provai. Provai per anni, perché cos'altro potevo fare laggiù? Cal stava affrontando la parte più intensa del suo internato, ed era sempre sfinito, distratto, e spesso assente da casa per poter essere sfinito, concentrato e presente in ospedale. Le sue priorità erano le mie priorità; dovevano esserlo. Per mancanza di alternative, a quanto sembrava, ero diventata la moglie tollerante e arrendevole che il Dottore voleva che fossi.

Al lavoro, dove il capo bibliotecario cercava di tenerci aggiornati sulla ricerca scientifica di avanguardia, guardavamo le immagini provenienti dal Telescopio Spaziale Hubble proiettate su uno schermo enorme, e io mi ritrovavo a vagare prima con la mente, poi anche con il corpo, come se fossi là fuori in quella vasta e gelida oscurità, beatamente libera dalla mente e dal corpo. Ascoltavo i geologi che parlavano di perforazioni nel nucleo della terra e mi domandavo perché si preoccupassero tanto di quello che c'era dentro, quando c'era così tanto di cui preoccuparsi in superficie. Gli epidemiologi dei Centri per il controllo delle malattie vennero a parlarci di studi sulla popolazione e di mortalità contrapposta all'ossessione di morte, e io drizzai le orecchie: avevo un'esperienza approfondita di entrambe. Poi loro se ne andarono e io tornai a sedermi su uno sgabello alto al centro della sala di lettura, a rispondere alle domande sparse che mi venivano fatte di tanto in tanto, ma soprattutto ad accertarmi che nessuno tagliasse le pagine dal libro di testo di biochimica, cosa che alcuni ambiziosi studenti del corso propedeutico alla medicina avevano incominciato a fare, per impedire ai loro colleghi di svolgere le letture assegnate, oppure si infilasse in tasca una delle nostre troppo costose riviste accademiche. Immaginate una guardia carceraria nella guardiola di una prigione e otterrete una buona approssimazione di quello che sembravo e facevo.

All'inizio non avevo l'energia di ammettere con me stessa, e tanto meno con il mio esausto marito che lavorava ininterrottamente, che il mio lavoro era tedioso. A che scopo? Se ci trovavamo lì, era soltanto per lui. E cos'era il mio tedio, paragonato al suo? Lui sarebbe diventato un medico e io ero solo la moglie del medico; il mio lavoro era semplicemente un riempitivo. Eppure, proprio come lui era nato, o era stato cresciuto, per essere un dottore, perché nel caso di Cal, natura e cultura erano indistinguibili, a quanto pareva io ero nata per trascorrere i miei giorni in mezzo ai libri. Niente di nobile o eroico come la neurochirurgia, questo era evidente. Ma avevo anche capito che amavo Wallace Stevens e William Carlos Williams. Amavo Charles Dickens e George Elliot. Amavo Mary Oliver, Langston Hughes, Emily Dickinson, e Toni Morrison. E amavo le biblioteche, perché era lì che li avevo trovati tutti, ed era il luogo dove potevo passare ad altri. Quando accettai il lavoro alla biblioteca scientifica, mi dissi che ero il genere di persona che poteva trovare spunti poetici nella tavola periodica, o individuare intrecci narrativi nella progressione del cancro da una cellula all'altra. Cercavo di essere quella persona. Non ero quella persona.

Nel frattempo, una dopo l'altra, le mogli dei colleghi di Cal rimasero incinte, come se la gravidanza fosse un turno che si collocava tra nefrologia e otorinolaringoiatria. Io andavo sempre alle feste per i nascituri, davo un colpetto ai pancioni, tubavo davanti alle ecografie, e imparai anche a smettere di dire la verità sulla mia situazione personale perché tutti, anche quelli intelligenti e acculturati, sembravano temere che la mia infertilità gli si potesse attaccare addosso. Poi i bambini incominciarono a nascere e ci furono pomeriggi di gioco, scambi di vestitini, feste di compleanno, e la mia interpretazione più generosa fu che quelle donne si erano semplicemente dimenticate di includermi negli inviti. Mi sentivo esclusa e ne soffrivo, soprattutto perché non potevo dire niente al riguardo. Al confronto delle prove che Cal affrontava quotidianamente, le mie preoccupazioni sembravano di poco conto. Come potevo dire che mi sentivo esclusa perché Lindsay non mi aveva invitato alla festa di compleanno di Emma presso uno dei tanti Chuck E. Cheese a uno che era appena uscito da quindici ore di doppio trapianto polmonare per un paziente con fibrosi cistica che, appena fuori dalla sala operatoria, era deceduto? Semplicemente non potevo dirlo.

Per quanto sfinito, Cal andava di bene in meglio al polo ospedaliero. I medici più anziani chiedevano di averlo alle loro dipendenze; divenne responsabile degli specializzandi un anno prima di chiunque lo fosse diventato in precedenza. Alle riunioni di reparto, i suoi supervisori si sentivano in obbligo di prendermi da parte per dirmi che stavo facendo uno sforzo importantissimo, non lamentandomi quando Cal saltava le festività, o si assentava per giorni e notti di fila, o si prendeva lui tutta la gloria, anche se meritata, perché avere una casa, abiti puliti, i conti pagati, la cena servita, e tutte le altre cose che nel loro mondo rientravano nel concetto di vita domestica era essenziale per l'intera attività, anche se nessuno, di solito, vi faceva caso. «Cose che si vedono e non si vedono» disse uno di loro, come se volesse consolarmi con una citazione a sproposito della Lettera ai Corinzi.

Lo stesso accadeva con il Dottore, che avvolgeva strani biglietti di ringraziamento, scritti su quei blocchetti per appunti lasciati dagli informatori medici che decantavano le virtù di Viagra e Paxil, intorno agli assegni che inviava per Natale. In uno, aveva scritto che secondo lui le mogli dei medici avrebbero dovuto essere beatificate, e io lo interpretai come la conferma che beate di certo non eravamo. «C'è già una santa Katherine (più comunemente nota come santa Caterina di Alessandria)» fui tentata di rispondergli, ma non lo feci quando scoprii che il giorno della sua festa era stato tolto dal calendario ufficiale dei santi perché nessuna delle sue virtù e azioni aveva trovato riscontro.

A Cal offrirono una borsa di studio in neurologia alla Columbia e l'incarico congiunto di neurologia-neurochirurgia alla UCLA, ma quando la Emory si allineò con la loro offerta e vi aggiunse un maggiore sostegno per il suo laboratorio, Cal declinò le altre, asserendo che non voleva traslocare e trasferire la propria ricerca, che era contento dove si trovava e che, per quello che poteva dire lui (non molto, e non per colpa sua), anch'io lo ero.

Piantammo le tende ad Atlanta per cinque anni, e io mi convinsi che non era poi così male. C'erano dei vantaggi. Quando il rettore della facoltà di medicina, dove Cal adesso era assistente (e le voci lo indicavano come futuro rettore, un giorno), seppe che «la moglie di Cal» aveva lasciato il lavoro presso la biblioteca scientifica, spianò la strada per me (be', più precisamente per «la moglie di Cal»), perché diventassi l'assistente del direttore ricerche di un progetto pluriennale che collegava le informazioni demografiche a quei dati sull'ossessione di morte e sulla mortalità da cui ero rimasta attratta nel mio impiego precedente. Consultavamo gli elenchi del censimento e quelli telefonici, i registri delle nascite e delle morti e mappavamo la diffusione dell'influenza nel paese, identificavamo i luoghi in cui erano più diffuse le malattie a trasmissione sessuale e cercavamo di prevedere dove si sarebbero spostate. Non era Dickens, ma in quei numeri si prefiguravano le storie umane ed era perfino possibile iniziare a inserire qualche tocco di colore. Feci amicizia con le persone del mio gruppo, e adesso uscivo ogni tanto con chi, come me, non aveva legami particolari con coniugi e figli. Cal e io vivevamo esistenze ampiamente parallele, anche se, quando ci incrociavamo, eravamo amichevoli e socievoli. Se ci aveste visti insieme, avreste detto che eravamo abbastanza felicemente sposati. Se lo aveste chiesto a me, vi avrei risposto che non litigavamo mai.

La madre di Cal morì mentre eravamo ad Atlanta. Dopo il funerale, il Dottore prese da parte Cal per parlare con lui in privato nel suo studio, mentre io servivo crudité e ciambella al limone a chi era voluto tornare con noi in quella casa, un po' in disarmo dopo i mesi di malattia di Lydia. (Non ne sapevamo niente, perché il Dottore non aveva voluto distrarre Cal.)

«Grazie per essere venuti» continuavo a ripetere, e mi sentivo rispondere «Era una grande donna» e «Dev'essere devastante per voi», e a quel punto riuscivo solo a dire di nuovo «grazie per essere venuti».

Quando Cal riemerse dallo studio di suo padre, la sua espressione, che quando era entrato appariva triste e stanca, era diventata da encefalogramma piatto. Aveva la bocca immobile e rigida; lo sguardo pareva invecchiato, come se alla fine avesse visto troppo. Le sue mani, le sue abilissime mani, erano serrate a pugno. Il Dottore era dietro di lui, e anche se aveva appena messo sua moglie sotto terra, aveva un'aria allegra. Uno dei suoi amici del golf lo spinse da parte, e vidi il volto del Dottore che si ricomponeva e ridiventava addolorato. Se fossimo stati nell'*Amleto*, lui avrebbe fatto la parte di Polonio.

« Cosa succede? » chiesi a Cal quando lo sorpresi a girare infuriato intorno alla piscina dei suoi genitori. Aveva ancora i pugni serrati e la pioggia, benché lieve, gli aveva schiacciato i capelli che andavano diradandosi e gli rigava gli occhiali. Anche se avevamo volato su due aerei separati, eravamo stati insieme per trentadue ore ininterrottamente, un vero record in quel periodo. Gli forzai le dita per aprirle e lo presi per le mani. Chi ci avesse visto dalla finestra della sala da pranzo avrebbe pensato che lo stavo consolando; avrebbe creduto che Cal fosse sopraffatto dal dolore. Ma non era affatto così. Non era triste, era furioso.

« È appena riuscito a farmi accettare di lasciare Atlanta e ritornare qui » sibilò Cal. Sembrava un gatto. Un gatto infuriato e messo all'angolo.

« Cosa intendi dire? » chiesi, davvero confusa. Lui era il dottor Calvin Sweeney, professore associato di neurologia e neurochirurgia, il ragazzo prodigio. Era il dottor Calvin Fortune Sweeney, o, come lo chiamavano alle spalle i suoi studenti, « il dottor Calvin 'Tutte Le Fortune' Sweeney », che avrebbe svelato i tratti genetici del morbo di Parkinson e trovato la cura per l'Alzheimer e avrebbe eseguito il primo trapianto di cervello al mondo. (Be', forse il trapianto del cervello no, ma le aspettative per i risultati che Cal avrebbe ottenuto erano enormi.)

«Proprio quello che ho detto.» Questa volta la sua voce era priva di inflessioni, vacua.

«Qui? A casa sua?»

«No, ma nelle vicinanze. Non importa dove. Dice che è il momento di tornare.»

«Ma perché? Non ha alcun senso. Stai facendo grandi cose. Farai grandi cose.» Quante volte me l'ero sentito dire a proposito di Cal? Quante volte se l'era sentito dire lui? Sicuramente anche il Dottore l'aveva sentito.

«È invidioso» esclamai. «Ecco che cos'è, Cal. Non può convivere con il fatto che tu sei una star.» A quel punto eravamo entrambi bagnati fradici, e qualcuno dall'altra parte del vetro bussava contro la finestra della sala da pranzo per attirare la nostra attenzione.

«Può darsi che sia invidioso» ribatté Cal, «ma è anche orgoglioso. Vuole più credito. Vuole che la gente veda che c'è la sua mano dietro tutto quello che io riesco a fare.»

«Bene, non è così. Non sei di sua proprietà» protestai indignata. «Hai trent'anni. Non devi fare tutto quello che ti dice papà.» Non mi curavo di nascondere il mio disprezzo.

«Tu non hai un padre» disse Cal. «Non puoi capire.»

Lasciai cadere le sue mani e indietreggiai. «Bravo, Cal» esclamai.

Sapeva essere tagliente. Ma di solito avveniva in modo così subdolo che potevo convincermi che non stava accadendo. Cal aveva coltivato quel personaggio da modesto, umile bravo ragazzo del Midwest, forse per reazione alla spacconeria del padre, forse perché gli faceva gioco, così, quando diceva cose che trovavo offensive, ne derivava una situazione confusa. Era come una musica dissonante: non sapevo cosa stavo ascoltando. Ma in quel caso non c'era possibilità di errore, quella frase faceva male.

«Sono sconvolto» disse, come se fosse sufficiente a rimediare.

Aggiunse che, quando stava per iscriversi all'università, lui e il Dottore avevano fatto un patto: i genitori di Cal avrebbero pagato per la sua istruzione, l'università e la scuola di specializzazione medica (perché naturalmente Cal avrebbe fatto il medico), in modo che potesse incominciare la sua carriera senza debiti. In cambio del denaro, Cal aveva promesso che sarebbe tornato per esercitare sul posto se il Dottore glielo avesse chiesto.

« All'epoca sembrava pura teoria » si giustificò Cal.

« Ma eri così giovane! » esclamai indignata. « Non dovresti mantenere una promessa che hai fatto allora. »

« Ero giovane anche quando ho fatto una promessa a te » ribatté amaro. « Dovrei rompere anche quella? »

Più non languisco sulla grigia cenere...
Anna Achmatova

Quando Rusty se ne fu andato, Kit staccò dalla parete la fotografia del lago Erie e la studiò attentamente. Era un'immagine che la seguiva da un luogo all'altro, e all'altro ancora. Non mancava mai su una parete, o sulla mensola di un caminetto, o sullo scaffale di una libreria, ovunque lei andasse a vivere. Divenuta ormai parte dello sfondo della sua vita, faceva parte dell'ambiente come l'aria.

Guardandola ora, non riusciva a credere di non aver mai notato prima la somiglianza tra suo padre e l'uomo che aveva sposato. Non era qualcosa di specifico, non era il colore degli occhi o il modo di pettinarsi o la linea del loro naso. Si trattava piuttosto della loro inconfondibile compostezza, del modo in cui atteggiavano il corpo, della sicurezza che le loro spalle squadrate sembravano emanare. Kit ricordava, ancora, il modo in cui faceva scivolare la sua mano in quella di Cal e lui che chiudeva le dita intorno alle sue, e si domandò se il senso di sicurezza che provava fosse un ricordo rimasto da quei suoi primi mesi trascorsi ancora con suo padre.

Vi furono dei passi nella veranda, poi udì bussare e nel contempo le giunse la voce di Rusty.

«Ehi, Kit» la chiamò, e lei ebbe un tuffo al cuore. Perché gli altri non la lasciavano in pace?

«Ci sei, Kit?» la chiamò ancora Rusty, bussando più forte. «Mi spiace davvero disturbarti. Se mi senti, apri, per favore.»

Kit lo sentiva, lo sentiva molto bene, ma l'ultima cosa che voleva era fargli credere che si sarebbe precipitata al suono della sua voce. Era stupido, lo sapeva, era infantile, o da ragazzina, ma poi il suo telefono incominciò a squillare e lei si alzò riluttante dalla sedia per andare alla porta. Rusty era in piedi sotto la lampada antizanzare gialla, il volto di un vistoso color limone, intento a scrutare il telefonino.

«Scusa» disse Rusty, alzando gli occhi. «Mi sa che ho lasciato l'auto in sosta vietata. Mi hanno messo le ganasce sulla ruota.»

«Hai chiamato il numero che c'è sulla multa?»

«Questo è il punto» rispose Rusty. «Entrava la segreteria telefonica. Allora ho chiamato direttamente la polizia di Riverton, e anche lì entrava la segreteria, quindi ho telefonato al 911, e al centralino mi hanno detto di chiamare più tardi, perché sono tutti fuori in servizio. Per fortuna non è una vera emergenza. Mi spiace chiedertelo, ma potresti portarmi al Tip-Top?» E dato che non gli rispondeva subito, aggiunse: «Altrimenti posso chiamare un taxi».

«Prendo le chiavi» disse Kit. «Aspetta qui.»

«Credo di non averti mai visto guidare» disse Rusty mentre Kit sbloccava le portiere della berlina Volvo sul vialetto.

«Mi piace camminare» ribatté Kit.

«Me l'hai detto.» S'interruppe. «Mi spiace se...»

«No» interloquì lei, e dopo viaggiarono in silenzio, Kit con gli occhi fissi davanti a sé, Rusty con lo sguardo rivolto a destra, al fiume. Un'auto della polizia sopraggiunse veloce alle loro spalle, e Kit si fece da parte finché non fu passata, mentre Rusty scherzava dicendo che inseguivano lui. Poi un'altra autopattuglia arrivò dalla direzione opposta e fece inversione di marcia con uno stridere di gomme, poco dietro la Volvo. Kit si fece di nuovo da parte, e attese finché non vide più luci lampeggianti nello specchietto retrovisore e nemmeno dirette verso di loro.

«Strano» disse Kit. «Dev'esserci stato un brutto incidente sull'autostrada.»

Ma quando arrivarono all'autostrada era libera, con poche auto che andavano verso nord e qualcuna verso sud, quasi tutte con kayak, canoe, pagaie e biciclette appese come fossero decorazioni giganti dell'albero di Natale. Subito prima dell'uscita per il Tip-Top, tre autopompe tagliarono loro la strada a sirene spiegate, stringendo la Volvo sulla striscia sonora e sulla corsia d'emergenza prima che Kit avesse il tempo di rallentare.

«Oh no, oh no, oh no» ripeteva Rusty mentre la vettura sobbalzava, e Kit, con il cuore che le martellava, lottando per tenere le ruote in carreggiata, continuava a dire «Va tutto bene, va tutto bene, va tutto bene». Poi, finalmente, riuscì a frenare con decisione.

«È tutto a posto, Rusty» disse rigida, mentre lui non smetteva di lamentarsi. Poi, più dolcemente: «Va tutto bene», ma Rusty scosse la testa e indicò verso ovest, oltre la spalla sinistra di lei, verso uno strano bagliore spettrale che illuminava la cresta degli alberi sul terrapieno che sovrastava la strada e una nera colonna di fumo che si alzava verso il cielo.

«Dev'essere il Tip-Top» esclamò. «Dev'essere il Tip-Top. Oh cazzo, cazzo, cazzo.»

Il blocco stradale iniziava in fondo alla strada di accesso al motel. C'era gente in tuta gialla che presidiava l'ingresso, allontanando tutti eccetto il personale di primo soccorso, i pompieri e la polizia.

«Ma lui abita là» disse Kit, rivolgendosi a una donna di bassa statura che sembrava persa dentro un giaccone e una tuta troppo grandi. Anche il suo casco era troppo largo e le era scivolato in avanti, coprendo le sopracciglia con la visiera.

«Dobbiamo tenere sgombra la strada» replicò.

Agganciata alla cintura, aveva una radio che sfrigolava, poi una voce meccanica e roca disse: «Winchester Uno, cinque minuti» e Kit esclamò: «Ma è Chuck» e quando la donna spinse indietro il casco chinandosi a guardare dentro l'auto, Kit si accorse che era la bella moglie di Chuck Odum.

«Io la conosco» fece la donna. «Lei adesso è il capo di Chuck.»

«Credo che nessuno possa fare il capo di Chuck» ribatté Kit ridendo.

«Proprio vero» convenne la donna.

«Io sono Kit.»

«Linda» disse la moglie di Chuck.

«Che bello, ma io devo andare lassù» interloquì Rusty, balzando fuori dall'auto e mettendosi subito a correre verso l'altura.

«Lei non è autorizzato» gli gridò dietro Linda Odum, ma era troppo tardi. Lui correva veloce e ben presto uscì dalla loro visuale.

«Ascolti» fece Linda. «Trovi un posto dove lasciare l'auto, poi torni pure quassù a cercare il suo amico. Sono tutti occupati, e probabilmente non vi faranno caso.»

«Grazie» rispose Kit, mentre la donna si allontanava.

Parcheggiare era più facile a dirsi che a farsi. C'erano automobili e furgoni in sosta su entrambi i lati della strada, quasi tutti con le targhe di appartenenti al primo soccorso o paramedici, o con gli adesivi delle squadre di pompieri volontari esposti sul vetro posteriore. Kit proseguì oltre una curva, individuò uno spazio dall'altro lato della strada, eseguì una complicata inversione in tre manovre e si infilò dietro un Silverado rialzato con enormi ruote da fuoristrada. Controllò l'orologio. Erano le dieci passate. Udì l'ululato insistente di una sirena, che diventava sempre più alto via via che il veicolo percorreva velocemente l'autostrada. Iniziò a camminare, poi si mise a correre a un'andatura moderata. La strada era buia, stretta e serpeggiante, e lei non indossava niente di riflettente. Accelerò.

«È arrivata» disse Linda quando Kit giunse al blocco stradale. «Non si faccia notare troppo. Se qualcuno fa domande, scappi via» e le fece segno di passare.

La strada d'accesso era ripida e, mentre camminava, Kit doveva evitare rivoli d'acqua che scorrevano a valle trasportando sabbia dalle nevicate dell'inverno precedente e detriti smossi dai getti a pressione degli idranti. Era senza fiato, e mentre cominciava a respirare con la bocca aperta, sentì arrivare sulla lingua fiocchi amari di fuliggine che la obbligarono a fermarsi e a sputare. A quel punto si accorse che il cielo – la parte che riusciva a vedere – era punteggiato da una specie di neve nera che cadeva pigramente a terra. Un'autobotte scendeva dalla collina, diretta al fiume per caricare altra acqua, e in breve Kit cominciò a superare camion dei pompieri e veicoli di soccorso, fermi a motore acceso sul lato della strada, in attesa del loro turno per salire verso quello che restava del Tip-Top. Vedendo che nessuno tentava di fermarla o di chiederle cosa stesse facendo, Kit si fece strada in mezzo ai veicoli, salendo più in alto con il fumo che le riempiva il naso, finché riuscì a scorgere le fiamme che si prendevano gioco dei lunghi getti arcuati d'acqua, lanciati da una schiera di autopompe schierate l'una accanto all'altra. Qualcuno aveva disposto intorno al perimetro dei riflettori, che facevano assomigliare l'intera scena al set di un film, ma non c'era nessuna finzione nel calore che proveniva dall'edificio, completamente avvolto dal fuoco.

«Non può stare qui» le disse un uomo chiazzato di sudore, indicandole un'area in fondo al parcheggio dove qualcuno aveva disposto delle brande e una postazione di ristoro. Individuò Rusty, in ginocchio, intento a parlare con una donna seduta su una delle brande. Avvicinandosi, Kit vide che la donna gli gettava le braccia al collo.

Quando fu a pochi passi da loro, Kit vide che le lacrime rigavano la fuliggine sul volto di Rusty.

«Gliel'avevo detto, gliel'avevo detto» ripeteva la donna. Era più vecchia e parlava con accento indiano.

«Lo so» disse Rusty, cercando di confortarla. «È stato un incidente.»

«Non è stato un incidente» ribatté la donna. «Gliel'avevo detto.»

«Lo so» ripeté Rusty. «Si riprenderà.»

«Rusty» disse Kit. «Sono contenta di averti trovato.»

«Questa è la signora Patel» fece Rusty. «La mia padrona di casa, immagino si dica così.»

«Nonna» lo corresse lei. «La tua nonna indiana.» Sorrise, ma poi, altrettanto improvvisamente, si mise a piangere.

«Ero così preoccupata, tanto preoccupata» spiegò a Kit. «Pensavo fosse ancora dentro. Ho bussato alla sua porta ma non rispondeva nessuno, la porta era chiusa a chiave e la chiave era alla reception dove è incominciato l'incendio.» Singhiozzava, dondolandosi avanti e indietro, e Rusty la teneva abbracciata. «Ero tanto preoccupata per te.»

«Stanno tutti bene» la confortò Rusty. «È questo che conta.»

Poi, rivolto a Kit: « Suo marito è in una delle ambulanze. Ha respirato il fumo. Gli stanno dando dell'ossigeno ». Dopo domandò alla signora Patel: « Vuole andare a vederlo? » Lei gli rispose di sì, e Rusty l'aiutò ad alzarsi dalla branda e la prese sottobraccio, dicendo a Kit che sarebbero tornati.

Nel frattempo arrivò un pompiere e chiese a Kit di riempirgli un paio di bottiglie d'acqua, poi ne arrivò un altro a chiedere se poteva stendersi per un momento, e prima che Rusty tornasse, Kit si trovò a gestire la postazione di ristoro, anche se nessuno sapeva chi lei fosse o che cosa ci facesse lì. L'incendio non dava tregua. Non appena i pompieri lo domavano in un punto e si rivolgevano altrove, il fuoco si riaccendeva, prima come una fiammella e poi, quando trovava un brandello di tenda che non fosse inzuppato d'acqua o la scheggia di una trave, divampava di nuovo. Sentì un pompiere che esclamava: « Sembra Vil Coyote ».

Alle prime luci dell'alba era tutto finito. Mentre il cielo s'illuminava, si spensero i riflettori e in breve la luce del giorno si alzò su una scena che nessuno avrebbe mai immaginato. Non era rimasto più niente. Non una sola trave, parete, letto, televisore o portaasciugamani. L'impronta del Tip-Top era una poltiglia di cenere e plastica fusa, su cui il fumo gravava come un incubo. Ogni tanto una fiammella appariva all'improvviso per poi scomparire altrettanto rapidamente, come una candelina magica su una torta di compleanno, pensò Kit, ferma a guardare accanto a Rusty.

I Patel andavano con il figlio e la nuora al motel di un parente da qualche parte dello stato, e quando chiesero a Rusty se voleva andare con loro come ospite, Kit disse: « No, verrà da me ». Le parole le uscirono spontanee, sorprendendo lei per prima.

« Non potevi andare con loro » spiegò Kit, mentre lei e Rusty raggiungevano la sua auto e lei gli diceva perché si era intromessa prima che lui potesse rispondere ai Patel. « Tu sei senza mezzo di trasporto, ricordi? »

«Grazie» rispose lui, distratto. «Sono bravissime persone. Molto generose. Cucinavano per me. Tutte le sere. Credo che, in un mese, non mi abbiano mai addebitato niente. Ho tentato di pagare, ma mi hanno detto che chiunque mostrasse di apprezzare il loro *rogan josh* di agnello e la salsa di lime in salamoia, come avevo fatto io, diventava parte della famiglia.»

Erano di nuovo in autostrada. Il sole era alto. Gli unici altri veicoli erano i camion dei pompieri e le ambulanze, che rientravano pesantemente alla base con le sirene spente, senza nessuna fretta. Rusty distolse lo sguardo e si sfregò gli occhi.

«La verità» iniziò a dire, ma poi si fermò. «La verità è che dopo un po' mi ero stufato. Avevo solo fame. Era solo cibo gratis. E io sono un imbecille.

«Almeno l'ho trovato in modo onesto» borbottò.

«A che cosa ti riferisci? Ne hai passate tante, stanotte, ma smettila di comportarti da idiota.»

Rusty si schiarì la gola. Fece per parlare, poi si fermò, sospirò e chiuse gli occhi, stropicciandosi la fronte in modo assente.

Kit lo scrutò, pensando che si fosse addormentato. Aveva letto di soldati, durante la Prima guerra mondiale, che erano così esausti da addormentarsi in pieno combattimento, in piedi, mentre sparavano. Sapeva che Rusty era stanco morto. Lo era anche lei, benché non avesse visto andare in fumo tutto quello che possedeva.

Ma ecco nuovamente la voce di Rusty. «Ti ricordi quel pranzo? Quello con Carl e gli altri? All'ospedale?»

«Parfait di gelatina Jell-O verde» rispose Kit.

«Proprio quello» continuò Rusty. «Mi avevano portato fuori per un motivo. Volevano dirmi qualcosa.»

«D'accordo.»

«Tu sai di mia madre, vero?» chiese Rusty.

«Parli del libretto di banca del 1950?»

« Di quello, e del fatto che era stata adottata. »

« Giusto » disse Kit, che incominciava a collegare mentalmente i fatti.

« Bene, ecco il punto: sia Carl che Patrick ricordavano che c'era un ragazzino di un paio d'anni più grande di loro, il pronipote di uno dei proprietari originari dell'opificio, quindi erede di una delle prime famiglie di Riverton. Ricco e, a quanto pare, un vero idiota. E si ricordavano che all'incirca nello stesso periodo in cui nacque mia madre, quel tizio aveva messo incinta una delle cameriere di casa e se ne vantava, si vantava di quello che aveva fatto e di come l'aveva fatto e diceva cose orrende a proposito della ragazza. Insomma, un idiota. O forse peggio. »

Rusty s'interruppe, e a Kit venne in mente una dozzina di domande: cercò di ragionare sul modo di formularle senza dare l'idea di trovare improbabile l'intera vicenda. Plausibile, ma improbabile.

« È un'ipotesi. Non sai se è vero » finì per dire. « Tua madre non era del Minnesota? »

« Mia madre venne adottata da gente del Minnesota, ma questo non significa che fosse nata là. In realtà era nata a nord dello stato di New York. »

« Allora qual è il collegamento con Riverton? » domandò Kit, ma la risposta le venne in mente non appena ebbe formulato la domanda.

« Il libretto di banca » risposero in coro lei e Rusty.

« Carl disse che probabilmente era una specie di liquidazione o di prezzo pagato per il silenzio, o addirittura di un aiuto alla ragazza da parte della famiglia. »

« Cosa ne fu di lei? »

« Non lo sapevano. L'unica cosa certa è che non tornò mai più a Riverton, disse Carl. Perché avrebbe dovuto? Ma dove vanno le ragazze come lei? » Gli si spezzò la voce. « Mi piace il racconto che mi fece mia madre, che lei venne adottata alla nascita e che quelle persone erano i suoi veri genitori. È vago, ma se l'alternativa è dover dire 'Io sono il frutto di...' – non so tu come lo definiresti, io non voglio nemmeno pensarci – '...di un bastardo patentato', è mille volte meglio.»

«Hai ragione» commentò Kit, «ma tua madre probabilmente non lo sapeva, giusto?» E poi, non riuscendo a trattenersi: «Quel tizio... è ancora vivo? Quanti anni avrebbe? Un'ottantina?»

«No» rispose Rusty. «Questa è l'unica parte bella della storia. Patrick raccontò che lui era uno di quelli che si credono invincibili, e accettò la sfida di saltare con la sua motocicletta oltre la parte più stretta del fiume, ma urtò un sostegno, rimase incastrato nella moto e andò a fondo. Come ti dicevo, un vero idiota. Mio nonno. Io. Dev'essere ereditario.»

«I Patel ti vogliono bene» ribatté Kit. «Non ti considerano un idiota.»

«E invece dovrebbero. Vedendo che non mi facevano mai pagare, dissi al signor Patel che gli avrei comprato un microonde per sostituire quella orribile vecchia piastra con i fili scoperti che usava per riscaldare il cibo, ma non l'ho mai fatto.»

«Quindi pensi che sia colpa tua. Mi stai dicendo questo?»

«Non è così? Hanno perso tutto.»

Stavano arrivando a casa di lei, e per quanto stanca fosse, Kit si arrabbiò.

«Hanno un'assicurazione» gli ricordò. «Se la caveranno. Non spettava a te aggiornare i loro elettrodomestici. Sarebbe stato carino, certo, ma loro sapevano che quell'arnese era a rischio di incendio. Avrebbero potuto, e dovuto, sostituirlo molto prima che arrivassi tu. L'unica persona che ha perso tutto sei tu. Se tu fossi davvero un idiota, saresti arrabbiato con loro.

«Dai, entra» lo invitò, conducendolo in casa, e passando davanti alla bottiglia di vino che avevano bevuto molte ore prima, e alla fotografia che aveva lasciato sul tavolino, posata di traverso. Kit salì le scale e Rusty la seguì, e quando si sedette sul letto e gli indicò l'altro lato, lui si sedette, e quando lei si tolse le scarpe, lui si tolse le sue, e quando lei si distese, vestita e senza essersi lavata, si distese anche lui, e sotto una coperta di sole si addormentarono entrambi.

11

16/8/2010 – 22/8/2010

Sunny | verità

Il centro commerciale apre alle 10, ma Willow cerca di essere lì prima per preparare il chiosco. Partii in bici verso le 9,15, e percorsi la strada alternativa fino a Riverton, arrivando in Coolidge Street circa un'ora dopo. Se Steve era tornato a casa subito dopo aver aiutato Willow, a quell'ora sapeva già che me n'ero andata, ma non poteva immaginare dove mi trovavo. Anch'io sapevo giocare al gioco dei segreti.

L'automobile di Kit era nel vialetto, ma quando bussai alla porta lei non rispose. Sapevo che le piaceva portarsi il caffè e un libro sul tetto della casa: da lassù avevamo guardato i fuochi d'artificio, e sapevo che non mi avrebbe mai sentito bussare, se realmente era salita in cima alla casa. Provai a spingere la porta e, trovandola aperta, entrai e la chiamai di nuovo, più volte, ma lei non rispondeva.

Volevo farle sapere che mi trovavo dentro casa sua. Tossii. Trascinai i piedi per far strisciare le mie sneakers sul pavimento. Niente. Quando arrivai ai piedi delle scale la chiamai forte di nuovo, sperando che la mia voce arrivasse fin lassù.

« Kit! » gridai. « Sono Sunny. Sei in casa? » Stavo per ripeterlo quando udii delle voci, quella di Kit e quella di qualcun altro, e rimasi così mortificata che sarei scappata fuori se Kit non fosse comparsa in cima alle scale a guardare giù verso di me.

« Sunny? » fece Kit, come se non fosse sicura del mio nome. Indossava gli stessi abiti che aveva il giorno prima al lavoro, ma adesso erano sporchi, e lei pure. Sembrava davvero che fosse scesa dal camino. « Sunny » ripeté. « Cosa ci fai qui? » Non sembrava arrabbiata perché mi trovavo in casa sua, solo confusa, e prima che potessi rispondere aggiunse: « Sei preoccupata per Rusty? Sta bene. È qui. È tornato con me ».

Poi, dalla camera da letto, udii Rusty che diceva: « Ciao, Sunny » e mi sentii di nuovo mortificata. « Grazie di esserti preoccupata per me » aggiunse, ed emise un sonoro sbadiglio. « È bello da parte tua. »

Adesso ero molto più che imbarazzata. Non solo avevo sorpreso Kit e Rusty in casa, ma non avevo idea del perché lui mi ringraziasse. « Non c'è problema » risposi.

« Aspettami giù » disse Kit. « Devo fare una doccia. »

Rusty doveva essere tornato a dormire, perché non disse niente e non era con Kit quando lei scese le scale con abiti e faccia puliti.

« Vado al supermercato a comprare qualcosa per colazione » disse, prendendo il portafogli e avviandosi alla porta. « Vieni con me? » chiese girando solo la testa, mentre io continuavo a starmene lì ferma. (Credo che fossi sotto shock.)

« Sentiamo cosa dicono dell'incendio alla radio » disse Kit quando salimmo in macchina, e si mise a premere i tasti delle stazioni memorizzate. A quanto pareva, niente. C'era solo musica.

« Dovremo aspettare fino alla prossima edizione del notiziario » commentò, e come previsto, alle undici in punto, la prima notizia di cronaca riguardava l'allarme d'incendio che aveva richiamato diciotto squadre di pompieri al Tip-Top Motor Inn, alle porte di Riverton.

« Diciotto! » esclamai, perché era la prima volta che ne sentivo parlare.

« È proprio così » confermò Kit. « Sono sicura di aver contato venti reparti di vigili del fuoco. Ce n'erano ancora almeno due quando ce ne siamo andati stamattina, nel caso ci fosse stata una ripresa dell'incendio. Ma non è rimasto niente da bruciare. »

Ascoltammo il bollettino. Una persona lievemente ferita, tre vigili del fuoco messi fuori gioco quando il loro camion aveva tamponato un'autovettura parcheggiata, e il Tip-Top distrutto. Bruciato fino alle fondamenta.

« Ci avevamo abitato, sai » le dissi.

« Sì, me lo ricordo » rispose Kit. Poi, rivolta più a se stessa che a me: « Almeno non ha perduto la sua auto ».

Il grande supermercato, quello con la panetteria, è vicino al centro commerciale dove lavora Willow, e temevo di incontrarla, ma Kit mi fece notare che sarebbe stata lì per lavorare, non per comprare dei bagel. Prendemmo un sacco di roba e poi, mentre percorrevamo la corsia dei dentifrici, disse: « Rusty avrà bisogno di uno di questi » e mise uno spazzolino nel cesto, poi un rasoio, anche se ci mise dieci minuti per decidere se doveva essere il tipo a quattro lame o a cinque, con o senza batteria, con manico rotante e così via. Sembrava che stesse comprando un'automobile.

Dopo aver pagato il conto, disse che doveva fare una commissione nel centro commerciale, e io rimasi ad aspettarla nella sua auto, che stava già surriscaldandosi. Quando tornò, era carica di sacchetti di Banana Republic, J.Crew e Jockey, che lanciò sul sedile posteriore.

« Vestiti » disse. « Per Rusty. Ha perduto tutto. » Come se, ormai, non lo sapessi.

Quando l'inverno venne, non avevo calzoni,
e nemmeno una camicia per me.
Edna St. Vincent Millay

Kit prese un paio di bermuda kaki e si chiese cosa volesse dire davvero «medium» come taglia. Erano trascorsi anni da quando comprava vestiti da uomo – vestiti per Cal – e non sapeva se le taglie erano cambiate, adesso che la gente era «più grossa» di una volta. «Tutte le donne vogliono essere una taglia 40, così definiamo tutto come taglia 40. Le fa star bene con se stesse. Se i nostri abiti corrispondessero alla vera taglia, non venderemmo niente» aveva letto nella pagina della moda del *New York Times*, in un'intervista a un celebre stilista. Gli uomini erano più disincantati? si domandò, misurando una medium sopra una large e vedendo che erano pressoché identiche. Se avesse comprato la large, Rusty avrebbe pensato che lei lo considerava grasso? Forse agli uomini piaceva essere considerati di taglia large. Forse la medium non li faceva sentire abbastana virili.

Un giovanotto con i capelli lucidi di gel e i pantaloni stirati impeccabilmente, che dalla targhetta sul petto era KENNETH C., VENDITORE ASSOCIATO SENIOR, interruppe le sue elucubrazioni. «Posso aiutarla?» chiese.

«Non saprei» rispose Kit. «Sto cercando dei vestiti per un amico, ma non sono sicura della sua taglia.»

«Capisco» disse Kenneth, «quindi è un amico, ma non sa esattamente che taglia porta.»

«Sì. Ha perso tutte le sue cose in quell'incendio.»

«Oh» esclamò Kenneth. «Mi faccia controllare con il mio responsabile» aggiunse, allontanandosi. Kit si mise sul braccio i bermuda di taglia media e passò alle camicie, scegliendo una polo bluette, come quella che aveva visto indosso a Rusty in biblioteca, e una T-shirt verde scuro di cotone organico.

Kenneth la raggiunse al reparto accessori, mentre stava comprando una cintura.

« Ecco » disse, porgendole una carta acquisti di plastica. « È una carta regalo da venticinque dollari. Con i nostri omaggi. Cerchiamo sempre di aiutare, se possiamo. Deve solo grattare la striscia argento. » Riprese la carta e la grattò con l'unghia. « Si dovrebbe usare una moneta » spiegò, restituendogliela.

« Grazie » disse Kit. La cintura che aveva in mano costava sessantacinque dollari. Da quando le cinture erano diventate così costose? Cal ne aveva due, una nera e una marrone, e adesso capiva il perché. Impossibile scegliere. Ne prese una marrone dall'espositore e le tenne in mano l'una accanto all'altra.

« Carina. Non si può mai sapere » fece Kenneth.

« Immagino di no » rispose Kit, prendendole entrambe.

Al reparto biancheria, Kit si vide riflessa nella vetrina mentre confrontava dei boxer classici con dei parigamba, e all'improvviso si sentì a disagio. Stava comprando della biancheria per un uomo che non conosceva bene, e cercava anche di decidere che tipo gli sarebbe piaciuto di più. Cal era un tipo da boxer, anche se all'inizio non era così. All'epoca indossava le stesse squallide mutande BVD di cotone bianco che portava al liceo, fino a quando Kit, un giorno, non le aveva buttate tutte nella pattumiera sostituendole con qualcosa che, diceva, era più da uomo. Lui non ci aveva fatto caso. Le mutande erano mutande. Rusty, pensò Kit, poteva farci caso. Avrebbe potuto chiamarlo per chiederglielo, ma sarebbe suonato strano. Così ne prese una per tipo, e una confezione da tre paia di calze, e quando arrivò a casa mise tutti i sacchetti sul letto – lui si stava risvegliando in quel momento – e disse: « Non credo che i vestiti che portavi ieri sera siano sopravvissuti all'incendio », anche se li indossava ancora.

Kit e Sunny disposero la colazione – ormai era un brunch – sul tavolino, e quando, finalmente, Rusty scese le scale, indossava i bermuda e la T-shirt verde nuovi e forse i boxer, oppure i parigamba.

« Sei brava in queste cose » disse a Kit, piroettando per farsi vedere da lei e da Sunny con i suoi vestiti nuovi, e Kit si sentì... non lo sapeva neanche lei, come si sentì.

Sunny | armadietto

Dopo il brunch, Rusty ricominciò a parlare con Kit dell'automobile, per poi decidere di telefonare alla polizia. Casualmente gli rispose Jeffrey, il figlio di Evelyn, il quale gli disse che, se veniva a pagare la multa, avrebbe fatto togliere le ganasce dalla ditta del carro attrezzi. Rusty voleva andarci, ma aveva bisogno che Kit lo accompagnasse, e probabilmente diedero per scontato che ci sarei andata anch'io, visto che ero lì seduta insieme a loro. Mi venne in mente che forse Steve stava chiedendosi dov'ero, ma il mio atteggiamento era del tipo « lasciamo che si preoccupi ». Lui aveva fatto preoccupare me, ed era principalmente per quello che ero a casa di Kit, ma per via dell'incendio non avevo avuto l'occasione di parlargliene. Avrei dovuto farlo mentre eravamo in macchina, ma Kit continuava a parlare dell'incendio, e di Rusty, e dei titolari del motel, e non sembrava mai il momento giusto.

Arrivammo alla stazione di polizia verso le 14,30. Le celle della prigione erano entrambe vuote. Lo so perché, mentre Jeffrey aiutava Rusty, l'altro figlio di Evelyn, Jack, mi chiese se volevo fare un giro dell'edificio, e il giro consistette nel mostrarmi le due celle nello scantinato. Erano una identica all'altra, ognuna con quattro letti a castello e un lavandino-toilette di metallo, e basta. Era umido, là sotto, e non c'erano finestre.

« Vuoi che ti chiuda dentro così vedi cosa si prova? » domandò Jack.

Io gli risposi: «Sì, certo» e lui aprì la porta, mi disse di andare dentro e, una volta entrata, la tirò forte, chiudendola con un tonfo minaccioso e rimbombante.

«Torno subito» disse, lasciandomi lì e avviandosi al piano di sopra.

«Ehi!» gridai mentre i suoi passi si allontanavano. «Fammi uscire!»

«È quello che dicono tutti» mi rispose con una risata.

Sentii Kit che diceva: «Non è divertente!» mentre scendeva le scale con Jack. Io ero in cella da circa cinque minuti, sufficienti perché Kit si accorgesse che Jack era tornato senza di me, anche se a me erano sembrati di più.

«Lo facciamo sempre, Kit» si giustificò lui. «Sai, mettere paura ai ragazzini e tutto il resto.» Armeggiò con le chiavi, finse che la serratura si fosse bloccata, tirò la porta, provò di nuovo la chiave, ma inutilmente.

«Oh, insomma!» esclamò Kit. «Mi prendi in giro?»

A quel punto Jack fece un gran sorriso e rispose: «Sì!» Poi la porta si aprì, e io uscii.

«Be', lui ha ragione» dissi a Kit. «Non vorrei mai passare del tempo là dentro.»

Mentre salivamo le scale e ci avviavamo verso le stanze centrali della stazione di polizia, passammo davanti a un piccolo ufficio, in disordine, con una parete di vetro, e quando guardai attraverso il vetro vidi una fotografia familiare, ma stampata in formato manifesto e graffettata al tabellone degli annunci. Diedi una gomitata a Kit perché la vedesse anche lei.

«Cos'è quella?» chiesi a Jack, con un tono innocente che non corrispondeva a come mi sentivo. Sapevo molto bene cos'era. Era la vecchia foto sgranata, scattata da una telecamera di sicurezza in

Pennsylvania, di Angus Parker, vale a dire il vecchio ritratto dell'uomo che probabilmente era Steve.

«Quella è la stanza dove svolgiamo il nostro lavoro di indagine» disse orgoglioso Jack. «Adesso non c'è nessuno perché i ragazzi stanno collaborando all'indagine su quell'incendio.»

«Pensano che sia dovuto a qualcosa di diverso da un filo elettrico difettoso?» chiese Kit.

«Non si può dire» rispose Jack. «Immagino che lo scopriremo.»

«Chi è quello?» domandai, quando sembrò che stessimo per proseguire.

«Oh, lui» fece Jack. «È il tizio che pensiamo abbia fatto quello scherzo al Culvert Medical e forse qualche altra cosa. È ricercato anche in Pennsylvania, ma lo teniamo sotto tiro.»

«Uau» esclamai.

«Certo» fece lui orgoglioso. «Saremo un commissariato piccolo, ma lavoriamo bene.»

«Pensate di averlo individuato?» domandò Kit, intuendo che doveva incoraggiarlo perché ci raccontasse quel che sapeva senza far capire il perché del nostro interesse.

«Come ho detto, lo teniamo sotto tiro. Ci stiamo avvicinando. Abbiamo le sue impronte digitali. Non sappiamo cosa abbia fatto negli ultimi dieci anni. È un furbone. Probabilmente niente di buono. Se la gente sapesse che è qui nei dintorni, si spaventerebbe e si agiterebbe, quindi non faremo dichiarazioni pubbliche finché non l'avremo preso.»

«Geniale» commentò Kit.

Così adesso sapeva cosa ero venuta a dirle in bicicletta: Steve era probabilmente quello che aveva liberato gli animali al Culvert Medical il 4 luglio. Il 4 luglio, Giorno dell'Indipendenza. A Steve piacciono gli scherzi.

Pensavamo di essere mendicanti,
pensavamo di non avere nulla...
Anna Achmatova

Quando ebbe pagato la multa e recuperato la sua auto, Rusty guidò fino al Tip-Top, o a quel che ne era rimasto. L'insegna del motel era ancora lì, in alto sopra l'autostrada, e quando Rusty arrivò alla strada di accesso, la trovò ormai sgomberata. L'acqua continuava a gocciolare dalle macerie, e mentre guidava notò tazze da caffè usa e getta e bottiglie da bibita vuote sparse lungo il lato della strada. Il parcheggio, affollato e brulicante di attività fino a poco prima, era quasi vuoto.

Un agente di un'impresa di sorveglianza privata, vestito come un poliziotto e con una torcia Maglite nel cinturone, uscì dalla sua vettura e si diresse verso quella di Rusty, ferma a motore acceso davanti a quella che un tempo era stata la stanza numero 7.

« Non può stare qui » dichiarò, tamburellando con il dito indice sull'impugnatura della torcia.

« Quella era la mia camera » disse Rusty per tutta risposta, indicando il nulla.

« Brutta storia » commentò l'agente, con tono più malleabile. « Ho sentito che non è rimasto proprio niente, nemmeno una graffetta fermacarte. »

« Già » assentì Rusty. « Doveva vedere la scorsa notte. Era da non credere. »

« Aveva a che fare con la piastra elettrica del vecchio, giusto? »

« È quello che dicevano » confermò Rusty. « Ma chi lo sa. »

« Be', impossibile scoprirlo, a questo punto. Lo guardi bene, perché domani fanno venire le ruspe. Tra una settimana, non si saprà più cosa c'era quassù.»

«Lo ricostruiranno» ribatté Rusty, come se lo sapesse.

«Nessuno mi ha detto niente al riguardo» puntualizzò l'agente.

Prima di perdere il suo lavoro, Rusty non si preoccupava molto per quelli che perdevano il loro. Certo, c'era gente che veniva licenziata, ma il mercato del lavoro era fiorente e sembrava che cadessero sempre tutti in piedi, quindi l'intera questione somigliava un po' agli esercizi di ginnastica a terra: iniziavi a un'estremità del tappeto e, dopo un paio di salti e giravolte, atterravi all'estremità opposta con un inchino e continuavi. Ma quando perse il suo lavoro, scoprì con un certo stupore che sotto i piedi non c'era niente che attutisse il colpo. Non che questo importasse. Tutta la sua vita era sempre stata come sospesa. Avrebbe potuto essere un uccello... no, un insetto.

Perdere l'appartamento a Hoboken era stato diverso. Era stato come fare la muta. Non perché la sua pelle era diventata troppo stretta per contenere il suo corpo, ma perché lui si era ristretto e la sua pelle gli stava grande e scivolava via dal suo corpo. Tutte le attrezzature, come la doccia-sauna, il materasso svedese da migliaia di dollari, perfino i doppi forni Gaggenau, cose di cui non aveva mai avuto davvero bisogno, e che poi non aveva nemmeno più avuto – sembravano una presa in giro. Erano specchi che riflettevano chi era stato e chi non era più. Sperò che chiunque dormisse nel suo letto adesso facesse sogni migliori di quelli che aveva fatto lui.

Passare da tutto questo alla sua stanza al Tip-Top avrebbe dovuto essere difficile, e invece non lo era stato. «Io sono così, ora» si diceva Rusty, bevendo il caffè amaro che si preparava nella vecchia macchinetta a due tazze che si trovava accanto a un tozzo televisore ugualmente anacronistico. Se qualcuno l'avesse cercato, ragionava Rusty, non l'avrebbe mai trovato lì. E quando, effettivamente, nessuno lo cercò, si disse che il motivo era quello, ma il posto cominciò a piacergli. Era un po' trasandato, certo, ma era pulito. Era un po' fuori mano, ma era silenzioso. Ma soprattutto era privo di complicazioni. Gli piaceva sentire l'anziana signora Patel, con la sua voce cadenzata, che gli dava la sveglia telefonica tutte le mattine. Gli piaceva poter scivolare pochi centimetri in giù nel letto e accendere il televisore con il piede. Apprezzava che il signor Patel, il lunedì, gli dicesse quello che avrebbero mangiato a cena ogni sera quella settimana, e l'aroma che lo accoglieva quando rientrava gli metteva allegria, anche se alla lunga lo aveva stancato. Ed era proprio quell'allegria ad annientare tutto il resto. Altro che ridimensionarsi, lui non possedeva quasi più niente. Tutto quello che aveva era dentro la sua automobile. A New York, i senzatetto trasportavano in giro la loro roba con dei carrelli della spesa. «Ecco cos'è questa» pensò Rusty dando con la mano una pacca sul fianco della Mercedes. «Un costosissimo carrello della spesa.»

«Devo essere sotto shock.» Era quello che voleva dire a Kit e Sunny quando sarebbe tornato da loro. «Devo essere sotto shock perché non mi faccio prendere dal panico neanche sapendo che è scomparso tutto.»

Poi avrebbe detto loro che anche lui, presto, se ne sarebbe andato. Le avrebbe ringraziate per la loro gentilezza, specialmente Kit. L'avrebbe ringraziata perché gli era sempre stata vicina durante l'incendio, perché l'aveva accolto in casa sua, dandogli da mangiare e comprandogli dei vestiti nuovi. Lei sapeva che per lui era impossibile ripagarla, ma l'aveva fatto ugualmente. Rusty provò a ricordare le ore prima dell'incendio, quando erano seduti in casa di lei, bevendo il vino che lui aveva portato. Era stato bravo a prenderla all'amo – era quello che faceva di mestiere (prendere e lasciar andare le donne, prendere e trattenere i clienti) –, ma ormai aveva perso il suo talento. Quando lei glielo aveva chiesto, aveva detto a Kit che forse, se qualcuno gli avesse offerto l'esca giusta, sarebbe tornato alla sua vecchia vita, ma quando l'aveva detto non ne era certo, e adesso lo era ancor meno. Il reddito era ottimo, la posizione sociale pure, e anche avere un biglietto da visita spendibile era un vantaggio non da poco. A questo pensava quando aveva risposto alla domanda di Kit.

Non era vero che si poteva fare tutto quello che ci si metteva in mente di fare. Era solo una cosa che diceva la gente. Ma se non ci si metteva in mente di fare qualcosa, e se non si aveva idea di cosa si volesse fare, si poteva fare qualsiasi cosa – assolutamente qualsiasi cosa, si disse Rusty – quindi perché farsi prendere dal panico?

La storia del matrimonio

PARTE VI

(FINE)

Cal temporeggiò con il Dottore più che poté, ma il tempo era destinato a scadere, e noi fummo costretti a traslocare. Cal era sconvolto, io ero sconvolta, i suoi supervisori erano arrabbiati, e i nostri amici di Atlanta erano dispiaciuti, ma in quel mondo la gente andava e veniva in continuazione. Cal smantellò il suo laboratorio. (I topi furono uccisi.) Io imballai la nostra casa e rimasi a guardare i traslocatori che caricavano su un camion anni della nostra vita. All'epoca avevamo due automobili, così Cal e io viaggiammo in colonna, lui davanti, io dietro. Quando lui metteva le frecce, io mettevo le frecce. Quando lui accelerava o rallentava, io acceleravo o rallentavo. So che si può considerarla una metafora, e anche allora lo sapevo, ma l'unica immagine a cui riuscivo a pensare era quella dei nuotatori sincronizzati, azzeccata solo fino a un certo punto, perché in realtà era come se stessimo affogando.

Il padre di Cal era uno degli investitori dell'ospedale in cui Cal avrebbe lavorato, e non nascose che Cal, con la sua lunga lista di pubblicazioni e la sua reputazione alla Emory di astro nascente della neurochirurgia, era il prestigioso trofeo di cui quel posto aveva bisogno per essere competitivo. Quando ne diede annuncio, lo definì un grosso colpo per l'ospedale. E sembrava davvero un colpo di mano, come se Cal e io fossimo tenuti in ostaggio da mascalzoni che decidevano il nostro destino. L'azienda ospedaliera comprò una casa e ci diede le chiavi, attribuendo molta importanza al bonus di assunzione che Cal riceveva, come se lui fosse un agente indipendente corteggiato da un'importante società sportiva. In privato Cal era furioso perché doveva competere in una squadra di serie B, ma in pubblico dichiarava di continuo che avrebbe goduto di molta autonomia in più, adesso che si era liberato dalla burocrazia della Emory, e di molto più tempo libero senza gli impegni con il laboratorio. Era difficile dire quale dei due fosse il vero Cal – quello frustrato e sarcastico o quello umile e sollecito – e benché tutto questo fosse sconcertante per me, doveva esserlo ancor di più per Cal, che si scopriva molto bravo nel dire alla gente quello che voleva sentirsi dire. Il Dottore, dal canto suo, seppe allestire lo spettacolo accompagnando il suo brillante figliolo ai seminari scientifici, dove Cal teneva dibattiti su quella ricerca d'avanguardia che non sarebbe stato più in grado di condurre. Era quello il paradosso, il vistoso particolare che tutti fingevano di non vedere. Applaudivano tutti, me compresa.

Come compensazione, immagino, Cal comprò una barca a vela. Bella ed elegante, era lunga quasi sette metri, bianco porcellana con vele a strisce gialle e blu, e uno spazio sufficiente per dormire in due sui divanetti lungo le pareti della cabina a babordo e tribordo. «Babordo» e «tribordo» erano gli unici termini marinareschi che Cal conosceva, ma si gettò nel suo nuovo hobby come se si trattasse di un cervello da mappare prima di sottoporlo a un intervento chirurgico. C'era un altro medico che andava in barca, Jens Jahron, un anestesista che lavorava con Cal, e l'idea era stata sua. Vendette a Cal il sette metri che era diventato troppo piccolo per la sua famiglia in crescita, e un istante dopo comprò il catamarano a doppio scafo da dodici metri che aveva adocchiato da tempo ma che non poteva permettersi finché non si fosse liberato della barca più piccola. L'accordo era che avrebbe insegnato a Cal a navigare:

di conseguenza, quando Cal non era in ospedale, era quasi sempre al porto turistico.

Non occorre andare molto al largo perché il Lago Huron sembri l'oceano. Quando la pressione atmosferica precipita e si alza il vento, onde di cinque o sei metri spazzano la superficie dell'acqua e si schiantano contro i piloni del molo, a volte strappandoli via. Cal, al timone, correva dei rischi, ma non li riconosceva come tali. Per lui, le raffiche di vento e le burrasche del mondo naturale erano un'altra forza da domare, come la mitosi e l'atrofia neuronale. Le poche volte che uscimmo insieme da soli, dovetti supplicarlo di tenere la barca vicino alla terraferma per non perdere mai di vista gli edifici e i promontori. La vita terrestre sembra più che mai stabile e solida quando si oscilla da un lato all'altro su montagne russe d'acqua, ed era rassicurante poter vedere alberi con le radici piantate nella terra e case saldamente ancorate alle loro fondamenta. Quando l'imbarcazione cominciava a sbandare, chiudevo gli occhi e mi aggrappavo alla cima di salvataggio con tutt'e due le mani, ascoltando Cal che insultava gli elementi.

Dato che Jens non poteva governare la sua barca da solo, e sua moglie doveva badare ai loro tre bambini, chiedeva spesso a Cal di fargli da equipaggio, di solito la domenica, se nessuno dei due era di reperibilità. Cal aveva ricominciato a recarsi in chiesa, una folta congregazione di Pentecostali che io trovavo manierosi e invadenti, ma Cal diceva che lo aiutava a «centrarsi», per dirlo con parole sue. Diceva che quando era ad Atlanta, la ricerca genetica e farmacologica in laboratorio gli dava l'energia e la speranza di cui aveva bisogno per andare in clinica e comunicare alle persone che avevano dei glioblastomi, o il Parkinson, o qualunque altra diagnosi devastante che li feriva nel profondo. Altrimenti il suo lavoro clinico sarebbe stato troppo straziante, spiegava. Ora invece, senza la ricerca a bilanciare le diagnosi dolorose o ad alimentare la sua speranza e quella dei suoi pazienti, nei momenti bui riusciva a trovare conforto nella consapevolezza che Gesù risorto aveva un rapporto personale con lui. Mi colpì osservare che l'ego di Cal, nutrito nel corso degli anni da una dieta nonstop di esaltazioni, si era talmente rafforzato da immaginare che Gesù avesse una relazione con lui, e non il contrario. Tuttavia, sapendo che aveva cominciato a frequentare la chiesa principalmente perché era stato privato di qualcosa che considerava fondamentale per lui, evitavo qualsiasi commento sarcastico.

Inizialmente Cal insisteva perché anch'io mi unissi alla congregazione, e penso che questo avesse a che fare più con la sua urgenza di conformarsi alle norme ecclesiastiche (i mariti avevano mogli) che con la mia salvezza spirituale, anche se credeva di potermi convincere facendo riferimenti indiretti alla mia sterilità. « Vedi, tu hai perso una cosa centrale per il tuo sé » mi faceva notare. Concordavo con lui, ma ero ben lungi dal credere, anche solo per un momento, che Dio, nonostante il suo infinito amore, potesse riempire quella mancanza. « L'amore è amore » diceva Cal, una frase che all'epoca mi colpì come ovvia, vera e impenetrabile.

La domenica mattina Cal andava in chiesa e io dormivo un po' più a lungo, poi prendevamo due auto diverse per andare al porto turistico perché lui non voleva sprecare tempo per tornare a casa a prendermi. Ci trovavamo con i Jahron, e gli uomini si preparavano ad andare in barca mentre Sally Jahron e io disponevamo il cibo per un picnic nella cucina di bordo, e i bambini giocavano a nascondino mentre Sally vigilava affinché nessuno di loro cadesse fuoribordo o inciampasse in qualche corda o cima. Poi salpavamo, procedendo a motore per allontanarci dal molo, ma non appena oltrepassavamo l'ultima serie di boe, le vele venivano issate come le bandiere di una nazione orgogliosa, e tutti esultavamo lasciandoci portare dal vento. I bambini sedevano a prua, le gambe penzoloni. Sally e io ci stendevamo sul ponte, io con un libro, lei a tenere d'occhio i bambini, sempre pronta a recuperarne uno dal bordo, mentre gli uomini stavano in piedi sottovento a poppa, parlando di lavoro e di tanto in tanto interrompendosi per informarci che stavamo per virare.

Se me lo aveste chiesto allora, vi avrei detto che il mio matrimonio non era né buono né cattivo, né caldo né freddo. Senza la zavorra dei figli, galleggiavamo l'uno intorno all'altra, senza frizioni. Cal aveva il suo lavoro, la sua chiesa, la sua barca, e aveva me. Io ero la costante. Ero l'unica che c'era sempre e c'era sempre stata. Ecco che cosa conta, pensavo. In matematica, la variabile costante rimane sempre uguale, mentre le altre variabili non hanno un valore fisso. Ma nella vita, via via che le variabili acquisiscono maggiore importanza, il valore della costante diminuisce. Io non lo capii. Ero la costante: ero fedele e accondiscendente, adeguavo i miei impegni, le mie aspirazioni, i miei bisogni ai suoi, anno dopo anno, ed ero certa che fosse quella la cosa più importante.

Quando Sally scoprì di essere nuovamente incinta, fece domanda per poter avere, nel periodo estivo, una ragazza alla pari proveniente da uno dei paesi che un tempo facevano parte dell'Unione Sovietica. Slovenia o Slovacchia, le confondevamo sempre. L'agenzia collocava ragazze che erano cresciute negli orfanotrofi presso famiglie americane che potessero usufruire della loro collaborazione, uno scambio che avrebbe dovuto essere vantaggioso per entrambe le parti: le ragazze sarebbero entrate a far parte di una famiglia, e la famiglia avrebbe avuto una ragazza alla pari. Tuttavia, come scoprirono i Jahron quando scese dall'aereo, considerare Beata una ragazza alla pari era una forzatura, perché lei sembrava coetanea del maggiore dei loro figli, Jahron, che aveva dodici anni. Quando Sally telefonò all'agenzia, spaventata e furiosa, perché suo figlio era già precoce in fatto di ragazze, e perché invece di un aiuto le avevano mandato un'altra ragazzina alla quale fare da madre, le spiegarono che la data di nascita sul passaporto di Beata era soltanto un'ipotesi. « È un'orfana » Sally si sentì ricordare ancora una volta.

« Se ti piacciono le storie inventate, eccone un'altra: l'età di questa ragazza » si lamentò con me Sally, ma la ragazza si era già trasferita da lei. Cosa poteva fare?

Beata, per quanto piccola, parlava inglese con un accento marcato e con tono severo, con una voce roca che le conferiva una certa autorità e le consentiva di mettere in riga perfino gli indisciplinatissimi gemelli Jahron, di otto anni. Si lavavano i denti quando diceva loro di lavarsi i denti, andavano a letto quando diceva loro di farlo, raccoglievano i loro giocattoli prima che lei glielo chiedesse, non andavano in bicicletta sulla strada. « È come se fossero drogati » mi raccontò Sally. « È fantastico! E mi piace anche lei. »

Inoltre, Beata era una ragazza bruttina, di nessun interesse per il fratello maggiore dei gemelli, il cui concetto di bellezza femminile andava formandosi con la frequentazione di certi siti Internet. Beata era tutto il contrario: a quindici anni, l'età dichiarata sul suo passaporto, era magrissima e pallida, con una fascia di brufoli proprio in mezzo alla fronte come l'asse delle X di un problema di geometria. Aveva capelli castani sciupati, irregolari all'altezza delle spalle, come se fossero stati tagliati con un coltello da macellaio. Sally l'accompagnò da Supercuts, e quando Beata uscì dal negozio aveva ancora dei capelli sciupati, ma pareggiati in fondo e arricciati naturalmente sotto il mento. Le piaceva? Difficile dirlo. Beata non sorrideva facilmente, anche se, quando lo faceva, si poteva cogliere un accenno della ragazzina che avrebbe potuto essere. Sally le comprò un orso di pezza, a cui Beata di notte si aggrappava come a un salvagente.

Quando Beata tornò l'estate successiva per aiutare Sally con i tre ragazzi Jahron e la nuova sorellina, era sempre autoritaria come l'anno precedente, ma invece di dimostrare dodici anni, sembrava averne venti. Più alta di alcuni centimetri, aveva una frangia che nascondeva la fronte brufolosa ma aveva anche petto e fianchi decisamente più torniti. Adesso Beata era proprietaria di un paio di seni che facevano concorrenza a quelli di Sally, benché lei stesse allattando. La ragazza aveva ancora orecchie minuscole, occhi castani ravvicinati e un volto stretto da roditore, più da talpa che da ghiro, ma quando la guardavi, i tuoi occhi venivano immediatamente attratti dal seno, come se i poli magnetici fossero stati riorientati verso ovest ed est. Jens e Cal dichiaravano di non averci fatto caso, e questo spinse Sally a scattare in azione, trascinando Beata al centro commerciale per rinnovare il guardaroba della ragazza con dei top larghi e un costume da bagno intero che dissimulava tutta quella carne.

«Gli uomini sono dei porci» mi disse mentre eravamo al largo e lei allattava la sua neonata. «Gli uomini sono dei bambini.»

«Vuoi dire che gli uomini sono dei maialini» osservai con voluta leggerezza, cercando di cambiare discorso. I ragazzi erano lì intorno, e anche Cal e Jens erano nelle vicinanze.

«Ma dai» continuò Sally. «Prova a pensarci. Perché gli uomini sono ossessionati dal seno femminile?» Indicò il proprio, che gocciolava di latte. «Ecco perché. È una cosa da mamma, chiaro e semplice.»

Durante i mesi della sua assenza, Beata non solo aveva trovato un seno procace, ma aveva trovato anche Dio. Sally e Jens, che si dichiaravano «atei praticanti», si sentivano un po' a disagio, quindi toccò a Cal passare a prendere Beata la domenica mattina e accompagnarla in chiesa. Si metteva la cravatta, lucidava le scarpe buone e controllava che la sua auto, che durante il resto della settimana era piena di lattine vuote di bibite, tazze da caffè marcescenti e carte di muffin con ancora attaccate tracce di mirtilli e briciole di impasto al mais, fosse pulita. Quando gli chiedevo di che cosa parlavano durante i loro viaggi insieme, rispondeva: «Di quello che capita, niente di importante» oppure della scuola di Beata, o del lavoro, o della vita negli Stati Uniti, a cui lei sembrava aspirare. A volte, diceva, lei rimaneva zitta e accigliata, e lui aveva un'immagine fugace di come sarebbe stato essere genitore di una adolescente: i battiti del mio cuore acceleravano per un momento e mi ricordavo che anche Cal era rimasto colpito da quello che era accaduto a me. Ero quindi contenta che potesse recitare quel ruolo, anche se in maniera irregolare, nella vita di Beata. Iniziarono entrambi a cantare nel coro, e sentivo mio marito che canticchiava inni sotto la doccia. Mi diceva che Beata aveva una bella voce robusta, da mezzosoprano, non da contralto come avrei immaginato io. Le prove del coro erano il giovedì sera, proprio la sera in cui la biblioteca dove lavoravo era aperta fino a tardi, e io mi fermavo lì mentre Cal cenava con Beata e la accompagnava alle prove del coro. Era carino e generoso da parte di Cal. In fin dei conti andavano in chiesa, santo cielo.

12

23/8/2010 –

Sunny | casa

Quando lasciammo la stazione di polizia e tornammo sulla macchina di Kit, scoppiai a piangere. «Perché avrebbe fatto quelle cose?» Devo averlo detto un milione di volte, ma lo sapevo, o almeno sapevo quello che avrebbe detto Steve, e cioè: «Come potevo non farlo?» Mi accorsi che Kit si chiedeva cosa fare, ma le dissi che stavo bene, di non preoccuparsi, ero solo spaventata, e lei replicò che mi capiva, e che forse non avrebbe dovuto dirmelo, ma anche lei era spaventata, per Steve, per me e per Willow.

«Non voglio vivere di nuovo nei boschi» singhiozzai, e fu allora che Kit avviò la macchina, perché temeva che uno dei poliziotti – sono tutti uomini a Riverton, e le centraliniste sono tutte donne – mi vedesse e volesse sapere cosa stava succedendo. Durante il tragitto in auto, raccontai a Kit del periodo che avevamo trascorso al #3, concentrandomi sulle parti brutte, perché volevo evitare che se la immaginasse come un'esperienza anche solo un tantino divertente, benché lo fosse davvero quasi sempre.

«Dove stiamo andando?» chiesi quando mi accorsi che non stavamo tornando a casa di Kit. Lei mi rispose che stavamo andando a casa mia, per parlare con Steve e Willow.

«Willow probabilmente non ci sarà» l'avvisai. «Dipende da come le è andata al centro commerciale. Quando arriva a cinquecento dollari, smette e torna a casa. Ma questo non accade spesso, quindi probabilmente non c'è.»

La Subaru era nel vialetto quando accostammo, e Steve era chino sul motore. Fece un cenno e ci venne incontro, e Kit abbassò il finestrino, ma lui si avvicinò al mio e chiese se avevo avuto un incidente o qualcosa del genere, dato che me n'ero andata in bicicletta e tornavo in automobile. Mentre lo diceva mi resi conto di essermi completamente dimenticata della bici. La pedalata di quasi quindici chilometri fino a Riverton quella mattina sembrava essere avvenuta in un altro secolo.

«Io adesso me ne vado» annunciò Kit senza rivolgersi a nessuno in particolare. «A meno che tu non voglia che io rimanga» aggiunse, rivolta a me.

«Perché dovrebbe volere che lei rimanga?» chiese Steve. Era una domanda a cui non ci curammo di rispondere.

Invece, con il mio tono più maturo, dissi a Steve: «Dobbiamo parlare». E a Kit: «Credo che sia meglio se lo faccio da sola, ma potresti rimanere qui in macchina?»

Kit rimase in auto mentre Steve e io entravamo in casa, e lui continuava a chiedermi: «Di cosa si tratta, Sunny? Di cosa si tratta?» Invece di rispondergli direttamente, andai nella mia stanza, presi il raccoglitore di storia, tirai fuori il passaporto di Angus Parker e glielo diedi.

«Dove l'hai preso?» mi domandò, anche se l'avevo estratto dal raccoglitore sotto i suoi occhi.

«No» gli risposi, «sei tu che devi dirmi dove l'hai preso. È la tua fotografia.»

Poi frugai nel mio zainetto finché trovai la fotocopia dell'articolo di giornale su Parker e su quello che aveva fatto in Pennsylvania. «Devi dirmi tu cosa sta succedendo.»

«Non posso» rispose Steve. «Proprio non posso, Sunny.»

«Perché? Non sono più una bambina!» Non gridavo, ma il mio

tono di voce era concitato. Steve, invece, camminava avanti e indietro, tirandosi il mento, sporcandosi la faccia con il grasso del motore e parlando a voce bassa.

«Non sono più una bambina e non potete trascinarmi in mezzo ai boschi a vivere in una tenda per mesi e mesi» esclamai.

«Nessuno andrà a vivere in mezzo ai boschi» replicò Steve, ancora con voce calma e gentile, come se stesse recitando la parte di Willow.

Allora gli raccontai cosa avevano detto alla stazione di polizia di Riverton, e quando riferii che i poliziotti sostenevano di essere ormai vicini alla cattura di Angus Parker, il volto sporco di grasso di Steve impallidì come un fantasma e lui si mise a camminare ancor più velocemente avanti e indietro dalla mia stanza alla cucina, ma ancora non voleva dirmi niente su Angus Parker.

«Che cosa hai fatto?» gli gridai, benché fosse evidente che cosa aveva fatto.

Lui non rispose.

«E giusto perché tu lo sappia, io voglio andare a scuola!» urlai di nuovo. «Una vera scuola, con veri insegnanti, e banchi, e pranzo in mensa.»

«No, non ci andrai!» ribatté Steve voltandosi e tornando verso di me. La vena che gli spunta sulla fronte quando è arrabbiato era più sporgente di quanto avessi mai visto. «Non ci andrai.»

«Sì, ci vado!»

«Non resisteresti un giorno in una di quelle... una di quelle scuole del governo.»

«Prima di tutto» replicai, «sono scuole pubbliche, non scuole del governo. Pubbliche, come in 'Noi il popolo'. Secondariamente, anche se resisterò solo un giorno, voglio avere quel giorno.»

«E poi diventerai uguale a tutti gli altri» fece Steve, allontanandosi di nuovo da me. «Perché è ancora lì?» indicava l'automobile di Kit attraverso la finestra.

« È qui perché vado a vivere con lei! » risposi. « Se tu sei Angus Parker, allora non sei mio padre! E anche se non lo sei, mi hai mentito per tutta la vita! »

Ero molto agitata. Prima che potesse fermarmi, uscii dalla porta principale e mi precipitai verso l'automobile di Kit.

« Andiamocene da qui! » dissi ansimante.

« Sei sicura? » chiese Kit. Sembrava confusa.

« Possiamo andarcene, per favore? » esclamai. Vedevo Steve che ancora camminava in tondo intorno alla casa. Non mi rincorreva nemmeno.

« Non prova neanche a trattenermi! » dissi a Kit mentre lei girava la macchina e percorreva il vialetto.

« Trattenerti dal fare cosa? » mi chiese.

« Dal venire a vivere con te ».

Cerca di perdere qualcosa ogni giorno.
Elizabeth Bishop

Quando Sunny entrò in casa per parlare con Steve, Kit spense il motore, arretrò il sedile, chiuse gli occhi e provò a dormire. Era stanca morta, ma non riusciva a spegnere il cervello, a bloccare i ricordi convulsi dell'incendio, della stazione di polizia, del funerale, della biblioteca, non poteva allontanare la visione mentale di casa sua, quella mattina, quando si era svegliata accanto a Rusty, non riusciva a staccarsi dal turbine di eventi, dal vortice in cui era stata attratta. Le immagini erano disordinate, come i suoi pensieri. Ebbe la sensazione di cadere, si riscosse e capì di essersi addormentata per un momento, nonostante tutto. Troppa tensione, e non era finita. Qualcosa di drammatico si stava svolgendo a pochi passi da lei, mentre Sunny parlava con Steve, o con Angus, o chiunque fosse. C'era il dramma di Rusty, evidente come un Post-it giallo fluorescente: disoccupato, senza una casa, con una storia famigliare inquietante. Lei si era organizzata perché la sua vita fosse il più possibile priva di eventi, e adesso accadeva tutto questo.

Ricordava di aver detto una volta al dottor Bondi: «Qualcuno dovrebbe scrivere una poesia in cui 'dramma' faccia rima con 'trauma', qualcosa in cui le rime seguano uno schema ripetitivo, in modo da poterlo udire più volte». L'aveva detto per scherzo, ma lui non aveva colto la sua intenzione, o se l'aveva colta, aveva deciso di ignorarla. In quella stanza tutto era oggetto di analisi, anche le sue battute. Forse soprattutto le sue «battute», immaginò di sentirgli dire, tracciando le virgolette in aria con le prime due dita di entrambe le mani. Ricordava anche di avergli detto che preferiva la vita quando era prevedibile e routinaria, prima che gli eventi drammatici di cui nemmeno si era resa conto emergessero come un vulcano sottomarino e la disintegrassero. E ricordava che lui aveva alzato un sopracciglio e l'aveva guardata scettico, dicendo: «Sul serio?» e «Perché?», ascoltando poi la sua spiegazione, che perfino a lei era sembrata patetica. «Perché era più facile» aveva detto, e lui: «Ma era migliore? Era una buona vita?» e lei aveva ribattuto: «Non è questo il punto» e lui l'aveva lasciata in compagnia di quell'affermazione per un lungo, scomodo minuto.

«Ascolti» aveva detto, appoggiandosi allo schienale della poltrona e intrecciando le mani. «Lei usa il termine 'dramma' dandone per scontato il senso negativo. Ma è proprio questo che deve comprendere: le storie non si svolgono soltanto nei libri o nei film. La vita di ciascuno si snoda come un racconto, e in tutti i racconti ci sono i buoni e i cattivi, e in tutte le storie ci sono conflitti e decisioni, e tutte le storie, se sono interessanti, contengono elementi drammatici.»

«È quello che sto dicendo» aveva ribattuto Kit. «Mi sarebbe piaciuto che la mia storia fosse meno interessante. Molto meno interessante.»

«Mentre quello che io sto dicendo» aveva replicato il dottor Bondi, «è che il concetto di meno interessante non vale per nessuno. Da qualche parte, nella storia che si sviluppa, sta per accadere qualcosa che cambia tutto quello che accadrà dopo. In un certo senso è quello che accade sempre, ma ce ne rendiamo conto solo nei momenti drammatici: qualcuno si ammala, oppure nascono due gemelli, o devi andare a lavorare in Messico, o ti rapinano sull'autobus, oppure incontri sull'autobus la persona che sposerai. Quella che lei adesso considera la fine della storia, Kit, è solo la fine di un capitolo. E ce ne sono molti altri a seguire.»

«A meno che non mi rapinino sull'autobus» aveva risposto Kit.

«Dunque Bondi aveva ragione» pensò Kit. «E questo è il capitolo in cui assisto una ragazzina eccentrica e quasi selvatica che avverte suo padre, latitante, del suo arresto imminente, mentre nel contempo do una mano a un uomo che, non per sua colpa, ha toccato il fondo, e nel contempo dirigo anche una biblioteca pubblica con un bilancio precario e ridotto all'osso che rischia di saltare da un momento all'altro. Quanta azione.» Ma la vera storia, lo sapeva, era più sensazionale e incerta: aveva lasciato... no, aveva invitato Rusty nel suo letto a dormire accanto a lei. Impossibile immaginare qualcosa di più casto e contingente, ma era accaduto davvero. La partita che si era conclusa quando lei si era resa conto che suo marito l'aveva tradita (e con una ragazza, una ragazza brutta e ripugnante), lasciando separati il suo corpo e la sua mente, si era riaperta.

Sunny | casa

Pensavo che Kit avrebbe pestato sui freni quando le dissi che andavo a vivere con lei, ma lei continuò a guidare, e quando mi girai per vedere se Steve ci rincorreva, o quanto meno faceva gesti dalla veranda, vidi solo la casa dove avevo vissuto la maggior parte della mia vita diventare sempre più piccola, fino a scomparire.

« Stop! » esclamai, e lei frenò, così forte da farci sbatacchiare entrambe avanti e indietro: picchiammo il capo contro i poggiatesta e nello stesso tempo ci fu un tonfo sotto la vettura, mentre il terriccio smosso dagli pneumatici si alzava da terra e pioveva sul tetto.

« Sunny » disse Kit bruscamente, e sentendo il mio nome mi rimisi a piangere.

Singhiozzai: « Non gliene importa niente di me » e lei rispose: « Certo che gliene importa, è solo preoccupato e confuso ». Dissi che ero spaventata, e lei replicò: « Naturale » e io: « Non so cosa fare » e lei: « Certo che non lo sai » e io: « Non voglio nascondermi » e lei: « Certo che no » e io: « Ma non voglio perdere la mia famiglia » e lei: « Nessuno vuole perdere la propria famiglia », poi incominciò ad asciugarmi le lacrime, e questo mi fece sentire meglio.

Restammo lì sedute insieme per tre, o sette, o dieci minuti, e faceva così caldo che alzare i finestrini e accendere l'aria condizionata era l'unica soluzione, anche se, come dissi a Kit, noi non credevamo nell'aria condizionata.

« Be', sai come si dice » fece lei. « Le sole persone assolutamente coerenti sono i morti » e proprio in quel momento sentimmo arrivare alle nostre spalle la Subaru, lanciata a tutta velocità. Ero certa che Steve poteva vederci, ma a volte, quando percorre il vialetto, fruga tra i suoi CD e non fa attenzione a quello che ha davanti, così mi aggrappai aspettandomi un urto.

Non ci colpì. Si fermò accanto a noi, e io abbassai il finestrino chiedendomi se avrebbe sentito l'aria fresca che usciva dall'auto di Kit, e se avrebbe fatto qualche critica.

«Sunny» disse, ovviamente confuso. «Non mi aspettavo di vederti. Mi dispiace.»

Non so esattamente come si rizzano i peli sul collo, ma a me si rizzarono quando sentii quelle parole. «Ti dispiace di vedermi?» replicai, e non con tono gentile, ma come se lo accusassi di qualcosa.

«No. No» rispose lui, con aria agitata. «Mi spiace per quello che è successo prima. Mi hai colto di sorpresa e non sapevo cosa dire e...» Guardò l'orologio e disse, con tono disperato: «Devo andare a prendere Willow».

Aveva l'aria spaventata. Non l'avevo quasi mai visto spaventato. Non Steve. Steve era forte. Steve era tosto. Credo fosse perché era cresciuto in una famiglia di militari. «Un esercito di una sola persona.» «Fatti, non parole.» «Con coraggio e consapevolezza.» Ti piacciano o no, lui conosce tutti i motti.

«Devo andare a prendere tua madre» ripeté con voce incerta. Aveva uno sguardo distante, ma intenso, come se scorgesse quello che lo aspettava.

«Aspetta! Vengo con te!» esclamai, piegandomi a cingere Kit con un braccio e stringendola forte, perché chissà quando l'avrei rivista, e praticamente saltai giù dalla sua auto e dentro la nostra. «Tua madre» aveva detto, ed erano state quelle le parole decisive. Mi avevano ricordato – tripletta, troika, triplice copia, trio – che qualunque cosa fosse successa, Steve, Willow e io eravamo un tutt'uno.

La «Fede» è una bella invenzione...
Emily Dickinson

Kit guidò fino a casa in stato confusionale. Era sciocccante sentirsi dire da Sunny che andava a vivere con lei, e Kit non aveva nemmeno iniziato a elaborare quell'idea che Sunny aveva cambiato opinione e se n'era andata con – o forse era tornata con? – suo padre. Sapeva che Sunny aveva pronunciato quelle parole; ricordava di avergliele sentite dire, ma adesso erano come un filo di fumo perso nell'aria. E si trattava comunque di un'idea assolutamente folle. Lei non era nelle condizioni di accogliere un'adolescente. Viveva da sola. La sua casa era il suo rifugio, il luogo dove nessuno poteva turbarla, un luogo appartato. E c'erano delle regole, regole che aveva imparato a usare nei giorni e nei mesi successivi a quando la faglia sotto di lei, della quale si era accorta tutt'a un tratto, aveva diviso la sua vita in un prima e un dopo. Regola numero uno: La sola persona su cui puoi fare affidamento sei tu. Regola numero due: Se ne hanno l'occasione, gli altri ti deluderanno sempre, o peggio. Regola numero tre: Se condividi qualcosa, te la porteranno via. Regola numero quattro: Non aprire la porta se qualcuno bussa.

« Le sole persone assolutamente coerenti sono i morti » ripeté ancora Kit ad alta voce, per se stessa, ricordando come aveva aperto la porta a Rusty non una, ma tre volte in meno di un giorno, e non era accaduto niente di brutto. Non ancora. Nella sua conversazione immaginaria con il dottor Bondi glielo avrebbe detto, e lui le avrebbe risposto, ancora una volta di più, che lei era molto più forte di quel che credeva, e lei gli avrebbe chiesto cosa c'entrasse.

Sapeva che le avrebbe risposto: « È questa la prova, Kit: quando va alla porta, non rimane ferma a fissarla, e non finge che, qualunque cosa ci sia dall'altra parte, non sia reale finché non apre. È reale, è lì. Cal sarebbe stata una persona diversa, avrebbe fatto scelte diverse, se lei non avesse aperto la porta alla polizia? La porta è un'illusione. Può tentare di nascondersi dietro di essa, ma prima o poi si spalancherà, se non altro nella sua mente. »

Dopo averlo ascoltato, lei avrebbe discusso con lui, portandogli degli esempi contrari e parlando di fossati e muraglie.

« Benissimo » avrebbe detto lui, « se lei vuole vivere chiusa in una fortezza», e lei avrebbe risposto: «Questa è una bella domanda» e lui: «Non è una domanda. È un fatto, Kit, ed eccone un altro: non è una coincidenza che molte delle antiche fortezze fossero anche delle prigioni».

Ci vuole un indovino in tempi come questi...
Gwendolyn Brooks

Quando Rusty tornò a casa di Kit, lei non c'era. Si sedette sul dondolo nella veranda, dormicchiando nell'attesa. Se non altro, l'incendio aveva chiarito le cose. Aveva visto scomparire quasi tutto quello che possedeva. Aveva visto i Patel raccogliersi come una famiglia, poi aveva percepito che includevano anche lui. Aveva visto della gente, degli sconosciuti, sfidare il pericolo. In tutta quell'attività aveva capito che Patrick aveva ragione: la promessa di avere del denaro gratis era una trappola. Nel suo caso, era una trappola che gli aveva impedito di prendere decisioni sulla propria vita.

Non c'era motivo per trattenersi oltre a Riverton, ma voleva accomiatarsi da Kit e ringraziarla prima di andarsene, forse a Duluth, forse a New York, forse in India per rintracciare sua sorella, forse sulle montagne. Quando aveva lasciato Hoboken in giugno credeva di essere libero, ma stava imparando che la libertà non era un valore definito, come la temperatura alla quale l'acqua gela, bensì qualcosa di mutevole, un bersaglio in movimento. Era più libero adesso di quanto non fosse mai stato prima, e perché non cogliere l'occasione? Andare da qualche parte, fare qualcosa, avere una vita.

Doveva aver dormito, perché quando Kit arrivò, faceva più fresco e il sole non era più così alto nel cielo.

«Ehi» esclamò quando la sentì arrivare sul vialetto, perché non si spaventasse trovandolo lì.

«Potevi anche entrare» gli disse lei.

«Pensavo che non avresti gradito.»

«Già, probabilmente hai ragione» gli rispose, mentre si sedeva accanto a lui. «Che giornata.» «Che nottata» ribatté Rusty, e per un attimo lei pensò che si riferisse all'aver dormito nel letto con lei, ma prima che potesse sentirsi imbarazzata riconoscendo il fatto, capì che lui si riferiva all'incendio.

«Già» rispose.

«Sono venuto a salutarti» disse Rusty dopo un po'. «Me ne vado.»

«Non puoi!» esclamò Kit con un'intensità che sorprese perfino lei. «Non hai un posto dove andare.»

«È questa la cosa fantastica» ribatté Rusty. «Posso andare ovunque. Sono libero.»

«Molto spiritoso» commentò Kit.

«Molto spiritoso cosa? Cosa intendi dire?»

«Intendo dire che è un modo molto spiritoso per descrivere l'essere rimasto senza casa e lavoro. Molto... creativo.»

«Stai cercando di far scoppiare la mia fragilissima bolla di fiducia e di determinazione?» fece Rusty, fingendo di accigliarsi.

«Sì, perché io sono così» rispose Kit, «sono quella che fa scoppiare le bolle.» Le dispiaceva che lui se ne andasse, certo, ma era anche sollevata. Qualunque cosa potesse essere accaduta, o non accaduta, tra loro due, non c'era più bisogno di pensarci. Qualunque fosse il conflitto di sentimenti che provava, sarebbe diventato irrilevante. Doveva alzarsi e tendere le braccia per dargli il suo addio? Doveva tendere la mano perché lui gliela stringesse? Kit non era un'esperta di galateo, quindi rimase seduta, in attesa che Rusty uscisse. Ma Rusty, pur avendo dichiarato che se ne andava, non si mosse. Rimase con i piedi piantati sul pavimento della veranda, muovendo piano il dondolo avanti e indietro, come per cullarsi.

«Bene, se te ne vai davvero, vorrai andare sul tetto della casa per avere un'ultima veduta panoramica della nostra bella città» disse alla fine Kit, quando lo scricchiolio ritmico del dondolo rallentò, e lei non era più sicura che lui fosse ancora sveglio.

«Cosa?» fece lui, svegliandosi.

«Seguimi» lo invitò Kit, alzandosi. Spinse la porta d'ingresso e gliela tenne aperta mentre lui entrava.

«È straordinario» esclamò Rusty, quando furono sul belvedere. Rusty si muoveva lentamente in cerchio, godendosi la vista. «Sai» disse, rivolto verso il parco dietro la casa di Kit, «se mio nonno è la persona che credono i ragazzi, forse abitava laggiù. Prima che abbattessero la casa, naturalmente. Forse ha camminato su quel prato.»

«Se lo ha fatto, probabilmente era per venire qui» aggiunse Kit, «perché è qui che viveva la servitù.»

«Intendi dire dove viveva mia nonna» sussurrò Rusty.

Kit annuì. «Già.»

«Quindi forse anche lei veniva quassù a guardare tutta la città. Anche se allora aveva un aspetto diverso.»

«Possibile» disse Kit. «Non si può mai sapere.»

«No. Immagino di no.»

Rusty si chinò e fece scorrere le dita sulle venature del pavimento di legno. «Il suo DNA potrebbe essere ancora qui, nelle fessure» disse.

«Il suo DNA è in te» replicò Kit. «Sei tu.»

Kit chiuse gli occhi. Era tanto, tanto stanca.

Si svegliò di soprassalto. Il cielo andava oscurandosi. I pipistrelli incominciavano a girare. «Avevi un aspetto molto sereno» disse

Rusty. « Era bello. Stavo per andarmene, ma poi ho deciso che era da codardi, uscire di scena così. »

« E cioè? »

« E cioè, quando ieri ti ho detto – solo ventiquattr'ore fa, a essere precisi – che tu mi piacevi, e tu mi hai snobbato... »

« Io non ti ho snobbato... » lo interruppe.

« ...e tu mi hai snobbato » continuò Rusty, « prima di andare via volevo chiederti il motivo, perché altrimenti me lo domanderò per sempre. Non dico di essere la persona migliore del mondo, ma mi sono chiesto se è perché in questo momento sono una specie di perdente. Come hai detto tu, non ho un lavoro e non ho una casa. »

« Io non ho detto che sei un perdente! » esclamò Kit, indignata. « Non mettermi in bocca parole non mie. »

« Aperte virgolette: 'È un modo molto creativo per descrivere il fatto di essere senza casa e lavoro' chiuse virgolette, disse lei quando lui le descrisse la propria condizione come 'aperte virgolette, "libero", chiuse virgolette' ».

« L'ho detto » ammise Kit. « Ma non intendevo insinuare che tu fossi un perdente. E se ti ricordi, ieri sera, quando eri qui, avevi un posto dove vivere. Non sapevamo dell'incendio. »

« Giusto. Abitavo in un motel a gestione familiare in cima a un'altura che sovrasta l'autostrada. Sii seria, per favore. »

Kit si sentì arrossire. Stava giocando con lui. Non lo faceva apposta, ma era così.

« Se stai per farmi il discorso tipo 'non sei tu, sono io', non disturbarti » disse Rusty. E dato che lei non gli rispose che non era così, ma rimase in silenzio, lui si alzò in piedi. « Vado a mettermi in viaggio » annunciò, e fece per scendere le scale.

« Aspetta un momento » lo richiamò Kit mentre scendeva la rampa del secondo piano. « Se non ti dispiace, vorrei mostrarti una cosa. Così capirai che si tratta davvero di me, e non di te. Non voglio che tu creda il contrario. È... è in camera mia. »

Kit scese le scale, lui la lasciò passare e rimase sulla soglia della sua camera da letto mentre lei recuperava un fascio di carte sciolte da un raccoglitore in fondo all'armadio.

«Ecco» disse porgendoglielo. «Leggi questo.»

Lui guardò la prima pagina di quello che gli aveva dato. C'era scritto «La storia del matrimonio, Parte I».

«Non fare domande, ti prego... leggi e basta. Ma fallo da basso, per favore. Ho bisogno di stendermi per un po'. Quando te ne vai, puoi lasciarlo sul tavolo.»

gli uomini hanno il potere /
e talvolta si è costrette a provarlo...
Marianne Moore

Aveva aperto la porta. L'aveva aperta per Rusty, e lui era entrato, e presto sarebbe uscito, ma l'aveva aperta. «Piccoli passi, passi da bambino, sono quelli che farà per un po'» le aveva detto il dottor Bondi dopo il disastro, quando ogni passo era uno sforzo, e lei aveva soltanto voglia di raggomitolarsi nel letto, ma non poteva, perché quello era stato anche il letto di Cal, e tutte le volte che lavava le lenzuola e arieggiava le coperte percepiva il suo odore, e questo la faceva infuriare.

«Ascolti, Kit» le aveva detto il dottor Bondi, «deve capire che non ha perso la sua vita. Ha perso la vita che credeva di vivere. Ma si tratta di due cose diverse. Lei è viva. Potrà non sentirsi così, ma è viva. E sperimentare una perdita fa parte dell'essere vivi. Perdiamo cose quotidianamente, e non parlo degli occhiali, anche se sì, perdiamo anche quelli, ma mi riferisco a cose come la vista. La nostra vista diminuisce con il passare del tempo, i capelli cadono. È una cosa naturale, così naturale che la consideriamo inevitabile. Ma è una perdita. La perdita è inevitabile. La sua è immensa, non creda che io la sottovaluti. Ma le piccole perdite di tutti i giorni ci aiutano ad affrontare quelle grandi. È memoria muscolare. Se lei soffre così tanto, in realtà è un buon segno, mi preoccuperei se lei restasse insensibile. Vuol dire che lei è viva.»

«Quindi dovrei essere contenta per la sofferenza?»

«Non sto dicendo questo, Kit. Credo che lei lo sappia.»

«Io non so niente» aveva risposto lei, aspettandosi che la contraddicesse. Lui però non lo fece.

«E la sofferenza? La perdita? Passano?» chiese.

«No» rispose lui cautamente, «ma diventeranno meno dolorose.»

«Quindi è questo che mi devo aspettare: che la mia vita diventi meno dolorosa» aveva risposto lei, facendo capire chiaramente che le sembrava come minimo inadeguato.

«Sì. Diventerà meno dolorosa.»

Invece lui si sbagliava. La situazione peggiorò. Lei era stata la moglie di una persona che tutti sembravano considerare un grand'uomo. Un eroe. Un santo. Geniale. Un astro nascente. Lo ripetevano in continuazione, alla TV e alla radio la mattina in cui la barca di Cal fu trovata vuota e alla deriva, il suo capitano disperso e dato per morto.

«Avete commesso un errore» disse Kit agli agenti quando bussarono alla sua porta di prima mattina. «È a una conferenza, a Chicago. È partito ieri.»

Ma loro insistevano. La barca era stata avvistata dall'equipaggio di un battello da trasporto prima dell'alba, mentre sbandava di qua e di là come un ubriaco, con le vele che penzolavano come biancheria stesa ad asciugare. La Guardia Costiera l'aveva abbordata, aveva controllato l'immatricolazione e l'aveva rimorchiata nel porto turistico, dove il capitano di porto aveva detto che ricordava di aver visto Cal uscire con l'imbarcazione il giorno precedente.

« Non capisco » ripeté più volte Kit. « Era un abile marinaio. »

E ogni volta, gli agenti le ricordavano che in acqua tutto è possibile.

« È pazzesco » diceva Kit. « Cal è andato a Chicago. È a Chicago. È un medico. Si trova a una conferenza medica. »

« Be', se ci è andato, signora Sweeney » disse uno degli agenti, « dev'esserci andato in barca a vela. »

« Ci dispiace » aggiunse il suo collega.

Cal, morto. Quelle parole le ronzavano nella mente. Ecco dov'era la tempesta: nella sua mente. Il telefono stava squillando, e Kit corse a rispondere, certa che fosse Cal, ma riagganciò non appena seppe che non era lui, poi squillò ancora e lei corse, e ancora e ancora, e ogni volta era un giornalista che voleva una dichiarazione. Poi alzò la cornetta e non era un giornalista, era Sally Jahron: chiamava per dirle che tutti e quattro i suoi figli si erano presi un'influenza intestinale la sera prima, e se per caso Kit sapeva quando Beata sarebbe tornata da quel ritiro del coro con Cal.

« Ritiro del coro? » esclamò Kit, confusa. « Credevo... » poi s'interruppe. Sally non aveva ascoltato i notiziari, evidentemente, e non sapeva ancora della barca, e i giornalisti non sapevano ancora della ragazza, e quando lo avessero saputo la storia sarebbe cambiata. Kit, agendo d'istinto e spinta dall'adrenalina, voleva prendersi quanto più tempo possibile tra il racconto numero uno – marito eroe – e il racconto numero due – cosa? Pedofilo?

« Non l'ha detto » rispose Kit, ed era la verità.

« Nessuna buona azione rimane impunita » fece Sally. « Devo andare. »

Il Dottore arrivò nel giro di un'ora, facendosi strada nella calca di operatori che si erano raccolti sul prato antistante la casa, e conducendo con sé l'addetto alle relazioni pubbliche dell'ospedale, un individuo magro come uno stecco e irrequieto, con un leggero difetto di pronuncia, di nome Booth, che a Kit sembrò facesse proprio la professione sbagliata... ma lei cosa ne sapeva degli uomini e del loro carattere? Ovviamente, nulla. I due si installarono in cucina, parlando di Cal come se fosse un cavallo da corsa purosangue morto improvvisamente alla vigilia del Triple Crown. Andavano avanti e indietro, lavorando al comunicato stampa, provando parole di encomio per poi scartarle: nessuna sembrava abbastanza buona. Kit ascoltava: Booth e il Dottore le sembravano lontani, le sembravano dei malati di mente, lei si sentiva malata di mente... e alla fine li interruppe con le parole «era con una ragazza», parole così incongrue che loro non la ascoltarono e non s'interruppero, continuando il loro lavoro, curvi sul computer portatile del PR al fine di creare un omaggio perfetto.

«Era con una ragazza» ripeté Kit quasi gridando, questa volta dal salotto dove si era infilata nel futon che possedeva dalla terza liceo. Lo chiamava il suo oggetto transizionale. «Lui, Cal, tuo figlio, il giovane genio. Era con una ragazza. La ragazza alla pari dei Jahron. Anche lei è dispersa.» Alzò la voce sempre di più, finché si mise a urlare e tremare di rabbia.

«Katherine!» tuonò il Dottore, come se tappandole la bocca potesse vanificare le sue parole.

Il PR smise di digitare, le mani immobili sulla tastiera. «Se così fosse, dovremmo riposizionarci» disse con una strana voce cantilenante, come se si trattasse solo di una piccola ruga che poteva essere spianata con un sapiente massaggio verbale.

«È così» fece Kit, esausta. Aveva avuto la sua piccola vendetta, vedendo cadere la maschera del Dottore, che aveva smarrito il suo distacco, ma fu insoddisfacente e di breve durata.

«Quanti anni avrebbe avuto la ragazza?» domandarono entrambi.

«Forse sedici» rispose Kit. Non ebbe la forza di entrare nei dettagli della faccenda riguardante il passaporto dell'orfana.

«Oh, Signore, grazie a Dio!» esclamò l'addetto stampa, con un gran sorriso che rivelò i suoi denti superiori ingabbiati da un apparecchio invisibile.

Kit era livida. «Stiamo ringraziando il Signore perché mio marito era con una sedicenne? Oh Gesù.»

«Età del consenso, età del consenso, età del consenso» cantò il PR. «L'età del consenso da noi è sedici anni. Grazie a Dio.»

«Ma davvero?» sogghignò Kit. «Che sollievo!» Si alzò dal futon, afferrò chiavi e borsa con un solo gesto e si avviò verso il garage e verso la sua auto, per poi attraversare la morsa dei giornalisti che dovettero farsi da parte per non essere travolti. Sembrava partisse in missione, ma non era così. Aveva solo bisogno di uscire dalla casa e andarsene lontano da quegli uomini, e lontano da Cal, come se fosse possibile, e corse veloce in macchina, le braccia rigide davanti a sé, finché le lacrime non le impedirono di vedere e lei accostò, e picchiò i pugni sul volante più e più volte, urlando, piangendo e piangendo, finché rimase senza fiato.

Crollò, la testa tra le mani, sentendo il proprio corpo che lottava per respirare come se si trattasse del corpo di un'altra, desiderando di essere il corpo di un'altra, finché, esausta, non le venne in mente la frase «e avanzanti sul Caos e le Tenebre». Kit non ne ricordava la provenienza o chi l'avesse pronunciata, e questo la fece infuriare ancor di più, come se fosse un'altra cosa che Cal le aveva portato via: non solo il matrimonio, non solo la loro vita insieme, non solo i suoi ricordi – perché, per quanto ricordava, si erano promessi di essere fedeli l'uno all'altra –, ma anche la sua mente. Non riusciva a pensare. Il suo cervello era buio, nel caos. Poi, però, via via che il suo respiro rallentava in un ansimare regolare, ricordò che la frase era di Emerson, e compariva nel saggio « Fiducia in se stessi », un brano che lei aveva considerato retorico e ridondante quando l'aveva letto a diciassette anni, quando era ancora una ragazzina saputella, ignara della vita. Eppure eccolo lì, a decenni di distanza, con il suo messaggio centrale integro e incancellabile, e mentre Kit girava la chiave d'accensione e rimetteva in moto l'auto, capì che la sua memoria stava mandando alla sua mente un brandello di consiglio: Muoviti. Non era sicura che andare al porto turistico le avrebbe fatto fare qualche progresso, ma era un inizio.

Le voci iniziarono a diffondersi quando i Jahron telefonarono alla chiesa. Domande sulla ragazza, e su come mai loro due fossero sulla barca di Cal quella sera, e pettegolezzi sul dottore sposato che era stato visto per mesi in giro con Beata senza che la moglie facesse alcunché per impedirlo. « Ma lei non era attraente! » avrebbe voluto gridare Kit. « Era brutta. »

« Ho sentito di uomini che andavano a letto con la bambinaia, ma non ho mai sentito di uomini che andavano a letto con la bambinaia di qualcun altro » dichiarò Sally Jahron prima che il corpo della ragazza venisse a galla, un pallone in decomposizione, pieno di gas. Quindi sì, disse Kit al dottor Bondi, la situazione era peggiorata.

Il grosso orso che mi viene appresso /
col muso di miele impiastricciato...
Delmore Schwartz

Rusty era in cima alle scale, e la chiamava per nome sottovoce. Aveva lasciato una luce accesa da basso, e stava in piedi al suo debole chiarore, ma il percorso verso la camera di Kit era completamente al buio. Doveva svegliarla, doveva parlarle, quindi la chiamò finché la sentì rigirarsi, e a quel punto percorse il corridoio a tentoni, avvicinandosi alla porta chiusa. « Kit, sono Rusty » disse, e il letto scricchiolò mentre lei rispondeva insonnolita: « È mezzanotte passata » e poi, con maggiore lucidità: « Perché sei ancora qui? »

« Posso entrare? » chiese lui, e lei rispose: « Direi di sì », e lui: « Non accendere la luce », e lei: « Non intendevo farlo ».

Rusty indovinò la sagoma di Kit sotto le coperte, vide che c'era posto e si sedette accanto a lei. Kit lo sentiva respirare: inspira ed espira, inspira ed espira, ed era così regolare che lei finì per scivolare di nuovo nel sonno. Fintantoché era cosciente, si sorprese di non essere preoccupata perché lui era seduto lì. Era una cognizione vaga, un brandello di pensiero che poi svanì.

« Mi spiace, mi spiace tanto » disse lui, finalmente.

Kit si svegliò di soprassalto.

« Oh » fece lui. « Non pensavo che ti fossi riaddormentata. »

« Va tutto bene. » Aveva ancora gli occhi chiusi, ma anche così li coprì con le mani.

« Mi spiace tanto » ripeté Rusty.

« Benvenuto nel club » disse lei con un lungo respiro astioso.

Lui allora rimase in silenzio, le spalle curve, le mani abbandonate sulle cosce.

« Una volta ero una brava persona » disse Rusty dopo un po'.

« Da quello che ho visto, adesso sei una brava persona » ribatté Kit, confusa. Non sapeva bene perché stessero parlando di lui. « L'altra notte sei stato grande con i Patel. Con la signora Patel. Ti ho visto. E sei stato grande con Carl in ospedale. Gentile. Paziente. Non giocare al ribasso. »

« Giocare al ribasso è quello che facevo » disse Rusty. « Scommettere sul fallimento. Ecco cosa facevo. Quando lo fai tante volte, non ti rendi nemmeno più conto che il tuo successo è costruito sull'infelicità altrui. Vai a lavorare e vuoi riuscire meglio del tizio seduto accanto a te, vuoi che i tuoi meriti vengano riconosciuti, quindi fai quello che è necessario, qualunque cosa sia, e gli altri non solo lo apprezzano, ma ti ricompensano per questo. Cominci a venerare le cose sbagliate, ma tu credi che siano quelle giuste. Ne sei convinto. E cominci a credere a quello che la gente dice di te. È una deriva facile. All'improvviso hai più soldi di quanti ne riesci a contare. I numeri non sono sufficienti. E pensi di non aver bisogno di nessuno, perché puoi avere qualunque cosa. Almeno, così è stato per me.»

«Perché mi dici questo?» chiese Kit, con gli occhi aperti e improvvisamente vigile davanti alla possibilità che lui, in qualche modo, stesse tentando di difendere Cal.

«Non lo so» rispose lui. «Volevo soltanto che tu lo sapessi.»

Restarono seduti in silenzio, con gli occhi che andavano lentamente abituandosi al buio, e Kit vide che lui si teneva la testa tra le mani, e Rusty vide che lei lo fissava, o almeno così gli sembrò.

«Sto parlando di me, non di lui» precisò Rusty. «Giusto per essere chiari.»

«Allora va bene» fu il commento di Kit.

Un camion della nettezza urbana percorreva Coolidge Street, il sospiro dei freni e il rumore dei bidoni trascinati si facevano sempre più vicini, ed entrambi ascoltarono, come se stessero sentendo qualcosa di importante, e Rusty commentò: «Si alzano presto» e Kit replicò: «O tardi» e lui assentì: «O tardi» e continuarono a rimanere in ascolto, finché i rumori si attutirono e scomparvero.

«Ti dispiace se mi stendo?» chiese Rusty, e invece di rispondergli Kit si spostò e lui si allungò, e per la seconda notte di fila si ritrovarono insieme nel suo letto, e questa volta lui si protese a infilarle il braccio sotto la testa, cingendole la spalla, e lei lo lasciò fare.

«Una volta non ero così» disse Kit.

«Così come?»

«Tesa. Impaurita. L'opposto di 'piacevole al tatto'.»

«Per la cronaca, neanch'io ero così, una volta. Non ero il tipo che sta tutto vestito in un letto con una bella donna, solo per parlare.»

«Io non sono bella» obiettò Kit.

«Chi ha detto che mi riferivo a te?» ribatté Rusty, stringendole la spalla. «Parlare fa più paura.»

«Parlare fa più paura di cosa?» domandò Kit.

«Del sesso. Molta più paura. Ma perché?»

«L'intimità.»

«Non intendevo quella. Perché tu hai paura?»

«Hai letto tutto al riguardo» rispose Kit.

«Ma che cosa ti è successo? Non faccio lo stupido, sto cercando di capire.»

«Immagino che quello che mi è successo è che sono diventata la moglie di qualcuno. Così ha detto lo strizzacervelli. Diceva che, in un certo senso, avevo smesso di essere reale.»

«Dava la colpa a te?» chiese Rusty.

«Non credo. È un po' come in quel libro per bambini, *Il coniglietto di velluto*, ma al contrario: se non vieni amata per quello che sei, smetti di essere reale. Di certo per l'altra persona, e forse anche per te stessa.»

«D'accordo» commentò Rusty. «Credo che abbia senso.»

Rimasero di nuovo in silenzio, ascoltando lo sbatacchiare delle imposte, che si aprivano e chiudevano al vento. Ascoltando il vento.

«Posso farti un'altra domanda?» disse Rusty dopo un po'. «Perché Riverton?»

Kit inspirò lentamente, percepì l'odore di creosoto sui capelli di Rusty ed espirò sonoramente. «Principalmente perché nessuno mi conosceva o sapeva qualcosa di me. Come nascondersi restando in piena vista, capisci. E poi non potevo rimanere dov'ero. Era troppo orribile, umiliante. Credimi, non si può aver voglia di essere la moglie del dottore che è scappato con la bambinaia morta. Non puoi andare da nessuna parte. Non puoi lavorare, soprattutto con il lavoro che faccio io. La gente continua a indicarti, a dire cose, e anche se non lo fanno tu pensi che lo stiano facendo, a causa del processo.» Si girò sul fianco, volgendosi verso il muro e dandogli le spalle.

«Quale processo?» Kit sentì il suo fiato sul collo. Ogni parola era uno sbuffo tiepido, come dei segnali di fumo, ma vicini.

«Quello di Cal. Il processo-farsa di Cal. È quello che succede quando tuo padre fa parte del consiglio d'amministrazione dello stesso country club del pubblico ministero, del procuratore distrettuale, del giudice e dell'avvocato della difesa» rispose lei parlando al suo cuscino. «Vieni accusato di omicidio colposo, non di omicidio volontario, e ottieni gli arresti domiciliari nei weekend per sei mesi e un paio d'anni di libertà vigilata, e la vita continua. La sua vita. Beata è morta e lo sono anch'io, a tutti gli effetti.»

«Io non credo...» cominciò lui.

«Tu non sai» ribatté lei bruscamente. Poi, con tono più gentile: «Al processo vennero allo scoperto un sacco di stronzate che non c'entravano niente: che non potevamo avere figli, come se questo lo autorizzasse ad andare in giro a scopare con una minorenne. E che io non andavo mai in chiesa con lui. Cose riguardanti il sesso, o il mio orario di lavoro. Qualunque cosa potesse far sembrare lui la vittima...» La voce di Kit si spezzò. Era di nuovo ben sveglia, con il cuore che le batteva all'impazzata. Gli altri sapevano quelle cose perché erano in aula o perché le avevano lette sui giornali, ma a parte i suoi colloqui con il dottor Bondi, lei non aveva mai raccontato le sue umiliazioni.

Kit si mise supina e lei e Rusty giacquero fianco a fianco, sfiorandosi con le spalle. Sopra di loro passò di corsa un topolino, poi un altro, che lo inseguiva.

« Potrebbe andar peggio » disse Kit, quando ormai erano in silenzio da un certo tempo. « Potrebbero essere scoiattoli volanti. Il terapeuta che vedevo una volta ne sarebbe fiero » aggiunse. « Continuava a dirmi di cercare il lato positivo delle cose. Anche se probabilmente i topi sono lassù per rosicchiare i fili elettrici. »

« Be', per trovare il lato positivo » disse Rusty, « basta pensare che ben presto resteranno fulminati e moriranno. Tutto sommato è comodo. »

« Finché non cominciano a puzzare. »

« Aspetta un momento » fece Rusty. « Credevo che stessimo cercando il lato positivo. »

« Non è il mio forte » ribatté Kit.

Poi rimasero lì distesi, tranquilli, con i rumori della strada che lambivano a intermittenza i fianchi della casa come la lieve schiuma dell'onda sulla sabbia, e a tratti parlavano ma di nessun argomento in particolare, procedendo soltanto per associazioni di pensiero: la sorella perduta di lui, i loro padri, i Quattro e quello che sarebbe stato di loro adesso che Carl se n'era andato, strofe di poesie che l'avevano aiutata a tirare avanti, Sunny, gli anelli di cipolla, la madre di lui, la madre di lei.

« È come un pigiama party » disse Rusty, senza curarsi di soffocare un rumoroso sbadiglio. « O quello che immagino debba essere un pigiama party. »

Kit scoppiò a ridere. « L'unica somiglianza con un pigiama party è che non siamo in pigiama » disse.

« Allora raccontami, cosa succede ai pigiama party? » chiese Rusty con un sussurro da cospiratore.

« Oh, sai, si spettegola di cotte, di chi piace a chi, si balla al ritmo di 'Girls Just Want to Have Fun' e... »

« Questo prima dei miei tempi » la interruppe lui.

«Grazie del commento. E si esercita la manualità, magari costruendo un origami indovino.»

«Origami indovino?»

«Già. Pieghi un foglio in quattro e poi ancora in quattro, e scrivi le risposte su quattro dei quadrati, che nessuno può vedere, e chiedi a qualcuno di fare una domanda, tipo 'Rusty inviterà Melissa al ballo di prima media?' e poi gli dici di scegliere un numero, e quello che c'è sotto il lembo che corrisponde a quel numero è la sua predizione.»

«E chi è Melissa?»

«Devi chiederlo all'origami indovino» rispose Kit. La stanza era buia, ma lei si accorse che lui sorrideva.

«Touché. Ma lui poi l'ha invitata a ballare?»

«Idem come sopra.»

«Mi rendo conto che c'è uno schema» disse Rusty. «Poi cos'altro succede?»

«Si guarda un film. Basta che ci sia Rob Lowe.» Rise di nuovo. «Poi, quando ci si mette tutti nei sacchi a pelo e si spengono le luci, tutti raccontano, a turno, storie di fantasmi, storie molto paurose.»

Mentre l'ascoltava, Rusty individuò nella voce di Kit una leggerezza che non aveva mai sentito prima, come se si fosse liberata da tutti i pesi che la opprimevano, o li ignorasse: immaginò che quella doveva essere la voce di Kit «prima».

«Tira su le coperte» le ordinò scherzosamente. «Fin sopra la testa. Subito.»

«Cosa?»

«Niente domande, fai come ti dico.»

«Rusty...»

«Questa è una domanda. Fallo e basta oppure, se non ti va, posso farlo io per te.»

«Rusty...»

« Nooo. »

« Rusty, se vuoi che tiri su le coperte, devi scendere dal letto. Ci sei sdraiato sopra. »

« Oh » fece lui imbarazzato, e si alzò brevemente mentre Kit scivolava sotto fino a scomparire. « D'accordo » disse lui. « Hai gli occhi aperti o chiusi? »

« Che importanza ha? Non vedo niente » rispose lei con la voce soffocata dalla trapunta.

« Giusta osservazione. Controllavo soltanto. Adesso, raccontami una storia di fantasmi. »

Cadde il silenzio, poi vi fu un lungo sospiro prolungato, come uno pneumatico che si sgonfia.

« Te l'ho già raccontata, una storia di fantasmi » disse infine Kit. « Quella in cui la moglie era invisibile al marito e la verità del matrimonio era invisibile a lei. »

« Non è quella che avevo in mente » rispose lui, cercando di alleggerire.

« Mi spiace. È l'unica storia che conosco. »

Kit aveva di nuovo un tono grave, incombente, come il cattivo tempo. Se ne accorse lei stessa e capì che anche lui se ne rendeva conto. Che cos'altro sapeva, lei? Che la gente vuole il bel tempo ventiquattro ore al giorno, sette giorni su sette. Perché Rusty avrebbe dovuto essere diverso?

« Va bene » le disse lui, riempiendosi d'aria i polmoni come se si preparasse a tuffarsi in apnea in acque cupe e profonde, « raccontami ancora quella storia. Ma questa volta raccontamela fino in fondo. »

L'aveva chiesto lui, e lei lo accontentò. Tanto ormai lui stava per andarsene. Gli raccontò che quella mattina era andata al porto turistico, era salita a bordo della barca prima dell'arrivo della polizia e aveva visto, ficcata nella stiva, la ventiquattrore di tessuto trapuntato, il suo personale regalo a Beata prima che partisse, alla fine dell'estate precedente, e il necessaire da bagno di Cal, legato con un moschettone a un gancio, come faceva sempre quando passava la notte in barca. Aprendolo, aveva visto i profilattici – « Suo padre ne andrebbe fiero » aveva detto tra sé mestamente, anche se Cal era sposato a una donna che non correva il pericolo di restare incinta – e poi aveva cercato, senza trovarlo, il flaconcino color ambra che lei stessa gli aveva dato anni prima e che lui non si era mai curato di spostare da lì. Forse si era dimenticato di averlo, forse era una specie di talismano, ma adesso non c'era più.

Quindi la ragazza era rimasta incinta. Ecco di cosa si trattava. Ma Kit non poteva andare alla polizia e dire che quella prova cruciale non si trovava più tra le lamette del rasoio e il filo interdentale di suo marito. Cosa diceva sempre Cal a proposito delle sue ricerche? Che non si può dimostrare un risultato negativo? Lei lo aveva dimostrato solo a se stessa. Raccontò a Rusty che era tornata alla sua auto in preda allo stordimento. La ragazza era rimasta incinta. La ragazza portava il figlio di Cal, proprio come lei tanto tempo prima. Gli disse che era rimasta seduta in macchina abbastanza a lungo da veder finalmente arrivare la polizia e circondare la barca con del nastro giallo di segnalazione, e da capire che avevano frainteso tutto. L'orfana era morta e il brillante, virtuoso dottore era probabilmente vivo. Forse puoi dimostrare un risultato negativo, si disse, perché se Cal era andato a prendere Beata dai Jahron ed era andato in auto al porto, quell'auto avrebbe dovuto essere lì, ma non c'era.

Kit raccontò a Rusty che era scesa dalla macchina e si era diretta verso i poliziotti che stendevano il nastro e aveva spiegato loro che quella era la barca di suo marito, e che lei doveva cercare una cosa; per tutta risposta, le avevano detto che quella era diventata una zona off-limits per chiunque, e avevano discusso, e alla fine aveva fatto aprire il boccaporto di poppa perché le dicessero cosa vedevano dentro. Uno di loro aveva risposto « Niente » e l'altro aveva alzato le spalle, con sufficienza. Quello che non sapevano, e che lei non aveva ancora detto loro, era che lì Cal teneva il canotto gonfiabile che portava in caso di emergenza. E buttare la tua ragazza incinta nel lago, o perché non voleva assumere quelle pillole, o perché quelle pillole non avevano funzionato, o perché lei aveva minacciato di denunciarti, oppure – per concedergli il beneficio del dubbio – perché lei era scivolata ed era caduta accidentalmente, era senz'altro un'emergenza. Kit non disse niente di tutto questo alla polizia.

Raccontò a Rusty che in un modo o nell'altro aveva trovato la forza di guidare fino a casa e di telefonare agli inquirenti in modo che il Dottore e il PR potessero udirla mentre pronunciava queste parole: « Troverete il dottor Sweeney alla Palmer House a Chicago, alla riunione annuale dell'American Neurological Society ». L'aveva detto con tono autorevole, perché, anche se non poteva esserne certa, tutti quegli anni di matrimonio dovevano pur essere serviti a qualcosa, come per esempio conoscere le abitudini mentali dell'altro. E lì lo avevano trovato, che sonnecchiava nella penultima fila della sala conferenze Wabash, mentre una donna della Duke teneva una relazione sulle tecniche chirurgiche con Gamma Knife durante una delle sessioni serali. Il canotto era nel bagagliaio dell'auto di Cal. Lui, però, si dichiarò innocente, anche se le prove erano lì a incriminarlo. Kit incominciava a imparare che quelli che pensano che le regole non valgano per loro, si meravigliano, e si sentono anche offesi, quando gli altri non lo riconoscono e non ottemperano a questa deroga.

Poi raccontò a Rusty che, quando finalmente il corpo della ragazza venne recuperato, era talmente decomposto che un'autopsia non avrebbe dimostrato niente, e l'agenzia delle ragazze alla pari non volle costituirsi parte civile perché sarebbe stato dannoso per la loro immagine.

« Allora » chiese Kit emergendo finalmente dalla tenda, che si era fatta con la coperta e le ginocchia, nell'aria fresca della camera da letto, «ci sono abbastanza dettagli macabri?»

«Direi di sì» rispose Rusty. «Ma lui non è mai andato in carcere?»

«Soltanto quella prima notte. Aveva ottenuto la libertà su cauzione e voleva tornare a casa, ma io dissi al Dottore che, se lo avesse fatto, e se mai mi fosse venuto vicino da qualche parte, avrei raccontato alla polizia quello che sapevo. Questo fu prima che trovassero il corpo, quindi c'era veramente la possibilità che la mia diventasse una prova inconfutabile.»

«Quindi non hai più rivisto Cal?»

«No, lo rividi. Lo rividi in tribunale durante il processo. Cercò di passarmi dei biglietti. Mi accertai che mi vedesse mentre li stracciavo e li buttavo via. Cosa c'era da dire? Che era dispiaciuto? E non dimentichiamo che i suoi avvocati stavano facendo del loro meglio per gettarmi nella fossa dei leoni.

«Esibirono il pastore di Cal, che tenne un lungo sermone farneticante sul peccato originale che sembrava chiamare in causa me e la ragazza ed esonerare Cal come rappresentante di tutti i maschi. Convocarono il presidente dell'ospedale, che raccontò una storia su Cal che si era preso cura di una bambina di sei anni malata di cancro, facendo piangere tutta l'aula, me compresa.

«Cal testimoniò per ultimo. Invece di fargli indossare un vestito, gli fecero mettere il camice da ospedale, come se fosse reduce dall'aver salvato delle vite. Fu una brillante mossa tattica. Sì, era morta una ragazza, ma pensate a tutti quelli che non lo erano.

«'Ho avuto una relazione clandestina?' chiese Cal in modo retorico. Si capiva – be', io capivo – che si era esercitato a pronunciare le battute. 'Lo ammetto. Sì, l'ho avuta. Amo mia moglie, ma con il tempo ci siamo allontanati. Io avevo la mia carriera, lei aveva il suo lavoro...'»

«Aspetta» la interruppe Rusty. «Disse questo?»

«Oh sì» rispose Kit. «E nessuno sembrò rifletterci, tranne me. Era come sentire per la prima volta quello che davvero pensava di me e di quello che io avevo scelto di fare della mia vita. Mi rendo conto che lavorare in biblioteca non può essere considerato grandioso quanto fare il neurochirurgo, ma avevo sempre pensato di fare qualcosa di meritevole, mettendo dei libri nelle mani dei lettori. Anche i libri possono salvare delle vite. Lo credo davvero.» Poi, rivolta più a se stessa che a Rusty: «La mia, per esempio».

«Comunque, mi sentii davvero triste per questo. E imbarazzata. Tanto valeva che mi chiamasse 'mogliettina'. Poi disse che non avevamo figli, non disse il perché, disse solo che non ne avevamo, il che suonò contemporaneamente come una mia colpa e come la grande delusione della sua vita, che si era trasformata senza soluzione di continuità nella sua relazione paterna con Beata, e a quel punto mi alzai e uscii. Quindi non ero presente nella parte in cui raccontò che voleva solo comportarsi correttamente con la ragazza – nessun accenno al comportarsi correttamente con me – dandole l'amore che non aveva mai avuto, e non ero presente quando disse che durante la gita in barca Beata pensava che lui volesse dirle che mi lasciava per poter stare con lei. Come se un medico trentottenne con un'importante posizione nella comunità potesse mettersi pubblicamente con una sedicenne. Invece, lui le disse che aveva pregato per questo, e che anche se voleva che lei ricevesse tutto l'amore che meritava, non poteva averlo da lui. Cosa poteva fare lei, se era Dio stesso che diceva di no? Farsi venire una crisi isterica, a quanto pare. Cal dichiarò che lei aveva cominciato a piangere e a picchiarlo, che era fuori controllo, e lui era sceso in cabina a cercare un sedativo per lei, ma quando era tornato lei era scomparsa. Semplicemente scomparsa. Aveva gridato il suo nome, più volte. Aveva staccato l'autopilota e invertito la rotta. Aveva preso la torcia di emergenza e perlustrato l'acqua. Niente. Beata era scomparsa senza lasciare traccia. Non era una brava nuotatrice, spiegò Cal alla corte, e non indossava il giubbotto salvagente. Lui aveva tirato fuori il canotto di salvataggio e una volta ancorata la barca si era messo a remare nei pressi, cercandola. Pensava che ormai lei dovesse aver perduto conoscenza, ma aveva continuato a cercare. Freneticamente, aggiunse, ed esausto com'era, non era riuscito a opporsi alla corrente che lo trasportava sempre più lontano dalla barca e da Beata, ovunque lei fosse. 'Ero sotto shock' disse alla corte, e mostrò loro un manifesto del cervello che doveva illustrare come, quando il corpo è sotto shock, la mente ritorni a comportamenti consolidati. Questo spiegava perché non avesse chiamato la polizia o i Jahron o perfino me, quando era tornato a riva, ma era invece salito in macchina e si era recato nel luogo dove avrebbe dovuto essere. La definì 'reazione autonoma allo stress' e disse che era ampiamente documentata nella letteratura medica.»

Kit gettò via le coperte, balzò dal letto e si catapultò fuori dalla stanza.

«Ho la gola secca» disse voltando la testa verso di lui, e corse in bagno a ficcare la testa sotto il rubinetto. Bevve maldestramente, facendosi scorrere l'acqua sulla guancia e lungo il mento e il collo. Era tonificante, era come uno schiaffo gelido. «Cosa sto facendo?» si chiese, e si impose di non guardarsi allo specchio.

«Bel pigiama» commentò Rusty quando lei tornò con passo strascicato in camera da letto.

Kit abbassò lo sguardo. Aveva dimenticato cosa indossava: calzoncini da ginnastica e una T-shirt con la scritta PARASSITI CREATIVI.

Più tardi, mentre la giornata entrava nel vivo e loro erano ancora sul letto di Kit, svegli, ciascuno ad ascoltare il respiro dell'altro, lui disse: «La gente può essere molto egoista. Io di sicuro lo sono stato».

«Lo siamo stati tutti» commentò Kit.

«Ma tu molto meno degli altri.»

«È proprio questo il punto. Non dovevo. Avrei potuto testimoniare contro Cal, e invece non l'ho fatto. Non volevo espormi in quel modo. Ho invocato l'immunità coniugale dato che tecnicamente eravamo ancora sposati.»

«Ma questo non è egoista, è assolutamente comprensibile» osservò Rusty. Fece per prenderle la mano, poi si ritrasse.

«Quella ragazza non aveva nessuno» continuò Kit. «Nessuno. I Jahron non intendevano fare niente che potesse compromettere la carriera di Jens, che lavorava per l'ospedale di proprietà del padre di Cal. Il pubblico ministero voleva affossare tutta la vicenda; era un amico di famiglia, e non c'era un movente avvalorato da prove. Nessuno poteva parlare per conto della ragazza tranne me, e io non lo feci solo perché non volevo, e perché avrei dovuto? Mi aveva rovinato già abbastanza la vita.»

«E ti senti in colpa per questo?» fece Rusty incredulo.

«Penso di sì. Ma poi mi dico che giustizia non sarebbe stata fatta, comunque io avessi agito. La giustizia non aveva alcuna possibilità di vincere. Eppure non riesco a sopportarlo. Rimpiango di aver smesso di credere in cose che nemmeno sapevo fossero oggetto di fede, come la giustizia e la correttezza, o l'onestà. O le promesse che la gente si scambia. Di tutte le cose che Cal mi ha portato via, ecco quella che mi manca di più: la convinzione apparentemente ingenua di poter mantenere le promesse. Sai cosa mi disse il pubblico ministero? Il pubblico ministero, che doveva stare dalla mia parte? Disse: 'Tutti imbrogliano', come se questo sistemasse ogni cosa.»

Cadde di nuovo il silenzio, mentre Kit entrava ancora una volta in quell'aula, molto più grande nella sua immaginazione, con le voci viscide e insinuanti degli avvocati di Cal, di suo padre, del pubblico ministero, di persone che non sapeva di conoscere, e che dicevano la signora Sweeney di qui e la signora Sweeney di là, facendo diventare una cosa semplice come il lavorare fino a tardi il giovedì un cappio stretto intorno al suo collo, per poi ostentare i fatti più intimi del suo corpo additandoli a tutti come se lei fosse un'esibizionista, come se l'avesse chiesto lei.

« In qualche modo, fui io a finire sotto processo » disse.

« Mmm » fece Rusty, sul punto di dire qualcosa, ma s'interruppe. « Non sono certo che questa sia una domanda giusta. » S'interruppe di nuovo. « È difficile. Non voglio dire la cosa sbagliata. » La guardò in cerca di un segno di assenso, ma lei si era messa le mani sugli occhi come se potessero impedirle di vedere quel tribunale, quegli avvocati, suo marito, quella ragazza.

« Cosa? » domandò. Potevano forse spingersi oltre?

« Lo amavi? Voglio dire, fino al momento dell'accaduto? » fece Rusty.

Kit respirò forte. « Oh Dio, se solo tu sapessi quante volte me lo sono chiesto. Credevo di sì, se amore è tenere profondamente a qualcun altro. Io a Cal ci tenevo. Volevo il meglio per lui. Lo conoscevo da così tanto tempo. Avevo organizzato la mia vita perché si adattasse alla sua, perché lui potesse ottenere ciò che voleva. È amore, questo? Io credevo di sì. Non vedevo, o avevo scelto di non vedere, che per lui, quasi sempre, io ero soltanto la casellina sul modulo dove ti chiedono se sei sposato. Moglie, spuntato. Avrei dovuto dar retta al mio istinto fin dall'università. Ma chi lo fa? Hai vent'anni. » Scosse il capo ed esclamò: « Puah ».

« Cal è... credi che Cal... »

« Sia un assassino? » concluse per lui la frase.

« Già. »

« Come ti ho detto, mi sentivo come se avesse preso la mia vita e l'avesse fatta a pezzetti. Ma se credo che sia una specie di sociopatico? No, non proprio. Su quella barca accadde qualcosa di brutto e solo Cal sa cosa sia stato, e deve conviverci. E io devo vivere con la consapevolezza che l'uomo che ho sposato non era la persona che credevo. No, neanche questo è vero. Il successo l'ha cambiato. Il suo talento l'ha cambiato. Più diventava importante, più diventava egocentrico. Non sono la stessa cosa, anche se probabilmente derivano entrambe dalla convinzione di essere l'unica persona al mondo che può recuperare una persona malata e prossima a morire. E li recuperi, tante volte, quelli con dei tumori che nessun altro vuole operare, quelli che hanno fatto tutti i cicli di chemioterapia, quindi chi se ne importa se ti comporti male con il cameriere al ristorante? Chi se ne importa se non ti disturbi a comprare a tua moglie un regalo di compleanno? Chi se ne importa se passi col rosso? Chi se ne importa se scambi in chiesa il segno della pace con la ragazza che hai messo incinta? Che cosa è importante? Quello importante sei tu.

«Adesso la smetto» concluse Kit sospirando. Poi, dopo una lunga pausa: «'La gente cambia, e sorride: ma la sofferenza resta.' È una strofa di una poesia. T.S. Eliot, *The Dry Salvages*, 'Rocce che affiorano'» spiegò, vedendo che Rusty non reagiva.

«Mmm» fece lui.

«Mmm cosa?» gli chiese, e tutt'a un tratto il pensiero di declamare rime a letto con quell'uomo e di raccontargli i propri segreti la fece sentire troppo esposta e un po' imbarazzata.

«Non è quello che siamo tutti?» disse Rusty.

«Mi stai prendendo in giro?»

«Perché dovrei?» ribatté sorpreso.

«D'accordo» disse Kit. «Scusa. Non è quello che siamo tutti, cosa?»

«Rocce che affiorano.» Sembrava molto fiero di sé, come se l'insegnante avesse fatto una domanda e lui fosse l'unico in classe che sapeva la risposta. «Noi siamo rocce che affiorano. Be', tu lo sei. Io ci sto ancora lavorando.»

«Eliot pronunciava *salvage* come se facesse rima con *assuage*, lenire» puntualizzò lei. Non riuscì a trattenersi dal dirlo, era una cosa che sapeva.

«Be', Rusty lo pronuncia come se facesse rima con *savage*, selvaggio» ribatté lui. «Pensaci, rocciosa lettrice. Adesso sì che ti prendo in giro» aggiunse.

«Rocciosa lettrice. Ci sai fare con le parole.»

«Solo perché tu sappia che non sei l'unica» replicò Rusty attirandola a sé.

«Il mio terapeuta nel Michigan mi disse che non poteva promettermi che le cose sarebbero migliorate, ma solo che non sarebbero andate peggio» disse lei, sentendosi sfuggire l'ultima parvenza di lucidità.

«E?» chiese Rusty, attirandola a sé. Ma lei si era addormentata.

Nel quale il peso poderoso e faticoso/di tutto questo incomprensibile mondo/è alleggerito...
William Wordsworth

La chiamata arrivò alle sette in punto, svegliando sia Kit che Rusty. Kit si mosse a tentoni finché trovò il telefono e salutò l'interlocutore con un pronto non propriamente entusiasta.

«Kit, sono Patrick. Lo so che è presto, ma lunedì leggiamo il testamento di Carl, e credo che tu voglia esserci. E anche Rusty, se è ancora da queste parti» e prima che lei potesse dire qualcosa di più che un «d'accordo» lui riagganciò.

«Che cos'hanno gli anziani contro i telefoni?» esclamò lei, fissando quello che aveva in mano.

Dopo aver aperto la biblioteca, Kit ritornò verso Mill Street.

«Probabilmente non ho un abbigliamento adatto» disse Rusty quando si incontrarono, «ma penso che Carl mi perdonerebbe.» Indossava i vestiti che gli aveva comprato Kit, la polo e i calzoni corti, e sembrava dovesse andare a una partita di golf.

Lo studio dell'avvocato era in cima a una rampa di scale sul retro, un piano sopra l'obitorio.

«Molto comodo» commentò Rusty mentre passavano. «Sportello unico per le procedure funebri.»

«Sei molto elegante» disse Kit a Patrick, che indossava un completo con gilet, anche se a breve la giornata si sarebbe fatta calda.

«E tu hai un'aria esausta» osservò Patrick. «Stai dormendo abbastanza? Oh, dimenticavo» aggiunse, facendo un cenno del capo verso Rusty. «L'incendio.»

Di fronte alla scrivania dell'avvocato erano disposte cinque sedie, e adesso che erano tutti riuniti - Kit, Rusty, Rich, Rich, e Patrick - Patrick ne prese una e la girò in modo da avere di fronte tutti gli altri.

«Probabilmente vi state chiedendo perché vi ho convocato qui questa mattina» esordì Patrick.

«No» fece Rich l'autista. «Ci stiamo chiedendo perché accidenti ci hai chiamato così presto in un giorno di riposo.»

«Io ero alzato» rispose semplicemente Patrick. «Comunque, come dicevo, vi ho chiamato qui perché, come alcuni di voi sanno, io sono l'esecutore testamentario di Carl, e oggi è il giorno della lettura delle sue volontà.» Si schiarì la gola e tirò un filo che gli pendeva dalla giacca fino a spezzarlo, poi prese dalle mani dell'avvocato un documento dall'aria ufficiale.

«'Io, Carl Layton, nel pieno possesso delle mie facoltà...'» cominciò con tono alto e formale.

«È uno scherzo!» esclamò uno dei due Rich.

«Silenzio in piccionaia» ringhiò Paddy, e ricominciò: «'Io, Carl

Layton, nel pieno possesso delle mie facoltà, dichiaro oggi, 10 luglio 2009...'»

«Un anno fa» borbottò Kit. Patrick le diede un'occhiataccia, ma proseguì senza commentare.

«'Come forse sapete, sono una persona parsimoniosa'» lesse. «'E se qualcuno di voi non sa cosa vuol dire questa parola, significa che ero uno spilorcio.'»

«Puoi dirlo forte» intervenne Rich (autista). «Quando andavamo a pranzo 'dimenticava' sempre il portafogli.»

Mentre Patrick proseguiva la lettura, Kit doveva darsi dei pizzicotti per rimanere sveglia. Si accorse che Rusty si spingeva nella guancia il cappuccio di una penna, per lo stesso motivo. Il testamento di Carl disponeva la donazione di un po' di soldi alla Humane Society, qualcosa alla United Way, e una grossa elargizione – $10.000 – all'ospedale, «perché possano servire ancora molti pasti deliziosi». Sentendo parlare di ospedale e di cibo, i due Rich e perfino Patrick cominciarono a raccontare divertenti aneddoti su Carl a pranzo, e dopo un po' Kit diede di gomito a Rusty, e si alzarono in piedi, sul punto di andar via.

«Grazie, Patrick, per avermi reso partecipe» disse Kit. Si sentiva esausta. Era ora di tornare al lavoro.

«Già, grazie» fece Rusty. «Sono davvero contento di sapere che i pranzi continueranno.»

«Dove pensate di andare voi due?» borbottò Patrick. «Non abbiamo ancora finito. Non si va via durante la lettura di un testamento.»

Kit e Rusty, rimproverati, si misero seduti, e Patrick, dopo un paio di colpi di tosse per far scena, riprese a leggere. C'erano altre donazioni: al negozio di alimentari, alla banda del liceo, ai Boy Scout, ai Lupetti, alle Girl Scout e alle Coccinelle. Kit era colpita dalla generosità di Carl e annoiata da tutta la faccenda. Il lavoro –

il suo ufficio, la porta del suo ufficio – era così vicino, eppure non c'era modo di arrivarci.

« Bene, ascoltate » disse Patrick dopo aver esaurito la parte riguardante gli Scout. « Adesso c'è la parte che interessa voi. Mi sentite tutti? » Annuirono come bambini ubbidienti. « Bene, ecco qui:

« 'Tutti gli altri miei beni, inclusi quelli materiali, dovranno essere posti in un fondo fiduciario per sostenere la Biblioteca Pubblica di Riverton, dove ho trascorso molte ore meravigliose, controllato e gestito dai miei quattro cari amici Richard Everett, Dottor Patrick Randall, Elliot 'Rich' Hazelton, e Katherine Jarvis, da qui in poi denominati anche i Nuovi Quattro, o da un amministratore fiduciario a loro discrezione.' »

« Uau » esclamò Kit asciugandosi una lacrima inaspettata. Era lei quella che aveva incominciato a chiamarli i Quattro. Adesso ne faceva parte – « mia cara amica » l'aveva definita – e questo la commuoveva in maniera indicibile.

« Sono felice di poter abbassare l'età media dei Quattro » scherzò, cercando di nascondere la propria emozione, « ma chi di voi è Elliot? » chiese, guardando alternativamente i due Rich. « E perché? »

« È nato tutto come uno scherzo, quando eravamo bambini » rispose Rich il dirigente. « Eravamo cugini, con pochi mesi di differenza, e tutti dicevano che era come se fossimo gemelli. »

« La gente diceva, 'Tu quale sei?' e noi rispondevamo sempre 'Rich', per confonderli, anche se, guardando le foto, non siamo tanto somiglianti » disse Rich l'autista (Elliot).

« Quindi forse la battuta ci si ritorse contro » proseguì suo cugino. « In ogni modo, funzionò. E Rich è meglio di Elliot come nome per un tassista. »

« Cosa ne pensi? » chiese Patrick a Kit mente tutti, sparsi un po' qui un po' là, mangiavano le ciambelle che lui aveva portato in onore di Carl.

« Penso che è magnifico » rispose lei. « Significa che ricomincerete a venire in biblioteca, e significa che noi potremo permetterci di nuovo il caffè nella sala ristoro. »

« Potrai permetterti molto più di questo » disse Patrick con un largo sorriso. « Venerdì scorso, sul conto di Carl alla Schwab c'erano sei milioni di dollari. Per essere precisi » – consultò una stampa fatta a computer – « 6.458.593,19 dollari. Carl era un barbiere dannatamente bravo, ma si è rivelato un investitore perfino migliore. »

« Cosa? » esclamò Kit, stupefatta. « Cosa? Come è successo? »

« Non lo so esattamente » rispose Patrick,« ma è qui che credo entri in gioco Rusty. Il prozio di Carl lavorava per uno dei proprietari originari dell'opificio, come suo segretario e contabile personale, e a quanto pare venne ricompensato molto bene nel testamento di costui. »

« E questo cosa c'entra con me? » chiese Rusty.

« Forse niente » disse Patrick. « Ma se tuo nonno è quello che noi crediamo, allora il tuo bisnonno era uno dei primi proprietari dell'opificio, quindi avrebbe potuto essere lui. »

« Mi sembra un'ipotesi un po' debole » obiettò Rusty, ma nessuno lo ascoltò.

« Lo zio di Carl non aveva figli » proseguì Patrick, « quindi immagino che, quando morì, Carl ereditò i suoi soldi e li usò molto bene sul mercato. Cosa pensi che facesse in biblioteca tutte le mattine? Leggeva il *Journal* e il *Financial Times* come se fossero il bollettino delle corse all'ippodromo. Conosceva Microsoft, Apple e Intel prima di chiunque altro. Ha comprato oro prima della crisi. Certo, è una donazione, non vuol dire che te ne vai da qui con le tasche piene di contanti. Te ne vai lasciando a tutti noi l'incarico di amministrare quei soldi, o di trovare qualcuno che possa farlo. »

Sunny | Il piano

Recuperata Willow al centro commerciale, tenemmo una riunione di famiglia, in macchina, sul bordo della strada. Steve mi chiese di ripetere a Willow quello che gli avevo detto, e mentre lo facevo, lei diventava sempre più pallida. Quando ebbi finito ripeté almeno tre volte: « Cosa facciamo? »

« Sunny non vuole nascondersi » annunciò Steve.

« Oh, tesoro » cominciò Willow, ma Steve tagliò corto: « E io credo che abbia ragione. È la mia crociata, non la sua. Non sono nemmeno sicuro che sia anche la tua » disse a Willow, che tentò di protestare, ma quando Steve parte è difficile interromperlo.

« Cosa possiamo fare? » chiese Willow, e a quel punto Steve espose il suo piano, una parte del quale implicava che Kit mi permettesse di abitare da lei mentre loro sarebbero andati in un centro di meditazione. Quella era la seconda parte.

« È da pazzi » dissi loro. « Andare in un centro di meditazione equivale proprio a nascondersi. Voi non capite. Dovete fare qualcosa adesso. Questa è una » – e qui dissi una parolaccia – « emergenza! » E per una volta i miei genitori mi ascoltarono, credo. (Forse avrei dovuto dire parolacce più spesso.) « Dovete trovare un avvocato. Dovete consegnarvi prima che la polizia vi arresti. Volete trascorrere il resto della vita in prigione? » Ero piuttosto infervorata.

« Quello che vorrei » dichiarò Steve, come se fossi io quell'avvocato, « è un accordo per tenere Willow fuori dalla galera perché lei faceva solo da autista. Non ha fatto niente. »

« E quello che voglio io » ribatté Willow, mentre le lacrime le rigavano le guance, « è che Steve sia mandato in una prigione di quelle un po' più accettabili. »

« Perché, ne hanno? » chiesi, e raccontai loro del carcere di Riverton, che ruppe l'incantesimo, e io tornai a essere io, non un avvocato che poteva patteggiare per loro.

« Hai ragione, Sunny » disse Steve, forse per la prima volta. « Dobbiamo trovare un avvocato. È tempo che io prenda posizione per quello in cui credo ed esca dall'anonimato.» Disse anche che forse era ora di comprare un'auto nuova.

Così tornammo a casa a fare i bagagli, senza però sgomberare tutta la casa, perché Steve sperava che Willow e io ci saremmo tornate entro breve tempo.

«Niente attrezzatura da campeggio» dissi.

«Niente attrezzatura da campeggio» convennero. Perché il piano funzionasse, bisognava che anche Kit fosse d'accordo, il che non era sicuro, così il lunedì mattina andammo in macchina alla biblioteca e Willow entrò con me per cercarla. Evelyn disse che Kit non c'era, che era a un incontro con un avvocato, cosa che spaventò Willow – stava diventando anche lei come Steve? – prima che Evelyn spiegasse che aveva a che fare con il testamento di Carl. Evelyn notò gli orecchini che Willow indossava, fatti ovviamente da lei stessa, e le disse che non ne aveva mai avuti di così belli. Senza batter ciglio, Willow se li era tolti dalle orecchie e li aveva messi in mano a Evelyn dicendo: «Adesso non è più così». Credo sia possibile che, quando si pensa che il futuro possa portare grande tristezza, si diventi più generosi di quanto si è mai stati prima, in modo da poter portare con sé la felicità altrui.

Evelyn assicurò che Kit sarebbe tornata presto, e io ne approfittai per mostrare a Willow tutti gli angoli e angolini della biblioteca, e la presentai ad alcuni dei bambini che avevo conosciuto durante l'ora di lettura della storia. Quando finalmente arrivarono Kit e Rusty, avevano un aspetto perfino peggiore del sabato precedente, ma erano allegri come se avessero appena fatto uno scherzo divertente, e convocarono tutta la gente della biblioteca al banco della distribuzione. Rusty estrasse un paio di bottiglie di ginger ale da un sacchetto del Dollar Tree e le aprì, una alla volta, come se fossero champagne, mentre Kit tirava fuori alcune confezioni di biscotti acquistati al Dollar Tree, e a quel punto raccontò del dono di Carl, e tutti batterono le mani, pestando i piedi e lanciando grida di gioia.

Quando finalmente la festa si concluse, Willow andò con Kit nel suo ufficio mentre io aiutavo Chuck a pulire, e lui mi disse: « Ho sentito che è la tua ultima settimana »; mi chiesi da chi l'avesse saputo: preparavano una festa? Avrebbero sentito la mia mancanza? Ma poi ricordai che era scritto a grandi lettere sul calendario nella sala del personale (e l'avevo scritto proprio io). Ancora una settimana e il tribunale avrebbe buttato via la mia fedina penale, e almeno un membro della nostra famiglia non sarebbe più stato un criminale.

Willow rimase un'eternità nell'ufficio di Kit, e quando uscì sorrideva e piangeva allo stesso tempo, mentre Kit le diceva che sarebbe andato tutto bene, e Willow diceva a Kit che era soltanto per qualche giorno, poi disse anche a me la stessa cosa e mi strinse in uno dei suoi grandi abbracci alla Willow che durò troppo, ma ero contenta perché anch'io piangevo, e quando mi lasciò andare avevo già smesso. La riaccompagnai alla macchina e raccontammo le novità a Steve, e anche lui si mise a piangere, facendomi promettere che sarei andata a trovarlo, ovunque andasse a finire, e gli avrei scritto eccetera eccetera.

« Una volta pensavo... » cominciò, ma poi si fermò perché aveva un groppo in gola. Riprovò a parlare. « Per molto tempo, Sunny, ho pensato che amare il mondo intero – sai cosa intendo? – fosse la cosa giusta, quanto meno secondo me, per rendere il mondo un posto migliore, che fosse la forma più alta possibile d'amore, non importa quali conseguenze potesse avere. Avrei dovuto smettere di pensarlo nel momento in cui vidi la tua bellissima madre che ti metteva al mondo. Ma non lo feci. Non mi sto scusando per quello che ho fatto. Credo che sia nostro compito proteggere il creato, soprattutto quelle creature che non possono difendersi da sole, ma mi scuso per il modo in cui l'ho fatto, e spero tu capisca che mi dispiace.»

«Visto che ti stai scusando» gli dissi, «potresti scusarti per non avermi lasciata andare dal dottore quella volta che mi ruppi il piede, quando vivevamo al #3?»

Steve sembrò scioccato.

«Papà» feci io, richiamando la sua attenzione. Non lo chiamo mai papà.

«Papà» ripetei, «sto scherzando.»

E ditemi veramente, uomini terreni, / se tutte le ferite dell'anima e del corpo /non siano state troppo per pagare la sola nascita.
Robert Frost

Dopo la festa, quando Willow se ne fu andata e Sunny salì i gradini della biblioteca facendo rimbalzare dietro di sé una valigia su ruote ammaccata, Kit sedette nell'ufficio della direttrice per riprendere fiato. Rusty venne alla porta e lei lo aggiornò a proposito di Sunny, e chiese se gli sarebbe piaciuto restare a cena con loro, ma in tal caso, se poteva passare al negozio a fare la spesa.

«Farò di meglio» le rispose. «Comprerò anche delle sedie in più.»

Quando Kit e Sunny arrivarono a casa, intorno al tavolo della cucina c'erano quattro sedie uguali con lo schienale a scala e sul fuoco bolliva l'acqua per la pasta.

«Possiamo mettere delle candele?» chiese Sunny, e quando Kit le rispose che non ne aveva, Sunny andò in salotto, aprì la sua valigia e tirò fuori due candeline di cera d'api e un paio di portacandele d'argento battuto.

«Questi li ha fatti Willow» esclamò orgogliosa Sunny, e Kit capì che li aveva portati per ricordarsi di casa sua.

Quando la cena fu in tavola, e le candele furono accese, e tutti e tre erano seduti sulle sedie nuove, Sunny protese le mani, le palme verso l'alto, e Kit impiegò un momento, ma poi capì cosa stava facendo e mise una mano in quella di Sunny e l'altra in quella di Rusty. Poi, senza parlare, Rusty si protese a prendere l'altra mano di Sunny, proprio come avevano fatto al funerale di Carl.

«A casa mia facciamo così» disse lei. «Ci teniamo per mano e diciamo per cosa rendiamo grazie. Comincio io.

«Grazie per questo cibo e per tutti quelli che hanno contribuito a procurarmelo. Lo diciamo sempre» spiegò. «E sono grata anche per non aver avuto abbastanza soldi per comprare il dizionario, perché se li avessi avuti non sarei venuta a lavorare in biblioteca.»

«Non per niente era chiamata la Biblioteca del Ladri» disse Rusty strizzandole l'occhio.

«Molto divertente» rispose Sunny. «Ma io sto facendo sul serio.»

«Scusa» si affrettò a dire Rusty, ma continuò a sorridere.

«Tocca a te» disse la ragazza rivolgendosi a Kit, che pensava ai taccuini nell'altra stanza, pieni di tutto ciò che era grata di non essere. Non era quello che il dottor Bondi intendeva quando le aveva assegnato quel compito, ma forse era stato sufficiente, un'apertura attraverso cui sbirciare e vedere che, per quanto fosse stata dura, adesso lei stava davvero bene.

«Sono grata per gli amici» disse semplicemente, «e oggi, specialmente, per Carl.»

«Tocca a te» disse Sunny a Rusty.

«Lo so che tocca a me» rispose Rusty, «a meno che stasera ci siano delle persone invisibili qui con noi» e poi guardò Kit, temendo di aver detto la frase sbagliata, ma lei sembrava serena, seduta lì, con gli occhi che scintillavano alla luce della candela.

« Vediamo » esordì. « Sono grato per aver perduto il mio lavoro. Sono grato perché tutta la mia roba è bruciata. »

« Aspetta, fermati! » lo interruppe Sunny. « Ho dimenticato di dirtelo. Ti ricordi quando mi hai chiesto di fare delle copie di tutta quella roba, il libretto di banca di tua madre, il suo certificato di nascita e tutti quei moduli? »

Rusty annuì.

« Te li ho dati, giusto? » disse impaziente Sunny.

Lui annuì di nuovo.

« E sono bruciati tutti, vero? »

Rusty annuì ancora.

« Ho dimenticato di dirti che quando ho fatto quelle copie non mi ero accorta che la macchina era impostata sul due, così c'erano due copie di tutto, e quando me ne sono accorta ho buttato le seconde copie nel riciclo, e tu lo sai che Chuck mette fuori il riciclo solo una volta al mese, no? Stamattina ho controllato quando sono arrivata là con Willow e ci sono ancora! » Sunny prese fiato e lo guardò trepidante.

« Lasciamole là » disse Rusty.

« Lasciarle? » esclamò incredula Sunny. « Come? Perché? »

« Perché adesso non le voglio più. Ho chiuso con quella questione. »

« Perché? »

« Sunny, ti spiace lasciarmi finire di dire per che cosa sono grato prima che questa bella montagna di spaghetti si raffreddi? »

« Scusa » rispose timidamente Sunny.

« Dov'ero rimasto? » la prese in giro Rusty. « Ah, sì. Sono grato perché tutta la mia roba è bruciata. Sono grato a Kit per molte cose, compresa la mia biancheria. » Sperava che lei sorridesse, e fu proprio così. « E sono grato a mia madre, perché senza quel libretto di banca non avrei mai passato l'estate a Riverton. »

Quando sciolsero le mani, Sunny si allungò e si versò un po' di spaghetti sul piatto. « Guardate qui » disse, e li arrotolò con abilità sulla forchetta.

« Puoi restare » le disse Kit.

Ringraziamenti

Come Kit, sono grata agli amici, Sara Rimer, Lisa Verhovek, Shawn Leary, Sam Verhovek, Barry King, Warren King, Missy Foote, Dick Foote, Andrew Gardner, Caroline Damon, Kathy Wilson, Sally Carver, e Jacob Epstein, soprattutto in questa occasione. Grazie anche al mio vecchio amico Andrew Rosenheim, per avermi presentato Sara Nelson, il cui talento e assistenza editoriale sono stati di valore inestimabile. E grazie alla squadra di Sara alla HarperCollins, Amy Baker, Mary Sasso, James Iacobelli, e Daniel Vazquez. Kim Witherspoon, della Inkwell Management, non solo è un'agente fenomenale, ma è anche una lettrice fenomenale, e ancora una volta sono stata la fortunata beneficiaria dei suoi preziosi consigli. Sempre alla Inkwell, grazie alla squadra di lottatrici di Emma Schlee and Maria Whelan. Ad Hanover, il seminario di dottorato del dottor Dominic Candida è servito da introduzione essenziale alla terapia cognitivo comportamentale. A Middlebury, i miei colleghi e studenti (ed ex studenti) mi sono stati di conforto, come sempre. Alla *New York Review of Books*, Robert Silvers (di cui mi è caro il ricordo), è stato una fonte costante di incoraggiamento e perspicacia. Soprattutto, sono stata sostenuta e ispirata dai miei due McKibben, Sophie e Bill, che fanno tante opere di bene nel mondo.

Questo libro è stampato col sole

Azienda carbon-free

Finito di stampare nel mese di gennaio 2020
per conto della TEA S.r.l.
da Grafica Veneta S.p.A. di Trebaseleghe (PD)
Printed in Italy